ro
ro
ro

Katelyn Faith schreibt moderne Liebesromane voller kribbelnder Erotik, atemloser Spannung und aufregender Protagonisten. Unter anderen Namen veröffentlichte sie bereits mehrere Romane und Kurzgeschichten; zudem betreibt sie eine gehobene Erotikboutique. 2013 erschien im Rowohlt Verlag «Gefährliche Verlockung».

Mehr über Katelyn Faith unter
www.facebook.com/AutorinKatelynFaith und
www.katelynfaith.de.

Katelyn Faith

Unsichtbare Fesseln

Roman

Rowohlt Taschenbuch Verlag

Originalausgabe
Veröffentlicht im Rowohlt Taschenbuch Verlag, Reinbek
bei Hamburg, September 2014

S. 77, 168 und 345: Antoine de Saint-Exupéry, *Der kleine Prinz.*
Karl Rauch Verlag, Düsseldorf 2012
Redaktion Mette Fridrichs
Umschlaggestaltung any.way, Cathrin Günther
(Abbildung: Brooke Fasani Auchincloss/Corbis)
Satz ITC Legacy Serif PostScript (InDesign) bei
Pinkuin Satz und Datentechnik, Berlin
Druck und Bindung CPI books GmbH, Leck
Printed in Germany
ISBN 978 3 499 23906 9

Das erste Mal ist das schlimmste. Wenn man zum ersten Mal hinfällt, nachdem man gerade das Laufen gelernt hat, ist der Schock groß. Nicht weil das Knie schmerzt, sondern weil man merkt, dass niemand den Sturz verhindert hat.

Plötzlich ist man selbständig, für sich selbst verantwortlich – und diese Erkenntnis sorgt dafür, dass jeder zukünftige Schritt von Angst begleitet wird. Weil man weiß, was passieren kann. Man ist auf sich selbst gestellt, und die Menschen, denen man bislang vertraut hat, können einem nicht mehr helfen.

Aber Angst rettet Leben. Wer keine Angst hat, stürzt sich schon als Kleinkind kopfüber vom Klettergerüst, nur um herauszufinden, dass man eben nicht fliegen kann. Und irgendwann kommt die Angst vor dem ersten Mal. Jeder Mensch hat Angst. Der Unterschied liegt nur in der Frage, vor was ...

1

Mitten in der Nacht verendet im Apartment nebenan ein Esel. Qualvoll und laut quietschend. Moment ... ein *Esel*? Mit einem Schlag bin ich hellwach. Ich richte mich im Bett auf und lausche. Doch, eindeutig. Irgendein Tier wird gerade gequält. Ein großes Tier. Herr im Himmel! Mein Herz hämmert, ich reibe mir verwirrt die Augen und horche in die Dunkelheit. Durch die deckenhohen Fenster meines Londoner Lofts fallen die Nachtlichter der Stadt. Die Geräusche von der Straße dringen nur gedämpft herauf, trotzdem höre ich in weiter Ferne Polizeisirenen. Nichts Ungewöhnliches.

Ganz im Gegensatz zu den Geräuschen, die aus dem Apartment nebenan kommen. Die Wohnung steht doch eigentlich leer? Ich brauche einen Moment, um zu begreifen, dass diese Laute von einem Menschen stammen. Nein, besser gesagt von zwei Menschen. 2:54 steht in leuchtendem Grün auf meinem Wecker. Oh Mann. Um die Zeit bin ich nicht mal an Silvester wach! Geschweige denn sonntagnachts, wenn ich am nächsten Tag pünktlich im Büro sein muss. Meine Augen brennen vor Müdigkeit, aber die Geräusche verstummen nicht. Im Gegenteil!

Mach auf dich aufmerksam, Ella.

Laut seufzend drehe ich mich um und klopfe mit der Faust an die Wand hinter meinem Bett. Die Wohnungen sind neu, und anscheinend bestehen nur die Außenmauern aus dicken roten Ziegelsteinen, wie bei vielen umgebauten Lagerhäusern in Shoreditch üblich. Die Zwischenwände, die nachträglich eingezogen wurden, sind offenbar dünn.

Verdammt dünn. Sonst würde ich wohl kaum um diese Zeit zur unfreiwilligen Zeugin eines ... Gewaltverbrechens werden. Ich meine, das klingt echt nicht normal. Die Geräusche werden leiser, aber mein Herz schlägt immer noch zu schnell. Müde ziehe ich mein Kissen über den Kopf und lausche dem Pochen meines Herzens. Vierundzwanzig ... fünfundzwanzig ... sechsundzwanzig ... Mein Puls verlangsamt sich etwas, ich zähle die Schläge, um runterzukommen. So wie ich ständig irgendwas zähle, um mich zu beruhigen.

Ich weiß genau, wie viele Stufen die Treppe zu meinem Apartment hat. Siebenundsechzig. Die ungerade Zahl ist ein bisschen seltsam, aber ich muss die halbe Stufe mitzählen, die von der Straße zur Haustür führt. Ich kenne die exakte Anzahl der Treppenstufen an der U-Bahn-Station Embankment, wo ich seit drei Monaten täglich auf dem Weg ins Büro aussteige. Ich erinnere mich sogar an die allererste Telefonnummer meiner Mutter, bevor sie ihren reichen Ehemann gefunden hat. Und das ist siebzehn Jahre her.

Ein Schrei von nebenan reißt mich aus meinen Gedanken. Herr im Himmel, da wird doch gerade eine Frau ermordet. Oder zumindest ordentlich verprügelt! Meine Haare sträuben sich bei dem durchdringenden Geräusch. Muss ich die Polizei alarmieren? Ich hätte auf meine Mutter hören sollen, die mich vor dieser Gegend gewarnt hat. Allerdings dachte ich, sie wollte Henry nur einen Gefallen tun und es mir ausreden. Mein Stiefvater war nämlich nicht gerade begeistert von der Idee, mir die Wohnung, die für ihn ein reines Anlageobjekt ist, zu überlassen.

Großer Gott, jetzt fällt auch der Mann in das Geschrei ein. Noch bevor mein müdes Hirn die richtigen Schlüsse ziehen kann, reagiert mein Körper. Mit unbändiger Hitze, als würde ich von innen heraus schwitzen. Nein, es gibt keinen Zweifel. Nebenan hat jemand ... Sex! Laut. Und zwar viel zu laut für meinen Geschmack. Was für eine Unverschämtheit, um diese Uhrzeit!

Entsetzt schnappe ich mir das iPad vom Nachttisch und hämmere damit gegen die Wand. Der Wecker zeigt 3:02, die beiden legen offenbar erneut los. Ach du je ... Nein, das will ich nicht hören! Wirklich nicht! Hektisch presse ich die Hände auf meine Ohren und fange an zu summen, um die Worte zu übertönen. Trotzdem dringen sie zu mir, zwar gedämpft, aber leider dennoch gut verständlich.

«Jaaaa, fick mich. Härter, bitte, ich ... ich komme, aaah!»

Das Blut rauscht mir in den Ohren, und mein Herz klopft so schnell, als hätte ich gerade den London Marathon gewonnen. Viel schlimmer jedoch ist die Reaktion meines Körpers. Was um alles in der Welt ist da los? Zwischen meinen Beinen passiert etwas, das ich seit Jahren erfolgreich vermieden habe. Schließlich gehe ich allem, was mit Sex zu tun hat, seit jener Nacht vor drei Jahren aus dem Weg. Bisher hat das prima funktioniert. Ich schalte sogar bei Liebesfilmen um, wenn es zur Sache geht, obwohl ich Liebesfilme echt mag. Oh nein ... Jetzt verspüre ich auch noch ein seltsames Ziehen in meinem Unterleib, das mich erschauern lässt.

3:09. Den Geräuschen nach zu urteilen, nähern sich die beiden dem Finale. Langsam komme ich mir vor wie in einem Comic. *Gngngnggn. Uff. Ächz. Stöhn.* Dann noch ein langgezogener Schrei. Hurra, es gibt Hoffnung, sie ist fertig! Oder er. Oder am besten beide.

Tatsächlich, um 3:13 ist Ruhe. Endlich. Hoffentlich drehen die sich jetzt wenigstens gleich um und quatschen nicht noch stundenlang. Immerhin hat die ganze Nummer ... Was? Elf Minuten? Nur elf Minuten dauert so was? Fast muss ich lachen. Und deswegen machen die Leute so ein Theater? Darum geht es? Um lächerliche elf Minuten? Gut, dass ich damit nichts zu schaffen habe.

Stöhnend ziehe ich mir die Decke über den Kopf und kneife die Augen zu. In meinem Kopf geht einiges durcheinander, viele der Bilder, die ungefragt vor meinem inneren Auge auftauchen, will ich nicht sehen. Die Geräusche haben Erinnerungen geweckt, die ich verdrängt hatte. Zumindest bis gerade eben.

Herzlichen Dank, ihr Tiere! Jetzt bin ich hellwach und kann ganz sicher nicht wieder einschlafen. Warum passiert mir so was? Hätte nicht ein Musiker nebenan einziehen können, der nachts Klavier spielt? Das würde mich nicht stören. Sogar mit so einem Filmfreak wie dem Typen von unten, der auf seiner Surround-Anlage *Avatar* in Dauerschleife guckt, kann ich leben. Aber ausgerechnet *das* ... Liebes Schicksal, wenn das ein Scherz sein soll – er ist nicht witzig!

Nebenan wird es wieder lauter. Himmel, die werden doch wohl nicht *noch mal* ...? Das wäre echt unmenschlich! Neugierig lausche ich, höre jedoch nur gedämpfte Stimmen, ohne ein Wort zu verstehen. Doch dann ertönen im Treppenhaus Geräusche. Was zum ... Mitten in der Nacht? Ohne darüber nachzudenken, springe ich aus dem Bett und tapse über den kalten Parkettboden zur Tür. Die schwarzen Lackmöbel wirken im fahlen Licht, das durch die riesigen Fenster hereindringt, wie bucklige Geister. Ich presse mein Ohr gegen die moderne Stahltür, die mit einem genialen Zahlencode-Schloss versehen ist, kann aber nichts verstehen. Also schiele ich durch den Spion, den Henry hat einbauen lassen. Da bewegt sich etwas, Gemurmel erklingt. Lange blonde Haare ziehen am Guckloch vorbei, eine zierliche Frau in einem bunten Kleid geht langsam die Treppe runter. Mein Puls beschleunigt sich wieder. Na großartig. Der Typ treibt es mitten in der Nacht mit seiner Freundin und hat die Nerven, sie um diese Uhrzeit allein auf die Straße zu schicken? Was für ein Idiot! Wahrscheinlich ist er arbeitslos. Wer sich um die Zeit mit so was wie Sex abgibt, kann ja wohl keiner geregelten Tätigkeit nachgehen. Ich verdrehe mir fast den Kopf, doch von meinem Nachbarn ist nichts zu sehen. Im Treppenhaus geht das Licht aus, und ich atme einmal tief durch, bevor ich ins Schlafzimmer zurückhusche.

Mein Blick fällt auf den Nachttisch, auf ein Foto im Bilderrahmen. Das bin ich. Nein, falsch – das *war* ich. Vor mehr als drei Jahren. Ein glücklicher Teenager. Ich trage ein buntes Top mit Spaghettiträgern, so bunt wie das Kleid der jungen Frau, die gerade die Treppe runtergegangen ist. Meine braunen Haare sind vom Wind zerzaust, lange Strähnen flattern vor grünen Augen. Mein Mund ist zu einem fröhlichen Lachen geöffnet. Ein Bild aus der Zeit vor jener Nacht, die mein Leben in eine Hölle verwandelt hat. Der Nacht, seit der ich versuche, mich unsichtbar zu machen.

Ich drücke Mr Perry fest an mich und streichle über seine abgewetzten Ohren. Mein Stoffhase ist so alt, dass ich mich nicht erinnern kann, wann ich ihn gekriegt habe. Ich weiß, dass mein Dad ihn mir geschenkt hat, und zwar nachdem meine Mutter sich von dem *alkoholkranken Loser* getrennt hatte, wie sie ihn stets nannte. Mr Perry tröstet mich, wie damals im Internat, als ich dort einsam und verloren ankam. Obwohl ihm ein Auge fehlt und er mehrere Narben am Bauch hat, weil die Wolle wie Gedärm aus ihm herausquoll und ich ihn nähen musste. Es ist vielleicht ein bisschen peinlich, mit zweiundzwanzig noch mit einem Stoffhasen zu schmusen, aber jeder Mensch hat doch ein peinliches Geheimnis, oder etwa nicht? Nicht, dass es mein einziges wäre …

2

«Hast du am Wochenende *gefeiert*?» Meine Kollegin Jen starrt mich an, als ob ich mit einer Luftschlange um den Hals und einer leeren Wodkaflasche in der Hand laut grölend vor ihr stehen würde. Ich verdrehe die Augen.

«Ach, entschuldige, ich hatte vergessen, dass du *so was* ja nicht machst.» Sie zieht ihre dünn gezupften Brauen hoch. Blonde Locken ergießen sich über ihren Rücken, und sie trägt wie üblich Stelzen, heute in Form von pinken Glitzerpumps mit Schleifen an den Fersen. Mit den Schuhen überragt sie mich um einen Kopf, weil sie eigentlich viel zu groß ist für High Heels. Aus der Ferne sieht sie deshalb manchmal ein bisschen aus wie ein Transvestit, zumal auch ihr Make-up so wirkt, als wäre sie Visagistin bei einer Travestie-Gruppe. Ich mag sie. Sie war die Erste, die mich vor drei Monaten in diesem grauen Großraumbüro begrüßte, und ich bilde mir ein, dass sie so was wie eine Freundin geworden ist.

«Ernsthaft, Ella, wenn ich es nicht besser wüsste ... Du siehst total übernächtigt aus.»

«Ich hab einen neuen Nachbarn», erkläre ich und suche im Kühlschrank unserer riesigen Büroküche, die sogar einem Coffeeshop in Soho Ehre machen würde, nach der Milch.

«Und der ist so scharf, dass er dir den Schlaf raubt?» Jen verzieht ihren Mund zu einem breiten Lipgloss-Grinsen.

«Er treibt es nachts mit einem Esel!» Ich hole die fast leere Packung aus der hinteren Ecke. Jen reißt die Augen auf und setzt sich auf einen der weißen Küchentische. Ihr Kleid ist ein bisschen zu eng, ich habe Angst, dass es mich anspringen könnte.

«Ernsthaft, was ist passiert? Spuck's aus.»

«Offenbar wohnt neuerdings jemand in der Wohnung neben meiner, und der hatte heute Nacht ... Sex.» Meine Ohren fangen an zu glühen. Hoffentlich erzählt mir Jen jetzt nicht wieder von ihren nächtlichen Aktivitäten. Sie versucht nämlich, schwanger zu werden, und an manchen Tagen muss ich mir ziemlich detaillierte Berichte von ihren Versuchen anhören, bei denen ich mir innerlich die Ohren zuhalte. Auf Verständnis brauche ich also nicht zu hoffen.

Wie erwartet, lacht sie über meine Beschwerde. «Und? Das ist doch normal. Ich meine, jeder macht das, und manchmal hört man es eben. Ich möchte nicht wissen, was unsere Nachbarin von uns denkt.»

«Aber doch nicht so laut! Es klang nach Tierquälerei», murmle ich, während ich siedendes Wasser auf meinen Chai-Tee gieße.

«Entweder habt ihr verdammt dünne Wände, oder du solltest dir deinen Nachbarn mal genauer ansehen. Wenn es so laut war, ist er bestimmt ziemlich gut im Bett.»

«Darüber will ich wirklich nicht nachdenken.» Und es interessiert mich auch nicht. Sex interessiert mich nicht. Ich finde, ich habe ein Recht auf ein sexfreies Leben. Seufzend rühre ich meinen Tee um.

Die Küchentür geht auf, und Sean kommt mit wie immer leicht zerstrubbelten Haaren herein. Mein Herz klopft schneller, als er mich kurz mustert und sein übliches «Morg'n» brummt.

«Guten Morgen, Sean. Schönes Wochenende gehabt?» Jen reicht ihm seinen Kaffeebecher aus dem Schrank, auf dem *Wenn ich mit einem Arschloch reden wollte, würde ich furzen* steht.

«*Starcraft 2* gezockt, bis heute Morgen.» Kein Wunder, dass er noch schlimmer aussieht als ich. Mit den dunklen Ringen um die Augen ähnelt er einem Pandabären. Einem süßen, knuddeligen Pandabären. Ich nippe vorsichtig an meiner Tasse, während ich ihn beobachte. Wohlige Wärme breitet sich in mir aus, die nicht unbedingt mit meinem Tee zu tun hat. Glaube ich zumindest.

«Gottverdammter Nerd», meint Jen, als Sean unbeholfen mit seinem Becher vor unserer Kaffeemaschine steht. «Kann ich dir irgendwie helfen?»

«Komm schon klar», brummt er. Ich sehe genau, dass er einfach irgendwo drauf drückt, um Jens Mutterinstinkt zu entkommen. Faszinierend, dass ein Computerfreak wie er Probleme mit einem banalen Kaffeeautomaten hat. Wobei das Exemplar in unserer Küche zugegebenermaßen mehr Knöpfe hat als ein Computer und durchaus einschüchternd wirkt.

«Ich konnte am Wochenende übrigens keine Mails empfangen», sage ich, um überhaupt irgendwas zu sagen. Ich fühle mich unsichtbar in meiner grauen Strickjacke, obwohl ich heute Morgen sogar eine Perlenkette umgelegt habe. Neben Jen, die wie immer aussieht, als ob sie nicht im Büro, sondern auf einer After-Show-Party wäre, wirke ich wie ein langweiliger grauer Stein. Ein Kiesel ohne Ecken und Kanten. Aber ich will es ja so. Seit Jahren versuche ich alles, um nur nicht aufzufallen, und das gelingt mir offenbar gut. Trotzdem könnte er mir wenigstens antworten.

«Vielleicht kannst du mal den Mailserver überprüfen?», hake ich nach.

«Hm, mach ich gleich.» Er reißt seinen Kaffeebecher an sich, als ob er eine Waffe wäre. Jen behauptet, dass er in mich verknallt sei und deshalb so komisch reagiere, wenn ich in der Nähe bin. Und da ich mir nicht vorstellen kann, dass ein Nerd wie er sich überhaupt für Sex interessiert – von YouPorn-Videos mal abgesehen –, habe ich mir in der letzten Zeit Gedanken über ihn gemacht. Über uns, besser gesagt. Manchmal sehne ich mich abends doch danach, nicht in eine leere Wohnung zu kommen, sondern mit jemandem reden zu können. Oder einfach nur zu kuscheln. Wenn ich Sean richtig einschätze, würde er einen Spieleabend jederzeit dieser nervigen Sexsache vorziehen, was mir sehr gefiele.

Er nippt an seinem Kaffee und verzieht tatsächlich den Mund zu einer Art Lächeln. Mein Herz hüpft ein kleines bisschen, fällt aber sofort wieder runter, als ich den Spruch auf seinem T-Shirt lese. *Ich höre Stimmen, und sie mögen dich nicht.* Sean eben.

«Ich weiß wirklich nicht, was du an ihm findest», meint Jen, nachdem er aus der Küche geschlurft ist. Ich wische drei Kaffeetropfen vom Sieb der Maschine und spüle den Lappen gründlich mit kaltem Wasser aus. Meine Wangen werden warm.

«Tu ich doch gar nicht. Wie du darauf bloß kommst ...»

«Mensch, Ella. Ich seh's dir doch an, ich hab dafür sehr feine Antennen. Mir kannst du nichts vormachen.»

«Du willst uns bloß verkuppeln, weil du dich so gern um andere kümmerst», erwidere ich lachend. «Du wirst mal die beste Mutter der Welt.»

Sie zwinkert mir zu und reckt sich gähnend. «Ich bin übrigens auch ziemlich müde heute, falls es dich interessiert. Ich hatte nämlich am Samstag meinen Eisprung. Diesmal hat es geklappt, ich bin mir ganz sicher.»

«Bitte nicht», stöhne ich entsetzt. «Keine Details!» Es ist ja schön, dass sie ihr Herz auf der Zunge trägt, aber ihren Unterleib sollte sie echt für sich behalten.

Jen kichert. «Ernsthaft. Ich hab gespürt, wie Jasons Sperma meine Eizelle ...»

«Guten Morgen, Freunde!»

Ich seufze erleichtert. Selten war ich so froh, Holly zu sehen, wie in diesem Moment.

«Du bist meine Rettung! Kaffee?», frage ich und blinzle erstaunt, weil ich meinen Augen nicht ganz traue. Seit wann sind ihre Haare orangefarben? Holly ist unsere Marketingassistentin, und sie liebt Werbung, daher würde es mich nicht wundern, wenn sie auf irgendeinen total coolen Werbespot reingefallen wäre, der Karotte als neusten Haartrend bezeichnet hat.

«Was ist denn mit deinen Haaren passiert?» Jen ist wie üblich erfrischend ehrlich und starrt Holly mit offenem Mund an. «Was hast du gemacht?»

«Farbunfall. Eigentlich sollten sie blond werden, aber das hat nicht ganz geklappt.»

«Offensichtlich», murmle ich und setze mich, weil Holly sich selbst am Kaffeeautomaten zu schaffen macht.

«Aber ich finde die Farbe cool. Ich glaube, ich lasse sie so.» Holly wirft ihre langen Locken über die Schulter und grinst mich an. Ich zucke die Achseln, denn was verstehe ich schon davon? Ich habe ja nicht mal eine Frisur.

«Zählst du wieder das Obst, Ella?» Holly zieht eine Braue hoch. Meine Ohren werden heiß. Seitdem sie von meinem Tick weiß, erwischt sie mich ständig beim Zählen. Und jedes Mal fühle ich mich ertappt wie ein Kind mit den Fingern im Bonbonglas.

«Ist doch eine Schande, dass immer so viel übrig bleibt», erkläre ich. «Sieben Bananen, fünf Äpfel und drei Orangen. Wie jeden Montag. Wir sollten uns das Frühstück einfach sparen. Die Zahlen lassen solche Ausgaben sowieso nicht zu.»

«Was, das Frühstück einsparen? Unmöglich! Das war einer

der Gründe, warum ich überhaupt hier angefangen habe!» Holly schüttelt den Kopf und schnappt sich ein Schokocroissant. «Und was die Zahlen angeht – ist normal für ein Start-up, dass die Anfangsphase einiges kostet. Die Investoren müssen schließlich erst mal Kohle reinstecken, bevor sie in zwei oder drei Jahren die fetten Gewinne abschöpfen können.»

«Ja, sicher.» Ich spiele an meiner Perlenkette herum. «Aber wenn es so weitergeht mit den Ausgaben, ist der Laden zum Jahresende pleite, und dann ...»

«Warte doch mal ab», meint Jen. «Die Webseite geht erst im August online, vorher kann doch gar kein Geld reinkommen. Wird schon schiefgehen.»

«Genau, das ist immer so», pflichtet Holly ihr bei. Holly ist älter als Jen und ich und hat im Gegensatz zu uns Berufserfahrung. Ihr wahres Alter ist allerdings ein ebenso großes Geheimnis wie das Versteck der echten Kronjuwelen.

«Aber der Business Case lässt nicht gerade hoffen», werfe ich ein, obwohl ich ahne, dass es zwecklos ist. «Mit einer Musik-Flatrate im Internet Geld zu verdienen ... Bei dem, was allein die Plattenlabels kriegen. Ich hab keinen Schimmer, wie das funktionieren soll.»

«Das war bisher überall dasselbe, Ella! In den ersten Jahren muss man die Preise so niedrig wie möglich halten oder den Dienst sogar kostenlos anbieten, um möglichst viele User zu sammeln. Erst nach drei, vier Jahren fängt das Ding an, Geld abzuwerfen.»

«In wie vielen Start-ups hast du denn schon gearbeitet?», frage ich misstrauisch.

«Drei. Das hier ist mein vierter Job, ich hab also durchaus Erfahrung.»

«Und was ist aus den drei anderen Firmen geworden?» Holly läuft rot an und beißt in ihr Croissant, um nicht antworten zu müssen.

«Siehst du? Und damit das bei *Juke* nicht passiert, muss ich mich rechtzeitig um die horrenden Ausgaben kümmern. Das ist schließlich mein Job.»

«Ella, ich weiß, dass du deine Arbeit verdammt ernst nimmst, aber solange Mr Jameson keinen Alarm schlägt, ist doch alles prima, oder?» Jen streicht mir mit der Hand über den Oberarm und sieht mich besorgt an. «Du bist nicht die Hauptverantwortliche für die Finanzen, dafür haben wir doch einen CFO. Du bist nur die Buchhalterin. Nimm das Ganze nicht so ernst. Du machst dir echt immer zu viele Sorgen.»

Sie hat gut reden ... Leider hat mir an der Uni niemand erklärt, wie ich meinem Chef sage, dass er einen schlechten Job macht. Ohne fristlos gefeuert zu werden. Schon bei dem Gedanken an dieses Gespräch, das ich seit Wochen vor mir herschiebe, beschleunigt sich mein Puls. Schließlich geht es hier nicht nur um mich, sondern um die Jobs von vierzig Kollegen, von denen zwei inzwischen meine Freundinnen sind. Ich fühle mich verantwortlich und sollte endlich handeln, auch wenn es mich meine Stelle kostet. Diese verflixte Angst ...

***

Auf dem Heimweg springe ich kurz in den Tesco-Markt um die Ecke, der sich zwischen zwei uralte Lagerhäuser quetscht und fast rund um die Uhr geöffnet hat. Es ist acht, und es dämmert bereits. Außerdem sind die Temperaturen für Mai empfindlich kühl. Der stetige Nieselregen hat meinen Trenchcoat durchweicht und meine Haare in einen Wischmopp verwandelt. Während Mädels wie Jen und Holly sogar im November mit Rock und nackten Beinen rumlaufen, trage ich immer eine blickdichte Strumpfhose unter meinem grauen Kostüm und robuste Pumps mit Blockabsatz. Auf bleistiftdünnen Stelzen, wie Jen sie bevorzugt, würde ich mir innerhalb von fünf Minuten den Hals brechen.

Mit einer vollen Tüte in der Hand und meiner Aktentasche über der Schulter spaziere ich die achtundneunzig Schritte nach Hause. Das alte Lagergebäude wirkt von außen sehr imposant, aber davon, dass Shoreditch angeblich eine angesagte Wohngegend in London ist, habe ich noch nicht viel mitgekriegt. Ich kenne allerdings auch nur den Weg zur U-Bahn-Station und zurück (zweihundertvierunddreißig Schritte, wenn ich schnell gehe) und die wichtigsten Sehenswürdigkeiten. Müde schlurfe ich die alten Metalltreppen nach oben. Aus der Wohnung neben mir tönt Rockmusik, zum Glück nicht besonders laut. Ich verdrehe die Augen und tippe den Zahlencode ein. Bevor ich die Wohnungstür aufstoße, schiele ich rasch auf das Klingelschild meines Nachbarn, doch es ist nach wie vor leer. Vielleicht sollte *ich* ihm einen Namen verpassen – *Eselzuchtstation* wäre doch ganz passend. Wann um alles in der Welt ist er überhaupt eingezogen? Und wieso habe ich davon bisher nichts mitbekommen – mal abgesehen von letzter Nacht?

Nachdem ich die Lebensmittel im Kühlschrank verstaut und schnell die glänzende Arbeitsplatte meiner modernen Edelstahlküche aufgeräumt habe, schalte ich den Fernseher ein. Die menschlichen Stimmen geben mir das Gefühl, nicht allein zu sein, und beruhigen mich. Besonders, wenn es bekannte Stimmen sind, wie die der Schauspieler aus meinen Lieblingsserien.

Der Klingelton meines Handys lässt mich zusammenfahren. Wer um alles in der Welt ruft mich an? Habe ich was im Büro vergessen? Ich sehe auf das Display. Es wird keine Nummer angezeigt. Sofort bricht mir der Schweiß aus. *Ganz ruhig, Ella, das wird er nicht sein. Er kann deine Nummer gar nicht haben.*

«Hallo?», frage ich vorsichtig, den Zeigefinger auf der roten Taste, um notfalls gleich auflegen zu können.

«Ella? Bist du das?» Mit einem unterdrückten Stöhnen lasse ich mich erleichtert auf mein graues Sofa fallen, das zwar schick, aber leider so unbequem ist wie ein gynäkologischer Stuhl.

«Warum meldest du dich nicht mit deinem Namen, wie sich das gehört? Du hast Jeremys Geburtstag vergessen.»

«Hallo, Mutter. Mir geht es gut, danke der Nachfrage», sage ich und halte den Hörer auf Armeslänge von meinem Kopf weg, weil ich weiß, was gleich folgen wird.

«Er war sehr enttäuscht, dass du nicht mal angerufen hast. Seitdem du in London bist, hören wir kaum noch von dir.»

«Ich hab viel zu tun.» Eine lahme Entschuldigung, das weiß ich selbst, aber sie wird meine Mutter beruhigen. Wer arbeitet, sündigt nicht, pflegt sie zu sagen, und davor, dass ihr braves Töchterchen sündigen könnte, hat sie am meisten Angst. Vor allem seit dem Konzert vor drei Jahren, das nicht nur mein Leben verändert hat.

«Ich mache mir Sorgen um dich, Eleonor.» Der Klang meines vor Monaten abgelegten Namens lässt mich zusammenzucken. Ich bin schon so an Ella gewöhnt, dass mir mein Taufname seltsam vorkommt.

«Was in London so alles passiert. Du könntest ermordet werden. Oder Schlimmeres.»

Gut, jetzt frage ich mich, was für meine Mutter schlimmer als ein Mord sein könnte. Drogen oder Prostitution vermutlich. Oder eine Schwangerschaft, schließlich bin ich so weit von einer Hochzeit entfernt wie ein Pinguin vom Nordpol. Das wäre ihr garantiert furchtbar peinlich.

«Glaubst du nicht, Henry hätte dann vom Hausverwalter gehört?», frage ich genervt und verdrehe die Augen. «Schließlich ist das hier sein Loft, und Blutflecken auf dem wertvollen Parkett würden ihn wahrscheinlich umbringen.»

«Du solltest deinem Stiefvater gegenüber etwas mehr Dankbarkeit zeigen, Eleonor. Er hat so viel für dich getan. Und jetzt noch die schöne Wohnung ...»

«Mutter, die Wohnung hat er mir zähneknirschend überlassen, nachdem ich vier Wochen lang eine bezahlbare Unterkunft in London gesucht und ihn anschließend angebettelt habe. Obwohl sie seit Monaten leer stand und der Verwalter zu dem horrenden Preis keinen Mieter finden konnte.»

«Der Immobilienmarkt ist derzeit im Aufschwung. Henry hätte ganz sicher keine Probleme, das Loft sofort zu vermieten. Für ziemlich viel Geld! Nur damit du weißt, was du ihm bedeutest. Du tust ihm unrecht.»

Schnaubend stehe ich vom Sofa auf. Die Wut, die in mir aufsteigt, braucht Raum, daher laufe ich mit dem Handy in der Hand auf und ab. Was ich ihm bedeute, hat er deutlich genug gemacht, als er mich meinem Schicksal überlassen hat. An dem er alles andere als unschuldig war. Wenn überhaupt, ist diese Wohnung eine Art Wiedergutmachung, mit der er sein Gewissen beruhigt.

«Sag ihm, dass ich ihm bis an sein Lebensende dafür dankbar sein werde. Und gratulier Jeremy nachträglich von mir.» Ich schlage einen versöhnlichen Tonfall an, obwohl mir eigentlich nicht danach ist, aber ich hasse Streit. Selbst mit meiner Mutter. Er endet immer damit, dass einer von uns beleidigt auflegt.

«Du denkst an die Jubiläumsfeier Anfang Juli, ja? Wir rechnen fest mit dir, Eleonor.»

«Ach du ... Im Juli? Da kann ich nicht, da haben wir ... ein Seminar oder so was.»

Meine Hände fühlen sich klamm an.

«Am Wochenende?» Ihre Stimme wird schrill. Ich sehe sie förmlich vor mir, wie sie dasteht, den Hörer in der Hand, die Lippen gespitzt, in einem ihrer engen und für ihr Alter viel zu kurzen Röcke. Man kann vielleicht Geld heiraten, aber keinen Stil. Das ist ihr größtes Problem. Das und die Tatsache, dass sie jedes Jahr älter wird.

«Eleonor?»

«Ja, ich bin noch da. Wirklich, im Juli ist es ganz schlecht, unsere Webseite geht im August online, und bei so einem Start-up ist jeder für alles verantwortlich, also helfe ich den Kollegen beim Marketing und beim Programmieren ...»

«Es ist nur ein Wochenende, Eleonor. Henry wäre bitter enttäuscht, wenn du nicht kämest. Er würde dich vermutlich enterben, das ist dir doch hoffentlich klar?»

Völlig klar. Und völlig egal. Sobald ich mir eine eigene Wohnung leisten kann, bin ich hier raus, und dann muss ich nie wieder Dankbarkeit heucheln.

«Du musst keine Angst haben. Falls du deswegen nicht kommen magst. Henry hat dir längst verziehen.»

Mir verziehen? Das Herz schlägt mir irgendwo im Hals, und ich schnappe nach Luft. Ich umklammere das Handy so fest, dass meine Knöchel weiß hervortreten. Ich wusste, dass dieses Gespräch so enden würde. Es ist immer dasselbe. Sie wird nie begreifen, was man mir angetan hat. Niemals. Ich bin die Schuldige. Das schwarze Schaf der elitären Adelsfamilie, in die sie eingeheiratet hat. Offenbar bin ich die Einzige, die mich als Opfer sieht. Für alle anderen steht fest, dass ich einfach eine dumme Schlampe bin. Daran hat niemand je einen Zweifel gelassen.

«Ich muss Schluss machen, Mutter. Mein Essen brennt an», würge ich hervor. «Bis bald.»

Bevor sie noch etwas erwidern kann, schalte ich das Handy schnell aus. Mein Bedarf an Telefonaten ist für heute gedeckt.

Im Treppenhaus ertönen Stimmen. Das Lachen einer Frau, eine Männerstimme.

Hm, eigentlich ganz nett. Tief und samtig, fast weich, aber trotzdem sehr männlich. Neugierig schleiche ich zur Tür und presse die Stirn dagegen, um durch den winzigen Spion zu gucken. Ich sehe lange blonde Haare ... Okay, die kenne ich schon, die gehören nicht zu meinem Nachbarn, sondern zu seiner Begleitung. Aber ich erhasche einen kurzen Blick auf seine Kehrseite. Schwarzes Shirt, breite Schultern. Enge Jeans über einem runden Hintern. Als die beiden die Treppe nach unten gehen, legt er ihr den Arm um die Schulter, und ich erkenne großflächige Tätowierungen.

Wie vom Schlag getroffen springe ich von der Tür zurück. Ein wild tätowierter Nachbar, der mich mit nächtlichen Sexgeräuschen in den Wahnsinn treibt. Das kann ja wohl nicht wahr sein. Welchen verdammten Scherz erlaubt sich das Schicksal da mit mir?

3

«Schon wieder? Du Arme!»

Ich gähne herzhaft und gieße heißes Wasser in meine Tasse. Jen sieht mich mitfühlend an.

«Ernsthaft, das tut mir echt leid, Ella. Ich verstehe ja, dass es dich nervt.»

«Herzlichen Dank für dein Verständnis. Aber was ich brauche, ist eine Lösung für mein Problem.»

Es ist Freitag, und ich fühle mich, als hätte ich die halbe Woche in einer Gefängniszelle verbracht. Chinesische Wasserfolter inklusive, nur dass mich nicht das Geräusch von Wassertropfen wach gehalten hat, sondern mein idiotischer Nachbar mit seinem Sexgestöhne.

«Geh rüber und sag ihm, dass du ihn hören kannst. Deutlich. Bestimmt ist ihm das peinlich, und er ist das nächste Mal leiser.»

«Wem ist was peinlich?» Holly betritt die Küche, setzt sich mit Schwung auf einen der Tische und lässt fröhlich die Beine baumeln. Natürlich wittert sie sofort Bürotratsch und mustert uns neugierig. Obwohl sie bestimmt schon fast dreißig ist, wirkt sie manchmal wie ein Teenager. Nicht nur wegen ihrer gewöhnungsbedürftigen Haarfarbe.

«Ellas neuer Nachbar. Er hat jede Nacht mit seiner Freundin gevögelt, und ...»

«Nicht jede, fast jede. Und es war nicht seine Freundin. Es waren verschiedene Frauen», unterbreche ich sie und zupfe an dem Teebeutel in meiner Tasse. «Der Esel war zweimal da, aber gestern war es eine andere. Das habe ich genau gehört, sie klang nämlich wie eine rostige Schiffshupe.» Beim Gedanken daran schüttelt es mich.

«Ahoi. Du hast offenbar einen Sexmaniac als Nachbarn.» Holly dreht andächtig eine orangefarbene Strähne zwischen ihren Fingern. «Kannst du ihn mir mal vorstellen?»

«Immer noch auf Entzug?», fragt Jen und zieht die Oberlippe spöttisch hoch. «Was ist mit deinem Buddy für besondere Gelegenheiten?»

«Der hat neuerdings eine Freundin, und die war nicht damit einverstanden, dass er ab und zu mit mir ins Bett geht.»

«Ach was.» Jen kichert.

«Halt! Es geht hier um *mein* Problem, okay?», wage ich einzuhaken. «Bitte, ihr müsst mir helfen. Ich weiß nicht mal, bei wem ich mich beschweren könnte. Es gibt ja keinen Vermieter. Kann man jemanden bei der Polizei anzeigen wegen so was?» Ich bin echt verzweifelt, meine Augenringe können langsam mit denen von Sean mithalten. Jede zweite Nacht werde ich aus dem Schlaf gerissen und finde dann keine Ruhe. Auch lange nachdem die Show auf der anderen Seite der Wand vorbei ist, liege ich noch wach. Weil mich die komischen Geräusche ehrlich gesagt nicht kaltlassen. Ganz und gar nicht. Ich *will* aber, dass sie mich kaltlassen. Das Ganze ist absolut albern. Ich hasse meinen unbekannten Nachbarn dafür, dass er mich mit Sex belästigt und mich dadurch zwingt, überhaupt daran zu denken.

«Hast du es ihm mal gesagt?», fragt Holly pragmatisch.

«Ich hab ihm mehrfach einen Zettel an die Tür geheftet, aber beim letzten hat er *Nur keinen Neid* druntergeschrieben und ihn an meine Tür geklebt.» Wo ihn nebenbei gesagt jeder im Haus sehen konnte!

«Was hast du denn geschrieben?» Jen beißt herzhaft in einen Apfel.

«Heute Morgen hab ich ihm mitgeteilt, dass ich letzte Nacht zwanzigmal *Oh Gott, oh mein Gott*, fünfzehnmal *Oh ja, Baby, ja*, siebenmal *Oh ja, ja, mach's mir noch mal*, viermal *Ich komme!* und unzählbare seltsame Laute gehört habe. Und dass ich mich wirklich nicht einmischen möchte, aber Sex auch am Nachmittag oder Vormittag schön sein kann. Wenn ich nicht zu Hause bin.»

Die beiden brechen in wieherndes Gelächter aus. Jen biegt sich vor Lachen, und Holly reibt sich eine Träne aus dem Augenwinkel. Ich fahre mir irritiert durch die Haare.

«Ella! Hast du eine Strichliste geführt oder was? Du bist echt irre.»

«Viermal? Ernsthaft?» Jen reißt die Augen auf. «Kam das immer von ihr oder auch mal von ihm?»

«Keine Ahnung, weiß ich nicht mehr», brumme ich missmutig. Dass mich hier aber auch niemand versteht! Ich leide unter dem Mist, und das hat ganz und gar nichts mit Neid zu tun. Sondern damit, dass ich mit Sex nichts am Hut hab. Aus Gründen.

«Du stehst doch morgens früh auf. Klingel ihn wach, vielleicht ist er abends dann eher müde und kann nicht mehr so lange. Oder geh direkt nachts rüber, wenn sie loslegen, und stör sie. Sag, dass du deinen Schlaf brauchst, dafür hat er bestimmt Verständnis.»

Klar. Welcher Mann würde nicht großherzig auf Sex verzichten, damit seine Nachbarin in Ruhe schlafen kann? Jen stellt sich das alles so einfach vor. Sie ist so harmoniebedürftig, dass sie ihrem Jason kleine Zettelchen schreibt, wenn ihr was nicht passt, statt es ihm zu sagen. *Bitte die Zahnpasta-Tube schließen, Schatz. PS: Ich liebe dich!*

«Ich hab's abends schon dreimal versucht, aber er macht nie auf. Und ich kann ja wohl kaum bei ihm klingeln, wenn er gerade ... Oh Gott.» Mein Gesicht wird ganz heiß bei der Vorstellung, einen Mann von der Matratze zu holen.

«Vielleicht hilft Alkohol?» Holly schlägt ihre kurzen Beine mit so viel Schwung übereinander, dass der Tisch unter ihr zu wackeln beginnt. Sie trägt nur Schwarz, weil das angeblich schlank macht, obwohl sie absolut nicht übergewichtig ist.

«Was? Wieso sollte Alkohol ...?», frage ich verwirrt. Mal davon abgesehen, dass ich seit drei Jahren – seit jener verhängnisvollen Nacht – keinen Tropfen angerührt habe, verstehe ich ihren Vorschlag auch nicht.

«Wenn du abends genug trinkst, schläfst du so tief und fest, dass du nichts mehr hörst», erklärt Holly.

«Oder Schlaftabletten», wirft Jen ein. «Ich weiß, das ist auf Dauer nicht gesund, aber zumindest vorübergehend ...?»

«Ohropax.» Gut, langsam werden die beiden wieder halbwegs vernünftig.

«Kopfhörer mit Musik.»

«Hab ich schon probiert», knurre ich.

«Was? Die sind *so* laut? Ich möchte den Typen ja gerne mal sehen, Ella. Das klingt echt vielversprechend.»

«Mach keine Scherze», sage ich zu Holly. «Das fehlte mir noch, dass ich mir nachts *dein* Gequietsche anhören muss.»

«Ich quietsche nicht. Ich schreie», erwidert sie vollkommen ernst. Schnell fange ich an, die Brotkrümel auf dem Tisch zu zählen. Weg mit euch, ihr Bilder in meinem Kopf! An so was will ich nun wirklich nicht denken. Wer stellt sich schon gern die Freundin beim Sex vor?

«Warum stört dich das so, Ella?» Jen mustert mich neugierig. «Ich meine, es ist vielleicht nicht gerade angenehm, aber so schlimm ...?»

Mein Herz klopft schneller. Ich möchte den beiden so gern vertrauen. Endlich loswerden, was mir passiert ist. Aber ich habe entsetzliche Angst, dass alles wieder von vorne losgehen könnte und die ganze Sache mich nach London verfolgt. Immerhin ist es erst drei Monate her, dass ich aus Oxford geflüchtet bin und sogar meinen Namen geändert habe, um genau das zu verhindern.

«Ich muss los. Mr Jameson braucht heute die PowerPoint-Folien für die Investoren.» Mein Chai-Tee ist kalt geworden. Ich kippe den letzten Schluck mit gerümpfter Nase hinunter, bevor ich zurück an meinen Platz gehe.

Sean nickt mir kurz zu, als ich an seinem Tisch vorbeikomme. Meine Ohren werden warm. Ich lächle ihm zu und lasse mich hinter meinen Schreibtisch fallen. Das Großraumbüro hat mir anfangs den letzten Nerv geraubt, vor allem, weil Jen auf der anderen Seite der grauen Trennwand sitzt und ihre Telefonate mit Journalisten häufig so laut führt, dass man sie auch ohne Telefon am anderen Ende Londons hören würde.

Die riesige Excel-Tabelle auf meinem Monitor beruhigt mich sofort, obwohl die Zahlen darin mich in Panik versetzen müssten. Aber es sind Zahlen, immerhin. Ich stülpe die Kopfhörer über und vertiefe mich in die endlosen Zeilen und Spalten.

Während ich den Forecast berechnen lasse, zieht sich mein Magen zusammen, als ob ich ein paar Eiswürfel verschluckt hätte. Ich traue mich kaum, auf das Ergebnis zu schauen: Am Ende steht eine dicke rote Zahl, die sich selbst mit den von mir erdachten Sparmaßnahmen nicht in eine schwarze verwandeln lässt. Also nehme ich mir die andere Spalte vor. Wenn ich schon an den horrenden Kosten nicht viel ändern kann, sollte ich wenigstens für mehr Umsatz sorgen. Wie auch immer ich das anstellen soll ...

***

Als ich am Abend mit einem schweren Paket im Arm das alte Lagerhaus in der Leonard Street erreiche, brummt mein Kopf vor Müdigkeit. Junge Menschen mit glasigen Augen und Bierflaschen in den Händen strömen an mir vorbei, Richtung Hoxton. Auf dem Weg in die Bars, von denen hier angeblich jeden Tag eine neue eröffnet. Da ich nicht ausgehe, kenne ich keine einzige, aber es interessiert mich auch nicht. Außerdem läuft gleich eine meiner Lieblingsserien, und seit ich nicht mehr weggehe, bin ich ein richtiger Serienjunkie. Wenn eine Serie eingestellt wird, bin ich tagelang depressiv, als ob ein Familienmitglied gestorben wäre. Kein Wunder, ich sehe die Schauspieler ja auch öfter als meine eigene Mutter. Ich schalte den Fernseher ein und lasse Werbung laufen, während ich mein Essen vorbereite. Curry mit Reis aus der Tüte, zu mehr reicht meine Kraft heute nicht.

Kurz bevor ich es mir mit meinem Teller auf dem Sofa bequem machen will, dringen laute Geräusche an mein Ohr. Ich stelle den Fernseher stumm und lausche. Sofort richten sich meine Nackenhaare auf. Herr im Himmel, das kann nicht sein Ernst sein! Wenn er schon nicht feiern geht wie alle anderen, muss er doch nicht jetzt ...

Die Laute sind eindeutig. Die Schiffshupe von gestern ist zurück. Madame *Oh ja, ja, mach's mir noch mal!* Mein Magen gibt ein genervtes Knurren von sich, aber mir ist der Appetit vergangen. Wenn die Wohnung nebenan tatsächlich spiegelverkehrt zu meiner ist, treibt er es im Wohnzimmer. Muss das echt sein? Macht der das mit Absicht? Blöderweise wird mir schon wieder warm, während das Gestöhne nebenan eskaliert. Mein Körper scheint seine eigenen Ansichten zu dem Lärm zu haben, und ich schäme mich für ihn. Das merkwürdige Kribbeln im Unterleib irritiert mich. Ich stelle den Fernseher lauter und versuche, den Krach zu ignorieren.

Mein Nachbar hat offenbar die Potenz eines Zuchtbullen. Wahrscheinlich ist er ein total unbeliebter Kerl, der sich jeden zweiten Abend eine Prostituierte ins Haus holt. Das würde auch erklären, warum er seine Betthasen mitten in der Nacht wegschickt, was ein anständiger Mann ja wohl kaum machen würde. Das Blut steigt mir in den Kopf, in meinem Bauch zieht sich die Wut zu einem kleinen Ball zusammen. Jetzt reicht's. Ich muss mich wehren, sonst hört das nie auf. Allerdings wird mir schon bei der *Vorstellung*, mit ihm darüber sprechen zu müssen, übel. Großer Gott, ich will ja nicht mal an Sex denken, geschweige denn mit einem völlig fremden Typen darüber reden. Ich will aber auch nicht täglich daran erinnert werden – also habe ich keine Wahl.

Zum Glück hatte Holly heute eine grandiose Idee, wie ich mich an ihm rächen kann. Jen fand den Vorschlag dämlich, aber mir hat er gefallen, und deshalb steht jetzt das riesige Paket neben der Tür. Meine Finger kribbeln schon, aber ich beherrsche mich geduldig. Morgen früh. Und zwar sehr früh. Ich brauche nämlich dringend ein paar Löcher in der Wand. Braucht doch jeder mal, oder etwa nicht?

4

Meine Augen sind verschwollen, als der Wecker um sechs Uhr klingelt. Innerhalb von fünf Sekunden bin ich hellwach und weiß wieder, warum ich an einem Samstag so früh aufstehen wollte. Nicht, um den üblichen Wochenend-Jetlag am Montag zu vermeiden – nein, heute habe ich eine Mission. Allein der Gedanke daran jagt meinen Puls nach oben.

Nebenan ist es still. Kein Wunder, schließlich wurde ich um 2:07 Uhr erneut Zeugin der Perversionen und musste wütend und schlaflos im Bett liegen und mir die Ohren zuhalten. Dafür werde ich mich jetzt rächen. Je eher, desto besser. Vorher wird an so was wie Frühstück nicht einmal gedacht! Ich werde ihm schon zeigen, dass ich mir nicht alles gefallen lasse.

Entschlossen marschiere ich ins Wohnzimmer und packe die orangefarbene Bohrmaschine aus. Ein bisschen fühle ich mich wie Leatherface aus *Texas Chainsaw Massacre*, obwohl ich natürlich gar keine Kettensäge habe und auch nicht plane, jemanden zu ermorden.

Wo mache ich die Löcher eigentlich hin? Vielleicht übers Bett, dann kann ich dort später ein Bild aufhängen. Es muss diese Wand sein, weil er direkt dahinter gerade friedlich schlummert.

Allein, denn um 2.47 Uhr habe ich die Frau im Treppenhaus gehört.

Meine Hände schwitzen, als ich auf der schwankenden Matratze stehend die Bohrmaschine ansetze. Mist, ich hab in meinem Leben noch nie ein Loch irgendwo reingebohrt. Ich kneife ein Auge zu, um besser zu zielen, und schalte das Ding entschlossen ein. Im nächsten Moment werde ich mit enormer Wucht von der Wand weggeschleudert. Die Maschine fliegt mir aus den Händen und landet mit einem Höllenlärm auf meinem Bett, wo sie ein hässliches Loch in – oh mein Gott! – in den armen Mr Perry bohrt! Ach du ... Hastig rette ich Mr Perry vor dem Ungetüm und drücke ihn kurz an mich. *Es tut mir leid. Es tut mir so leid! Ich werde dich flicken und deinen Bauch viel schöner machen, versprochen.*

Noch immer kreischt die Bohrmaschine vor sich hin, offenbar ist die Feststelltaste gedrückt. Himmel, was habe ich mir eigentlich dabei gedacht? Es ist kurz nach sechs an einem Samstagmorgen, und ich stehe mit einer Bohrmaschine auf meinem Bett. Wenn mich einer sehen könnte, würde er mich zwangseinweisen, so viel steht fest.

Von nebenan dringen Geräusche herüber, und mit einem Mal schießt so etwas wie Zufriedenheit durch meinen Körper. Immerhin habe ich ihn geweckt, noch bevor ich die Wand überhaupt getroffen habe! Gut so. Das spornt mich an weiterzumachen, also nehme ich das Teufelswerkzeug wieder an mich und halte es diesmal mit leicht angewinkelten Armen so fest, dass meine Knöchel weiß hervortreten. Ich bin schließlich lernfähig. Es gilt, einen Widerstand zu überwinden. Und das werde ich auch. Mit zusammengebissenen Zähnen richte ich die rotierende Spitze erneut auf die Wand und setze an. Der Lärm ist ohrenbetäubend! Hilfe, hätte ich Ohrenschützer aufsetzen müssen? Hoffentlich werde ich nicht taub.

Nach dem ersten Loch, das nun wie ein Auge meine Wand ziert, schalte ich die Maschine aus und lausche. Nichts. Unmöglich, dass er dabei weiterschläft! Entschlossen richte ich meine Waffe auf eine andere Stelle, direkt über meinem Nachttisch. Hier würde ein Bild wirklich gut hinpassen, keine Frage. Die Wand scheint zu vibrieren, als ich das Gerät einschalte und zusehe, wie es ein Loch, so dick wie mein kleiner Finger, in die makellose Mauer bohrt. Mein ganzer Körper wird durchgeschüttelt, und ich muss aufhören, weil meine Hand sich schon taub anfühlt. Ob es jetzt gereicht hat?

Ein schrilles Geräusch geht mir durch Mark und Bein, und ich brauche drei Sekunden, um zu kapieren, dass es meine Klingel ist. Bis auf den UPS-Fahrer hat die noch keiner benutzt, daher ist mir der Ton ziemlich fremd.

Ich rühre mich nicht von der Stelle, doch es schellt erneut. Ein durchdringend schriller Dauerton. Ich halte mir die Ohren zu und starre auf den Bohrer zu meinen Füßen. Und auf den weißen Putz, der auf mein Kopfkissen gerieselt ist. Mist. Dabei habe ich das Bett gestern erst frisch bezogen.

Das Klingeln hört nicht auf. Der Ton bohrt sich in meinen Kopf und bringt den Puls in meinen Schläfen zum Pochen. Ich muss wohl öffnen, aber ich bin weder angezogen noch geduscht. Unmöglich kann ich so ...

Ich ertrage das Geräusch nicht länger. Wie kann man nur so unverschämt sein? Vorsichtig gehe ich zur Tür und schiele durch den Spion. Schwarz. Nur schwarz. Mein Blutdruck steigt, mein Mund wird trocken vor Aufregung.

«Hallo? Ich weiß, dass Sie da sind, machen Sie schon auf!» Oh Gott! Ich bin im Schlafanzug, einem bunt gepunkteten Frottee-Einteiler. Wie peinlich! Es klingelt erneut, gefolgt von einem hartnäckigen Klopfen. Langsam ziehe ich die Tür auf, nur einen Spalt, damit ich mich beziehungsweise meinen dämlichen Pyjama dahinter verstecken kann, und schaue auf eine ziemlich breite Männerbrust unter einem schwarzen T-Shirt. Ein uraltes Tour-Shirt von den Smiths. Der Anblick lässt mein Herz für einen Moment schneller schlagen, denn bisher habe ich mich für den einzigen Smiths-Fan meiner Generation gehalten. Darunter Shorts, nackte, durchtrainierte Beine. Er ist barfuß. Mit angehaltenem Atem lasse ich den Blick höher wandern. Großer Gott, ein halbnackter Mann mit zerstrubbelten, dunkelblonden Haaren steht vor meiner Tür. Und er sieht aus, als ob er mich zum Frühstück verspeisen wollte.

«Ja bitte?», frage ich und ärgere mich, dass meine Stimme nicht so selbstsicher klingt, wie ich es gern hätte. Ich räuspere mich.

«Entschuldigung, aber ... Ms Cunning?»

Mein Herz pocht heftig. Wieso habe ich, ordentlich, wie ich bin, gleich beim Einzug das bescheuerte Namensschild angebracht? Ich könnte behaupten, nur zu Besuch zu sein. Oder jemanden vorschieben. *Mein Mann ist gerade damit beschäftigt, Löcher in die Wand zu bohren. Für ein neues Regal.* Ob er mir das glauben würde? Meine Beine fangen an zu zittern, weil mich der Mut verlässt. Er sieht schon ein bisschen sauer aus, und auf einmal fühle ich mich gar nicht mehr so im Recht. Um halb sieben am Samstagmorgen.

«Ja, möglich», antworte ich ausweichend und drücke die Tür bis auf einen winzigen Spalt zu, durch den höchstens eine Zeitschrift passen würde.

«Möglich?» Seine vollen Lippen verziehen sich zu einem Grinsen, das Grübchen neben seinem Mundwinkel vertieft sich. Er hat hellblaue Augen, durchdringend wie ein Laser. Seine Nase ist schmal, aber nicht ganz gerade. Vielleicht hat er sie sich mal gebrochen. In meinem Bauch kribbelt es, als er eine Strähne seiner dunkelblonden Haare aus der Stirn pustet und den Mund wieder öffnet, um noch etwas zu sagen. Auf seiner Zunge blitzt eine silberne Perle auf, ein Piercing. Auch in der linken Braue hat er einen Ring, ich kann kaum wegsehen. Seine Zähne sind so weiß wie meine Wände und schnurgerade. Und sein Mund ist ... wirklich schön. Volle Unterlippe, die Oberlippe hat einen sinnlichen, markanten Schwung. Himmel, starre ich ihm etwa gerade auf den Mund? Ich blinzle hastig und suche seinen Blick.

«Du weißt deinen eigenen Namen nicht?», fragt er sichtlich amüsiert und mustert mich von oben bis unten. Mir wird heiß.

«Doch, klar. Ich bin nur morgens ... durcheinander. Und todmüde. Weil mein neuer Nachbar mir nachts den Schlaf raubt.»

Er stützt sich mit dem Ellbogen an meinem Türrahmen ab und schiebt dreist den Spalt weiter auf. Ich krieche hinter die Tür, bis mein Hals wie der einer Schildkröte aussehen muss.

«Seltsam. Und ich bin gerade fast aus dem Bett gefallen, weil meine Nachbarin in aller Herrgottsfrühe ohrenbetäubenden Lärm veranstaltet. Stell dir das mal vor.»

«Wirklich?» Ich ziehe eine Braue hoch und sehe ihm fest in die Augen. Ich stehe auf den Zehenspitzen, damit ich meinen Kopf nicht so sehr in den Nacken legen muss, um ihn ansehen zu können. Die kühle Luft aus dem Flur verursacht Gänsehaut auf meinen Armen.

«Das ist ja ... nahezu unverschämt. Fast so unverschämt wie nächtlicher Geschlechtsverkehr. Vor allem, wenn die Geräusche dabei eher an Tierquälerei erinnern, Mr ...» Mein Gesicht glüht, aber ich bin erleichtert. So, es ist raus. Und es hat kaum weh getan.

Sein süffisantes Grinsen lässt mich schlucken.

«Ich bin Dave. Dave Hunt.» Er streckt den rechten Arm aus und schiebt ihn durch den Türspalt. Verwirrt starre ich auf seine langen Finger, die wie ein abgeschnittener Körperteil in meiner Wohnung zu schweben scheinen, dann öffne ich wie in Trance die Tür noch ein kleines bisschen weiter und ergreife seine Hand. Warm und trocken – im Gegensatz zu meiner. Hastig lasse ich sie los und wische mir die Hände am Schlafanzug ab. Wer weiß, was für Keime so einer mit sich rumträgt?

«Ich würde sagen, wir sind quitt, oder? Tut mir leid wegen der Geräusche. Ich hatte keine Ahnung, dass die Wände hier so dünn sind.»

Er sieht mich entschuldigend an. Er hat verdammt viele Wimpern. Normalerweise hat kein Mensch mehr als zweihundert, doch bei ihm sieht es nach deutlich mehr aus. Ich starre ihn an, und mein Gehirn fängt automatisch an zu zählen. Ganz von selbst. Fünfunddreißig ... sechsunddreißig ... siebenunddreißig ...

«Alles okay?» Er neigt den Kopf und lässt seinen Blick wieder an mir entlanggleiten. Von oben nach unten und zurück. Keine Chance, meinen peinlichen Aufzug länger zu verstecken. Der blöde Jumpsuit ist ziemlich eng, nur leider alles andere als sexy. Meine Wangen werden heiß, und ich zwinge mein Gehirn dazu, mit dem verdammten Zählen aufzuhören, bevor er mich wirklich für irre hält.

«Ich hatte Ihnen Nachrichten an die Tür geheftet, Mr Hunt, aber Sie haben nicht wirklich darauf reagiert.»

«Stimmt, die Nachrichten.» Sein Mund verzieht sich, dann erklingt ein samtiges Lachen, das mich an ein Glockenspiel erinnert. Oder ein Xylophon. «Sorry, ich dachte, die wären von einer alten Dame oder so. Aber dass ich eine so junge, attraktive Nachbarin habe, war mir nicht klar.»

Mein Herz pocht heftig. «Ach, macht es einen Unterschied, wen Sie stören mit Ihrem ... Ihrem perversen Kram? Vielleicht können Sie Ihre Betthäschen künftig knebeln, das wäre hilfreich.»

«Ich werde es in Erwägung ziehen, Mrs Frost.»

«Cunning. Ich heiße Ella Cunning», erwidere ich. Als er lächelt, bilden sich feine Fältchen in seinen Augenwinkeln.

«Ich weiß. Übrigens – es gibt heutzutage deutlich leisere Geräte. Bei Ann Summers zum Beispiel. Die meisten Mädchen schwören auf den *Rampant Rabbit*, falls es dich interessiert.» Grinsend zwinkert er mir zu.

«Was?» Verwirrt sehe ich ihn an. Als mir dämmert, wovon er redet, schnappe ich entsetzt nach Luft. Heilige Eiszeit, hat der unverschämte Mistkerl gerade behauptet, dass der Lärm von einem *Vibrator* ...?

«Und falls du mal Lust auf ein Original hast ... Ich bin gleich nebenan.»

Mein Gesicht fühlt sich an, als ob ich in einer Sauna übernachtet hätte. Noch bevor ich antworten kann, dreht er sich einfach um und verschwindet in seiner Wohnung.

Was für ein Idiot! Und wieder einmal werde ich die nächsten Stunden damit verbringen, mir zu überlegen, was ich hätte sagen können. Ich hasse es, dass ich bei Fremden nie so schlagfertig bin, wie ich es gern wäre. Die besten Antworten fallen mir immer erst viel zu spät ein, wenn ich wieder alleine bin. Aber etwas an ihm provoziert mich. Löst Reaktionen in mir aus, die ich so nicht von mir kenne. Ich habe mich immer versteckt und weggeduckt, doch dieser Typ reizt mich. Was um alles in der Welt ...?

Ich hasse diesen Kerl. Nicht nur wegen der dämlichen Tätowierungen auf seinem Körper, die Erinnerungen an jemanden wecken, den ich seit Jahren zu vergessen versuche.

5

Jen heult vor Lachen, als ich ihr am Montag in der Büroküche von meiner Racheaktion erzähle.

«Ernsthaft, dein Gesicht hätte ich gern gesehen! Ausgerechnet ...»

«Das ist nicht komisch», maule ich.

«Ich finde das sogar saukomisch! Ich hab nicht geglaubt, dass du das durchziehst.» Sie wirft mir einen Blick zu, in dem ich so was wie Bewunderung zu erkennen glaube. Ein wohliges Gefühl durchströmt mich, als hätte ich gerade eine heiße Schokolade getrunken. Vielleicht bin ich sogar ein bisschen stolz auf mich?

«Die Idee ist super, aber was machst du, wenn er nicht damit aufhört? Mit dem Sex, meine ich. Und das ist ja wohl nicht anzunehmen. Willst du jeden Morgen Löcher in die Wand bohren, bis du ein Sieb aus ihr gemacht hast?»

«Wer macht ein Sieb aus wem?» Holly hat die Tür so heftig aufgestoßen, dass diese gegen den riesigen Smeg-Kühlschrank knallt. Ich zucke zusammen und werfe Jen einen verschwörerischen Blick zu. Ehrlich, Holly ist die größte Tratschtante im Büro, und wenn sie die Story hört, kennt sie spätestens in der Mittagspause jeder. Da könnte ich auch gleich eine Anzeige in der *Sun* schalten.

«Holly hat deine Idee mit der Bohrmaschine umgesetzt, und der Typ wurde frech.» Jen zwinkert mir zu. Ich verdrehe die Augen, aber jetzt ist es sowieso zu spät.

«Echt? Los, erzähl! Ich sterbe vor Neugier.»

Brav wiederhole ich meine Geschichte, und Holly lacht am Ende noch lauter als Jen.

«Wie geil. Ich hab nur noch keinen Vibrator gesehen, der mit einer Bohrmaschine mithalten kann. Nicht mal ein *Sybian* ist so laut.»

Nein, ich frage nicht nach, was das ist. Ich will es gar nicht wissen.

«Was ist ein *Sybian*?» Jen ist neugieriger als ich. Stöhnend werfe ich ihr einen Blick zu, aber sie guckt Holly nur wissbegierig an.

«Eine Sexmaschine. Da setzt man sich drauf und ... Sorry, Ella.» Holly grinst. Wenn mein Kopf annähernd so rot ist, wie er sich gerade anfühlt, könnte man mich mit dem Feuerlöscher neben der Tür verwechseln.

«Das mit dem Vibrator war ja wohl nur ein Witz von ihm. Schätze, mit dem Typen wirst du dir noch Ärger einhandeln, Liebes.» Jen wirft mir einen besorgten Blick zu. Ich winke lässig ab, obwohl ich alles andere als entspannt bin.

«Morg'n.» Sean lässt die Küchentür geräuschvoll ins Schloss fallen. Wie von unsichtbaren Fäden gezogen richte ich mich auf und schenke ihm mein schönstes Lächeln. Er erwidert es mit einem kurzen Augenzwinkern (kann auch sein, dass seine Augen nur trocken sind, weil er die halbe Nacht gezockt hat).

«Alles klar bei dir? Highscore schon geknackt?» Holly lehnt mit verschränkten Beinen an der Arbeitsfläche, direkt vor dem Obstkorb. Sofort fängt mein Kopf an zu summen, weil sie mir die Sicht auf die übrig gebliebenen Früchte versperrt, die ich gerade zählen wollte.

«Nö. Aber morgen. Spätestens.» Er grinst und sieht dabei ziemlich süß aus. Ich werde ganz kribbelig. Auf seinem T-Shirt steht heute *Das Leben ist zu kurz für 56K*.

Lächelnd knete ich die Perlen meiner Kette mit einer Hand, während er wie immer planlos am Kaffeeautomaten hantiert, ohne uns weiter zu beachten. Jen zwinkert mir aufmunternd zu und nickt rasch in seine Richtung.

Was?, forme ich tonlos mit den Lippen und hebe die Schultern, als ob ich nicht wüsste, was sie meint. Ich werde mich niemals überwinden, Sean um ein Date zu bitten. Ich meine, entweder, er bittet *mich*, oder wir lassen es einfach. Ich würde lieber meine Zunge verschlucken, als mit dem Risiko zu leben, dass er nein sagt. Schon der Gedanke ...

«Mensch, Ella. Soll *ich* ihn für dich fragen?» Jen wartet nicht mal, bis die Tür hinter ihm zugefallen ist. Wütend drehe ich mich zu ihr um.

«Ich will doch gar nichts von ihm! Was soll denn das?» Oh Gott, Holly starrt mich so neugierig an, als ob ich ihr verraten könnte, in welchem Club sie Justin Timberlake treffen kann. «Ehrlich nicht», füge ich an sie gerichtet hinzu und schaue ihr fest in die Augen. Wenn sie dieses Gerücht im Büro verbreitet, bin ich geliefert.

«Du solltest dich mal sehen, wenn er im Raum ist.» Jen kichert und holt einen pinken Lipgloss aus einer Tasche an ihrem Kleid, um sich die Lippen nachzuziehen. «Das sieht doch jeder Maulwurf.»

«Was zur Hölle ...? Du stehst echt auf Sean?» Holly hebt die Brauen, sodass sie mich an den Wellington-Triumphbogen am Hyde Park erinnern. «Hm, na ja. Irgendwie ... passt ihr wohl zusammen.» Sie mustert mich stirnrunzelnd.

«Blödsinn. Ich habe gar kein Interesse an Männern.» Verzweifelt umklammere ich meinen Becher mit beiden Händen und stehe auf. «Außerdem hab ich zu tun und muss ...»

«Gut, dass du keine Schauspielkarriere ins Auge gefasst hast», meint Jen. «Es ist doch okay. Wenn du es bei ihm halt spürst ...»

«Wenn ich *was* spüre?», frage ich verwirrt.

«Das Ziehen im Unterleib», raunt Holly, weil Melanie die Küche betreten hat und sich grußlos am Buffet bedient. Unter meinen Achseln wird es langsam feucht. Können wir diese Unterhaltung bitte woanders weiterführen? In der Hölle zum Beispiel?

«Wenn du scharf auf einen Kerl bist, zieht es unten rum. Ein untrügliches Zeichen.»

«Ach, das. Das hab ich genau einmal im Monat, aber es hat nie mit einem Mann zu tun», gebe ich genervt zurück. «Und könnten wir jetzt bitte aufhören, über mich zu reden?»

Melanie dreht sich mit einem Croissant in der Hand zu uns um und betrachtet mich schmallippig. Herzlichen Dank, Holly! Spätestens heute Mittag wissen alle Kollegen, dass ich auf Sean stehe. Auch er selbst. Gott, ich möchte am liebsten fristlos kündigen und abtauchen.

Zu allem Unglück wartet Mr Jameson an meinem Schreibtisch. Mein schlechtes Gewissen nagt sofort eine Scharte in meine Eingeweide.

«Entschuldigung, ich war nur kurz ...» Fahrig deute ich hinter mich zur Küche und versuche, möglichst entwaffnend zu lächeln. Nicht, dass mir das je gelungen wäre, Flirten war noch nie mein Ding.

«Schon gut.» Er winkt ab und zieht die Stirn kraus. «Was sind das für neue Zahlen, Ella?»

Mein Herz rutscht in die Hose. Etwas außer Atem, bleibe ich neben ihm stehen und sammle mich. Jetzt oder nie. Wenn er mich schon darauf anspricht, muss ich es ihm sagen.

«Nun ja ... mir sind einige Unregelmäßigkeiten aufgefallen, und die bisherigen Zahlen sind ehrlich gesagt desaströs.»

Er kneift die Augen zusammen, und ich weiche automatisch einen Schritt zurück.

«Willst du mir sagen, dass ich meinen Job nicht gut mache?», fragt Mr Jameson mit gesenkter Stimme. Offensichtlich will er nicht, dass jemand unser Gespräch mithört.

«Nein! Nein, natürlich nicht, das würde ich doch nie ...», verhaspele ich mich. Natürlich musste er meine Bemerkung so verstehen. Lieber Himmel, ich hätte es für mich behalten sollen. Nervös starre ich auf seine Haare, damit ich ihn nicht direkt ansehen muss, und der kleine Teufel in meinem Kopf fängt gnadenlos an, sie zu zählen. Meine Hände werden klamm vor Aufregung.

«Ella, du bist eine gute Mitarbeiterin, das weißt du. Du bist klug, eine hervorragende Mathematikerin, ordentlich, morgens die Erste im Büro und abends die Letzte. Ja, das habe ich durchaus bemerkt», sagt er schnell, weil mein Mund schon wie von selbst aufgeklappt ist, um etwas zu erwidern. Mein Puls geht immer schneller. Jetzt kommt es. Er wird mir kündigen. So fangen solche Gespräche doch an, oder nicht? *Sie sind eine gute Mitarbeiterin, aber leider sehe ich mich gezwungen ...*

Er beugt sich zu mir vor, seine Augen wirken dunkel im blassen, teigigen Gesicht. Sein blauer Anzug spannt am Bauch, und er hat Haare in der Nase. Ziemlich genau ... fünfunddreißig. Im linken Nasenloch. Und im rechten ...

«Hast du mich verstanden?», fragt er.

«Was? Ich meine, wie bitte?» Eilig greife ich an meinen Hinterkopf und spiele an meiner Haarspange herum. *Konzentrier dich, Mensch. Sonst bist du den Job schneller los, als du zählen kannst.*

«Ich sagte, du machst deinen Job gut – solange du bei deinen

Kompetenzen bleibst und dich nicht in meine Arbeit einmischst. Ich hoffe, das war klar genug?»

«Ich wollte nur ... Sorry. Ich dachte ...» Meine Wangen glühen. Jen bleibt in der Tür zum Büro stehen und beobachtet uns mit zusammengekniffenen Augen. Ihren feinen Antennen ist nicht entgangen, dass das hier kein freundliches Mitarbeitergespräch ist. Ich hasse Großraumbüros. Plötzlich kommt es mir so vor, als würden mich alle anstarren.

Mr Jameson nickt mir gönnerhaft zu, dann richtet er sich auf. Ein falsches Lächeln ziert sein Gesicht. Er hat zwei winzige Rasurschnitte am Kinn, die meinen Blick fesseln.

«Also ... schick mir die Datei noch einmal. Ohne die Anpassungen, die du daran vorgenommen hast.»

«Ja, ist gut», stoße ich hervor. Ich muss mich beherrschen, um mich nicht vor Erleichterung zu bekreuzigen, als er sich endlich umdreht und auf seinen Glaskasten zugeht. Jen verwandelt sich in einen Blitz und steht innerhalb weniger Sekunden neben mir.

«Was ist los?», flüstert sie verschwörerisch. «Habt ihr Stress?»

Ich schüttle den Kopf und beiße mir auf die Lippe. «Ich hab einen kleinen Fehler gemacht, aber er hat meine Entschuldigung akzeptiert. Jetzt ist alles wieder gut.»

«Puh, ich dachte schon ... Sah so ernst aus.» Jen strahlt und lässt sich auf ihren Stuhl fallen. Ich setze mich ebenfalls, um aus ihrem Blickfeld zu verschwinden, und starre auf die graue Wand vor mir. Nein, ich kann es ihr nicht sagen. Sie würde sich Sorgen machen um ihren Job, und sie will doch schwanger werden. Da sollte sie sich entspannen. Durch diesen Mist muss ich allein durch, auch wenn ich keinen Schimmer habe, wie ich das anstellen soll. Warum lernt man die wichtigen Dinge nicht in der Schule oder an der Uni? Also die wirklich wichtigen Dinge.

Wie ich meinem Chef beibringe, dass er Fehler macht, die das Unternehmen ruinieren können, obwohl ich selbst ein absoluter Anfänger bin und keine Ahnung habe. Wenn man davon absieht, dass ich schon als Fünfjährige binomische Formeln lösen konnte, zum Entzücken meiner Mutter, aber das hilft mir hier nicht weiter. Oder wie man jahrelanges Mobbing überlebt, ohne verrückt zu werden. Wie man die verflixten Ängste loswird, die einen gefangen halten und daran hindern, einfach ganz normal zu leben, wie alle anderen Menschen auch. Meine Augen fangen an zu brennen, also öffne ich schnell die Excel-Datei und konzentriere mich wieder auf die Zahlen. Sofort beruhige ich mich, wie immer, wenn ich mein Gehirn mit Arbeit beschäftige. Die perfekte Therapie.

***

Um neun Uhr abends dröhnt plötzlich so laute Musik durch die Wohnung, dass ich erschrocken vom Sofa springe. Das darf ja wohl nicht wahr sein! Erst werde ich unfreiwillig Zeugin seiner Sexgeschichten, und jetzt feiert er auch noch Partys? Direkt neben meinem Kopf!

Das Wummern der Bässe wird von den alten Holzdielen übertragen. Meine Füße vibrieren. Genervt schlage ich die Beine unter und stelle den Fernseher lauter. Ich höre Stimmen, Gelächter. Geräusche im Treppenhaus, schlagende Türen. Na großartig, mitten in der Woche. Was für eine Zumutung! Wahrscheinlich ist das die Rache für meine Bohrmaschinen-Aktion. Als ich nicht einmal mehr den Abspann von *Friends* hören kann, stehe ich entschlossen auf und gehe rüber. Diesmal lasse ich mich nicht einfach zum hilflosen Opfer machen. Es ist gleich zehn, um die Uhrzeit muss ja wohl Ruhe herrschen. Schließlich gibt es so was wie eine Hausordnung. Hoffe ich jedenfalls. Das Herz schlägt mir vor Aufregung im Hals, aber ausnahmsweise ist meine Wut größer als die Angst. Wieso bringt dieser Kerl mich so leicht auf die Palme?

Erst nach dem dritten Klingeln reißt jemand die Tür auf. Ein dunkelhaariger Typ mit wirren Haaren steht vor mir, in der Hand eine Bierflasche. Aufgeknöpftes weißes Hemd, das lässig aus einer schwarzen Anzughose hängt, und Turnschuhe. Ich öffne den Mund, um meine Beschwerde loszuwerden, doch er kommt mir zuvor.

«Da bist du ja endlich, wir warten schon.»

«Was?», frage ich verwirrt. Er mustert mich von oben bis unten, trinkt einen Schluck. Lautes Gelächter und Musik dringen aus der Wohnung, im Hintergrund kann ich schemenhaft ein paar Leute ausmachen. Jemand schreit, die anderen lachen wieder.

«Dave? Warum hast du eine Stripperin im Lehrerinnen-Outfit bestellt? Komischer Fetisch!»

«Was hab ich? Moment!»

Hitze schießt mir ins Gesicht, ich schnappe nach Luft. «Ich bin keine ...»

«Ach du Scheiße. Mike, du Penner. Das ist meine Nach-ba-rin! Hey, Mrs Frost. Sind wir zu laut?»

Dave grinst mich über Mikes Schulter hinweg an. Ich tippe mir an die Stirn.

«Schade. Sieht doch sehr vielversprechend aus, bis auf die Klamotten. Nette Titten.» Mike zuckt die Achseln und wirft mir einen Blick zu, dem ich nicht lange standhalten kann. Zum Glück geht er rasch wieder in die Wohnung und lässt mich mit Dave allein.

«Tut mir leid, Ella. Die Jungs sind manchmal ...»

«Ja, ihr seid viel zu laut.» Ich verschränke die Arme vor der Brust. «Es gibt Menschen, die arbeiten müssen, auch wenn du dir das vielleicht nicht vorstellen kannst.»

«Komm rein, trink ein Bier mit», sagt er und tritt einen Schritt zur Seite. Ich schüttle den Kopf.

«Nein, danke. Ich will nicht stören, wenn die Stripperin kommt.»

«Ich hab gar keine bestellt.» Grinsend hebt er beide Hände. Sie sind knallrot, und er bewegt sie, als wären sie ganz steif.

«Was ist denn mit denen passiert?», frage ich. Bevor ich mich bremsen kann, habe ich seine Hände schon in meine genommen und zu mir herangezogen. Ein Reflex, den mein blödes Helfersyndrom ausgelöst haben muss. Warum sollte ich ihn sonst anfassen wollen? Seine Finger sind eiskalt. Schockiert sehe ich ihn an.

«Nur ein kleines Spielchen.» Er zieht die Hände nicht zurück. Ich weiß nicht, was ich machen soll, also bleibe ich stehen und halte sie weiter fest, während wir uns unverwandt ansehen. Ich schlucke nervös.

«Dave! Ken hat es geschafft! Du hast verloren.»

Er blickt über die Schulter in seine Wohnung. «Warte! Ich komm gleich.» Er sieht mich wieder an, und ich lasse seine Hände langsam aus meinen gleiten.

«Es wird gleich ruhiger, versprochen. Muss mich erst dran gewöhnen, eine Nachbarin zu haben.»

«Und dann noch so eine hübsche.» Ein blonder Junge schiebt sich an Dave vorbei und sieht mich an.

«Steve, zisch ab», knurrt Dave. Steve ist muskulös und hat Schultern wie ein Kleiderschrank, obwohl er noch sehr jung wirkt. Ungefähr in meinem Alter, schätze ich.

Aus der Wohnung riecht es nach Bier, Zigarettenrauch und gebratenem Fleisch. Die Jungs lachen wieder, laut. Jemand flucht so heftig, dass ich mir die Ohren zuhalten möchte. Ich spüre, wie ich rot anlaufe. Dann zwingt mich die Neugier doch, an Dave vorbei in die Wohnung zu schielen. Der Anblick der Jungs, die um einen langen Holztisch in der Mitte des Zimmers sitzen, lässt meinen Atem stocken. Der Typ, der mir aufgemacht hat, hält beide Hände in eine große Vase voller Eiswürfel und flucht durch zusammengebissene Zähne. Bevor ich fragen kann, was das soll, ruft einer der Männer: «Fertig! Und los.»

Er nimmt die Hände aus der Vase, greift nach einem Handy und fängt an zu tippen. Die anderen feuern ihn mit lautem Gejohle an, während er wiederholt vor Schmerzen das Gesicht verzieht und weiter vor sich hin schimpft. Dave dreht sich um und sieht für einen Moment zu, bevor er sich wieder mir zuwendet.

«Ist nur Spaß.»

«Das ist nicht euer Ernst, oder? Ihr könnt euch Erfrierungen an den Fingern holen», sage ich kopfschüttelnd. «Seid ihr irre?»

«Bist du eigentlich immer so?»

«Wie, so?», frage ich zurück.

«So frostig.» Er grinst. Ich erwidere seinen Blick für einen Moment, bevor ich mich zum Gehen wende.

Die Musik wechselt zu einem ruhigen Rocksong, den ich nicht kenne. Allerdings erkenne ich die Stimme – es ist Daves. Ganz eindeutig. Das weiche Timbre hat er auch, wenn er spricht, aber beim Singen ist es viel intensiver und löst wieder dieses Kribbeln in mir aus. Ist er tatsächlich Musiker? Das würde zumindest erklären, wieso ihm die Uhrzeit völlig egal zu sein scheint.

«Es wäre schön, wenn ihr etwas leiser feiern könntet», sage ich. «Ich muss morgen früh raus. Nachdem ich gestern Nacht schon wieder gestört wurde ...»

«Autsch, sorry. Hast du uns gehört? Aber das Mädchen war eine echte Wildkatze im Bett. Kaum zu bremsen.»

Oh Gott. Mein Magen setzt zu einem Hechtsprung an. Ein kalter Schauer jagt mir über den Rücken, und in meinem Kopf läuft plötzlich ein Film ab, den ich nicht sehen will. Wirklich nicht.

«Wie kommt es eigentlich, dass ich von dir nichts höre, Mrs Frost?», unterbricht Dave meine Gedanken. Er hebt spöttisch eine Braue und lehnt sich an den Türrahmen, während er mich von oben bis unten mustert. «Abgesehen von deinem Plastikfreund neulich.»

«Das war kein ... Ach, vergiss es.» Wütend beiße ich die Lippen aufeinander. «Ich bin wohl eher ... eine Schlange im Bett.»

Er lacht leise und beugt sich zu mir. Ich kann ihn riechen. Aftershave, Bier und eine seltsame Mischung aus Schokolade und Minze. Nervös halte ich die Luft an, zucke aber nicht zurück. Etwas an ihm reizt mich, auch wenn ich nicht weiß, was. Vielleicht sind es seine Tätowierungen und Piercings. Oder es liegt daran, dass ich ihm beim Sex zuhören musste.

«Eine Schlange? Klingt interessant. So ... beweglich.»

Meine Wangen glühen. «Falls du dich über mich lustig machen willst ...»

«Hey. Ich bin ein Mann. Du musst es gewohnt sein, dass man dir ins Höschen will, oder?» Er zieht einen Mundwinkel nach oben. Seine Arroganz lässt mir fast den Atem stocken. Unfassbar! Er macht sich über mich lustig. Nur weil ich anders bin. Mein Herz pocht heftig.

«In meinem Höschen befindet sich bereits ein Arschloch, und das reicht mir ehrlich gesagt. Gute Nacht.»

Meine Schlagfertigkeit schockt mich selbst. Bevor er etwas erwidern kann, drehe ich mich schnell um und haste die wenigen Schritte über den Flur zu meiner Tür. Erst, als sie hinter mir ins Schloss fällt, platzt es aus mir heraus. Ein Lachen. Es klingt ungewohnt, aber ... befreiend. Warum auch immer er mich so reizt, in seiner Gegenwart entdecke ich Seiten an mir, die ich fast vergessen hatte. Und ich fühle mich nicht mehr wie ein Opfer. Was hat das zu bedeuten?

6

Glücklicherweise war es ab Mitternacht wieder ruhig nebenan, auch wenn mich das heftige Gelächter vorher ein paarmal fast aus dem Bett gerissen hätte. Aber damit kann ich leben, obwohl ich normalerweise früher schlafen gehe. Trotzdem fühle ich mich ausgeruht, als mein Wecker wie an jedem Morgen um halb sieben schrillt. Bevor ich aufstehe, werfe ich einen Blick auf die Tagesliste, die ich jeden Abend anfertige und die mir hilft, meinen Tag zu strukturieren. Ich schreibe abends auf, was ich erledigen muss, damit ich besser einschlafen kann und mein Gehirn sich nicht die halbe Nacht mit Gedanken an den nächsten Tag quält; ein Rat von Dr. Murphy, meinem Therapeuten in Oxford.

Ich dusche, putze mir die Zähne, spüle mit antibakteriellem Mundwasser nach und stecke die Haare hoch. Dann werfe ich einen Blick in den Spiegel und frage mich, ob Jen recht hat und meinem Gesicht ein bisschen Farbe guttäte. Ich habe ausgeprägte Wangenknochen und ein leicht vorspringendes Kinn. Meine Augen sind ziemlich groß und grün, ich mag sie. Nur meine Wimpern sind zu hell und zu kurz für meinen Geschmack. Mascara würde helfen, aber ich habe mich seit Jahren nicht geschminkt und besitze gar kein Make-up. Wer stark geschminkt ist, fällt auf, und ich versuche, so unsichtbar wie möglich zu sein. Daher muss ich wohl mit meinem blassen Gesicht leben.

Seufzend ziehe ich eine graue Hose mit Bügelfalten und eine weiße Bluse aus dem Kleiderschrank. Man könnte meinen, dass mein Schrankinhalt aus Schuluniformen besteht, nur grau, weiß und schwarz. Schon die paar dunkelblauen Teile sind für meine Verhältnisse gewagt. Alles Bunte ist in den letzten Jahren nach und nach aus meinem Leben verschwunden. Als hätte es irgendwann erkannt, dass es nicht mehr zu mir passt. Dabei habe ich früher gern mit Kleidern experimentiert und sogar selbst welche genäht. Heute liebe ich es, in einer Menschenmenge einfach verschwinden zu können. Unsichtbar zu sein. Wenn ich nicht gesehen werde, kann man mir nichts tun.

Als ob Henry geahnt hätte, dass ich eines Tages hier leben will, ist sogar die von ihm eingerichtete Wohnung farblos. Modern und furchtbar ungemütlich. Auf dem Sofa kann man weder vernünftig sitzen noch liegen, die Designer müssen sich Inspiration in russischen Gefängnissen geholt haben. Die unter den riesigen Fenstern hängenden Sideboards aus schwarzem Lack sind so schmal, dass man kaum etwas darin aufbewahren kann. Zum Glück habe ich nur zwei Koffer aus Oxford mitgebracht, mehr brauchte ich nicht für meine wenigen Habseligkeiten. Die Wohnung wirkt so steril wie eine Intensivstation. Perfekt für mich.

Ich esse einen Joghurt mit Müsli, trinke weißen Tee mit Erdbeeraroma und schaue die Wiederholung einer alten Sitcom. Nur langsam wagt sich die Sonne aus dem grauen Dunst, der von den Straßen aufsteigt. Es wird ein schöner Tag.

Um Punkt 7:25 Uhr ziehe ich meine Schuhe an, prüfe, ob Lichtschalter und Gasherd ausgeschaltet und die Fenster verschlossen sind, und streife meine Lieblingsstrickjacke über, bevor ich wie jeden Morgen um 7:30 Uhr meine Aktentasche nehme und das Loft verlasse. Um direkt vor der Wohnungstür über etwas zu stolpern. Strauchelnd strecke ich beide Hände aus und schaffe es gerade noch, mich mit einer Hand am Treppengeländer abzustützen. Ein stechender Schmerz fährt in mein Handgelenk. Heilige Madonna, das war knapp! Auf den Schock folgt Erleichterung. Aber was um alles in der Welt liegt da vor meiner Tür rum?

Eine pinke Schachtel, so groß wie ein Schuhkarton. Als ich sie hochhebe, grinst mich ein Hase daraus an. Ein pinker Plastikhase. Mit einem leisen Aufschrei lasse ich die Box fallen und bleibe mit klopfendem Herzen davor stehen. Dann schießt Wut in mir hoch. Sie kommt aus meinem Bauch, kriecht nach oben in meinen Hals und sammelt sich dort in einer zuckenden Schlagader. Was für eine Unverschämtheit! Was bildet sich der Idiot eigentlich ein?

Ich werde meine U-Bahn verpassen, aber da ich sowieso immer zu früh im Büro bin, nehme ich das in Kauf. Mein Ärger ist größer als das schlechte Gewissen. Ich hebe die Packung auf und drücke seine Klingel, ohne loszulassen. Es dauert einige Minuten, bis die Tür geöffnet wird und ein strubbeliger Dave in einem weißen Bademantel erscheint. Er wirkt verschlafen, aber sein Gesicht erhellt sich, als er mich sieht.

«Findest du das witzig?», frage ich scharf.

«Guten Morgen, Mrs Frost. Tun dir die Beine nicht weh? Du bist mir die ganze Nacht durch den Kopf gegangen.»

«Vermutlich war ich auf der Suche nach Gehirnzellen», maule ich ihn an und drücke ihm die pinke Schachtel voller Verachtung in die Hand. «Ich finde das nicht komisch.»

Neugierig dreht er die Packung um. Sein Mundwinkel zuckt, dann heftet er seinen Blick aus diesen entsetzlich blauen Augen auf mich. Ich strecke den Rücken durch, um größer zu wirken.

«Herzlichen Glückwunsch, eine gute Entscheidung. Leider bin

ich kein Experte für die Dinger und kann dir damit nicht helfen.» Er will mir den hässlichen Vibrator zurückgeben, aber ich verschränke die Arme vor der Brust.

«Was soll das? Ich weiß doch, dass du mir das Ding heute Nacht vor die Tür gestellt hast.» Wer sollte es sonst gewesen sein?

Er schüttelt den Kopf. «Nein, tut mir leid. Ich meine, die Idee ist super, nur leider nicht von mir.»

Genial. Feige ist er also auch. «Dann war es wohl einer von deinen Freunden mit den abgestorbenen Fingern. Ich muss ins Büro. Behalte den Mist, vielleicht kannst du deinen Tussis damit eine Freude machen. Ich brauche so was jedenfalls nicht.» Damit wende ich mich ab und gehe zur Treppe.

«Hey, Mrs Frost!», ruft er mir nach. Ich koche noch immer vor Wut und ich bin mir ganz sicher, dass nichts Gutes aus seinem Mund kommen wird. Trotzdem bleibe ich kurz stehen und drehe mich noch mal um. Den weißen Bademantel aus Baumwolle hat er bestimmt in irgendeinem Hotel geklaut. Seine Haut darunter wirkt sonnengebräunt. Ungewöhnlich in London um diese Jahreszeit, wahrscheinlich war er gerade im Urlaub oder im Solarium. Die Härchen an seinem Körper sind hellblond, jedenfalls die, die ich sehen kann. Dann rutscht mein Blick nach unten und mir wird knallheiß. Ach du …

«Dein … dein Mantel ist da unten …», stottere ich und zeige mit dem Finger auf ihn. Gleichzeitig überlege ich fieberhaft, warum zum Teufel ich unbedingt auf diese Stelle starren muss, wo sein Bademantel aufklafft und mir einen ungehinderten Blick auf seine Kronjuwelen erlaubt? Heiliger Bimbam!

Er macht keine Anstalten, das Malheur zu beheben, sondern bleibt ungerührt in der Tür stehen. «Ich wollte sagen … Falls du mal einen Freund ohne Batterien brauchst – du weißt, wo du mich findest.»

«Ganz sicher nicht», antworte ich und greife nach dem Treppengeländer. «Ich will mir doch keine Krankheiten einfangen.»

Dann haste ich die Treppe runter. Mein Herz klopft heftig, als ich unten ankomme. Genervt umklammere ich den Trageriemen meiner Aktentasche und eile die dreihundertvierunddreißig Schritte die Leonard Street entlang zur U-Bahn-Station Old Street. Weil ich mich so beeile, sind es heute nur zweihundertneunundachtzig Schritte. Ich werde zu spät ins Büro kommen, und das macht mich wahnsinnig. Nicht, dass es einen der Kollegen stören würde. Vor neun Uhr kommt selten einer von ihnen. Aber mich würde es verrückt machen.

* * *

Jen sitzt auf meinem Schreibtisch und versperrt mir die Sicht auf eine Excel-Tabelle. Ich tippe ungeduldig mit dem Kugelschreiber auf meiner Stuhllehne herum, will aber nicht unhöflich sein und lausche ihrem Geplauder über *Sex and the City*. Ich glaube, das ist die einzige Fernsehserie, die ich nie gesehen habe. Allein dieser Titel ...

«Hey!» Holly lugt an der grauen Trennwand vorbei und grinst mich an. «Alles fit? Hast du mein Geschenk gefunden?»

«Was?» Irritiert löse ich meinen Blick von Jens nackten Beinen, die unter einem viel zu kurzen Rock hervorschauen, und sehe Holly an. Ihre Haare leuchten immer noch in knalligem Karottenrot.

«Ich war gestern Abend unterwegs, und der Sexshop an der Shoreditch Station hatte noch auf. Als ich das Ding im Fenster gesehen habe, musste ich sofort an dich denken. Ich wusste, dass es perfekt für dich ist.» Holly strahlt wie ein Kind, das für eine gute Mathearbeit gelobt werden möchte.

«Bitte sag, dass das nicht dein Ernst ist», flehe ich stöhnend. Jen mustert mich scharf. «Ich rede über eine langweilige Fernsehserie, und du verschweigst mir spannende Geschichten aus deinem Leben? Was ist passiert?»

«Ich hab Ella einen *Rampant Rabbit* gekauft. In Pink.» Holly lacht breit, und mein Magen fängt an, Gymnastikübungen zu machen. Ich spüre das Müsli darin wie Schmirgelpapier. Heilige Eiszeit, ist das peinlich!

«Und? Wie ist er?» Jen meint das offenbar ernst. Ich stöhne entsetzt auf. Das darf doch nicht wahr sein.

«He, nimm doch mal den Stock aus dem Arsch, Ella. Das sollte ein Witz sein! Man könnte fast meinen, du wärst noch Jungfrau.» Jen lacht, und mein Gesicht wird noch heißer. Holly starrt mich an, als ob mir gerade vor ihren Augen ein Buckel wachsen würde.

«Sag nicht, du hast noch nie ...?»

«Ich finde es toll, wenn sie auf den Richtigen wartet», wirft Jen ein, bevor Holly mich zerfleischen kann.

Oh Gott. Ich will eigentlich nicht mit ihnen darüber sprechen, aber mein Gesicht verrät mich sowieso. Man könnte Toast auf meinen Wangen rösten, da bin ich mir sicher.

«Nein, habe ich nicht. Und ich finde das gar nicht schlimm oder komisch.»

Holly zieht die Nase kraus. «Du bist wie alt? Zweiundzwanzig? Das ist schon etwas ... seltsam, das musst du zugeben.»

«Wie kann das sein, Ella? Du bist hübsch und lieb und süß ...» Jen sieht mich ungläubig an.

«Ja, genau deshalb.» Holly nickt. «Jungs stehen nicht auf süße, liebe Mädchen in grauen Kostümen. Sorry, Ella, war nicht böse gemeint.»

«Schon gut», murmle ich. Bitte, bitte, lass den heutigen Tag nur ein Traum sein.

«Meinst du, Sean ist der Richtige dafür? Er sieht aus, als ob er selber noch Jungfrau wäre.» Holly ist echt gnadenlos.

«Und wenn? Das wäre doch perfekt, oder nicht?»

«Jen! Man sollte das erste Mal mit einem Typen erleben, der sich damit auskennt. Ich meine, mit einem, der sich richtig gut auskennt. Sonst hat man sich den Spaß für immer versaut.»

«Nein, man sollte das erste Mal mit einem Mann erleben, den man wirklich liebt.» Jen schüttelt den Kopf. «Ganz egal, wie erfahren er ist. Es geht doch nicht nur um Körper und Sex, sondern um viel mehr.»

«Du bist eine hoffnungslose Romantikerin. Kein Wunder, dass du so früh geheiratet hast», spottet Holly. «Sex ist Sex, und Liebe ist Liebe. Das sind zwei total unterschiedliche Sachen.»

«Sind sie nicht! Du bist zynisch, Holly. Nur weil du mit jedem Typen ins Bett steigst, der auch nur ein bisschen Interesse zeigt ...»

Jens Wangen leuchten rot. Hastig gehe ich dazwischen. Ich will nicht, dass die beiden sich streiten. Schon gar nicht meinetwegen. Da das Thema mir sowieso entsetzlich unangenehm ist, versuche ich, schnell abzulenken.

«Wie bist du überhaupt reingekommen?», frage ich Holly. «Bei mir hast du nicht geklingelt.»

«In deiner Wohnung war alles dunkel, deshalb hab ich nebenan geschellt. Und dein Nachbar hat mir aufgemacht. Weißt du überhaupt, neben wem du da wohnst, Ella? Ich bin fast ohnmächtig geworden, als ich ihn im Treppenhaus gesehen habe.»

Schockiert blicke ich sie an. «Neben einem sexsüchtigen, arbeitslosen Penner, der sich jetzt wochenlang über mich lustig machen wird», antworte ich genervt. «Spinnst du, Holly?»

«Dave Hunt.» Ihr Blick wird glasig. Sie zieht eine lange Haarsträhne nach vorne und wickelt sie sich um den Finger. «Jen, Ella wohnt tatsächlich neben Dave Hunt!»

«Was? Neben dem *Hunter*? Bist du sicher?» Jen reißt die Augen auf.

Keine Ahnung, was in die beiden gefahren ist. Ich komme mir vor, als hätte mich jemand in eine Folge von *Gossip Girl* katapultiert.

«Ja, genau dem! Kein Wunder, dass sie ihn ständig beim Sex hört. Oh Mann, Ella. Kannst du uns nicht mal zu dir einladen? Eine Einweihungsparty oder so was veranstalten? Das wäre genial.»

Mein Gehirn fühlt sich auf einmal an wie ein Flipper. Wovon zum Teufel reden die zwei überhaupt?

«Die Hunters sind eine Indie-Rock-Band», klärt Jen mich endlich auf. Sie klingt mitleidig. Also ehrlich, als ob man die kennen müsste. Die waren nicht mal in den Charts, da bin ich mir sicher. Seit Jahren führe ich Listen über die Musikcharts und berechne, wie lange Songs sich durchschnittlich auf welchen Plätzen halten. Diese Manie war einer der Gründe, warum Mr Jameson mich eingestellt hat, er hält mich für eine Musikexpertin. Oder für einen Freak, was ja ungefähr dasselbe ist.

«Ja, und?» Ich habe immer noch keine Ahnung, was die beiden von mir wollen. «Holly hat mir einen pinken Häschen-Vibrator vor die Tür gelegt, und ich habe diesen *Hunter* heute sehr früh aus dem Bett geholt, um mich bei ihm zu beschweren.»

Holly guckt mich entsetzt an. «Du hast gedacht, das Ding wäre von *ihm*? Hast du denn meine Nachricht nicht gelesen?»

«Was für eine Nachricht?» Ich kratze mich an der Nase.

«Ich hab ein Zettelchen reingelegt, mit einem kleinen Gruß an dich. Guck noch mal nach.»

«Geht nicht. Ich hab meinem Nachbarn das Teil überlassen, der kann es bestimmt besser gebrauchen als ich. Holly, ehrlich, wie kommst du auf die Idee, mir so ein ...»

«Scheiße», murmelt sie, und mir wird wieder heiß. «Du hast ihm die Packung echt gegeben? Mit meiner Nachricht drin?»

Langsam fürchte ich, in die Wechseljahre zu kommen. Diese Temperaturschwankungen sind nicht normal. Meine Finger fühlen sich wie Eiszapfen an.

«Was steht auf dem Zettel?», frage ich scharf und werfe ihr einen Blick zu, von dem die meisten Menschen tot umfallen würden. Holly natürlich nicht. Sie grinst nur schief.

«Nichts Besonderes. Ich hab dir vorgeschlagen, damit zu üben, bevor du Sean ranlässt.»

Entsetzt schlage ich die Hände vors Gesicht und schüttle mich, während Jen sich so mühsam ein Lachen verkneift, dass sie Schluckauf bekommt.

«Ich muss umziehen», sage ich schließlich, nachdem mein Puls sich so weit beruhigt hat, dass ich wieder atmen kann. Verdammt. Nicht nur, dass es entsetzlich peinlich ist, ihn zu Unrecht beschuldigt zu haben. Selbst wenn ich ihm versehentlich nackt die Tür geöffnet hätte, könnte ich mich nicht schlimmer fühlen, da bin ich mir sicher.

«Hey, es war doch nur Spaß! Lad ihn zum Essen ein – und mich natürlich! Dann können wir ihm das erklären und alle zusammen darüber lachen.» Holly sieht ein bisschen zerknirscht aus, wenn auch nicht zerknirscht genug für meinen Geschmack.

«Ich denk drüber nach», lüge ich und wedle mit der Hand, als wollte ich lästige Fliegen verscheuchen. «Jetzt muss ich arbeiten. Da die Kosten explodieren, hab ich Jameson vorgeschlagen, im Marketing zu sparen.» Ich sehe Holly fest an und setze mein bestes Pokerface auf. «Ich glaube nicht, dass wir uns bei der derzeitigen Lage eine Vollzeitkraft für die Assistentenstelle leisten können.»

Hollys Mund klappt auf, ihr Gesicht wird blass. «Wie bitte? Das ist doch wohl nicht dein Ernst?»

«War nur Spaß.» Ich kann mir ein Grinsen nicht verkneifen, Jen lacht.

«Blödes Huhn», meint Holly, muss aber mitlachen, nachdem sie den Schreck verdaut hat. Dann stößt sie sich von der Trennwand ab, die von dem Schubs wackelt, und geht zurück an ihren Platz. Auch Jen verschwindet an ihren Schreibtisch. Aufatmend lehne ich mich zurück und schließe kurz die Augen. Lieber Himmel, der Tag fing schon so bescheuert an, schlimmer kann er ja nun nicht mehr werden. Ein schwacher Trost. Ich wünschte, es wäre schon Feierabend und ich könnte endlich nach Hause. Zu meinen Lieblingsserien.

Seufzend öffne ich die Augen, um mich meiner Excel-Datei zu widmen, da schiebt sich ein strubbeliger Schopf blonder Haare um die Ecke der linken Trennwand. Mein Herz setzt ein paar Schläge aus.

«Sorry. Ihr wart nicht gerade leise», sagt Sean. «Hab ich da eben meinen Namen gehört?»

Schreiend springe ich auf und renne an der telefonierenden Jen vorbei zu den Toiletten. Hastig hüpfe ich in eine Kabine und schließe die Tür ab. Meine Achseln sind schweißnass.

Hatte ich wirklich gedacht, der Tag könnte nicht schlimmer werden? Großer Gott, falls es dich irgendwo gibt und du dir überlegst, wann du mich von dieser Welt holen solltest – jetzt wäre ein guter Zeitpunkt. Nur so als Tipp ...

7

Mein Nacken schmerzt. Mein Magen knurrt so laut, dass eine Frau in der U-Bahn ängstlich vor mir zurückgewichen ist. Wegen der peinlichen Sache mit Sean bin ich heute nicht mit den anderen essen gegangen, obwohl Jen mich deswegen fast gefoltert hätte. Es ist schon dunkel, und mein Magen scheint sich gerade aufzulösen. Außerdem ist mir kalt. Es regnet natürlich, meine Füße sind nass. Ich muss dringend aus den unbequemen Klamotten raus und in warme Socken schlüpfen, sonst werde ich krank. Erschöpft tippe ich meinen Code ins Display und freue mich auf die Käsenudeln, die im Kühlschrank warten, meine Kuschelsocken und eine Folge *Friends*. Nur kurz aufwärmen, dann –

Hallo? Was ist da los?

Die Tür rührt sich nicht. Kein Summen, kein Nachgeben. Irritiert starre ich aufs Display. Habe ich eine falsche Nummer eingegeben? Nein, das ist unmöglich. Es sind schließlich *Zahlen*. Ich werde diesen Code noch in siebzig Jahren einer Pflegerin im Altersheim vorbeten können. Ich kann mich nicht vertippt haben. Trotzdem versuche ich es noch einmal, etwas langsamer. Und ... wieder nichts. Die blöde Tür bleibt verschlossen, nicht mal das übliche Summen des automatischen Öffners ertönt. Sauer rüttle ich am Türgriff, aber der Stahl bewegt sich kein Stück. Na herzlichen Glückwunsch, ausgerechnet heute! Dieser Tag ist doch verflucht, ganz eindeutig.

Mir wird warm. Dritter Versuch. Ganz langsam. Ich kneife die Augen zusammen und starre auf meine Finger. 7389412. Der Code ist definitiv korrekt, das kann doch nicht ...

«Verdammt», murmle ich, als auch dieser Versuch vergeblich bleibt. Genervt krame ich das Handy aus meiner Tasche und wähle die Notrufnummer, die auf dem Aufkleber neben der Tür steht.

«Hammersmith & Sons.» Oha, da hat einer noch schlechtere Laune als ich. Und sie wird durch diesen Anruf nicht besser werden.

«Ella Cunning hier, Leonard Street 16 in Shoreditch. Mein Code funktioniert nicht, aber ich habe ganz sicher die richtige Nummer eingegeben.»

«Moment.» Es knackt in der Leitung, dann rauscht es, und ein hässliches Midifile mit *Clementine* ertönt. Ich muss das Telefon ein ganzes Stück von meinem Ohr weghalten, damit ich keinen Hörsturz erleide.

«Hallo? Hören Sie? Sind Sie sicher, dass Sie den richtigen Code eingege...»

«Ich bin doch nicht dämlich. Ich bin Mathematikerin und vergesse niemals eine Zahl. Da muss ein Systemfehler vorliegen, den Sie bitte umgehend beheben.»

«Moment.» Es knarzt. Verdattert starre ich das Handy an, das blöde Lied klimpert erneut. Zweite Strophe. Wie unverschämt ist das denn? Zu allem Unglück höre ich nun auch noch Schritte auf der Treppe. Feste Schritte, eindeutig männlich. Hastig wende ich dem Treppenhaus den Rücken zu und trommle ungeduldig mit den Fingern gegen die Tür. Beeil dich, lieber Notdienst-Mann! Bevor er ...

«Hey, Mrs Frost.»

Ich drehe mich nicht zu ihm um, sondern deute nur mit der freien Hand auf das Handy an meinem Ohr und ziehe entschuldigend die Schultern hoch. Mir dröhnt schon der Kopf von dem nervtötenden Geplärre im Hörer, aber immer noch besser, als mir von diesem Chauvi blöde Sprüche über einen pinken Häschenvibrator anhören zu müssen. Aus dem Augenwinkel sehe ich, wie er übertrieben vorsichtig auf Zehenspitzen an mir vorbei zu seiner Tür schleicht. Sehr witzig.

Erleichtert registriere ich, dass er seine Tür zuzieht, und drehe mich wieder um, damit ich nicht weiter gegen die Wand starren muss. *Oh my darling, oh my daaaarling Clementine* ... Knacken im Telefon.

«Hallo? Hören Sie?»

«Ja, ich bin noch dran. Trotz der schrecklichen Musik.»

Der Typ am anderen Ende räuspert sich. «Tut mir leid, es scheint eine Störung in der Leitung zu geben. Wir müssten das Display aufschrauben und die Drähte überprüfen, aber es wird ein bis zwei Stunden dauern, ehe der Notdienst bei Ihnen sein kann. Sie sind heute Abend leider nicht die Einzige mit diesem Problem.»

«Ein bis zwei Stunden? Das soll wohl ein Witz sein?» Entsetzt sinke ich auf die obere Treppenstufe. «Ich war den ganzen Tag im Büro, bin müde und hungrig und will in meine Wohnung. Wie stellen Sie sich das vor?»

«Wir beeilen uns, versprochen. Aber ich kann nicht genau abschätzen, wie lange es dauern wird.»

«Schon okay.» Zähneknirschend schaue ich auf meine Armbanduhr. Halb neun. Ich wünsche mir nichts sehnlicher als mein Sofa und was zu essen. Irgendwas, Hauptsache, ich kann mich danach rasch ins Bett verkriechen. «Ich warte. Und wehe, wenn in einer Stunde keiner da ist. Ich komme um vor Hunger.»

«Wir bemühen uns, aber ich kann nichts versprechen.» Ja, schon kapiert. Offenbar hat der das Standardwerk *Wie man lästige Kundenbeschwerden abwimmelt* neben sich liegen und liest daraus ab. Es hilft nichts, ich muss hier wohl oder übel ausharren. Aber kein Problem. Mein Zweitname könnte Geduld lauten. Ich hab die quasi erfunden.

Nach einer Weile geht das Licht im Treppenhaus wieder an. Irritiert beende ich das Sudoku-Spiel auf meinem Handy und drehe mich um. Mein Nacken gibt ein beunruhigendes Knacken von sich. Keine Ahnung, wie lange ich schon hier auf der Treppe sitze.

«Ist das nicht ein bisschen kalt? Nicht, dass du dir die Blase verkühlst.» Mein Nachbar steht in seiner Tür und mustert mich mit geneigtem Kopf. Eine Haarsträhne fällt ihm über das linke Auge.

«Kein Problem, meine Blase ist sehr robust.»

«Trotzdem. Was ist eigentlich passiert? Schloss kaputt?» Er deutet mit dem Kinn auf mein Display.

«Technischer Fehler, sagt der Kundendienst. Der gleich hier sein sollte», brumme ich unwirsch.

«Komm rein und warte bei mir. Ist gemütlicher.» Es klingt nicht wie ein Vorschlag, sondern eher wie ein Befehl. Der Tonfall lässt mich erstarren.

«Nein, danke», antworte ich frostig. «Ich sitze gern hier. Die Luft ist ... ganz gut.»

Er lacht laut. Das Geräusch hallt von den roten Ziegelsteinwänden wider. «Sei nicht albern, Ella. Es ist duster, zugig und ungemütlich. Außerdem hast du heute Morgen was bei mir vergessen.» Wütend beiße ich die Zähne aufeinander und halte mich am Handy fest. Meine Wangen werden schon wieder ganz warm, und das regt mich so auf, dass gleich noch mehr Blut in meinen

Kopf strömt. Aber leider hat er recht; ich spüre schon ein leichtes Brennen in der Blase.

«Ich hoffe, es dauert nicht lange», sage ich entschuldigend und schlüpfe an ihm vorbei in die hell erleuchtete Wohnung. Neugierig lasse ich den Blick durch sein Loft schweifen, das genauso groß ist wie meins. Aber viel ... eingerichteter. Eine sehr männlich anmutende Mischung aus Leder und braunem Holz.

Im Gegensatz zu meiner besteht seine Wohnung nur aus einem einzigen großen Raum; eine kleine Küchenzeile trennt den Wohnbereich von seinem Bett. Man sieht auf den ersten Blick, dass der Bewohner gastfreundlich ist und gern Freunde bewirtet. Alles ist großzügig und darauf ausgelegt, viele Menschen um sich zu scharen. Ein langer Tisch mit zwei Holzbänken steht in der Mitte vor den riesigen Fenstern. Überall liegen Dinge herum, es sieht bewohnt und lebendig aus.

«Du liebe Zeit, hast du einen Sammeltick oder so was?», frage ich mit aufgerissenen Augen, als mein Blick an die Decke gleitet. In meinem ganzen Leben habe ich noch nicht so viele CDs, DVDs und Bücher auf einmal gesehen, da würde sogar der Virgin Megastore vor Neid erblassen. Sie sind in mehreren Reihen auf langen Holzregalen angeordnet, die sich über unseren Köpfen durch den ganzen Raum ziehen. Dicke, teure Bildbände neben einigen Klassikern und modernen Romanen. Ein Lächeln huscht mir übers Gesicht, als ich die Sammelboxen von *Six Feet Under* und den *Sopranos* erkenne, sowie ein paar Arthouse-Filme, die ich sehr liebe. Immerhin scheint er einen guten Filmgeschmack zu haben, das macht ihn fast sympathisch. Die *Star-Wars*-Sammlung ignoriere ich einfach. Direkt neben der Küche baumelt ein brauner Boxsack von der Decke.

Hinter mir fällt die Tür ins Schloss. Ich schnuppere und rieche ... gebratenes Fleisch. Oh Gott. Mein Magen tanzt einen Twist und gibt gleichzeitig Geräusche von sich. Leider steht auf dem Tisch nur ein einzelner leerer Teller. Enttäuschung breitet sich in mir aus.

«Ich will dich nicht stören», sage ich verlegen. Mit Handy und Tasche in der Hand stehe ich stocksteif neben der Tür, wie bestellt und nicht abgeholt.

«Kein Problem. Ausnahmsweise hab ich heute nichts vor. Setz dich.» Er deutet auf die Bank. Zögerlich folge ich seiner Einladung. Meine Füße fühlen sich an, als wären sie gefroren.

«Möchtest du was trinken? Bier, Wein, Champagner ...?» Er öffnet einen riesigen amerikanischen Kühlschrank und sieht mich fragend an.

«Ich trinke keinen Alkohol, danke.» Unruhig rutsche ich auf der Bank herum. «Ein Wasser vielleicht?»

«Wasser, hm. Klar.» Ich bin erstaunt, dass er nicht nachfragt. Normalerweise werde ich gelöchert, wenn ich sage, dass ich nicht trinke. Fährst du? Bist du schwanger? Krank? Sobald ich all diese Fragen verneint habe, setzen die Leute einen mitleidigen Gesichtsausdruck auf. Als ob einem das Leben entginge, nur weil man keinen Alkohol trinkt. Was für ein Quatsch.

Dankbar nehme ich das Glas entgegen, das er mit gefiltertem Leitungswasser gefüllt hat, und trinke einen Schluck. Mein Magen knurrt so laut, dass ich mich fast selbst nach einem Raubtier im Raum umsehe. Himmel, wie peinlich! Ich presse beide Arme gegen den Bauch, um das Geräusch zu unterdrücken, aber zu spät. Er hat es natürlich gehört.

«Oh Mann, sorry. Du hast Hunger! Ich bin leider kein besonders guter Koch, mehr als ein Steak kriege ich nicht hin. Aber dafür ist das in der Regel wirklich gut. Isst du so was?»

«Nein, nein. Ist schon gut, du musst mir nichts anbieten», wehre ich eilig ab. Ich fühle mich in meinem grauen Büroanzug so fehl am Platz wie der Papst in einer Tabledance-Bar. Gleichzeitig rührt sich etwas in mir, das mich fast an Neid erinnert. Aber das ist natürlich Blödsinn. Worauf sollte ich neidisch sein?

«Keine Widerrede, es macht mir nichts aus. Außerdem kann das noch dauern mit dem Notdienst. Also, isst du Fleisch?»

«Ja, sicher», sage ich und trinke wieder einen Schluck. Meine Füße tauen langsam auf, es ist angenehm warm bei ihm.

Während ich zusehe, wie er ein riesiges Steak aus dem Kühlschrank holt und die gusseiserne Pfanne auf den Gasherd zurückstellt, ziehe ich meine Jacke aus. Dave brät das Fleisch, und ich betrachte weiter seine Wohnung. Natürlich fängt mein Gehirn an, die Bücher zu zählen, die sich über mir türmen. Himmel, warum kann ich das nicht lassen? Und wann wird er mir blöde Sprüche wegen des Vibrators an den Kopf werfen? Mein Blick fällt auf das antik wirkende Klavier an der einen Wand, auf dem zahlreiche Autogrammkarten in Bilderrahmen stehen wie auf einem Altar. David Bowie. Bono Vox. Dave Gahan. Die Kings of Leon. Grace Jones. Nick Cave. Ich bin erstaunt, wie viele davon ich erkenne. Doch dann entdecke ich den pinken Plastikhasen daneben und spüre, wie ich schon wieder knallrot anlaufe.

«Ich muss mich entschuldigen», sage ich so schnell, dass meine Zunge sich fast überschlägt. «Wegen heute Morgen. Meine Kollegin hat mir das Ding vor die Tür –»

«Ich weiß.» Er hat sich noch immer nicht zu mir umgedreht, und ich beobachte argwöhnisch seinen Rücken. Wenn er über mich lacht, gehe ich wieder. Lieber hole ich mir eine Nierenbeckenentzündung, als mich von ihm auslachen zu lassen. Zum Glück wendet er einfach nur weiter das Steak. Ohne zu lachen. Es zischt erneut, Dampf steigt aus der Pfanne auf.

«Ist okay, ich fand's lustig. Und wer ist Sean? Dein Freund?»

Ich schlucke trocken. Natürlich hat er Hollys Nachricht gesehen, im Gegensatz zu mir. Aber ich habe heute schon schlimmere Situationen überstanden, also was soll's.

«Ein Kollege aus der IT.»

«Und du stehst auf ihn.» Es ist eine Feststellung, keine Frage. Mir wird mulmig. Will ich ausgerechnet mit meinem Nachbarn darüber sprechen? Eher lernen Schweine fliegen!

«Vielleicht. Kann sein. Was geht's dich an?», frage ich zickig. «Ich habe gesagt, dass es mir leidtut, und –»

«Entschuldige mal, aber wenn mir meine attraktive Nachbarin einen Vibrator in die Hand drückt, mit dem sie üben soll, bevor sie mit einem anderen Kerl vögelt, will ich natürlich gern wissen, wer dieser Typ ist. Vielleicht bin ich ... neidisch?» Dave dreht sich zu mir um, und ich bete inständig, dass die Holzdielen unter meinen Füßen plötzlich bersten und mich in die untere Etage befördern. Denn mein Gesicht ist garantiert heißer als das Steak in der Pfanne.

«Als ob du neidisch auf andere Männer sein müsstest. Du hast doch genug zu tun in dieser Hinsicht.» Ich lache, um meine Verlegenheit zu überspielen. Er überlässt das Steak sich selbst und beugt sich zu mir runter. Ein Schauer läuft mir über den Rücken, weil er mich so intensiv ansieht, als ob er Geheimnisse aus mir herauskitzeln wollte.

«Weiß er, dass du scharf auf ihn bist?»

«Nein, ich ... Herrgott, Dave, was soll das? Was interessiert dich mein Sexleben?» Mein nicht existentes Sexleben, aber das ist das Letzte, was ich ihm verraten würde.

«Ich lasse dich ja auch an meinem teilhaben, also ...»

Ich schnappe empört nach Luft. «Ich nehme höchst unfreiwillig daran teil, wie du wohl weißt! Also steck deine lange Nase nicht in meine Angelegenheiten. Außerdem hat sich das mit Sean sowieso erledigt.»

«Ach ja?» Dave richtet sich auf und kümmert sich wieder um das Steak. «Und wieso?»

«Weil ich ... egal.» Ich beiße mir auf die Lippe. Wenn das blöde Steak nicht so köstlich duften würde, dass sich mein Magen schon voller Vorfreude zusammenzieht, würde ich aufstehen und zurück in den Flur gehen.

«Komm schon. Du kannst mich nicht erst mit einem Vibrator heiß machen und dann das Spannendste verschweigen.» Er verzieht den Mund zu einem Grinsen.

«Wenn du mich auslachst ...», warne ich.

Dave hebt abwehrend beide Hände, in der linken noch immer den Pfannenwender. «Hey! Sehe ich aus wie ein Arschloch?»

«Erwarte bitte keine Antwort auf diese Frage», gebe ich zurück, und wir müssen beide lachen. Gleichzeitig.

Sein Lachen ist angenehm, warm, und ich habe nicht das Gefühl, dass er sich über mich lustig macht. Stattdessen wirkt er ehrlich interessiert. Beinahe vertrauenswürdig. Also erzähle ich ihm doch, was im Büro passiert ist, und zu meinem Erstaunen lacht er mich nicht aus. Ich muss zugeben, wenn man die Tattoos und Piercings ignoriert, dann sieht er sogar ganz nett aus. Wie jemand, mit dem man gern befreundet sein möchte. Jemand, mit dem man in einem Pub sitzen und Bier trinken will.

«Wenigstens weiß er nun, woran er bei dir ist. Männer mögen das.»

Ich zucke mit den Achseln. «Bisher hat er sich nicht besonders für mich interessiert. Und jetzt ist es nur noch peinlich.»

«Ich find's gut, wenn Frauen offen sagen, was sie wollen. Vielleicht ist er froh, dass du den ersten Schritt gemacht hast.»

«Hm», brumme ich nur kurz und sehe ihm weiter beim Kochen zu. Fast fühlt es sich an wie ein erstes Date: vorsichtiges Antasten, angespannte Stimmung.

Großer Gott, was denke ich denn da gerade?, weise ich mich kopfschüttelnd zurecht. Nur um mich gleich darauf dabei zu erwischen, wie ich fasziniert seinen Rücken betrachte. Wenn er das Fleisch wendet, sehe ich, wie seine Muskeln unter dem Shirt spielen. Es spannt stark um die Schultern, die Bewegungen halten meinen Blick gefangen. Dann wandert er tiefer, landet auf seinem Hintern, und ich kann nicht mehr wegsehen. Er hat schmale Hüften, die Hose betont die prallen Pobacken. Eine seltsame Wärme steigt in mir auf.

«Medium oder roh?»

Ich zucke ertappt zusammen und schaue wieder nach oben. Oh Gott, er hat den Kopf zu mir gedreht und ganz bestimmt gesehen, wie ich ihm auf den Hintern gestarrt habe. Meine Halsschlagader fängt an zu pochen.

«Durch, bitte», sage ich schnell und bete, dass er es nicht gemerkt hat.

Er lacht. «Na klar. Durch. Wie Sie wünschen, Mrs Frost.»

«Ich heiße ... Ach, vergiss es.» Grinsend strecke ich die Beine aus. Meine Strumpfhose ist fast trocken, und in meine Zehen ist Leben zurückgekehrt. Ich bin kurz davor, mich wohl zu fühlen.

«Et voilà – ein perfekt durchgebratenes Steak.» Er stellt einen riesigen Teller mit einem köstlich duftenden Fleischstück vor mir ab und legt Messer und Gabel daneben. Richtige Steakmesser, ich liebe es. Er hat sogar ein paar grüne Salatblätter neben dem Fleisch drapiert und Öl darübergeträufelt. Hungrig fange ich an zu essen, während er sich mir gegenübersetzt und das Kinn auf eine Hand stützt. Erst nach fünf Bissen wird mir klar, wie unhöflich ich mich gerade verhalte.

«Entschuldige bitte, aber ich hatte entsetzlichen Hunger.»

«Ich sehe Frauen gern beim Essen zu. Zumindest Frauen mit Appetit. Manche zählen beim Essen die Kalorien, total unsexy.»

Ich lächle, um mich nicht zu verraten. Zwar zähle ich keine Kalorien, dafür aber die Bissen und Kaubewegungen. Zumindest wenn ich nicht fernsehe beim Essen, dann bin ich zum Glück abgelenkt.

«Wann bist du hier eingezogen?», frage ich neugierig zwischen zwei Bissen. Das Steak ist wirklich perfekt, und mein Bauch möchte Kniefälle machen vor Dankbarkeit.

«Vor drei Jahren.» Er nimmt einen Schluck aus der Bierflasche und lehnt sich mit dem Rücken gegen die Wand hinter ihm. Erstaunt sehe ich ihm in die Augen.

«Ich wohne seit drei Monaten hier und hab dich bis vor kurzem noch nie gesehen? Geschweige denn gehört.»

Okay, das konnte ich mir nicht verkneifen.

«Ich war ein halbes Jahr unterwegs. Auf Weltreise.»

Der Bissen bleibt mir vor Überraschung fast im Hals stecken. Ich huste und klopfe mir auf die Brust, dann leere ich das Wasserglas vor mir.

«Eine richtige Weltreise?» Das erklärt, warum er um diese Jahreszeit so einen sommerlichen Teint hat.

«Ich war nur mit Rucksack und Schlafsack unterwegs. In Asien und Afrika. Nächstes Jahr will ich Amerika und Australien erkunden.»

Entgeistert lege ich das Besteck zur Seite. Unsere Blicke kleben aneinander, aber es ist komischerweise nicht mehr unangenehm. Er sieht vollkommen entspannt aus, und mein Körper scheint seinen wie von selbst zu imitieren. Ich fühle mich plötzlich lockerer. Was natürlich auch am Essen liegen kann.

«Wahnsinn. Ich hab es nicht weiter als nach Schottland geschafft.» Ich spüre, wie ich rot werde. Auf einmal schäme ich mich dafür, dass meine längste Reise nach Aberdeen ging. Mit der Bahn.

«Ich bin auch noch nie geflogen», gestehe ich, obwohl ich keine Ahnung habe, warum ich das ausgerechnet ihm anvertraue. Er zuckt kurz zusammen und schüttelt den Kopf.

«Ach du Scheiße, wieso denn nicht?»

«Weiß nicht. Ich hatte nie das Bedürfnis zu reisen», versuche ich mich rauszuwinden, aber er beugt sich über den Tisch und sieht mich fest an.

«Hast du Flugangst?»

«Ja, gut. Erwischt. Auch das.» Ich lache, und er lächelt zurück.

«Das Flugzeug ist das sicherste Verkehrsmittel. Es gibt Statistiken, die –»

«Ich weiß», winke ich ab. «Ich kenne alle Statistiken, aber man kann auch mit einfachen Mitteln das Restrisiko berechnen, bevor man so ein Ding besteigt. Und das ist mir ehrlich gesagt zu groß.»

Er runzelt die Stirn. «Was machst du beruflich? Irgendwas mit Statistiken?»

«Ich arbeite als Buchhalterin. Bei einem Start-up. Aber eigentlich bin ich Mathematikerin.»

«Wow.» Er pfeift durch die Zähne. Bilde ich es mir nur ein, oder hat sich gerade sein Gesichtsausdruck verändert? Fast möchte ich glauben, so etwas wie Respekt in seinem Blick zu erkennen.

«Mathe, ja? Das klingt für mich ungefähr so: In der Wüste leben zwei Kamele. Eins davon ist grün. Wie viel wiegt der Sand, wenn es dunkel ist?»

Ach du ...! Ich lache so laut, dass ich mich selbst über das ungewohnte Geräusch erschrecke. Zum Glück sieht er mich nicht komisch an, sondern lacht einfach mit.

«Zahlen waren nie mein Ding, mich macht schon die Steuererklärung verrückt. Ich verneige mich in Ehrfurcht. Du musst noch intelligenter sein, als ich dachte.»

«Danke», sage ich, weil mir vor Verlegenheit nichts Besseres einfällt. Außerdem spüre ich, dass ich gerade knallrot geworden bin.

«Ist das dein Traumberuf?»

Ich zucke mit den Achseln. «Na ja. Ich war immer gut in Mathe, von daher lag es irgendwie nahe.»

Er runzelt die Stirn und mustert mich eindringlich. Unruhig rutsche ich auf der Sitzbank hin und her. Er scheint in meinem Blick nach einer anderen Antwort zu suchen, aber ich bin gut darin, mich zu verschließen. Seit Jahren habe ich niemanden mehr an mich herangelassen, und ich habe heute Abend schon viel zu viel erzählt. Aber es tut seltsamerweise gut, dass sich jemand für mich interessiert. Auf eine ganz andere Weise als sonst.

«Und du? So lange verreisen kann man wohl nur als Künstler. Du bist Musiker, oder? Kann man davon leben?», frage ich zurück. Gut, sein Loft ist im Gegensatz zu meiner Edelbude nicht renoviert. Die riesigen Fenster mit den alten Industrie-Stahlrahmen lassen die Zugluft durch, der Fußboden besteht aus uralten Holzdielen, die bei jeder Bewegung knarren. Trotzdem kostet so eine Bude in London eine Menge.

Zum Glück fragt er nicht, woher ich weiß, was er beruflich macht. «Ich bin nicht besonders anspruchsvoll. Wenn es sein muss, komme ich mit sehr wenig Geld aus. Kennst du die Hunters?»

Verlegen schüttle ich den Kopf. «Tut mir leid, nein. Ich bin musikalisch in einem früheren Jahrzehnt hängengeblieben.» Statt mir zu antworten, geht er wortlos zu einer Stereoanlage neben dem braunen Ledersofa. Kurz darauf erfüllt das Loft melodische, sehr eingängige Rockmusik, die mich zum Lächeln bringt.

«Indie, hm? Das klingt doch durchaus charttauglich, finde ich.»

«Kennst du dich aus mit Musik?» Er bleibt neben mir stehen.

Sein rechter Arm streift meine Schulter und löst ein Kribbeln auf meinem Rücken aus. Stocksteif bleibe ich sitzen.

«Nein, absolut nicht. Mir gefallen Songs, die Emotionen auslösen. Ich hab Lieblingssongs in fast allen Richtungen, Rock, Indie, Pop, R 'n' B, Jazz, Dance ...»

«Sehr gut.» Er kehrt an den Tisch zurück. «Obwohl ich dir eher ein Faible für Klassik oder Jazz zugetraut hätte.»

Ich schiebe den leeren Teller zur Seite, um Platz für meine Hände zu haben. «Wie kommst du denn darauf?»

«Man kann sehr viel im Gesicht eines Menschen lesen. Deine hohen Wangenknochen, zum Beispiel. Die ich übrigens umwerfend attraktiv finde, falls dir das noch niemand gesagt hat. Ich mag markante Gesichter.»

Ach du ... Vor Schreck über das unerwartete Kompliment rutscht mir das Glas aus der Hand und knallt auf den Tisch.

«Offenbar hat dir das noch niemand gesagt. Süß, wie du rot wirst.» Er lacht leise.

«Erklär mir lieber, was hohe Wangenknochen mit Klassik zu tun haben. Oder mit Jazz», frage ich mit gerümpfter Nase. Seine Lippen kräuseln sich amüsiert. «Eigentlich nicht viel. Slawischer Einfluss, vermute ich. Deine Großeltern?»

Ich schnappe nach Luft. Unfassbar. Meine Großmutter väterlicherseits stammt tatsächlich aus Russland, ich habe sie allerdings nie kennengelernt. «Das ist ... Ja, das stimmt. Aber woher zum Teufel ...?»

«Gute Beobachtungsgabe.» Mit unverhohlenem Stolz sieht er mir fest in die Augen, hält meinen Blick.

«Deine hohe Stirn zeugt von Intelligenz, aber auch von Durchsetzungsvermögen. Das gefällt mir.»

«Ach ja?» Jetzt ist es an mir, amüsiert zu grinsen. «Das entspricht doch gar nicht deinem Frauentyp.»

«Eigentlich habe ich keinen bestimmten Typ.»

Gleich sagt er bestimmt: *Ich liebe alle Frauen*. Ich schwöre, gleich sagt er ...

«Ich mag *besondere* Frauen.» Verblüfft lasse ich das Glas los, an dessen Rand ich herumgespielt habe. Sein Lächeln zieht sich über das ganze Gesicht, sogar das Piercing über der Braue scheint mitzulachen. Etwas in meinem Bauch verknotet sich, und ich muss tief Luft holen. Sehr tief. Gütiger Himmel, flirtet er etwa gerade mit mir? Das kann nicht sein, ich habe die Blondinen ja gesehen, die er mit nach Hause bringt. Was will er da mit einer langweiligen, grauen Buchhalterin? Sich über mich lustig machen? Ich bin ziemlich genau das Gegenteil der Frauen, mit denen er sich sonst abgibt.

«Der Lippenstift steht dir übrigens gut, tolle Farbe.»

Ich spüre, dass ich schon wieder rot werde. Mein Herz klopft schneller. «Ich benutze gar keinen Lippenstift.»

«Ich weiß.» Er zwinkert mir zu, und ich schnaufe empört.

Wusste ich doch, dass er sich über mich lustig macht. Was auch sonst?

Neugierig versuche ich, in seinen Gesichtszügen zu lesen. Seine Lippen sind voll, das Kinn ist markant und männlich, was durch seinen leichten Bartschatten noch verstärkt wird. Das Auffälligste in seinem Gesicht ist jedoch – neben den strahlenden Augen – das Grübchen links von seinem Mund. Es ist so tief, dass man den Finger hineinlegen möchte, und es verleiht seinem Gesicht einen permanent amüsierten Ausdruck. Auf gewisse Weise wirkt er wie ein zu groß geratener Junge. Einer, der ständig neue Streiche ausheckt.

Der Anblick der vielen CDs und Bücher löst leider immer noch einen entsetzlichen Zählzwang in mir aus, den ich nur mühsam unterdrücken kann. Sobald meine Augen auf das lange Regal über mir treffen, fängt mein Hirn damit an, ganz von selbst. Also lasse ich meinen Blick lieber über die ungefährliche Ecken seiner Wohnung schweifen, betrachte Souvenirs und Mitbringsel aus aller Welt – bis er an dem alten Klavier neben der Holztür hängenbleibt.

Der Anblick des Instruments weckt Erinnerungen. Es gab Zeiten in meinem Leben, da habe ich gern gespielt. Es war eine der Annehmlichkeiten, die das neue Leben mit dem reichen Mann meiner Mutter mit sich brachte, denn vorher hätten wir uns gar kein Klavier leisten können. Bis meine Mutter eines Tages den Klavierlehrer feuerte und das Klavier verkaufte, ohne mir zu sagen, warum. Erst viel später, nach der schrecklichen Sache mit dem Konzert, warf sie mir an den Kopf, dass ich schon als Achtjährige versucht hätte, den Klavierlehrer zu verführen. Kurz bevor sie mich ins Mädcheninternat abschob, um mich vor mir selbst zu schützen. Angeblich.

«Alles klar?», fragt Dave, der mich stumm beobachtet hat, während ich meinen trüben Gedanken nachhing. Sofort schalten sich in meinem Kopf sämtliche Alarmanlagen ein. Ich war tatsächlich kurz davor, meine Maske fallen zu lassen. Das darf nicht passieren. Wenn jemand wie Dave von der Sache erfährt, bin ich geliefert. Ich war viel zu vertrauensselig ihm gegenüber, ich muss unbedingt vorsichtiger sein. Auch wenn er Interesse an mir zeigt und nett wirkt. Aber nett war Gary auch. Damals. Vor jener Nacht.

«Ja, sicher. Ich frage mich nur, wann der Notdienst endlich kommt. Vielleicht sollte ich rübergehen und –»

«Keine Sorge, wir werden sie hören. Es gibt keinen Grund, auf der zugigen Treppe zu warten. Es sei denn, du möchtest meine Gesellschaft meiden.» Er schmunzelt.

«Warum sollte ich? Ich habe nichts zu befürchten, oder?» Meine Stimme zittert leicht.

«Kommt drauf an, wovor du dich fürchtest», erwidert er lächelnd. «Stört es dich, wenn ich rauche?»

Ich zucke mit den Achseln. «Natürlich nicht. Ist doch deine Wohnung.»

Er geht zu einer großen Flügeltür und reißt sie auf. Dahinter kommt ein kleiner Austritt zum Vorschein. Kühle Abendluft weht herein. Aus der Hosentasche zieht er eine zerknitterte Zigarettenpackung und steckt sich eine Kippe an, mit dem Rücken gegen das Geländer gelehnt.

«Das wird dich eines Tages umbringen. Rauchen ist gefährlich», sage ich.

«Irgendwas wird mich eines Tages umbringen, das ist sicher», bemerkt er trocken.

«Ich möchte lieber eines Abends friedlich einschlafen», entgegne ich. «Lungenkrebs oder ein künstlicher Kehlkopf stehen nicht auf meiner Favoritenliste.»

Er lacht leise. «Ich rauche ja nicht Kette, sondern bin Genussraucher. Und ich könnte jederzeit damit aufhören.»

«Warum tust du es dann nicht?», frage ich und massiere das Wasserglas mit den Fingern, als ob ich dadurch meine eigene Anspannung lösen könnte. «Das ist doch nur eine blöde Ausrede.»

Er sieht mir in die Augen. «Bist du wirklich so? So ... gehemmt?»

Ich schnappe empört nach Luft. «Ich bin nicht gehemmt. Ich bin vernünftig und verantwortungsbewusst.» Im Gegensatz zu anderen Anwesenden. Was bildet er sich eigentlich ein, über mich zu urteilen? Er kennt mich doch gar nicht. Dass er vermutlich recht hat, versuche ich zu ignorieren.

«Ja, und du bist wie alt? Vierzig? Fünfzig?» Er zieht wieder an der Zigarette, die er zwischen Daumen und Zeigefinger hält. Das Licht der Straßenlaterne vor dem Haus lässt sein Haar blonder wirken. Es hat eine seltsame Farbe, fast wie Karamell. Das Piercing in seiner Braue blitzt auf, wenn er den Kopf bewegt.

«Ich bin zweiundzwanzig, wenn du es genau wissen willst. Vernunft hat doch nichts mit dem Alter zu tun.» Was mache ich hier überhaupt? Ich sollte in meiner Wohnung auf dem Sofa sitzen und fernsehen.

«Vernunft macht Spaß, wenn man vorher unvernünftig war. Erst dann kann man sie richtig schätzen.» Genüsslich bläst er den Rauch zur Seite, der nach draußen ins Dunkle wabert.

«Unvernunft ist gefährlich. Man weiß nie, was sie für Folgen hat», sage ich und knete meine Finger.

Statt zu antworten, wirft er die Kippe auf die Straße, schließt die Tür und holt eine kleine Schachtel aus einem Regal. Als er ein Schokoplättchen herausnimmt und in seinen Mund schiebt, muss ich grinsen. Er geht zum Sofa und klopft mit der Hand auf den Sitz.

«Komm zu mir, hier ist es gemütlicher. Fühlt sich fast an wie ein Date, der Abend.»

Mit glühenden Wangen setze ich mich neben ihn und rutsche sofort an den Rand, bis ich die Kante der Armlehne am Hintern spüre. Er scheint das nicht zu bemerken, jedenfalls beugt er sich ungeniert tief über mich, um ein Fotoalbum unter dem Tisch hervorzuholen.

«Falls du Lust hast auf Fotos ... Ein paar Impressionen meiner letzten Reisen.»

«Ich liebe Fotos.» Fotografieren ist mein einziges Hobby, aber ich schäme mich für meine Bilder und zeige sie niemandem. Schon gar nicht jemandem wie ihm, der mich vermutlich für meine erbärmlichen Versuche auslachen würde. Er wirkt so selbstbewusst und sicher, im Gegensatz zu mir. Eine verächtliche Reaktion auf meine Bilder würde ich nicht ertragen.

Unter Daves Büchern habe ich zahlreiche Bildbände von David Lachapelle, Mario Testino, Ansel Adams und anderen Künstlern entdeckt. Seine Bilder sind allerdings ganz anders als die der berühmten Fotografen, viel persönlicher. Die Momente, die er eingefangen hat, sind beeindruckend, die Aufnahmen imponieren mir sehr. Manche Bilder treiben mir sogar Tränen der Rührung in die Augen.

Er hat die Fotos zum Anlass genommen, mir ziemlich dicht auf den Leib zu rücken. So dicht, dass seine Körperwärme auf mich abstrahlt. Doch noch weiter an die Kante kann ich nicht rutschen. Sein Atem riecht nach Schokolade und Minze. Erstaunt stelle ich fest, dass die Nähe nicht unangenehm ist, im Gegenteil. Es fühlt sich vertraut an und fast unschuldig. Wie Freunde, die zusammen Urlaubsfotos ansehen.

Ich versuche, die Tätowierung auf seinem Unterarm zu entziffern. Es ist ein Zitat, in Kalligraphieschrift, das mir entfernt bekannt vorkommt.

«Der kleine Prinz», sagt er, meinem Blick folgend. «Kennst du das Buch?»

«Ich glaube, ich habe es als Kind mal gelesen, aber ich erinnere mich kaum noch dran. Der Spruch gefällt mir.»

Du allein wirst Sterne haben, die lachen können. Daneben sind viele winzige Sterne eintätowiert, und in einem meine ich, den Buchstaben C zu erkennen.

«Für wen ist das?», frage ich. Sein Blick verdüstert sich, und als ich ihn ansehe, ist es, als hätte er einen inneren Vorhang zugezogen. Verwirrt suche ich in seinen Augen nach einer Antwort, finde aber keine.

«Jetzt nehme ich dich schon fast eine Stunde in Anspruch, das ist mir echt peinlich», sage ich schließlich, um das Schweigen zu brechen.

«Kein Problem. Ein Date sollte neunzig Minuten dauern. So lange braucht man nämlich, um sich zu verlieben.»

«Was?» Ich lache mit gespieltem Entsetzen. «Neunzig Minuten? So lang wie ein Fußballspiel oder was?»

«Gute Idee! Wieso bin ich darauf noch nicht gekommen?» Er fasst sich theatralisch an die Stirn und schüttelt den Kopf, dann lacht auch er. «Aber es stimmt, Wissenschaftler haben herausgefunden, dass es die ideale Länge ist, um jemanden kennenzulernen.»

«Das ist doch Unsinn. Man braucht Jahre, und selbst dann kennt man den anderen noch nicht.» Oder man glaubt, ihn zu kennen, und stellt fest, dass man sich getäuscht hat.

«Das klingt verbittert. Allerdings würde eine weitere Frage dazu Regel Nummer eins brechen – niemals beim ersten Date über Ex-Geliebte sprechen.»

Hitze steigt in mir auf. «Keine Sorge. In meinem Fall gibt es da nicht viel zu erzählen.» Das ist eine glatte Untertreibung. Ich bin ein Buch mit leeren Seiten, wenn es um Beziehungen geht. Oder auch nur um Sex.

«Dann sag mir, was du an Sean magst. Was er hat, was ich nicht habe.» Er sieht mich mit unbewegter Miene an. Mein Herz klopft schneller. Wieso tut er so, als ob er an mir interessiert wäre? Das ist unmöglich. Nie und nimmer. Wir sind wie Feuer und Wasser. Hund und Katze. Wir leben in verschiedenen Welten, und während ich in meiner gefangen bin, ist er frei wie ein Vogel. Jedenfalls wirkt er so, und ich kann nicht leugnen, dass ich insgeheim neidisch auf ihn bin.

«Du bist ganz einfach nicht mein Typ, tut mir leid. Ich bin mir zu schade für belanglose Sexgeschichten.» Ich verschränke die Arme vor der Brust und sehne den Notdienst herbei. Das Gespräch wird mir unangenehm. Ich bin es nicht gewohnt, über mich zu sprechen, und außerdem kann ich sein Interesse an mir nicht einordnen. Will er mich wirklich ins Bett kriegen? Vielleicht sieht er in mir eine besondere Herausforderung, weil ich so anders bin als die Mädchen, mit denen er sich sonst rumtreibt? Er hebt beide Arme, als wollte er mich von seiner Unschuld überzeugen. Was bei seinem Aussehen wenig glaubhaft ist. Ein Mann wie er muss nur mit dem Auge zwinkern, und schon ziehen sich die lockeren Mädchen das Höschen aus. Ganz sicher.

«Wie kommst du darauf, dass ich nur an belanglosen Sexgeschichten interessiert bin?», fragt er.

«Ich habe Ohren. Und dazwischen ein bisschen graue Masse, falls es dir noch nicht aufgefallen ist.» Mein Blick fällt auf eine Blumengirlande am Fenster, an der eine rote Lichterkette befestigt ist. Ich habe keine Zweifel, zu welchen Gelegenheiten er diese Beleuchtung wählt.

«Um auf Sean zurückzukommen ... Ich glaube, wir passen einfach gut zueinander. Wir sind uns sehr ähnlich, er ist nett, und er ist ... na ja ... harmlos.» Ich atme tief aus und sehe ihn an.

«Harmlos? Hast du etwa auch vor Männern Angst?»

Ich zucke mit den Achseln. «Vor manchen.» *Vor Männern wie dir jedenfalls.*

«Dann geh mit ihm aus, wenn du auf ihn stehst. Wo ist das Problem?»

Ich lache leise. «Das kann ich nicht. Ich habe Angst, dass er nein sagt. Bis jetzt hat er kein Interesse an mir gezeigt.»

«Und wenn? Was ist so schlimm daran?» Sein Kinn zuckt. Himmel, er macht sich über mich lustig, hab ich es doch gewusst. Warum habe ich überhaupt davon angefangen? Als ob ausgerechnet er mir bei meinen Problemen helfen könnte.

«Was so schlimm daran ist? Es wäre einfach irre peinlich.» Ich sehe ihn entsetzt an, als er in Gelächter ausbricht.

«Kein Spaß ohne Risiko. Angst behindert dich nur.»

«Angst ist wichtig. Ohne Angst würden wir alle sehr früh sterben», erwidere ich. «Auch du hast bestimmt vor irgendwas Angst.»

Er wird plötzlich ernst. «Ja, das habe ich. Aber bei den meisten Dingen, die mir Angst machen, frage ich mich: Was ist das Schlimmste, das mir passieren kann? Weißt du, warum es vielen Leuten so schwerfällt, ein Risiko einzugehen? Eine Entscheidung zu treffen? Sie versuchen, sich auszumalen, was alles geschehen könnte, aber man kann nicht zwei Gedanken zur gleichen Zeit verfolgen. Dann kommt man durcheinander, die Gedanken fangen an zu rasen, und das macht einem Angst. Wenn man sich auf das Schlimmste konzentriert, was passieren kann, findet man sich quasi schon damit ab. Danach wird es leichter, sich zu entscheiden. Und die Risiken erscheinen einem kleiner, wenn man ernsthaft über sie nachdenkt. Kann ich es überleben? Ist die Antwort ja, dann spricht nicht viel dagegen, es zu versuchen.»

«Das klingt ziemlich waghalsig.» Meine Stimme bricht, ich räuspere mich. Für jemanden wie mich, der vor nahezu allem Angst hat, hört sich sein Lebensprinzip an wie das eines Selbstmörders. Wahrscheinlich ist er einer, der sich kopfüber von steilen Klippen stürzt. Fallschirmsprünge und Hubschrauberflüge absolviert, um sich den ultimativen Kick zu holen. Da ich schon in der U-Bahn ständig Angst habe, im Tunnel stecken zu bleiben oder gar überfallen zu werden, ist das alles undenkbar für mich.

Ein Klopfen an der Tür unterbricht uns. Erst jetzt merke ich, dass mein Blick sich in seinem verhakt hat. Dave steht auf, um zu öffnen. Ein gelangweilt dreinblickender Typ in einer dunkelblauen Uniform schielt über Daves Schulter hinweg zu mir.

«Sind Sie Ms Cunning? Ich bin der Notdienst.»

«Na endlich.» Nur ungern trenne ich mich von dem gemütlichen Sofa. Der Handwerker fummelt bereits am Display meiner Tür herum.

«Warte», sagt Dave, als ich schon fast im Flur stehe. Er klettert auf eine kleine Leiter und nimmt eine CD aus einem Regal, drückt sie mir in die Hand. Ein Album der Hunters. Das Cover zeigt ein Schwarzweißfoto von einem Felsbrocken, auf dem eine Rosenblüte liegt. Es sieht aus, als ob die Blume aus dem Stein wachsen würde.

«Danke. Das Cover ist schön, tolles Foto.»

«Falls du mal in Ruhe reinhören magst. Deine Meinung würde mich interessieren.» Er wirkt fast verlegen. Ein Mann mit einem Ego, das größer ist als der Big Ben Tower ... Dass er dennoch unsicher ist, wenn es um seine Musik geht, löst ein warmes Gefühl in mir aus. Mein Herz macht einen kleinen Satz.

«Also ... dann. Danke für das Asyl.» Der noch immer etwas klamme Mantel hängt über meinem Arm, aber meine Füße sind wieder warm und trocken.

«Kein Problem. So lange hab ich allerdings noch nie gebraucht, um eine Frau ins Bett zu kriegen.» Er schenkt mir ein schelmisches Grinsen, wieder ganz der Alte. Ich verdrehe die Augen, muss aber lachen.

«Vielleicht solltest du es öfter mal mit Frauen versuchen, die noch nicht bewusstlos sind?»

«Netter Tipp. Werde ich bei Gelegenheit ausprobieren.» Als er plötzlich das Kinn senkt und sich meinem Gesicht nähert, zucke ich erschrocken zurück. Er will mich doch nicht etwa ... küssen? Im Flur flucht der Notdienst, ein Werkzeug fällt klirrend auf den Boden. Oh Mann, wie komme ich bloß darauf, dass er mich küssen will? Es ist doch eindeutig, dass sein Geplänkel nichts weiter ist als ebendas. Reines Geplänkel. Nur Spaß. Trotzdem erstarrt mein Körper, als seine Lippen meinen Hals streifen. Nur kurz, eigentlich ist es kaum zu spüren. Aber die sanfte Berührung lässt mein Herz stolpern. Er schnuppert an mir, richtet sich wieder auf und lächelt.

«Lilie. Kein Mauerblümchen. Ich mag deine Bodylotion, sie passt zu dir. Gute Nacht, Mrs Frost.»

«Ella. Sag doch bitte Ella», bringe ich noch hervor, dann spüre ich ein seltsames Ziehen in meinem Unterleib, das nur eins bedeuten kann ...

Mist, ich bekomme meine Tage!

8

Endlich Freitag. Die Woche hat mich geschafft, vor allem weil ich den dringenden Verdacht habe, das ganze Büro weiß von der Sache mit Sean und dem Vibrator. Ich könnte Holly erwürgen!

Sie hat auch entsprechend zerknirscht gewirkt und mir jeden Morgen einen selbstgebackenen Schoko-Muffin auf den Tisch gelegt. Allerdings hat sie heute gefragt, ob ich ihr eine Karte für das ausverkaufte Hunters-Konzert in zwei Wochen besorgen könnte. Das hat meiner Freude über ihre Entschuldigungsversuche dann doch einen kleinen Dämpfer verpasst. Sean dagegen spricht nicht mehr mit mir, stattdessen wird er rot, sobald er mich sieht. Was auch immer das zu bedeuten hat.

Auf meinem iPhone befindet sich seit neuestem das Album der Hunters. Es hat mich die ganze Woche auf dem Weg ins Büro begleitet, und je öfter ich es höre, desto besser gefällt es mir. Besonders ein Song hat es mir angetan. *Stars in my heart*, eine Rockballade, bei der ich jedes Mal eine Gänsehaut bekomme. Inzwischen kann ich sogar den Text auswendig. Daves Stimme ist so sanft und melancholisch bei diesem Song. Ich wüsste zu gern, über wen er da singt. Es liegt so viel Schmerz in dem Lied, dass es mir immer wieder Tränen in die Augen treibt. Vielleicht irre ich mich auch, aber jemand, der so ein sinnliches Lied schreibt, kann kein schlechter Mensch sein.

Vor dem alten Lagerhaus steht ein knallrotes Motorrad. Ein Typ in Jeans und Lederjacke zieht einen schwarzen Helm vom Kopf, hängt ihn an den Lenker und hilft einer Blondine vom Sitz. Mein Herz klopft ein bisschen schneller, ich verlangsame meine Schritte. Ich bin nur noch wenige Meter vom Haus entfernt. Zu warten, dass sie reingehen, wäre ziemlich peinlich, wenn er mich dabei erwischen würde. Also gehe ich so lässig wie möglich weiter und versuche zu ignorieren, dass die Blondine eine von diesen engen Leggings trägt, bei denen sich jedes Detail abzeichnet. Taubstummenhosen, wie Holly sie nennt. Die Lippen bewegen sich, aber man hört nichts.

«Hey, Mrs Frost.» Daves Augen blitzen auf, als er mich entdeckt. Er kettet das Motorrad am Zaun vor dem Haus an, ohne den Blick von mir zu nehmen.

«Guten Abend», antworte ich betont kühl und betrachte die Blondine aus dem Augenwinkel. Solche Mädchen gab es nicht im Internat. Solche Mädchen würden sogar eine Schuluniform obszön aussehen lassen.

«Hast du was vor heute Abend? Wir feiern eine kleine Willkommensparty. Falls du Lust hast ...?»

Schon wieder eine Party? Mit dieser Tussi? Da sie nicht mal einen BH trägt, kann ich ihre Brustwarzen unter dem engen Top erkennen. Sie sind riesig wie Gullydeckel und machen mir Angst, aber was weiß ich schon davon. Offenbar steht er auf so was.

Irgendwie kriege ich das Bild von heute nicht mit dem zusammen, das ich mir neulich Abend von ihm gemacht habe. Was schade ist.

«Es kommen noch ein paar andere Leute», sagt er, als hätte er meine Gedanken gelesen. Ich spüre, wie ich rot werde.

«Nein, tut mir leid, heute kann ich nicht», lüge ich. Dass ich auch vor Partys, also vor Alkohol und Menschenansammlungen, Angst habe, weiß er noch nicht. Vielleicht kann er es sich denken, als Nachbar bekommt er ja mit, dass ich jeden Abend zu Hause sitze und fernsehe. Allein.

«Schade. Ich hätte dir gern die Band richtig vorgestellt. Neulich hast du die Jungs ja nicht gerade von ihrer besten Seite erlebt. Übrigens, hast du schon in die CD reingehört?»

Er macht zwei Schritte auf mich zu. Eine Haarsträhne fällt ihm ins Gesicht, er streicht sie mit einer lässigen Handbewegung zur Seite. Sein Gang ist weich und geschmeidig, aber seine schmalen Hüften in Kombination mit den breiten Schultern sind so männlich, dass ich schlucken muss.

«Ja, habe ich. Und sie gefällt mir. Sehr sogar», antworte ich auf seine Frage.

Ein Lächeln huscht über sein Gesicht. «Das freut mich. Ebenfalls sehr.»

«Können wir reingehen? Mir ist kalt.» Blondie zieht eine Schnute und verschränkt die Arme vor der Brust. Sie sieht aus wie ein Mädchen, dem die Mutter Süßigkeiten verboten hat. Kein Wunder, dass ihr kalt ist, in dem Aufzug.

«Klar.» Er lässt mich vorgehen, das Mädchen läuft neben ihm her. Ich öffne die Haustür, und er hält sie für uns auf. Die Situation ist irgendwie seltsam. Vielleicht weil mein Gehirn damit beschäftigt ist, die Stufen zu zählen, während ich vor den beiden die Treppe hochgehe. Ich bilde mir ein, ihre Blicke auf meinem Hintern zu spüren, was ganz bestimmt Unsinn ist. Achtundfünfzig ... neunundfünfzig ...

«Falls du es dir noch überlegst, komm einfach rüber», sagt er, als wir oben angekommen sind. «Es könnte wieder etwas lauter werden.»

Blondie marschiert allein zu seiner Tür, bleibt davor stehen und sieht Dave ungeduldig an. Himmel, die muss es nötig haben.

«Ich kann wirklich nicht. Aber danke für die Einladung.»

Dave guckt mich an, als würde er mir immer noch nicht glauben. «Du schuldest mir übrigens noch ein Essen.» Meine Finger stoppen knapp über dem Display, in das ich gerade meinen Code eingeben will. Natürlich mit dem Rücken zu ihm, damit er die Zahlenkombination nicht ablesen kann. Vorsicht muss sein. Zögernd tippe ich weiter und drücke die Tür auf, bevor ich mich zu ihm umdrehe. «Was? Wieso sollte ich?»

«Na ja, ich habe dir immerhin ein Steak gemacht, falls du dich erinnerst. Dafür musst du dich noch revanchieren, oder?»

Mein Gesicht wird heiß. «Dave, ich ... wirklich, ich weiß nicht, was ...» Großer Gott, was will der Typ bloß von mir? Der Geruch seiner Lederjacke steigt mir in die Nase, ein Kribbeln läuft über meinen Rücken.

«Nur ein Essen, mehr nicht.» Er legt lächelnd den Kopf schief.

«Und warum sollte ich das tun?» Er weicht keinen Millimeter zurück. Seine Nähe, sein Geruch, sein intensiver Blick bringen etwas in mir zum Flattern.

«Weil ich es will.» Klar, das muss einem wie ihm natürlich reichen als Grund. Ich lache leise.

«Also gut, ich überleg mir was», sage ich versöhnlich und denke an den Song, der mich so berührt hat. Er ist kein schlechter Mensch, versuche ich mich selbst zu überzeugen. Du kannst ihm vertrauen. Jedenfalls ein wenig.

«Am Sonntag?», schlägt er vor. «Ich hasse Sonntage. Die einzigen Tage, an denen ich mich einsam fühle.»

Ein warmes Schaudern läuft mir über den Rücken, nervös lecke ich mir die Lippen. Dass jemand wie er sich einsam fühlen könnte, ist für mich unvorstellbar. Er hat doch gar keine Ahnung, was Einsamkeit bedeutet. Im Gegensatz zu mir.

«Also gut. Sonntag um sechs. Sei pünktlich», höre ich mich sagen und beiße mir sofort entsetzt auf die Lippe. Mein Herz schlägt mir bis zum Hals, ich fühle mich, als wäre ich kurz vor einer Panikattacke. Was um Himmels willen mache ich hier gerade?

Dave deutet eine kleine Verbeugung an. «Am besten viel Fleisch. Ich brauche Proteine.»

«Du solltest es mal zur Abwechslung mit Traubenzucker fürs Gehirn versuchen. Hilft wirklich.» Ich verdrehe die Augen und wende mich meiner Wohnung zu. «Schönen Abend noch.»

«Dir auch, Mrs Frost. Bei was auch immer.» Er nickt, dann geht er zu seiner Tür, legt einen Arm um Blondies Hüfte und flüstert ihr was ins Ohr. Sie kichert. Hastig gehe ich rein und knalle die Tür hinter mir zu. Das Kichern hallt in meinem Kopf nach, bestimmt haben die beiden über mich gelacht. Wieso bloß habe ich ihn gerade zum Essen eingeladen? Ich muss total durchgedreht sein. Offenbar durchströmen irgendwelche Hormone mein Blut und legen meinen Verstand flach. Was ist hier bitte los? Ich war immer immun gegen solche Gefühle. Gefühle, wie das, von einem unsichtbaren Magneten angezogen zu werden, obwohl ich mich dagegen wehre. Muss das ausgerechnet bei ihm passieren? Bei einem sexsüchtigen, tätowierten Typen ohne jegliches Verantwortungsbewusstsein?

Ich konzentriere mich auf mein Essen, denke aber beim Zubereiten des Salates die ganze Zeit darüber nach, was ich ihm am Sonntag servieren kann. Während einer alten Folge *Friends* entscheide ich mich für Roastbeef mit Yorkshire-Pudding, ganz klassisch. Nebenan wird es immer lauter. Musik, Gelächter, Stimmengewirr, klirrende Gläser. Mein Herz schrumpft zusammen.

Seit Jahren war ich nicht mehr aus. Nicht, dass ich vor dem

Konzert damals eine Partymaus gewesen wäre, aber ich habe sogar im Internat ein halbwegs normales Leben geführt. So normal das Leben in einem Mädcheninternat eben sein kann. Doch seit drei Jahren gibt es das nicht mehr für mich. Keine Party, kein Pub. Kein Alkohol. Kein Risiko. Und ich habe es nicht vermisst. Seitdem Dave neben mir wohnt, hat sich das geändert. Plötzlich spüre ich etwas in mir, das sich wie schrecklicher Hunger anfühlt. Nur ist es natürlich kein Hunger – aber was ist es dann?

Um halb zwölf ist der Partylärm so laut geworden, dass ich mit Kopfhörern fernsehen muss, um noch irgendwas zu verstehen. Ab und zu dringt trotzdem Musik oder Gelächter von drüben an meine Ohren, und jedes Mal fühlt es sich an, als würde jemand mit einem heißen Messer in meinem Bauch herumstochern. Vielleicht kann ich es nicht ertragen, wenn andere Menschen verliebt sind und Sex oder einfach nur Spaß haben, weil es so verdammt lange her ist, dass ich selbst mein Leben so genießen konnte. Die Sehnsucht danach scheint mich von innen zu zerfressen wie ein bösartiges Geschwür.

Mein Handy vibriert auf dem Couchtisch. Als ich den Absender der SMS entdecke, lasse ich es vor Schreck wie einen heißen Toast fallen. Nein, ich werde den Mist *nicht* lesen. Ich kann ihm ja nicht mal antworten, weil er so feige ist und immer diesen blöden anonymen Internetdienst benutzt. Meine Finger kribbeln. Neugier und Angst liefern sich einen Ringkampf in mir.

Nebenan zerbricht ein Glas, Geschrei geht in schallendes Gelächter über. Ein Song von Kings of Leon läuft. Ich wünschte, ich könnte einfach rübergehen und mich benehmen wie ein normales Mädchen: Bier trinken, ein bisschen flirten. Aber ich bin wie gelähmt, die Angst ist stärker als die Sehnsucht. Meine Augen brennen, als ich das Handy aufhebe und die anonyme Nachricht ungelesen lösche. Erst danach kann ich wieder normal atmen.

Ich will kein Opfer mehr sein. Nicht wieder weglaufen. Ich schließe die Augen und versuche, mich zu konzentrieren. Etwas zu zählen. An meine Listen zu denken. Stattdessen sehe ich Dave vor mir. Blaue Augen, so voller Leben, so mutig. Warum denke ich ausgerechnet an ihn? Als ob er ein Grund wäre, hier in London zu bleiben. Als ob sich jemand wie er ernsthaft für eine Langweilerin wie mich interessieren könnte. Was bilde ich mir eigentlich ein?

Dennoch – träumen wird ja wohl erlaubt sein, oder nicht? Seltsamerweise hat sich in meine Träume neuerdings jemand eingeschlichen. Jemand mit einem Grübchen neben dem Mund. Mit einem unrasierten, männlichen Kinn. Jemand, dessen Körper Testosteron ausschüttet, wie andere Leute schwitzen. Jemand mit einer Metallperle in der Zunge, die in meiner Fantasie über meine intimsten Körperstellen wandert und mich aufstöhnen lässt.

Ich erschauere bei dem Gedanken daran, halte die Erinnerung aber fest. Wie von selbst gleitet meine Hand zwischen meine Beine. Meine Finger schieben sich unter den Bund. Im Fernseher läuft *Rendezvous mit Joe Black*. Während ich meine eigene Feuchtigkeit spüre, die Hitze, die sich in meinem Schoß ausbreitet, starre ich auf den Bildschirm und sehe zwei fremden Menschen zu, die sich lieben. Doch in meiner Einbildung bin ich es, die geküsst wird. Von einem Mann, der all das verkörpert, was ich vermeiden will.

9

Der Duft von Roastbeef zieht durch mein Loft. Seit geschlagenen zwei Stunden frage ich mich, warum ich das hier eigentlich mache. Ich kann mich nicht erinnern, jemals für jemanden gekocht zu haben. Beim Blick auf die Uhr schnaufe ich verächtlich. Viertel nach sechs. Mir war ja klar, dass er nicht pünktlich sein würde. Siedend heiß fällt mir etwas ein. Vielleicht kommt er ja überhaupt nicht? Weil die ganze Sache nur ein Witz war und ich Idiot darauf reingefallen bin. Oder weil er sich mit seinen Kumpels über mich lustig machen will. *Ich hab meine öde Nachbarin zwar nicht ins Bett gekriegt, aber die dumme Kuh hat für mich gekocht. High Five.*

Als es klingelt, stöhne ich vor Erleichterung leise auf. Allerdings lasse ich mir viel Zeit, bevor ich zur Tür gehe. Ich schiebe ganz gemütlich den Pudding in den Backofen, trinke einen Schluck Wasser und warte, bis es ein zweites Mal läutet.

«Komme!» Ich wische meine Hände an der schwarzen Schürze ab und öffne ihm. «Zwanzig Minuten zu spät.» Ich mache eine einladende Geste mit der Hand, doch er bleibt dicht vor mir stehen und schnuppert. Seine Haare sind ordentlich, nicht so durcheinander wie sonst. Ich möchte sie mit den Fingern zerwuseln, kann mich aber zum Glück beherrschen.

«Hey. Das riecht genial. Roastbeef? Wow!» Dave haucht mir einen Kuss auf die Wange, und obwohl seine Lippen meine Haut kaum berühren, stellen sich die Härchen auf meinen Armen auf.

«Nun komm schon rein, ich bin gleich fertig», sage ich und eile zum Herd zurück, als ob ich dort eine Bombe entschärfen müsste. Er sieht sich mit unverhohlener Neugier in meiner Wohnung um, die Hände in den Taschen seiner Jeans. Sein schwarzes Shirt hat einen weiten Ausschnitt, sodass sein Schlüsselbein zu sehen ist. Leicht gebräunte Haut ohne störende Härchen. Und natürlich die dunklen Tattoos auf seinen Unterarmen.

«Wann genau bist du hier eingezogen?», fragt er.

«Vor drei Monaten. Wieso?»

«Es sieht aus wie eine Musterwohnung. So ein Maklerding, das sie einem zeigen, bevor man kauft.»

Ich zucke mit den Achseln und unterdrücke ein Schmunzeln.

«Hast du so wenig Zeug? Keine Bücher, DVDs, CDs ... so was halt?»

«Alles digital», sage ich. «Bücher auf dem E-Reader, Musik auf dem iPad und dem Computer, genau wie Filme. Ich mag es nicht, wenn so viel Kram rumsteht. Setz dich. Möchtest du was trinken?»

Er schlendert gemächlich auf mein Designersofa zu und sieht sich dabei weiter um. «Klar, gerne. Ein Bier.»

Hitze schießt durch meinen Körper.

«Äh, ich habe ... Wasser, Cola, Saft. Keinen Alkohol, sorry.» Entschuldigend zucke ich mit den Achseln, bevor ich schon wieder meine feuchten Hände an der Schürze abwischen muss. Ich Idiot. Daran hab ich beim Einkaufen überhaupt nicht gedacht, aber er hat natürlich recht. Zum Roastbeef passt Bier einfach perfekt.

Dave zieht eine Braue hoch. «Ich hab ja nicht vor, mich bei dir zu betrinken, aber ein Bier zum Essen ...? Warte, ich hol was.»

«Nein, ich ... Oh Mann.» Stöhnend sehe ich ihm nach, wie er

aus meiner Wohnung verschwindet und die Tür sperrangelweit offen lässt. Kurz darauf kommt er zurück, zwei geöffnete Bierflaschen in der Hand.

«Nur eins, Mrs Frost», sagt er, dicht an meinem Ohr, und stellt eine Flasche neben den Herd. Dann streckt er seine Hand nach dem Roastbeef aus, das ich gerade aufschneiden will. Genervt klopfe ich ihm mit dem Messer auf die Finger, die er mit gespieltem Schmerz zurückzieht.

«So eine bist du also, dachte ich's mir doch.» Er grinst breit.

«Pfoten weg. Setz dich hin.» Er trinkt geräuschvoll einen Schluck, dann lässt er sich an meinem Esstisch nieder. Ich hypnotisiere den Pudding im Ofen, das Bier vor mir ignoriere ich.

«Wieso trinkst du nicht? Ich meine, nicht mal ein Bier oder ein Glas Wein oder so?»

Ich antworte, ohne mich zu ihm umzudrehen: «Bevor du weiterfragst ... Ich bin weder schwanger noch krank, und ich fahre auch nicht Auto.»

Er lacht auf. «Nie? Du fährst nie Auto?»

«Nein. Ich bin viermal durch die Prüfung gerasselt und hab's dann aufgegeben. Aber in London ist das zum Glück kein Problem.»

«Stimmt. Man findet sowieso keinen Parkplatz.» Der Pudding sieht gut aus, das Roastbeef ist schon seit einer halben Stunde fertig. Ich schiebe es noch kurz zum Aufwärmen in den Ofen und bereite die Teller vor. Gemüse, Sauce. Der Duft lässt meinen Magen knurren.

«Hast du schlechte Erfahrungen mit Alkohol gemacht?» Statt zu antworten, zucke ich nur mit den Achseln. Kein gutes Thema, und zum Glück bohrt er nicht weiter nach. Ich konzentriere mich auf das Essen und zähle die Spargelstangen ab, die ich gleichmäßig auf zwei Teller verteile. Sechs für jeden. Bevor ich das Essen auf den Tisch stelle, ziehe ich die schwarze Schürze aus. Darunter trage ich ein graues Kapuzenshirt und eine Jeans, die coolsten Klamotten, die ich in meinem Kleiderschrank gefunden habe.

Wir sitzen uns gegenüber, und ich beobachte angespannt, wie er das Fleisch zerschneidet und den ersten Bissen probiert. Er kaut langsam, sieht dabei aus dem Fenster, dann schluckt er, und sein Mund verzieht sich zu einem Lächeln.

«Das ist großartig.»

Meine Ohren werden warm, ich winke lässig ab. «Freut mich, wenn es dir schmeckt», sage ich bescheiden und bin so erleichtert, dass ich auch endlich anfangen kann zu essen.

«Nein, ehrlich, das ist perfekt. Zart und saftig.» Er nimmt einen weiteren Bissen. Es sieht aus, als würde er sich das Essen regelrecht auf der Zunge zergehen lassen.

«Gilt Spargel nicht als Aphrodisiakum?» Er deutet mit der Gabel auf mich und kräuselt die Stirn. «Mrs Frost, ich muss schon sagen ... perfide Methoden, die Sie hier anwenden.»

«Um Himmels willen! Bild dir bloß nichts ein!», rufe ich entsetzt und tue so, als wollte ich ihm den Teller wegziehen. Er umklammert ihn mit beiden Händen und lacht mich mit seinen perfekten weißen Zähnen an.

«Stille Wasser und so», murmelt er vor sich hin, bevor er einen weiteren Bissen nimmt. «Bist du mit deinem Kollegen schon weitergekommen? Mit ... James?»

«Sean. Und nein, natürlich nicht. Nachtisch?», frage ich, um ihn abzulenken. «Ich hab eine Mousse aus Bitterschokolade gemacht.»

«Oh Mann. Du weißt, dass Liebe durch den Magen geht, ja? Das ist ziemlich gefährlich, was du hier abziehst.»

Ich muss kichern. «Du hast dich selbst eingeladen, also leb mit den Konsequenzen.»

Gemeinsam räumen wir den Tisch ab, und er hilft mir, das Geschirr in die Spülmaschine zu stellen. Selbst meine Kopfhaut prickelt, als wir uns beide gleichzeitig hinunterbeugen und mir sein unverwechselbarer Geruch in die Nase steigt. Leder, Tabak, Mann. Ich halte die Luft an und versuche, durch den Mund zu atmen, weil sein Duft schon wieder Gefühle in mir auslöst. Die Mousse ist im Kühlschrank zum Glück steif geworden und duftet köstlich. Ich fülle zwei Schälchen mit dem Dessert und kehre zum Tisch zurück. Er seufzt leise, nachdem er den ersten Löffel probiert hat.

«Hammer! Das ist echt ... wow.» Mein Bauch kribbelt vor Freude über sein Kompliment. Es fühlt sich verdammt gut an, gelobt zu werden. Nicht, dass ich so eine Bestätigung bräuchte, aber nach all den Jahren tut es wirklich gut, auch mal was Nettes zu hören.

«Aber ich fürchte, jetzt sind wir wieder nicht quitt. Jetzt schulde ich dir was», sagt er. «Das war besser als in den meisten Restaurants.»

Ich winke lässig ab. «Kein Problem. Außerdem hab ich das gern gemacht.» Wärme kriecht meinen Hals hoch.

«Oh nein. So leicht kommst du mir nicht davon. Ich überleg mir was.» Er löffelt seine Mousse genießerisch weiter. Sein Mund ist wirklich schön, ich mag es, wie sich die sinnlich geformten Lippen um den Löffel schließen. Ein Prickeln wandert durch meinen Körper, irgendwer schickt Stromstöße in meinen Leib. *Himmel, Ella, guck woandershin!*

«Also, immer noch keine Annäherungsversuche von deinem Kollegen?», hakt er nach. Verdammt, warum kümmert ihn das?

«Wieso interessierst du dich so für meine Männergeschichten?», frage ich.

«Geschichten? Oha, Mrs Frost. Gibt es etwa noch mehr Konkurrenten, auf die ich eifersüchtig sein muss?»

Mein Körper versteift sich. Will er sich wieder über mich lustig machen? «Als ob du Konkurrenz fürchten müsstest. Sehr witzig.»

«Normalerweise nicht. Aber ich wüsste immer noch gern, was Sean hat, was ich nicht habe.»

«Zuerst mal behandelt er Frauen nicht wie Sexobjekte, sondern wie gleichberechtigte Partner.»

«Im Büro okay, im Bett ...» Dave wiegt skeptisch den Kopf und schmunzelt. Ich ignoriere seinen Einwand.

«Er ist nicht oberflächlich, sitzt abends gern vor seinem Computer und geht selten aus, trinkt nicht und ist verantwortungsbewusst. Und seitdem wir zusammenarbeiten, ist er noch nie zu spät gekommen.»

Dave schaut mich abwartend an.

«Außerdem interessiert er sich nicht für Sex», platzt es aus mir heraus.

Dave lacht so schallend, dass ich kurz zusammenzucke. «Ernsthaft, bist du sicher, dass er ein Mann ist? Oder überhaupt ein Mensch?»

«Ja, bin ich», gebe ich schnippisch zurück. «Es geht nicht allen Männern nur um Sex. Es gibt auch welche, die an inneren Werten interessiert sind.»

«Ich bin auch an inneren Werten interessiert», sagt er ruhig und sieht mir fest in die Augen. Unruhig rutsche ich auf dem Stuhl herum. «Aber was genau hast du gegen Sex einzuwenden?»

«So einiges.» Ich stehe auf, um die leeren Schälchen abzuräumen. Das Gespräch läuft eindeutig in die falsche Richtung. Dave lehnt sich im Stuhl zurück und beobachtet mich, bevor er sein Bier in einem Zug leert. Meine Flasche steht unangetastet in der Küche.

«Ich muss sagen ... Ich bin es nicht gewohnt, so eiskalt abserviert zu werden. Aber okay, ich akzeptiere, dass ich nicht dein Typ bin, damit kann ich leben. Nur – wenn du wirklich willst, dass zwischen Sean und dir was geht, solltest du was dafür tun.»

«Ach ja? Und was bitte?» Ich bleibe mit verschränkten Armen stehen und lehne mich gegen den Kühlschrank. «Klär mich auf, Mr Chauvi.»

«Ich bin kein Chauvi. Aber ich bin ein Mann, und du bist eine Frau. Es gibt Unterschiede zwischen uns, und diese Unterschiede sind gut. Frauen, die sich nicht wie Frauen benehmen, kommen nicht sonderlich an. Bei niemandem.»

«Und wie benehmen sich Frauen, deiner Meinung nach?»

«Du musst einem Mann zeigen, dass du ihn toll findest. Dass du ihn willst. Männer lieben das Gefühl, angehimmelt zu werden. Bei aller Gleichberechtigung – wir Männer wollen bewundert werden. Wenn er dann den ersten Schritt macht, kannst du ruhig ein bisschen schüchtern tun, darauf stehen wir. Lass ihn glauben, dass es seine Idee war, dich anzumachen.»

«Herr im Himmel.» Ich ziehe die Nase kraus. «Du glaubst den Mist wirklich, den du da erzählst, oder?»

«Na ja, jedenfalls hörst du von mir nachts deutlich mehr Geräusche als ich von dir. Mr Rabbit ist offenbar diskret.»

In meinem Dekolleté bilden sich rote Flecken. «Ich benutze das Ding doch gar nicht!»

Anzüglich grinsend holt er die zweite Flasche aus der Küche. «Mach dich locker. Das hier zum Beispiel» – er hebt die Flasche, als wollte er mir zuprosten – «ist nur ein Bier. Du wirst nicht krank, wenn du ab und zu eins trinkst.»

Ich schlucke. «Nein, das nicht, aber ... Ich habe meine Gründe, glaub mir.» Oh Mann. Er ist echt penetrant.

«Ich sterbe vor Neugier.» Dave legt den Kopf schief und sieht mir fest in die Augen. Mein Brauch kribbelt, so durchdringend ist sein Blick.

«Mein Vater war Alkoholiker», sage ich schließlich leise. «Meine Mutter hat sich deshalb von ihm getrennt, als ich noch ein Baby war. Ich habe ihn sehr selten gesehen als Kind und immer nur im Beisein meiner Mutter. Meine Erinnerungen an ihn sind mager, aber ich weiß, dass er lustig war. An eine Sache erinnere ich mich noch genau: wie ich auf seinem Schoß sitze und den Alkohol in seinem Atem rieche, ohne zu wissen, was es ist, während er Fingerspiele mit mir macht und mir Lieder vorsingt. Bis meine Mutter mich hochreißt und mit mir nach Hause geht. Als sie ihren zweiten Ehemann kennenlernte ... da war es vorbei mit den Besuchen. Mein Vater ist vor fünf Jahren gestorben, an Leberversagen.»

«Ella, das tut mir leid.» Er spricht ruhig, und sosehr ich ihn auch mustere, ich kann kein falsches Mitleid in seinem Gesicht entdecken. Erleichtert atme ich aus. Mein Herz hämmert gegen meinen Brustkorb. Ich war noch nie gut im Lügen, und die Geschichte meines Vaters ist nur die halbe Wahrheit. Schließlich verdanke ich es dem Alkohol, dass ich die letzten drei Jahre damit klarkommen musste, von der halben Welt als Schlampe tituliert zu werden. Aber er scheint mir zu glauben.

«Ist schon okay. Ich habe gelernt, damit zu leben.»

«Wie ist deine Mutter so? Und dein Stiefvater? Habt ihr ein gutes Verhältnis?»

Ich rutsche unruhig auf dem Stuhl herum. «Stell dir einfach vor, die Stiefmutter von Schneewittchen und Captain Hook hätten zusammen Kinder gekriegt. Dann weißt du, wie die beiden sind.»

Er lacht. «Interessant.»

«Henry Wincester ist reich, deshalb hat meine Mutter ihn sich ausgesucht. Mich wollte sie danach schnell loswerden, schließlich hatte ich ihr angeblich das Leben versaut. Sie wurde nämlich sehr jung schwanger, und wenn sie Henry später nicht kennengelernt hätte ... Damit mir nicht dieselbe Dummheit passierte wie ihr, landete ich mit acht auf einem Mädcheninternat.» Meine Hände fangen an zu schwitzen, aber etwas in seinem Blick bringt mich dazu, weiterzureden. Nicht einmal Jen und Holly kennen diese Geschichten. Und die eine, die schlimmste Geschichte, werde ich auch ihm nicht erzählen. Gerade ihm nicht.

«Die beiden bekamen einen gemeinsamen Sohn, und mein Bruder Jeremy ist eine wahre Pest. Das verzogenste Kind, das die Welt je gesehen hat, aber das ist wohl kein Wunder bei dem Vater.»

«Oh shit, das klingt nicht gut. Kein Wunder, dass du solche Probleme mit Männern hast.»

«Ich habe keine ...», setze ich an, verstumme dann aber und sehe ihm nur in die Augen. Einige Sekunden lang liegt ein angenehmes Schweigen zwischen uns, das wir mit Blicken füllen. Meine Haut kribbelt, als ob eine ganze Insektenkolonne darüberkrabbeln würde.

«Was ist mit deinen Eltern?», frage ich, um von mir abzulenken. Außerdem interessiert es mich wirklich. Dave zieht erstaunt die Brauen hoch, räuspert sich schließlich aber und fängt an zu erzählen.

«Mein Vater ist enttäuscht von mir, weil ich Musiker geworden bin. Er hatte große Pläne für mich, schon immer. Er hat mir lesen und schreiben beigebracht, bevor ich in die Schule kam, und gehört zu der Sorte Eltern, die einem Fünfjährigen so Dinge sagen wie *In deinem Alter war ich schon sechs.*» Er zuckt mit den Achseln, und ich lache.

«Das ist nicht dein Ernst?»

«Meine Mutter hat das ausgeglichen. Sie war die beste Mutter der Welt. Sie trug immer einen Pferdeschwanz, und wenn ich Mist gebaut hatte, hat sie ihn sich um die Hand gewickelt, das war wie eine Drohung. Aber sie konnte nie lange böse sein. Wenn sie mit uns geschimpft hat, hat sie anschließend immer heiße Schokolade mit Sahne gemacht, und dann war alles wieder gut. Sie ist leider vor zehn Jahren gestorben. Sie hat den Kampf gegen den Brustkrebs verloren – obwohl ich als Kind immer dachte, sie wäre unbesiegbar. Sie war so stark, sogar in den schlimmsten Momenten. Als sie ohne Haare von der Chemotherapie nach Hause kam, grinste sie mich an und meinte: *Jetzt sehe ich aus wie du als Baby. So schließt sich der Kreis.* Später sagte sie, dass sie auch einige Zähne verlieren würde und dann nur noch Suppe und Brei essen könnte, deshalb hat sie ein letztes Mal für uns alle ihr Lieblingsgericht gekocht. Es war wie eine Henkersmahlzeit, weil jeder von uns wusste, dass sie den Kampf nicht mehr gewinnen konnte.» Er verstummt und trinkt einen Schluck Bier. Sein Blick ist trüb geworden. Mir schwillt das Herz in der Brust, meine Augen werden ganz feucht. Ich traue mich nicht zu fragen, was ihr Lieblingsgericht war, denn wenn er Roastbeef sagt, fange ich auf der Stelle an zu heulen.

«Das tut mir sehr leid», flüstere ich. «Immerhin hast du eine liebevolle Mutter gehabt.»

«Allerdings. Besser, man hat etwas Schönes erlebt und verloren, als es nie erlebt zu haben. Nicht?»

Ich nicke stumm, obwohl ich mir nicht so sicher bin, dass er recht hat.

«Ich habe noch eine kleine Schwester – sie ist drei Jahre jünger als ich und ein wahres Musterkind. Sie hat Jura studiert und arbeitet als Anwältin, jetzt schon ziemlich erfolgreich. Mein Vater ist verdammt stolz auf sie, und er hat allen Grund dazu. Anders als bei mir.» Er grinst schief.

«So schlimm bist du gar nicht», versuche ich zu trösten und beiße mir sofort auf die Lippe.

«Zurück zu dir», lenkt er ab. «Wenn du willst, helfe ich dir mit deinem Kollegen.»

«Was?» Verwirrt über den abrupten Themenwechsel, starre ich ihn an. «Nein, danke. Jen versucht schon ständig, uns zu verkuppeln, das ist peinlich genug.»

«So meine ich das nicht. Aber ich spüre, dass du Angst hast. Und das ist nie gut. Ich könnte dir helfen, ein bisschen lockerer zu werden.»

Meine Halsschlagader fängt an zu pochen. «Wie kommst du ...?»

Seine Stimme wird sanfter. Fast klingt sie so, wie wenn er singt. Samtig und zart.

«Du hast Angst davor, abgelehnt zu werden, aber mit dem Risiko musst du leben. Wenn du jemanden magst, musst du in Vorleistung gehen und etwas riskieren, sonst hast du keine Chance zu gewinnen. Aber wenn du es erst gar nicht versuchst, hast du sowieso schon verloren. Also frage ich die Frau Mathematikerin, welchen Sinn hat es da, es nicht zu versuchen? Eine ganz einfache Rechnung, möchte man meinen.»

Mein Körper verkrampft sich, ich weiß nicht, was ich mit meinen Händen anstellen soll, also greife ich wie in Trance zur Bierflasche und setze sie an. Das herbe Getränk rinnt mir die Kehle hinab, und ich muss husten. Mutig trinke ich einen zweiten Schluck. Dave grinst mich an, sagt aber nichts. Mir wird sofort warm von dem ungewohnten Alkohol.

«Fangen wir mal mit den Äußerlichkeiten an.» Wumms. Das kam unerwartet. Ich fühle mich, als ob er mir eine Ohrfeige verpasst hätte.

«Ich bin mit mir ziemlich zufrieden, also bemüh dich nicht», sage ich frostig. «Außerdem stehen nicht alle Männer auf Barbiepuppen, die vielleicht hübsch sind, aber zu blöd, um sich die Schuhe zuzubinden.»

Er lacht heiser. «Du solltest auch zufrieden mit dir sein. Mehr als das. Nur bist du es nicht, und das spürt man. Ich möchte dir helfen – wenn du mich lässt.»

Mein Herz klopft schneller. Ich knibble am Etikett der Bierflasche, bis nur noch Papierfetzen übrig sind.

«Ich brauche keine Hilfe, danke.»

Er ignoriert meinen Einwand. Sitzt ganz selbstverständlich in meiner Wohnung und spricht mit mir, als wäre ich ein Kind. Wut steigt in mir auf, aber ich schlucke sie runter und lasse ihn reden.

«Du solltest mehr Farbe tragen. Ich sehe dich nur in Grau und Schwarz, das ist so langweilig und düster.»

Nicht düster, sondern unsichtbar. Aber das weiß er natürlich nicht.

«Dave! Ernsthaft, das ist –»

«Hey, wir Männer gucken nun mal gern! Und was ich bisher von dir gesehen hab, ist mehr als vorzeigbar. Also: Zeig, was du hast. Dem kann kein Mann widerstehen. Auch ein Sean nicht.»

«Nicht alle Männer sind so oberflächlich wie du», erwidere ich schroff und spüre, wie meine Wangen rot werden.

«Dann verrat mir mal, wie viele Männermagazine du kennst, in denen es um die Intelligenz von Frauen geht.» Er hebt auffordernd die Brauen. «Na?»

«Ich lese keine Männermagazine», knurre ich. «Und Sean ganz sicher auch nicht.»

«Natürlich nicht. Er surft auch nicht auf YouPorn, sondern holt sich bei dem Gedanken an Bits und Bytes einen runter.» Seine Stimme trieft förmlich vor Ironie.

Empört schnappe ich nach Luft. «Du bist echt sexistisch, Dave! Wir sind doch keine Tiere, die ihre Triebe nicht im Griff haben.»

«Das gilt vielleicht für dich, Mrs Frost.» Er tippt sich mit dem Zeigefinger auf den Nasenrücken. «Aber glaub mir, das gilt nicht für normale Männer. Auch nicht für Sean. Ob's dir gefällt oder nicht, du musst in seinen Kopf, musst dafür sorgen, dass er abends an dich denkt, wenn er sich einen runterholt. Dann hast du es geschafft.»

Ich stoße die Luft durch die Zähne aus. «Mir wird gleich schlecht», sage ich und verziehe das Gesicht.

«Du könntest –»

«Ach, hör auf. Es hat keinen Sinn, mit dir darüber zu sprechen.»

«Du wolltest wissen, was Männer an Frauen mögen, und hier ist es: Wir mögen Sex. Wir mögen, dass eure Körper weicher sind als unsere. Wir lieben Brüste und Hintern. Kleine feste Brüste wie deine. Runde Hintern, so wie deinen. Zeig ihn doch, in engen Röcken und Jeans! Du kannst es dir ja leisten. Dein Sean ist kein Mann, wenn er darauf nicht anspringt.»

«Pffft», stoße ich aus, aber meine Wangen brennen. Hat er mir gerade echt Komplimente gemacht?

«Wir stehen auf lange Haare, weil man sich beim Sex daran festhalten kann. Rote, volle Lippen, die zum Küssen einladen», zählt Dave weiter auf und lässt seinen Blick zu meinem Mund wandern, wo er viel zu lange verharrt. Ein Schauer rieselt mir über den Rücken. «Wir mögen es, ab und zu ein bisschen verhätschelt und bemuttert zu werden. Wir lieben es, gebraucht zu werden und für euch da zu sein. Klar, ab und zu wollen wir auch unsere Ruhe oder mit Kumpels abhängen. Aber danach möchten wir zurück an den ruhenden Pol, der uns Sicherheit gibt. Wo wir uns zu Hause fühlen.»

«Und warum hast du dann keine Freundin?», platze ich heraus. «Wenn dir das alles so wichtig ist – wieso hüpfst du dann mit wechselnden Frauen ins Bett und schickst sie mitten in der Nacht nach Hause?» Jetzt ist es an mir, die Brauen hochzuziehen.

Sein Blick wird dunkel, er räuspert sich und ändert seine Sitzhaltung. Unwillkürlich folgt mein Körper seiner Bewegung, spiegelt seinen. Meine Sinne sind geschärft, und ich beobachte jede kleine Muskelbewegung in seinem Gesicht.

«Du musst es mir nicht erklären, wenn du nicht willst», lenke ich ein, weil mich seine plötzliche Veränderung nervös macht. Sein Kinn zuckt. Mir fällt jetzt erst auf, dass er heute gründlich rasiert ist. Bei unseren letzten Begegnungen zierte immer ein feiner Bartschatten sein Gesicht.

«Ich habe zu viele Menschen in meinem Leben verloren», sagt er leise. Ich erwidere nichts, sehe ihm nur fest in die Augen, damit er weiß, dass ich zuhöre und bei ihm bin. Mühsam unterdrücke ich den Wunsch, die Hand nach ihm auszustrecken und seine Finger zu berühren. Ihn zu trösten. Weil er plötzlich aussieht wie ein kleiner Junge, der sich weh getan hat und versucht, nicht zu weinen.

«Ich hab dir von meiner Mutter erzählt», fährt er schließlich fort. «Sie war nicht die Einzige, die mich verlassen hat. Aber ich will dich mit meinen Geschichten nicht deprimieren.»

«Das sind alles Dinge, über die man nicht gerade beim ersten Date spricht», merke ich an. Er nickt.

«Aber das hier ist kein Date, oder?», fragt er, sanft lächelnd.

«Nein. Allerdings nicht.» Wir schweigen, unsere Blicke verhaken sich. Es ist ein besonderer Moment, der keiner Worte bedarf. Eine seltsame Verbundenheit liegt zwischen uns, wie ein unsichtbares Band. Obwohl wir kaum etwas voneinander wissen, scheinen wir beide zu spüren, dass jeder von uns ein Schicksal hat. Ein Schicksal, das zu schrecklich ist, um darüber zu sprechen.

«Hey – ich wollte den Abend nicht versauen,» löst er die gespannte Stimmung und wendet den Blick ab, bevor er erneut einen Schluck von seinem Bier nimmt.

«Tust du nicht», beeile ich mich zu sagen. «Wirklich.»

«Spätestens mit der Nummer kriege ich sie alle rum. Auch die hartnäckigen Fälle.»

«Was?» Entsetzt reiße ich Mund und Augen auf. «Das ist hoffentlich nicht dein Ernst!»

«Nur Spaß», murmelt er und zwinkert mir zu.

«Du bist echt unmöglich.» Ich verdrehe die Augen, muss aber doch lachen. Er ist einfach unglaublich!

«Möchtest du noch was? Wasser? Saft?», frage ich.

«Nein. Ich gehe besser, du willst sicher schlafen. Danke für den Abend, Ella.»

«Gern geschehen. War echt ... nett.» Stocksteif sitze ich da, die Hände wie ein Schulmädchen im Schoß. Aber mein Herzschlag beschleunigt sich, als er sich plötzlich zu mir runterbeugt. Ich rieche die Schokoladenmousse in seinem Atem, sein Aftershave und noch etwas anderes, das ich nicht zuordnen kann. Einen Duft, der mich daran zweifeln lässt, ein vernunftbegabtes menschliches Wesen zu sein. Denn ehrlich gesagt, fühle ich mich sogar ziemlich animalisch, als mir der Geruch in die Nase steigt. Ein warmes Kribbeln zieht durch meinen Körper, und ich kann es beim besten Willen nicht anders deuten als ... ach du je. Ich bin heilfroh, dass ich kein Mann bin, sonst könnte das hier schnell peinlich werden. Wenigstens sieht man mir nicht an, was gerade in meinem Kopf vorgeht.

«Ich revanchiere mich dafür. Ganz bald. Bis dahin ...» Sein Gesicht nähert sich noch ein wenig mehr, und mein Körper versteift sich weiter. Das Kribbeln breitet sich aus, wandert in tiefere Körperregionen. Wie von selbst öffnet sich mein Mund. Mein Kopf ist zur Seite geneigt, meine Augen geschlossen. Meine Lippen brennen. Erst, als der erwartete Kuss ausbleibt, reiße ich die Augen wieder auf und starre ihn panisch an.

«Entschuldige, ich ... oh Gott.» Lieber Himmel. Mein Kopf fühlt sich an, als würde er gleich explodieren. Mein Herz pocht so schnell, dass ich es in der Zunge spüre. Wieso habe ich gedacht, dass er mich *küssen* will? Wo ist das Loch, in dem ich mich verkriechen kann? Ich senke beschämt den Blick.

Aber plötzlich spüre ich seine Finger auf meiner Wange. Eine sanfte Berührung, mit der er meine Konturen nachzeichnet. Eine Gänsehaut überzieht meinen Körper, meine Beine fangen an zu zittern, obwohl ich sitze und wie ein Idiot die Armlehne umklammere, als ob ich mit dem Stuhl verschmelzen wollte.

«Glaub mir ... Ich würde nichts lieber tun, als ... Wirklich. Aber es wäre nicht richtig.» Er spricht leise. Noch immer ist er meinem Gesicht so nah, dass ich seine Wimpern zählen könnte. Ich ... oh Gott, nein. Bitte, liebes Gehirn, tu es nicht. Hastig kneife ich die Augen zu, um es daran zu hindern.

«Du verdienst einen Besseren. Einen Sean vielleicht, wenn er derjenige ist, den du willst. Ich würde dir nur weh tun.»

Ich hole tief Luft. Zittrig öffne ich die Augen und sehe ihn an. «Vielleicht möchte ich, dass du mir weh tust? Damit ich keine Angst mehr davor haben muss», höre ich mich selbst sagen.

Seine Lippen sind so nah. Ich schlucke, will ihn berühren, anfassen. Küssen. Lieber Himmel, wann habe ich je das Verlangen gehabt, einen Mann anzufassen? Auf diese Art? Ich kann mich nicht erinnern.

«Gute Nacht, Mrs Frost. Schlafen Sie gut.»

Sein Mund streift meinen nur, trotzdem elektrisiert mich die zarte Berührung. Ich atme tief durch die Nase ein, schon ist der kurze Moment vorüber. Dave richtet sich auf und wendet sich zum Gehen. Ich zucke zusammen, als die Tür hinter ihm zufällt, dann setze ich mich aufs Sofa und starre auf den ausgeschalteten Fernseher.

Okay, vielleicht habe ich ihn falsch eingeschätzt. Er ist wirklich viel netter, als ich dachte.

Sein männlicher Duft hängt noch in der Wohnung.

Ich schnappe mir das iPad und mache mich bei Google auf die Suche nach Dave Hunt. Ich finde zahlreiche Fotos seiner Band, im Studio oder bei Konzerten. Fanseiten, sein Facebook-Profil, das ich ignoriere, so wie ich seit Jahren alle sozialen Netzwerke ignoriere. Es kommt nichts Gutes dabei raus, wenn man der Welt sein Privatleben offenbart.

Bei Google finde ich auf der zwölften Seite ein paar alte Zeitungsartikel über Dave. Ich muss dreimal hinsehen, um ihn zu erkennen: Von den Bildern strahlt mich ein junger Mann im dunklen Anzug an, der nach Erfolg und Geld aussieht. Im Arm hat er eine lächelnde dunkelhaarige Schönheit. Es sind Artikel aus Wirtschaftsmagazinen, denen ich entnehme, dass Dave Hunt in Harvard Wirtschaftswissenschaften studiert und vor vier Jahren ein sehr erfolgreiches Start-up gründet hat. Was um alles in der Welt ist passiert, dass aus ihm der wurde, der er heute ist? Ein Partytier und Rockstar, der Frauen reihenweise flachlegt? Ich kriege die Bilder nicht zusammen.

Dann tippen meine Finger plötzlich wie von allein *Dave Hunt nackt* in die Bildersuche. Schon auf der ersten Seite ein Treffer. Jetzt wird mir wirklich heiß.

10

Die Türklingel reißt mich aus meiner Konzentration. Es ist zwar Samstag, aber ich sitze seit drei Stunden vor meinem Laptop und versuche die Zahlen für *Juke* so zu frisieren, dass sie meinem Chef gefallen. Er hat mir aufgetragen, für einen schnelleren Investitionsrückfluss zu sorgen – nur habe ich keine Ahnung, wie ich das anstellen soll. Jedenfalls nicht, ohne die Investoren zu belügen. In meinem Bauch breitet sich ein eisiger Klumpen aus, und ich kann an kaum etwas anderes denken als an meine Arbeit. Seufzend öffne ich die Tür.

«Hey, Mrs Frost. Bist du bereit?»

Verdutzt starre ich meinen Nachbarn an, der in Lederklamotten vor meiner Tür steht und zwei Motorradhelme in der Hand hält.

«Äh ... wozu jetzt genau?» Oh Mann. Ich trage nur ein dünnes Top und eine kurze Hose, weil es sehr plötzlich sehr warm geworden ist. Die riesigen Fenster in meinem Loft sind zwar eigentlich toll, aber heute fühle ich mich wie in einem Brutkasten.

«Shopping.» Er grinst und bleibt abwartend in der Tür stehen. Ich kratze mich an der Nase, um Zeit zu schinden.

«Sind wir verabredet? Ich weiß von nichts.» Seit Sonntag bin ich ihm aus dem Weg gegangen. Am Mittwoch hat er bei mir geklingelt, aber ich habe so getan, als wäre ich nicht zu Hause. Das Missverständnis mit dem Kuss ist mir immer noch peinlich. Skeptisch sehe ich ihn an.

«Ich habe versprochen, dir zu helfen. Wegen Sean, du weißt schon. Also dachte ich, wir gehen shoppen, und ich zeige dir ein paar coole Läden in Shoreditch. Du bist ja offenbar bisher nicht groß rumgekommen.»

«Jetzt? Heute? Ich kann nicht, ich muss –»

«Zieh dir eine lange Hose an. Und feste Schuhe.» Er blickt auf meine nackten Beine und Füße, ein Lächeln huscht über sein Gesicht. Verlegen überkreuze ich die Knöchel und schüttle den Kopf. «Du kannst nicht einfach hier reinschneien und mich von der Arbeit abhalten, Dave. Ich hab echt zu tun.»

«Es ist Samstag. Wochenende. Auch für Buchhalterinnen. Also los, ich warte.» Er tippt auf seine Armbanduhr. Seufzend verdrehe ich die Augen, aber mir ist klar, dass er keine Ruhe geben wird.

«Wenn du glaubst, dass ich mich auf dein rotes Ding da unten setze ...», rufe ich über die Schulter, während ich ins Schlafzimmer gehe, um rasch eine Jeans überzustreifen. Was mache ich hier eigentlich?, frage ich mich kopfschüttelnd.

«Alles klar?» Als ich zur Tür zurückkehre, hält er mir lächelnd einen Helm hin.

«Ich fahre nicht mit dem Motorrad», wehre ich ab. «Echt nicht.»

«Bist du schon mal Motorrad gefahren?»

«Nein», gebe ich zu. «Aber trotzdem ...»

«Komm mit.» Er dreht sich um und geht die Treppe runter. Zweifelnd betrachte ich den unförmigen Helm, den er mir in die Hand gedrückt hat, dann folge ich ihm nach unten. Was zum Teufel ...?

Zehn Minuten später finde ich mich schwitzend auf dem hinteren Sitz seiner roten Ducati wieder.

«Wenn du noch ein bisschen fester drückst, schaffst du es», meint er nach hinten gewandt. Es ist witzig mit jemandem zu reden, dessen Gesicht man nicht sehen kann. Zum Glück kann er meins auch nicht sehen, sonst bekäme er sicher Angst. Denn ich sehe vermutlich aus, als ob ich jeden Moment ohnmächtig würde.

«Schaffe ich was?», stoße ich hervor.

«Mich zu ersticken. Das hast du ja offenbar vor.» Ich lockere den Griff. Etwas. Meinetwegen kann er gern ersticken, solange ich nicht von diesem Teil falle ... Bilder von verunglückten Motorradfahrern geistern mir durch den Kopf, und schon die Vorstellung, was alles passieren könnte, raubt mir fast den Atem. Als ich gerade beschlossen habe, wieder abzusteigen, startet er den Motor. Die Vibrationen gehen mir durch den ganzen Körper. Lieber Himmel, das überlebe ich nicht ...

«Fertig?», brüllt er gegen den Lärm an, den das Teil produziert, und ich nicke. Was natürlich Blödsinn ist, aber ich kriege keinen Ton raus. Dann fahren wir los. Ziemlich langsam, fast schon gemütlich. Der Motor röhrt, und ich werde kräftig durchgeschüttelt. Bei der ersten Kurve kneife ich die Augen zu und drücke mich noch fester gegen seinen Rücken. Sogar durch das Visier des blöden Helms kann ich seine Lederjacke riechen. Die Sonne verbrennt meine nackten Arme. Hätte ich doch besser etwas mit langen Ärmeln anziehen sollen? Was, wenn wir einen Unfall bauen? Meine Knie zittern, aber schon nach der dritten Kurve fühle ich mich sicherer. Als wir an einer roten Ampel hinter einem entsetzlich stinkenden Doppeldecker-Bus halten, dreht er sich zu mir um.

«Alles in Ordnung bei dir?»

«Ja!», rufe ich, und das ist es tatsächlich. Mehr als in Ordnung. Insgeheim hoffe ich plötzlich, dass die Fahrt noch lange andauert.

Ich mag das Gefühl, seinem Körper zu folgen, wenn er sich in die Kurve legt. Es ist fast wie Tanzen, was ich seit Jahren nicht getan habe. Ich lasse mich führen, reagiere wie von selbst, intuitiv. Ich hatte vollkommen vergessen, wie schön es ist, nur zu fühlen.

Die Vibrationen reizen meine Nerven und lösen vor allem zwischen meinen Beinen etwas aus. Aber ich denke nicht weiter darüber nach, genieße die Sonne, den Geruch der Straße, die Sicherheit, mit der Dave das Motorrad auch durch den dicksten Verkehr lenkt, atme ruhig ein und aus. Leider ist die Fahrt schon nach wenigen Minuten zu Ende: Vor einem alten Haus halten wir an.

Dave wartet, bis ich abgestiegen bin, dann steigt auch er ab und bockt das Motorrad auf. Verwirrt sehe ich zu dem Haus mit der schwarz gefliesten Fassade hinüber. Auf dem düsteren Fenster steht in altmodischer Schrift *Dragon Tattoo*. Goldene Lettern, die in der Sonne glänzen.

«Oh nein», sage ich schnell. «Da gehe ich nicht rein. Niemals.» Vorsichtshalber bleibe ich stocksteif stehen und verschränke die Arme vor der Brust. Das kann ja wohl nicht sein Ernst sein!

Dave zieht mich lachend am Arm. «Keine Angst. Ich will dich nur einer guten Freundin vorstellen.»

Freundin? Mich vorstellen? Wozu, um Himmels willen? Ich werde mir sicher kein Tattoo stechen lassen. Schon bei dem Gedanken wird mir schlecht. Als er die Tür für mich aufhält, folge ich ihm misstrauisch. Drinnen ist es hell und freundlich, witzige Stilmöbel stehen wie achtlos hingeworfen im Raum verteilt. Eine schlanke, ziemlich kleine Frau mit knallrotem Pagenkopf kommt auf uns zu und strahlt, als sie Dave erkennt.

«Hey, Hunter. Schon wieder ein Neues?» Staunend beobachte ich, wie sie sich umarmen. Sie hat Tätowierungen auf Armen und Beinen und wirkt wie ein modernes Kunstwerk. So bunt.

«Silly, das ist Ella, meine neue Nachbarin. Wir brauchen deine Hilfe.»

«Hi, Ella.» Sie schüttelt mir freundlich lächelnd die Hand, und ich stelle beschämt fest, dass meine Finger ganz nass und kalt sind. «Wo soll es denn hin?»

«Keine Tinte», wehrt Dave lachend ab. «Ella braucht nur ein kleines Make-over.»

Make-over? Hallo, was bin ich denn? Ein altes Haus, das renoviert werden muss? Ein alternder Star, der ein neues Image benötigt? In jedem Fall bin ich zu empört, um reagieren zu können.

«Ich verstehe ... Bist du damit überhaupt einverstanden, Ella?» Sie sieht mir in die Augen, und ich schrumpfe unter ihrem Blick zusammen. Obwohl sie kleiner ist als ich, fühle ich mich in ihrer Gegenwart plötzlich wie ein unbeholfenes Kind.

«Ehrlich gesagt hatte ich bis gerade eben keine Ahnung, was er vorhat.»

Sie lacht, laut und perlend. Ihr Pony ist kurz und wie mit einem Lineal geschnitten, ganz akkurat, ihre Brauen sind dunkel und schmal. Sie erinnert mich an eine Burlesque-Tänzerin aus einem vergangenen Jahrhundert, zumal auch ihr schwarz-weiß gepunktetes Kleid dazu passt.

«Das sieht ihm ähnlich.» Sie stößt Dave den Ellbogen in die Rippen, und er zuckt mit gespieltem Schmerz zusammen.

«Auf gar keinen Fall will ich zu einem seiner Betthäschen werden», platzt es aus mir heraus. Dave reißt die Augen auf. «Was soll das denn heißen?»

«Du weißt schon: blondiert, Push-up-BH, kurzer Rock und gelangweilter Gesichtsausdruck.»

Silly schnaubt kopfschüttelnd. «Keine Sorge. Wir werden was Passendes für dich finden. Ich muss noch eine kleine Zeichnung fertigmachen, dann schließe ich ab, und wir können los. Okay?»

Sie nickt uns kurz zu und verschwindet in einem Hinterzimmer.

«Was um alles in der Welt ... Hast du irgendwas genommen?» Ich sehe Dave scharf an.

«Silly ist eine alte Freundin, und sie ist echt gut mit so was. Keine Angst, aus dir würde niemals ein *Betthäschen* werden.» Sein Tonfall lässt nicht erahnen, ob das ein Kompliment oder eine Beleidigung sein soll. Mein Puls geht schneller, aber das sirrende Geräusch einer Tätowiermaschine, oder wie die Dinger heißen, lenkt mich ab. Ein eisiger Schauer läuft mir über den Rücken. Müssten nicht entsetzliche Schmerzensschreie von da hinten kommen?

«Hast du Angst?» Dave mustert mich eindringlich.

«Wovor? Solange ich mich nicht zerstechen lassen muss, kann doch nichts passieren, oder?», frage ich, wenig überzeugt.

«Genau. Und du musst dir wirklich keine Sorgen machen: Silly war früher Masken- und Kostümbildnerin, ich bin sicher, sie weiß genau, was du brauchst.»

Großer Gott, Holly und Jen würden mich für verrückt erklären, wenn sie wüssten, wo ich mich befinde. Und vor allem mit *wem*. Wieso lasse ich mich bloß auf so einen Mist ein? Das widerspricht doch all meinen Regeln.

Ein Glöckchen über der Tür läutet, ich drehe mich neugierig um. Eine Frau steht etwas unschlüssig in der Tür. Sie trägt ein kurzes Kleid und Turnschuhe, ihre blonden Haare sind zu zwei Zöpfen gebunden, die nach vorne hängen. Ihr Versuch, wie ein Teenager auszusehen, scheitert jedoch an den Ringen unter ihren Augen und einem nicht mehr ganz straffen Kinn, die ihr wahres Alter verraten.

«Dave?»

Erstaunt beobachte ich, wie sich sein Gesicht verfärbt. Nur mühsam kann ich mir ein Grinsen verkneifen.

«Dave Hunt. Ich habe das Motorrad auf der Straße gesehen und mir gedacht, dass es deins ist. Warum hast du dich nicht bei mir gemeldet?»

«Äh, hi ... Bonnie?» Dave grinst verlegen, und ich muss mir auf die Lippe beißen, um nicht laut aufzulachen. Trotzdem sehe ich nicht weg, sondern starre ihn ganz unverhohlen an. Offenbar war es dunkel, als er sie abgeschleppt hat. Eine gewisse Schadenfreude kann ich mir nicht verkneifen.

«Ich heiße *Barbara*.» Die Blondine bleibt wenige Schritte von uns entfernt stehen und stemmt die Hände in die Hüften. Jetzt erkenne ich sogar Altersringe an ihrem Hals, sie muss mindestens fünfzehn Jahre älter sein als er. Ihre Augen feuern ein paar Blitze auf mich ab, die mich zum Glück kaltlassen.

«Schön, dass du dir nicht mal die Namen deiner Frauen merken kannst. Ist ja auch nicht wichtig, was? Es reicht, wenn du dir merkst, wie sie sich beim Ficken anfühlen. Einmal schnell drüber und dann weg damit.»

«Entschuldige mal, aber einmal *schnell* drüber ...» Dave starrt die Frau vor uns mit finsterer Miene an. «Offenbar trügt dich dein Erinnerungsvermögen.» Gut, das muss ich ihm zugestehen ... *Schnell* ist er ganz sicher nicht. Jedenfalls nicht nach dem stundenlangen Lärm zu urteilen, den ich in den letzten Wochen von nebenan gehört habe.

Oh Mann, gleich blutet mir die Lippe. Das Lachen würgt mich in der Kehle, wie ein Kitzeln steigt es in mir auf.

«Pass bloß auf», wendet die Frau sich mir zu. «Der Typ ist ein Riesenarschloch. Erst fickt er dich, dann wirft er dich mitten in der Nacht raus. Und meldet sich nie wieder bei dir.»

«Kein Problem», sage ich mühsam. «Ich wohne gleich nebenan, ich hab's nicht weit.»

Dave grinst, was Blondie offenbar rasend macht.

«Dann wünsche ich dir viel Spaß mit *Mr Kleinhans*! Schraub

deine Erwartungen nicht zu hoch, der hat nicht viel zu bieten.» Sie dreht sich auf dem Absatz um und stürmt aus dem Laden. Die Glastür fällt klirrend hinter ihr ins Schloss und ruft Silly wieder auf den Plan, die neugierig um die Ecke lugt.

«Was war denn da los?»

«Och, nur eine ... nichts eigentlich.» Dave schüttelt den Kopf, wirkt aber leicht zerknirscht.

«Kleinhans?» Das Lachen bricht aus mir heraus wie eine Explosion. Tränen schießen mir in die Augen, meine Fantasie spielt verrückt und lässt einen witzigen Film vor meinem geistigen Auge ablaufen. «Sie hat echt *Kleinhans* zu dir gesagt?»

«Was daran jetzt lustig sein soll ...», knurrt er, aber ich kann mich kaum beruhigen. Tränen laufen mir über die Wangen, während ich ihn ansehe und mir gleichzeitig vorstelle, wie er mit heruntergelassener Hose dasteht und sich auslachen lässt.

«Sorry, aber das war echt ... komisch.» Ich schnappe nach Luft. Als ich merke, dass ihn die Sache doch irgendwie fertigmacht, greife ich nach seiner Hand und drücke sie. Silly hebt grinsend eine Braue und verschwindet mitsamt ihren Latexhandschuhen wieder nach hinten.

«Hey! Worüber machst du dir einen Kopf? So was bist du doch sicher gewöhnt, oder?»

Er zuckt mit den Achseln und sieht aus wie ein beleidigter Junge. Aber meine Hand hält er fest. Fester, als mir lieb ist. Ich will sie zurückziehen, traue mich jedoch nicht. Also stehen wir wie zwei Idioten in Sillys Tattoo-Studio und warten darauf, dass das Summen im Hinterzimmer verstummt.

«Mach dir nichts draus», versuche ich noch einmal, ihn zu trösten. Ein Lächeln huscht über sein Gesicht.

«Ich will nicht, dass du einen falschen Eindruck von mir bekommst.»

«Falsch?» Ich sehe ihn kopfschüttelnd an. «Ich hab Ohren, weißt du? Und mir längst einen Eindruck von dir verschafft.»

«Wow, das ist ...» Wir sehen uns kurz in die Augen, ohne etwas zu sagen, und plötzlich meine ich, in dem strahlenden Blau eine Spur von Schmerz zu entdecken. Als Silly wieder das Zimmer betritt, fahren wir wie ertappte Sünder auseinander.

«Ich wär dann so weit.» Sie streift die Handschuhe ab und geht vor einem schwitzenden Typen mit einem riesigen Pflaster auf dem Oberarm zu einem altmodischen Schreibtisch. Während er bezahlt, hält Dave mir die Tür auf, und wir treten zurück auf die sonnige, stinkende Straße. Hupende Autos drängen sich im dichten Verkehr, obwohl Samstag ist.

Silly kommt mit einer winzigen Handtasche in Kirschform heraus und verriegelt sorgfältig die Tür. Sie trägt schwarze Ballerinas mit einer kleinen Schleife, und ich ertappe mich dabei, mir auch solche Schuhe zu wünschen. Sie sind flach, aber trotzdem irgendwie sexy, vor allem weil Sillys schlanke Waden im Kontrast zu den Schuhen so bunt sind. Eine Schlange ringelt sich bis zum Oberschenkel hoch, ihr Kopf verschwindet unter dem glockigen Kleid und weckt Neugier. Plötzlich macht mich mein langweiliges, uninspiriertes Outfit verlegen. Obwohl ich ja weiß, warum ich so aussehe. Ob Silly das trotz all meiner Bedenken ändern wird? Vielleicht ist es ja an der Zeit, endlich wieder aufrecht zu gehen und ich selbst zu sein? Nicht mehr zu flüchten, sondern zu kämpfen, wenn es darauf ankommt? Sichtbar zu sein?

Silly läuft vor bis zu einer kleinen Boutique namens *Religion*, die ich ebenso wenig kenne wie die übrigen Geschäfte in der Straße hier. Ich bin wirklich noch nicht viel herumgekommen in Shoreditch, und da ich mir nichts aus Shoppen mache, kaufe ich Klamotten online, wenn ich mal welche brauche. Was selten der Fall ist.

Dave schiebt mich hinter seiner Freundin her, wir betreten ein düster eingerichtetes Geschäft, aus dessen Boxen finstere Rockmusik dröhnt. Skeptisch sehe ich mich um, erblicke silbern glitzernde Skelette als Dekoration und umgedrehte Kreuze mit riesigen Strass-Steinen an den Wänden. Okay, ich bin hier ungefähr so fehl am Platz wie ein Kaninchen auf einer Hunde-Ausstellung. Was um alles in der Welt soll das?

«Ich such dir was aus. Geh schon mal in die Kabine und zieh dich aus», bestimmt Silly, während Dave sich auf einen gepolsterten Sessel vor den Kabinen fallen lässt und die Beine ausstreckt, als wäre er in seinem Wohnzimmer. Unschlüssig bleibe ich vor den schwarzen Samtvorhängen stehen, hinter denen mannshohe Spiegel mit verzierten Rahmen und Kronleuchter hervorgucken. Von einer Verkäuferin ist weit und breit nichts zu sehen, wir sind die einzigen Kunden an diesem Nachmittag.

«Hopp, hopp!» Silly klatscht in die Hände und grinst mich an. Ich hebe beide Arme. «Ich bin mir nicht sicher, aber das hier ...»

«Du musst nichts kaufen, das dir nicht gefällt. Ehrlich nicht. Gib mir nur die Chance, dich zu überzeugen. Okay?»

Seufzend gehorche ich, obwohl ich mich alles andere als wohl fühle. Das ändert sich schlagartig, als Silly mir einige Kleiderbügel durch den Vorhang reicht, an denen bunte Kleider und Leggings hängen. Früher habe ich Farben geliebt. Kreative Designs, ausgefallene Muster, als Ausgleich zu den langweiligen, grauen Schuluniformen des Internats. Wie frei ich mich gefühlt habe, als ich endlich das strenge Internat verlassen und zur Uni gehen konnte. Oxford! Ein neues Leben. Das vor drei Jahren schlagartig zu Ende war. Seitdem ist mein Leben eine einzige Schuluniform. Nun wollen meine neuen Freunde das ändern, und mein Herz klopft schneller vor Aufregung.

Langsam schäle ich mich aus Jeans und T-Shirt und schlüpfe

in ein leichtes Sommerkleid mit tiefem Ausschnitt und ausgestelltem Rock. Es hat ein witziges Muster aus Kirschen auf buntem Hintergrund, die Farben verlaufen ineinander. Grün dominiert, es passt perfekt zu meinen Augen und meinem Teint. Erstaunt sehe ich in den Spiegel, und wie von selbst greifen meine Hände an den Hinterkopf, um die Spange zu lösen. In feinen Wellen fällt das Haar über meine Schultern, von denen durch den Ausschnitt viel preisgegeben wird. Irre. Etwas verlegen öffne ich den Vorhang und schlüpfe hindurch. Neben Silly steht eine junge Frau, die beim Sprechen wild mit den Händen gestikuliert. Sie trägt einen unpassenden Nasenring in ihrem eigentlich hübschen Gesicht und ist wie Silly stark tätowiert. Aber ich habe kaum Zeit, sie näher zu betrachten, weil mein Blick von Daves Gesichtsausdruck gefangen gehalten wird. Ich muss mir ein Lachen verkneifen.

«Hallo? Wer sind Sie? Und was haben Sie mit meiner Nachbarin gemacht? Silly! In der Kabine ist ein schwarzes Loch! Da drin verschwinden Frauen, und stattdessen tauchen Mutationen auf.»

«Mutationen? Du hast sie nicht mehr alle, Hunter. Und du, Ella, siehst wunderschön aus! Das Kleid sitzt perfekt.» Silly strahlt zufrieden, und auch die gepiercte Verkäuferin nickt anerkennend, während sie auf ihrem Kaugummi herumkaut.

«Was sagst du?» Dave sieht mich fragend an, bevor sein Blick wieder nach unten wandert und an meinem Dekolleté hängen bleibt. Verlegen zupfe ich daran herum. Da ich keinen BH trage, zeigt der tiefe Ausschnitt mehr von meinem Körper, als mir normalerweise lieb ist. Aber ich muss ehrlich zugeben, dass es mir steht. Sehr gut sogar.

«Ich finde es ... schön. Echt.»

«Es hat nur einen Haken.» Dave grinst mich an.

«Was?», frage ich. Hoffentlich sagt er jetzt nicht irgendwas Blödes. Bitte sag jetzt nichts –

«Ich kann dich in diesem Kleid unmöglich Mrs Frost nennen. Mrs Hot wäre wohl angebrachter. «

Mein Gesicht fängt an zu glühen. Ich werfe einen verlegenen Seitenblick in den großen Spiegel neben uns und muss zugeben, dass er recht hat. Der Schnitt betont meine Figur perfekt, zaubert eine schmale Taille und verdeckt meine etwas zu kräftigen Oberschenkel. Dafür drückt das enge Oberteil meine Brüste so zusammen, dass sie viel größer wirken. Ganz ohne BH.

«Los, zieh die anderen Sachen auch noch an, Ella.» Silly ist Feuer und Flamme, und ich gehorche. Wie eine Anziehpuppe führe ich alles vor und lasse die beiden meine Outfits kommentieren. In diesem Moment bin ich alles anderes als unsichtbar. Noch vor einer Woche hätte ich mir nicht mal träumen lassen, dass ich mich das traue.

Dave zankt mit Silly über eine bunte Leggings mit Flicken, die Silly und ich genial finden, er aber für unsexy hält. Ich kaufe sie trotzdem, weil sie bequem ist und wunderbar zu dem riesigen Schlabbershirt passt, das Silly dazu ausgewählt hat und ich gleich anbehalte.

Eine Stunde später bin ich erschöpft, fühle mich fast betrunken, und meine Kreditkarte wurde um einen Betrag erleichtert, der mir kurz Herzrasen bescherte. Aber ich fange mich schnell wieder. Silly beobachtet amüsiert, wie Dave die großen Einkaufstaschen hinter mir herschleppt. Wie wir das Zeug auf dem Motorrad transportieren wollen, ist mir ein Rätsel, doch das ist nicht mein Problem.

«Jetzt die Haare», sagt Silly und führt uns die Straße entlang zu einem Friseursalon, vor dem ein Schild mit der wenig vertrauenerweckenden Aufschrift *Freibier zu jedem Haarschnitt* steht. Dave freut sich darüber, ich bin skeptisch. Zumal ich seit Jahren nicht bei einem Friseur war und denen sowieso nicht über den

Weg traue. Die machen ja eh nie das, was man ihnen sagt, sondern nur, was ihnen selbst gefällt. Mein Misstrauen wächst, als Silly mir die Friseurin vorstellt, die sich meiner Haare annehmen soll. Ihr knallgrün und violett gefärbtes Haar ist auf einer Seite ganz kurz rasiert, Piercings und Tätowierungen zieren ihren Körper und ihr Gesicht. Inmitten all dieser schrägen Vögel fühle ich mich wie ein Alien, aber das Seltsamste ist, dass mich trotzdem alle behandeln wie einen ganz normalen Menschen. Als wäre ich eine von ihnen. Im Gegensatz zu meinen Freunden an der Uni, die mich wegen eines einzigen Ausrutschers aus ihrer Gruppe ausgeschlossen und zum Außenseiter gestempelt haben. Hier weiß niemand von meiner Vergangenheit, und ich bin mir fast sicher, dass es egal wäre, wenn sie es wüssten. Silly wirkt wie jemand, der darüber höchstens lachen würde, und was Dave dazu sagen würde …

«Ella? Hast du gehört?»

«Sorry, ich war gerade … Was?»

«Pony. Kürzer. Andere Farbe, aber nur der Pony.» Die Friseurin verliert offenbar nicht gern viele Worte, was mir nur recht sein kann. Dave sitzt schon wieder und blättert in einer Musikzeitschrift.

«Ein Pony? Ich weiß nicht …» Solange mir niemand was abrasiert … Das wäre wirklich ein Albtraum. Nicht mal Holly würde so eine Frisur tragen, und das will was heißen. Silly redet so lange auf mich ein, bis ich mich völlig verspannt auf einen der skelettförmigen Frisierstühle fallen lasse und einfach die Augen zukneife. Die Friseurin beginnt mit ihrem Werk, zupft und schneidet, färbt und massiert. Gute zwei Stunden später bin ich fertig und sehe vorsichtig in Sillys Gesicht, das vor Freude leuchtet.

«Hammer, ehrlich.» Sie dreht meinen Stuhl herum, sodass ich in den Spiegel schauen kann. Oder besser gesagt – muss. Zaghaft streiche ich mit den Händen über mein Haar. Der Pony endet knapp über meinen Brauen und ist – rot! Doch noch bevor ich mich aufregen kann, fällt Dave mir ins Auge. Er lächelt mich im Spiegel an und hält einen Daumen hoch. Sofort entspanne ich mich. Ich betrachte mich genauer. Abgesehen vom Pony, habe ich meine brünette Farbe behalten, aber mein Haar ist etwas kürzer und glatt geföhnt.

«Und? Was meinste?» Die Friseurin zupft an ein paar Strähnen herum. «Ich musste was abschneiden, die waren ein bisschen kaputt und deshalb strohig in den Spitzen. Jetzt sind sie wieder gesund und munter.»

«Ungewohnt. Aber ... gut. Ja, doch, ich mag es.» Ich lache erleichtert. Ich sehe nicht mehr aus wie ich. Ich sehe aus wie das Mädchen, das ich früher einmal war. Viel jünger, lockerer. Fast fröhlich.

«Hallo, Ella», flüstere ich, während ich mir selbst in die Augen schaue. «Schön, dich wiederzusehen.»

11

«Wenn du so weitermachst, kannst du glatt bei uns einsteigen. Ich werde Mike einfach aus der Band werfen.»

«Mhm.» Meine Zunge steckt zwischen meinen Zähnen. Ich schwitze, obwohl ich nur das neue, dünne Schlabber-Shirt mit der engen, bunten Leggings trage. Ich bin hochkonzentriert, weil ich unbedingt gewinnen will. Gegen ihn, den professionellen Gitarristen!

«Pause? Ich kann nicht mehr.» Dave pustet sich ein paar Haare aus der Stirn, er sieht ebenso verschwitzt aus wie ich.

«Och nee, nicht jetzt», klage ich und lasse enttäuscht die Plastikgitarre sinken. «Ich war kurz davor, dich fertigzumachen!»

«Ich lass dich doch extra gewinnen. Was glaubst du denn?» Grinsend geht er zum Kühlschrank und holt zwei Flaschen Bier heraus, die er an der Kante der Arbeitsfläche öffnet. Ich hebe abwehrend beide Arme, die schwere Gitarre vom *Rock-Band*-Spiel baumelt an mir runter. Mit meiner neuen Frisur sehe ich wirklich fast aus wie ein Rockstar. «Nicht für mich.»

«Ich hab nix anderes, sorry.» Er reicht mir eine Flasche und stößt mit seiner dagegen, bevor er sie an die Lippen setzt und geräuschvoll einen tiefen Zug nimmt. Die Flasche ist eiskalt, aber meine Kehle fühlt sich an wie geschmirgelt, so trocken ist sie. Widerwillig trinke ich also einen Schluck, dann noch einen, bevor ich die Flasche auf Daves Esstisch abstelle.

«Jetzt weiter?»

«Du machst mich fertig.» Stöhnend schaltet er den Ton der Xbox aus und lässt sich auf sein Ledersofa fallen. Breitbeinig, die Bierflasche lässig in einer Hand haltend. «Nächstes Mal spielen wir GTA, da hast du keine Chance.»

Nächstes Mal ... Wieso löst der Gedanke so ein Kribbeln in mir aus? Der Tag war wirklich super, ich habe nicht an die Arbeit gedacht und war einfach nur ... fröhlich. Unruhig verlagere ich das Gewicht von einem Fuß auf den anderen. Draußen ist es längst dunkel geworden, ich habe vollkommen das Zeitgefühl verloren. Verloren in wahnsinnigen Battles mit Dave. Ich will nicht aufhören und glühe förmlich.

«Du bist offenbar ein Naturtalent. Oder hilft dir dein Mathe-Fetisch irgendwie dabei?» Er mustert mich neugierig und klopft mit der flachen Hand auf das Sofa. Etwas wehmütig lege ich die schwere Gitarre ab und setze mich.

«Keine Ahnung, aber es macht irre Spaß.» Grinsend schlage ich die Beine unter. Dave trinkt einen Schluck. Die Wohnung riecht nach Holz, Leder, Bier und Adrenalin. Meinem Adrenalin. Noch immer summt mein Körper von der Anspannung beim Spielen. Ich weiß ziemlich sicher, warum manche Menschen spielsüchtig werden. Wenn man nicht aufpasst, kann man dabei alles um sich herum vergessen.

«Ich zähle die Takte mit, und wenn man sich ein bisschen darauf einlässt ...»

«Warum spielst du kein Instrument?» Er sieht mich neugierig von der Seite an.

Ich kaue nachdenklich auf den Lippen. «Ich hab mal Klavier

gespielt, aber nicht besonders lange. Meine Mutter hat das Ganze eines Tages einfach beendet.»

«Wieso?» Dave rümpft die Nase.

«Sie hatte Angst, dass ich ... ach, egal.» Ich winke ab und bete, dass er nicht weiter nachfragt. Wie sollte ich ihm auch erklären, dass meine Mutter von einer fixen Idee besessen ist und zeit meines Lebens versucht hat, mich vor sämtlichen Gefahren fernzuhalten? Insbesondere vor Männern, die in ihren Augen die größte Gefahr darstellen. Sogar als Kind, was absolut lächerlich ist.

«Hast du Lust?»

«Worauf?»

«Klavier zu spielen. Mit mir.» Er deutet mit dem Kinn auf das Piano in der Ecke. Mein Herz klopft schneller.

«Nein, danke. Ich hab wirklich zwei linke Hände, und ich kann auch gar nichts mehr.»

«Unsinn. Glaub ich nicht. Komm mit.» Er steht auf und zieht mich zu sich hoch. Unsere Hüften treffen sich kurz, die Berührung jagt einen Schauer über meinen Körper. Dave setzt sich auf den Hocker und schiebt den Deckel von den Tasten, dann fordert er mich mit einer Handbewegung ungeduldig auf, mich neben ihn zu setzen. Zögernd gehorche ich. Der Hocker ist viel zu schmal für uns beide, mein Hintern presst sich dicht an seinen. Er fängt an, den Flohwalzer zu spielen, und ich muss lachen.

«Ernsthaft?»

«Super Fingerübung.» Er legt meine Hände auf die Tasten. Lachend beobachte ich seine Finger, die lang und schlank sind, sehr gerade. Chirurgenhände, würde meine Mutter dazu sagen. Zaghaft bewege ich meine Finger neben seinen, eine Oktave tiefer. Er spielt die mir gut bekannte Melodie langsam, ich brauche ein paar Versuche, dann bin ich plötzlich drin. Meine Finger fliegen wie von selbst über die Tasten, folgen seinem Tempo. Mit jedem

Durchgang wird er schneller und weckt so meinen Ehrgeiz. Verbissen spiele ich ihm nach, wir machen ganz schön Krach um diese Uhrzeit, aber wer soll sich darüber beschweren? Ich bin ja hier ...

«Du hast Talent. Und es ist noch nicht zu spät, du könntest einfach weitermachen, wo du damals aufgehört hast. Ich kann dir Unterricht geben.» Dave lächelt mit geschlossenen Lippen. Sein Gesicht ist meinem sehr nah, weil wir wie aneinandergeklebt auf dem Hocker sitzen. Ich kann die Härchen auf seinem Kinn zählen, jede einzelne Pore. Neben dem linken Ohr hat er eine winzige, helle Narbe, kaum noch sichtbar.

«Was hast du da gemacht?», frage ich und streiche vorsichtig mit dem Zeigefinger über seine Wange.

«Schlägerei. Platzwunde», antwortet er kurz, als ob das selbstverständlich wäre. «Ich war früher ziemlich wild, fürchte ich.»

«Früher?» Ich lache. «Definiere früher.»

«Hey, ich bin nicht so schlimm, wie du glaubst!» Er schubst mich mit der Hüfte leicht an, sodass ich fast vom Hocker falle. Mit beiden Händen klammere ich mich an ihm fest, spüre seine Muskeln unter dem dünnen Shirt, seine Körperwärme und lasse los, als ob ich mich an einer Herdplatte verbrannt hätte. Mein Körper versteift sich, und mein Herz fängt schon wieder an, schneller zu schlagen. Sein Blick ruht fest auf mir, sein Mund ist leicht geöffnet. Alles in mir zieht in seine Richtung. Als ob er einen Magneten verschluckt hätte, während sich in meinem Bauch Eisenspäne sammeln, die magisch von ihm angezogen werden. Ich schlucke, kann aber die Augen nicht von seinen lösen. Erst als er sich weiter zu mir rüberbeugt, wache ich wie aus einer Trance auf und stehe abrupt auf.

«Ich geh dann mal rüber. Ist schon spät.»

«Spät? Der Abend hat erst angefangen. Ich dachte, wir gucken noch einen Film zusammen oder so was?»

«Dave, falls du irgendwie vorhast ...»

«Süße, wenn ich dich in mein Bett kriegen wollte, wäre es mir längst gelungen. Wir sind Freunde. Nicht?» Er sieht mir fest in die Augen, und ich nicke erleichtert.

«Ja, genau. Freunde.» Mir wird warm.

«Übrigens ... wusstest du, dass Männer und Frauen doch einiges gemeinsam haben?»

«Was?» Mein Gehirn legt einen Sprint hin, um ihm folgen zu können. Seine Gedankensprünge machen mich ganz wirr.

«Beide brauchen Taschentücher, wenn sie ihren Lieblingsfilm gesehen haben.» Er grinst mit allen Zähnen. Ich brauche drei Sekunden, bis ich den Witz verstanden habe, und schlage stöhnend die Hände vors Gesicht.

«Lieber Himmel!»

«Nein, ehrlich. Was spricht dagegen, den Abend gemütlich ausklingen zu lassen?»

Ich werfe einen verstohlenen Blick auf die Uhr in seiner Küche. Es ist erst kurz nach elf, also gerade mal Sperrstunde im Pub. Eigentlich keine Uhrzeit für junge Leute, um ins Bett zu gehen. Es sei denn, es handelt sich um solche Langweiler wie mich. Aber wenn ich bleibe ... Ich bin mir nicht sicher, was hier mit mir passiert. Was er in mir auslöst. Ich bin mir nur sicher, dass ich Angst davor habe.

«Vielleicht ein anderes Mal. Ich bin wirklich müde.»

«Schade. Aber natürlich deine Entscheidung.» Dave hebt die Schultern, und für einen Moment kommt es mir so vor, als hätte er Mitleid mit mir. Was natürlich Quatsch ist. Ich zupfe an dem neuen weiten Shirt, das locker über die engen Leggings fällt.

Er begleitet mich zur Tür und öffnet sie für mich. Etwas unschlüssig bleibe ich davor stehen. Kühle Luft schlägt mir aus dem Treppenhaus ins Gesicht, aber ich fühle mich trotzdem noch, als würde ich glühen. Mein Herz pocht schneller, als er so dicht vor mir steht, dass ich ihn spüren kann. Oder bilde ich mir das nur ein? Mir ist, als könnte ich die Härchen auf seinen Armen auf meiner Haut fühlen. Wie eine Ameisenkolonie, die über mich hinwegkrabbelt. Ich starre auf das Grübchen neben seinem Mundwinkel. Keiner von uns sagt ein Wort. Und keiner macht Anstalten, diesen Abschied zu beschleunigen. Plötzlich verspüre ich einen seltsamen Drang, meine Wange an seiner zu reiben. Die raue, nicht ganz glatt rasierte Haut auf meiner zu spüren. Seine Wärme. Dave mustert mich mit geneigtem Kopf, seine Lippen öffnen sich wieder leicht. Er sieht aus, als ob er auf etwas wartet. Dann nähert er sich mir, meinem Mund, den er fixiert wie ein Jäger seine Beute. Mein Herz schlägt mir bis zum Hals. Lieber Gott! Dave Hunt will mich küssen. Oder etwa nicht? Mein Körper versteift sich, ich kann mich nicht rühren. Zwischen meinen Beinen passiert etwas. Ein Ziehen, ein Pochen. Ausgelöst durch seine Nähe, seinen Duft, seinen Atem, der stoßweise gegen meine Wange schlägt. Wie von selbst lege ich den Kopf ein wenig in den Nacken. Meine Lider fallen zu, und meine Lippen öffnen sich. Er beugt sich weiter zu mir, so nah, dass ich erschauere. Seine Hand wandert an meinen Rücken, gleitet vorsichtig unter das T-Shirt und löst mit sanften Berührungen weitere Schauer aus. Wie winzige Spinnen kriechen seine Fingerkuppen an meinem Rückgrat entlang nach oben, Wirbel für Wirbel. Über die Stelle, wo sich normalerweise der Verschluss meines BHs befinden würde, wenn ich einen trüge.

Das Ziehen in meinem Unterleib verstärkt sich, etwas in mir fängt an zu pulsieren. Meine Hüften drängen sich an ihn, und ich spüre, dass meine Brustwarzen sich zu winzigen Knospen zusammenziehen. Beinahe schmerzhaft. Oh verdammt, er wird es merken. Und durch das dünne T-Shirt sogar sehen! Seine Lippen streifen meine nur, landen auf meinem Hals, wo sie zart wie

Schmetterlingsflügel die empfindliche Haut liebkosen. Du lieber Himmel, ich kann nicht ... Wir können nicht ... Die bekannte Angst schwappt in mir hoch, ätzt sich in mein Gehirn, um mich daran zu hindern, meinem Körper die Kontrolle zu überlassen. Mit letzter Kraft lege ich meine Hände auf seine Brust und schiebe ihn entschlossen von mir. Fahre mit der Zunge über meine Lippen, während meine Augen einen Punkt hinter ihm fixieren, damit ich ihn nicht ansehen muss. Meine Knie zittern, als ich mich auf dem Absatz umdrehe.

«Gute Nacht, Dave. Bis ... bald?», bringe ich noch hervor und eile über den Flur zu meiner Wohnung. Hinter mir höre ich ihn leise seufzen.

«Träum was Schönes, Mrs Frost. Ich jedenfalls werde die ganze Nacht von deinen harten Nippeln träumen.»

Nach Luft schnappend drehe ich mich zu ihm um. «Du bist und bleibst ein Schwein!»

Er zuckt lächelnd mit den Achseln. «Ich bin nur ein Mann. Und leider nicht immun. Tut mir leid.» Damit verschwindet er hinter seiner Tür. Kopfschüttelnd tippe ich meinen Code ein und schlüpfe in meine nüchterne Wohnung, die mir auf einmal kühl vorkommt. Wie auf Autopilot gehe ich ins Bad, putze meine Zähne gründlich, wasche mein Gesicht, kämme mein Haar, trage Nachtcreme und Handlotion auf und tapse dann ins Schlafzimmer, wo ich lächelnd meinen Pyjama anziehe. Mein Körper prickelt noch immer, es fühlt sich an, als ob ich in Brause gebadet hätte.

Und als ich unter die Decke krieche und an die Wand starre, strecke ich kurz den Arm aus, berühre die Wand mit meinen Fingerspitzen und flüstere: «Gute Nacht, Dave. Schlaf schön.»

12

Meine Hände sind nass, heimlich wische ich sie an meinem Hosenanzug ab.

«Ich habe wirklich kein gutes Gefühl bei der Sache, Mr Jameson. Ehrlich, die prognostizierten Umsätze und der ROI für die Investoren stehen in keinem Verhältnis zu den tatsächlich erwarteten Umsätzen. Davon abgesehen, dass ich bezüglich der in meinen Augen viel zu hohen Lizenzgebühren für die Plattenlabels einige Anpassungen vornehmen musste.»

Ich drehe einen Kugelschreiber zwischen den Fingern. Mr Jameson sieht skeptisch zu mir hoch. Hinter seinem riesigen Schreibtisch wirkt er wie ein Zwerg, obwohl er eigentlich zwei Köpfe größer ist als ich.

«Das soll nicht dein Problem sein, Ella. Ich habe dich gebeten, die Umsätze so anzupassen, dass die Investoren beruhigt sind, und das hast du getan. Alles andere lass mal meine Sorge sein.»

«Aber wir belügen die Investoren! Wenn das rauskommt ...»

«Wird es nicht.» Mr Jameson lehnt sich selbstgefällig im Stuhl zurück und verschränkt die Arme hinter dem Kopf. Dann lächelt er mich an, als wäre ich ein kleines Kind, dem er gerade die Welt erklärt. «Das ist alles durchaus üblich, Ella. Investoren wollen belogen werden. Sie kaufen Träume, und sie erwarten, dass wir ihnen diese liefern. Dabei wissen sie genau, dass unsere Prognosen so niemals eintreffen werden.»

«Aber ... aber einige werden ziemlich viel Geld verlieren, und ich ...» Oh Gott. Vor meinem geistigen Auge tauchen Bilder von älteren Herren auf, die ihre gesamten Ersparnisse investiert haben und nun ihren Ruhestand in einem schäbigen Apartment in den Docklands verbringen müssen, anstatt wie erhofft auf einer tropischen Insel Kokosmilch zu schlürfen.

«Keiner der Investoren wird sich ruinieren, Ella. Der größte Shareholder ist ein Trustfonds aus den USA, und die anderen haben nur relativ geringe Anteile. Du musst dir wirklich nicht solche Gedanken machen.»

Er runzelt die Stirn und beugt sich ruckartig vor.

«Aber vielleicht solltest du dich fragen, ob dies der richtige Job für dich ist, wenn dir das so sehr zu schaffen macht. Das gehört in diesem Business dazu, nur, wenn du dafür zu sensibel bist ...»

Himmel, mir wird gleich schlecht. «Nein, ich ... Es ist nur neu für mich, sonst nichts. Das hier ist mein erster Job, wie Sie wissen. Es fällt mir einfach schwer, auf diese Art mit Zahlen umzugehen. Sie zu fälschen.» Ich mag Zahlen, weil sie die Wahrheit zeigen. Unbestechlich sind. Sie ändern nicht plötzlich ihre Meinung, weil es ihnen in den Kram passt. Daher kann man von ihnen nicht enttäuscht werden. Eine Zwei bleibt eine Zwei, für immer. Verlässlich.

Mr Jameson seufzt. «Du hast einen ordentlichen Job gemacht. Die Zahlen sind gut genug für die Präsentation nächsten Monat. Bei der ich dich übrigens brauche.»

«Was? Ich soll ...?» Ich bin mir sicher, dass ich gerade puterrot anlaufe. Der Gedanke, vor einer Versammlung wildfremder Menschen, von denen auch noch unsere Zukunft abhängt, sprechen zu müssen, jagt mir ungeheure Angst ein. Unwillkürlich fange ich an zu zittern. «Das kann ich nicht, wirklich, ich ...»

«Du wirst nicht viel sagen müssen, Ella. Aber ich brauche dich, falls Rückfragen kommen. Dann solltest du verdammt gut vorbereitet sein, sonst war die ganze Arbeit umsonst.»

Er schiebt mir die Unterlagen, die ich ihm vorgelegt habe, über den Schreibtisch zu und nickt, während er sich wieder seinem Computer zuwendet. «Also ... weiter so. Ohne schlechtes Gewissen.»

Mit glühenden Wangen raffe ich die Papiere an mich, presse sie gegen meine Brust und haste aus Mr Jamesons Büro. Jetzt ist mir wirklich schlecht.

«Alles klar bei dir?» Als ich meinen Platz erreiche, mustert mich Jen über die graue Wand hinweg. «Du siehst aus wie ein Gespenst.»

«Hab gerade mit Jameson gesprochen», sage ich leise. Mein Herz rast noch immer. «Es sieht nicht gut aus, und er hat mich gezwungen, die Umsätze zu manipulieren. Jetzt soll ich die gefälschten Zahlen bei der Shareholder-Sitzung präsentieren. Mir wird übel, wenn ich nur daran denke.»

Jen knabbert an ihrer Unterlippe. «Ist es wirklich so schlimm? Oder ganz normal, wie Holly sagt?»

Ich schüttle stumm den Kopf. Wenn das hier normal ist, wird es nur wenige Jahre dauern, bis die Weltwirtschaft zusammenbricht.

«Hast du mal mit Marc darüber geredet? Wie sieht er denn die ganze Sache?» Jen hat einen guten Draht zu unserem CEO, der noch ziemlich jung ist und im Gegensatz zu Jameson von seinen Mitarbeitern geduzt werden möchte.

«Nein, hab ich nicht. Aber vielleicht sollte ich das ... Ich will nur nicht, dass Jameson das Gefühl hat, ich würde ihn hintergehen. Du weißt ja, wie er ist ...»

«Dein Handy hat übrigens die ganze Zeit vibriert, während du bei ihm warst.» Jen zeigt auf meine Handtasche, die unter dem Schreibtisch steht. «Scheint wichtig zu sein.»

«Hm. Danke.» Umständlich krame ich es hervor und schaue im Schutz der Tasche nach, wer angerufen hat. Jen kann ihre Neugier kaum verbergen, sie steht noch immer hinter der Trennwand und beobachtet mich. Ich stöhne erleichtert auf, als ich sehe, von wem der Anruf war.

«Meine Mutter», erkläre ich, die Augen verdrehend. Jen kichert.

«Meine nervt mich auch ständig. Vor allem, seitdem sie weiß, dass Jason und ich ... Du weißt schon», sagt sie mit gesenkter Stimme und blickt auf ihren Bauch. Himmel, ja, ich weiß. Und bin froh darüber, dass sie mir heute jegliche Details ihrer Versuche erspart hat.

«Rufst du nicht zurück?» Jen verzieht den Mund.

«Später. Jetzt hab ich zu tun.» Ich lege das Telefon achselzuckend auf den Tisch, wo es sofort wieder zu brummen anfängt. Verdammt, was ist denn bloß los?

«Mutter? Ich bin im Büro und –» Sie keift so laut, dass ich das Telefon auf Armlänge von mir weghalten muss. Jen lacht leise und verschwindet hinter der grauen Wand. Nur ihre blonden Locken sind noch zu sehen.

«Warum meldest du dich nicht, Eleonor? Ich habe den ganzen Tag versucht, dich zu erreichen, und du ignorierst mich einfach. Nach allem, was ich für dich getan habe, ist das wirklich –»

«Ich sagte, ich bin im Büro. Ich *arbeite* hier. Du kannst nicht einfach anrufen und erwarten, dass ich sofort Zeit habe, um mit dir zu sprechen.»

«Seit wann ist dir die Arbeit wichtiger als ich?»

«Was ist passiert?», frage ich schroff, ohne auf ihr Meckern einzugehen.

«Jeremy hat seine A-Levels bestanden.» Der Stolz in ihrer Stimme löst bei mir sofort Übelkeit aus.

«Schön für ihn.» Hat sie mich etwa angerufen, als ich Anfang des Jahres meinen Master in Wirtschaftsmathematik gemacht habe? Als beste Absolventin meines Jahrgangs in Oxford? Nein, nicht dass ich wüsste. Aber ich bin ja auch nicht Jeremy. Zumal es in seinem Fall an ein Wunder grenzt, dass er überhaupt irgendeinen Abschluss geschafft hat. Wahrscheinlich hat Henry mit großzügigen Spenden an die Privatschule nachgeholfen.

«Henry möchte das gebührend feiern und hat sich überlegt, die Party für Jeremy zusammen mit seinem Jubiläum auszurichten. Ich erstelle gerade die Einladungsliste und muss wissen, ob du allein oder in Begleitung kommst.»

«Solltest du nicht erst mal fragen, ob ich überhaupt komme?» Ich klopfe so wild mit dem Kugelschreiber auf meinem Schreibtisch herum, dass Jens gerunzelte Stirn wieder hinter der Trennwand auftaucht. Ich verdrehe die Augen und zeige auf mein Handy. Mit den Lippen forme ich tonlos *Mutter*, und Jen kichert leise, bevor ihr Gesicht wieder verschwindet.

«Das steht doch wohl hoffentlich nicht zur Debatte, Eleonor. Da ich gerade die Sitzpläne ausarbeite, dachte ich, du möchtest vielleicht neben deinem Cousin Ethan sitzen? Ihr habt euch lange nicht gesehen, und früher habt ihr euch doch so gut verstanden.»

«Ich kann nicht kommen, Mutter, das hab ich dir schon gesagt. Wir haben an dem Wochenende ein Seminar, bei dem ich unmöglich fehlen kann.»

Jen taucht wieder auf. Offensichtlich belauscht sie mich, denn jetzt hebt sie fragend die Schultern und zieht die Nase kraus. Ich schüttle den Kopf, bevor ich ihr mit dem Handy am Ohr den Rücken zukehre.

«Außerdem habe ich gerade wirklich keine Zeit zu telefonieren. Ich bin auf der *Arbeit*.»

«Henry sagt, dass er das Loft verkauft, wenn du nicht kommst.» Mein Gott. Der Triumph in ihrer Stimme ätzt sich in meine Eingeweide.

«Das sollte er besser nicht wagen. Ich lasse mich nicht mehr erpressen, schon gar nicht von ihm. Das müsste er eigentlich wissen.»

«Eleonor.» Ihre Stimme wird weicher. Die alte Masche. «Du hast nichts zu befürchten, das verspreche ich dir. Aber ich habe wirklich ein schlechtes Gewissen, weil wir uns seit einem halben Jahr nicht mehr gesehen haben, und es wäre schön, wenn du ... Die ganze Familie wird da sein, alle Geschäftspartner von Henry. Was sollen denn die Leute sagen, wenn meine einzige Tochter nicht dabei ist?»

Okay, ich hätte mir denken können, dass dies der wahre Grund ist, warum ich kommen soll. Ihr ist es doch völlig egal, ob sie mich sieht oder nicht. Es geht nur um *die Leute*. Wie immer. Wahrscheinlich hat sie Angst, dass sie über mich herziehen, wenn ich nicht anwesend bin. Über *die Sache* reden.

«Ich schau mal, was sich machen lässt, Mutter. Aber falls du mich einplanst – dann nicht allein.» Mein Herzschlag beschleunigt sich. Ich umklammere das Telefon so fest, dass meine Knöchel weiß hervortreten.

«Also in Begleitung?» Meine Mutter schnappt nach Luft. «Etwa ein Mann? Du hast mir nicht gesagt, dass du –»

«Ich sagte, ich schau mal. Ich kann noch nichts versprechen», wehre ich ab. «Ich muss Schluss machen. Bis dann.» Bevor sie etwas erwidern kann, lege ich auf und werfe das Handy auf den Tisch, als ob es eine entsicherte Handgranate wäre.

«Ich denke, wir zwei sollten einen Chai-Tee trinken», meldet sich Jen wieder energisch zu Wort. Die Hände in die Hüften gestützt, sieht sie mich über die graue Wand hinweg streng an.

«Keine Zeit», versuche ich ihr zu entgehen. Aber vergeblich, sie kommt einfach auf die andere Seite und zieht mich vom Stuhl.

«Keine Widerrede. Das war das seltsamste Gespräch zwischen Mutter und Tochter, das ich je gehört habe. Du wirst mir jetzt erzählen, was bei dir los ist.»

Ich versuche, mich ihrem Griff zu entziehen, doch Jen ist unerbittlich. Also folge ich ihr ergeben in die Küche.

«Schieß los», sagt sie, nachdem sie zwei Tee aufgegossen hat, und setzt sich mir gegenüber. «Hier sind wir unter uns, und ich will jetzt wissen, was bei dir zu Hause abgeht. Wohin willst du nicht fahren und wer erpresst dich? Und warum?»

«Mach dir keine Hoffnungen», sage ich abwehrend, ziehe aber den Becher dankbar zu mir heran. «Kein spannender Krimi. Nur ... eine ziemlich schreckliche Familie.»

«Wie schrecklich? Los, erzähl. Ich liebe schreckliche Familiengeschichten.»

«Wirklich, Jen, es ist nichts ...» Aber sie lässt nicht locker, also finde ich mich plötzlich in unserer Büroküche wieder, wie ich meiner Lieblingskollegin von meiner überängstlichen Mutter, meinem alkoholkranken Vater, meinem verzogenen Stiefbruder und meinem stinkreichen Stiefvater erzähle. Ohne zu viele Details preiszugeben.

«Aber mir geht's gut», sage ich, als ich fertig bin und Jen noch immer mit offenem Mund dasitzt.

«Ernsthaft, Ella, das klingt wie eine Mischung aus *Downtown Abbey* und *Eaton Place*. Du solltest ein Buch darüber schreiben!»

Ich lache leise. «Es ist leider nicht so witzig, wenn man mittendrin hängt.»

In dem Moment schneit Holly herein und unterbricht unser Gespräch. Breit grinsend wedelt sie mit einem großen Umschlag.

«Wusste ich doch, dass ich dich hier finde, Ella. Danke, danke, danke!»

«Danke für was?», frage ich verwirrt.

«Für die Tickets. Ich hab gerade die Post verteilt, und das hier ist für dich gekommen. Vom Koko!»

«Koko? Ich kenne keine Koko.» Stirnrunzelnd nehme ich ihr den großen Umschlag ab.

«Das Koko, der Club in Camden. Zufällig weiß ich, wer dort am Freitag ein Konzert gibt.» Sie bleibt dicht neben mir stehen, während ich den Brief öffne und tatsächlich vier Konzertkarten hervorziehe. Für die Hunters.

«Hier, die könnt ihr haben», sage ich lapidar und reiche Holly und Jen jeweils zwei Tickets. «Ich kann da nämlich nicht hingehen.» Mein ganzer Körper verkrampft sich allein bei dem Gedanken an ein Konzert. Ausgerechnet! Schon spüre ich die bekannte Panik in mir aufsteigen.

«Was, bist du irre?» Holly starrt mich entsetzt an. «Das sind VIP-Tickets, Ella! Inklusive Aftershow-Party!» Verzückt verdreht sie die Augen und presst die Karten an ihre Brüste. «Oh mein Gott, ich liebe dich!»

«Ich hab damit nichts zu tun», wehre ich ab, aber sie schlingt trotzdem die Arme um mich. Ich bleibe stocksteif sitzen und hoffe, dass sie mich nicht erdrückt.

Jen grinst mich an. «Du kommst auf jeden Fall mit, Ella», sagt sie und schiebt eins der beiden Tickets über den Tisch. «Jason steht nicht auf die, und ich wüsste nicht, wen ich sonst mitnehmen sollte.»

«Ich gebe mein zweites Ticket Sean», erklärt Holly, und mein Gesicht wird knallheiß. «Wieso das denn, bitte?», frage ich zickig.

«Wieso nicht?» Holly zwinkert mir zu. «Ich glaube, das wäre das perfekte Date für euch. Außerdem sind Jen und ich dann live dabei und können auf dich aufpassen. Oder dir ein bisschen Hilfestellung leisten.»

«Hey. Ich bin nicht dreizehn», knurre ich missmutig. Allein der Gedanke an ein Konzert mit vielen Menschen, Alkohol und lauter Musik jagt mir Schauer über den Rücken. Sofort zieht sich der Ring um mein Herz enger zusammen. Wieso hat Dave die Karten ausgerechnet ins Büro geschickt, wo Jen und Holly sie finden mussten? War das Absicht? Hat er geahnt, dass ich sonst nicht gekommen wäre? Das ist Unsinn, denn er kann ja gar nicht wissen, was mir zugestoßen ist. Ich trage einen neuen Namen, über den er auch im Internet nicht viel finden wird, sofern er nicht zufällig nach einer Oxford-Schlampe gesucht hat. Nein, das ist unmöglich. Ich habe alles getan, um mich zu verstecken. Nur, wie soll ich aus dieser Sache rauskommen, ohne Jen und Holly misstrauisch zu machen? Es ist nur ein Konzert. Nur ein Konzert, Ella. Der Gedanke hämmert in meinem Kopf, trotzdem ist mir ein bisschen schwindelig vor Angst.

«Du siehst so klasse aus mit der neuen Frisur und den Klamotten. Das muss für irgendwas gut sein. Und du wolltest doch gern mit Sean ausgehen, oder?»

«Ich komm schon klar, danke.»

«Wieso schickt Dave Hunt dir eigentlich solche Einladungen?» Holly schwingt sich auf den Tisch zwischen Jen und mir und schlägt die Beine übereinander. Sie trägt wieder einen ihrer langen schwarzen Röcke und dazu eine kurze Lederjacke.

«Wir haben uns etwas ... angefreundet», sage ich so beiläufig wie möglich.

Sie schnappt nach Luft. «Du bist mit *Dave Hunt* befreundet und tust so, als ob das nichts wäre? Wo ich einer der größten Fans der Hunters bin? Wann lädst du mich endlich zu dir ein, damit ich ihn kennenlernen kann? Ich würde sonst was darum geben, mal mit ihm zu reden.»

«Reden, was?» Jen kichert hinter ihr. «Wem willst du hier was vormachen? Erinnerst du dich? Du hast beim letzten Konzert schon morgens um drei beim Vorverkauf angestanden, um Tickets zu ergattern.»

«Leider vergeblich», brummt Holly. «Aber jetzt hab ich eins. Ein VIP-Ticket! Ella, ich liebe dich! Lass dich vor dem Konzert von mir schminken, du wirst es nicht bereuen. Ich mache dir die verführerischsten Smokey Eyes, die die Welt je gesehen hat, versprochen.»

«Der Grat zwischen Smokey Eyes und versoffener Cracknutte ist verdammt schmal, Holly.» Jen steht grinsend auf. «Und du triffst ihn ehrlich gesagt nicht immer. Zurück an die Arbeit, Mädels. Die macht sich nicht ohne uns.»

13

Mein Körper pulsiert vor Aufregung. Es ist drei Jahre her, dass ich auf einem Konzert war. Einem Konzert mit entsetzlichen Folgen. Mit jener Nacht kamen auch die Fesseln, die ich mir selbst angelegt habe, damit mir so etwas Schreckliches nie wieder zustoßen kann. Und jetzt finde ich mich tatsächlich vor dem viktorianischen Theater in Camden wieder, das von violettem Licht angestrahlt wird. Inmitten einer langen Schlange aufgeregt plappernder Menschen. Gut, dass ich auf Holly und Jen gehört habe, denn mein Aufzug gehört noch immer zu den langweiligeren Outfits. Ich sehe verdammt kurze Röcke, Netzstrümpfe, lange wallende Haare, zu rot geschminkte Lippen, High Heels und glitzernde Handtaschen. Obwohl Jen und Holly begeistert waren von meinem bunten Kleid mit dem tiefen Ausschnitt, zu dem ich derbe Boots von Holly trage, bin ich überzeugt, dass man mir ansieht, wie wenig ich hierhergehöre.

«Oje. Das wird dauern», sage ich, aber Holly lacht nur.

«Quatsch. Wir haben VIP-Tickets, schon vergessen? Wir gehen an der Seite rein. Kommt mit.»

Offenbar kennt sie sich in dem ehemaligen Theater aus. Jen und ich folgen ihr, begleitet von den neidischen Blicken der Wartenden.

«Wo treffen wir eigentlich Sean?», fragt Holly und bleibt vor einer alten Holztür stehen, die von einem bärbeißigen Hünen in Lederkluft bewacht wird. Langsam werde ich wirklich nervös. Mein Bauch kribbelt, als ob winzige Insekten darin herumkrabbeln würden.

«Er wollte mich anrufen, wenn er ... Oh nein.» Verlegen schüttle ich den Kopf und zeige auf meine Jacke. «Ich hab das Handy nicht eingesteckt.»

«Herzlichen Glückwunsch, Ella. Hiermit hast du den ersten Preis im Date-Verpatzen gewonnen», meint Jen trocken. «Na, dann such ich ihn mal. Ihr könnt schon reingehen, wenn ihr wollt.»

«Nee. Da drin finden wir uns nie, wir warten besser hier auf euch.» Holly holt eine zerknitterte Zigarettenpackung aus der Handtasche und hält sie mir hin. Ich wehre mit einer Hand ab.

«Ich rauche doch nicht!»

«Ich auch nicht.» Achselzuckend zündet sie sich eine Zigarette an. «Nur, wenn ich ausgehe. Das gehört irgendwie dazu.»

Der würzige Duft zieht in Rauchschwaden zu mir herüber. Es wird langsam dunkler um uns, von drinnen hört man leise Musik.

«Soundcheck.» Holly wippt im Takt und grinst mich an. «Und wir könnten live dabei sein, wenn Sean endlich käme.»

«Tut mir leid. Ich bin echt ein Vollidiot.» Ich trete von einem Fuß auf den anderen. Zwei schlanke Blondinen in engen Kleidern stolzieren lachend an uns vorbei. Holly kneift die Augen zusammen und sieht ihnen unverhohlen nach.

«Okay, wir sind natürlich nicht die einzigen wichtigen Gäste. Dave hat offenbar seinen ganzen Harem eingeladen.»

«Was meinst du damit?» Ich wische meinen neuen Pony aus der Stirn, aber er fällt immer wieder zurück.

«Groupies. Er hat Tausende davon, und meistens nimmt er nach einem Konzert ein oder zwei Mädels mit nach Hause.»

Mein Gesicht brennt. «Echt?», frage ich so desinteressiert wie möglich und male mit der Fußspitze Kringel auf den Boden. « Aber du hast recht, ich hör ihn ja ab und zu mit seinen ... Groupies.»

«Stimmt es, dass er nur Blondinen mitnimmt?» Holly saugt an ihrer Zigarette wie an einem Strohhalm. Ich zucke mit den Achseln.

«Kann schon sein. Interessiert mich doch nicht.»

«Ach ja, ich vergaß ... Ihr seid *Freunde*.» Sie wirft die Kippe auf den Boden und tritt sie aus. Der Bulle an der Tür schüttelt missbilligend den Kopf. Ich schlinge die Arme um den Bauch und wippe auf den Fersen auf und ab. Wo bleiben Jen und Sean denn nur? Ich bin furchtbar gespannt, wie er wohl auf mein Outfit reagieren wird. Auch wenn ich den für meinen Geschmack viel zu tiefen Ausschnitt schon bereue.

«Da sind sie!» Holly fuchtelt mit den Armen herum, als wäre sie in Seenot geraten, und ruft so laut nach Jen, dass ich peinlich berührt die Augen verdrehe. Herr im Himmel, wir stehen fast allein in einer kleinen Seitenstraße. Nicht mal ein Blinder könnte uns übersehen.

«Ich hab ihn!» Jen zerrt strahlend einen ziemlich verlegen aussehenden Sean am Arm hinter sich her. «Und hier ist dein Herzblatt!»

Holly kichert. Kann man eigentlich röter werden als rot? Ich weiß gar nicht, wo ich hinsehen soll. Sean streicht sich verwirrt die Haare aus der Stirn.

«Ella?», fragt er mit so skeptischem Unterton, dass Holly in hysterisches Lachen ausbricht und ihm auf die Schulter klopft.

«Na, was sagst du? Ist doch toll, was wir aus ihr gemacht haben, oder?»

«Hört auf damit», knurre ich mit klopfendem Herzen. «Wollen wir rein?»

«Klar.» Holly rennt vor. Sie grinst triumphierend, als sie dem Türsteher ihr VIP-Ticket unter die Nase hält. Und schon sind wir drin. Die zahlreichen Gerüche, die plötzlich auf mich einströmen, lassen mich kurz schwindeln. Parfum, Rauch, Bier, Muff von alten Polstern ... Oh Gott. Die Mischung weckt tief vergrabene Erinnerungen, aber zum Glück gelingt es mir, die aufkeimende Panikattacke wieder runterzuschlucken. Trotzdem spüre ich kalten Schweiß, der sich auf meinem Rücken ausbreitet. Mein Blutdruck steigt mit jedem Schritt, den ich in das Theater hineinmache.

«Hier lang.» Holly folgt den Schildern, die den VIP-Gästen den Weg in die Lounges weisen. Sean läuft neben mir her. Seine Hände stecken in den Jeanstaschen, er trägt wie immer ein T-Shirt mit Aufdruck. *I put the Fun in Funeral* steht heute drauf. Ich muss lachen.

«Kennst du die Serie?» Seine Augen fangen an zu leuchten, als er meinen Blick bemerkt. Ich nicke eifrig.

«Na sicher. Ich liebe die Jungs!» Und schon sind wir in ein Gespräch über *The Big Bang Theory* verstrickt, was bei Holly und Jen ein Augenverdrehen auslöst. Ich verstumme allerdings, als wir über schmale, uralte Holztreppen unsere Loge erreichen. Atemlos lasse ich den Blick über die Menschen unter uns gleiten. Der Innenraum ist erst spärlich gefüllt, weil der offizielle Einlass noch nicht begonnen hat. Trotzdem vibriert das alte Theater bereits vor Spannung. Sean bleibt regungslos neben mir stehen, während Holly strahlend auf und ab hüpft.

«Oh mein Gott, oh mein Gott! Ich war noch nie hier oben, das ist so genial!» Sie umarmt mich vor Freude. Jen beugt sich über das Geländer. «Wenn es erst voll ist da unten ... Hammer. Möchtet ihr was trinken? Ich besorg uns was.»

«Ich komm mit!» Holly folgt ihr, ich höre noch, wie die beiden zu lachen anfangen. Da Sean nichts sagt, beuge ich mich über die

Brüstung und sehe zu, wie sich der Raum unter uns langsam füllt. Auch in unsere Loge drängen immer mehr Menschen.

Ich bin furchtbar nervös. Als ob ich selbst gleich auf der Bühne stehen und singen müsste.

Eine halbe Stunde später fühle ich mich, als würde ich kurz vor dem Erstickungstod stehen. Die Luft ist zum Schneiden dick, Sauerstoff Mangelware. Das Licht geht aus, unter uns bricht tosender Jubel los. Unzählige weibliche Stimmen rufen: *Hunter, Hunter!* Holly rammt mir versehentlich ihren Ellbogen gegen die Wange, als sie die Arme hochreißt, aber den kurzen Schmerz spüre ich vor Aufregung kaum. Wahnsinn.

Und dann kommt er. Ich neige mich vor und blinzle, um ihn besser sehen zu können. Ein einzelner Scheinwerfer zeichnet bei den ersten Akkorden des Eröffnungssongs seinen Weg auf die Bühne nach. Er trägt eine dunkle Hose und ein schwarzes Hemd, das so weit aufgeknöpft ist, dass man die Tätowierung auf seiner Brust sieht. Seine Muskeln spannen sich, als er die Finger über die Saiten seiner E-Gitarre gleiten lässt. Der Applaus, die Schreie und Pfiffe sind so laut, dass sie fast die Musik übertönen.

Es wird immer wärmer im Club, schwül wie in einem Gewächshaus. Eine enorme Gänsehaut breitet sich auf meinem Körper aus, und ich schlucke einen Kloß im Hals runter, das Geländer vor mir mit beiden Händen fest umklammernd. Großer Gott. Es ist das eine, ihn privat zu kennen und zu sehen. Aber hier wirkt er plötzlich wie ein ganz anderer Mensch. Unantastbar, unberührbar. Umjubelt und begehrt, so wahnsinnig selbstsicher. Er füllt die Bühne allein mit seiner Präsenz, und ich kann den Blick auch nicht von ihm abwenden, während der Rest der Band nach und nach folgt.

Ich muss grinsen, als der Drummer sich mit nacktem Oberkörper hinter sein Schlagzeug setzt und damit ein ohrenbetäubendes Kreischen der weiblichen Fans auslöst. Auch er ist komplett tätowiert, die blonden Haare sind an den Seiten rasiert und ansonsten mit Gel in Form gebracht. Aber der Grund für die Schreie ist wohl eher sein durchtrainierter Oberkörper. Pralle Muskeln zeichnen sich im Scheinwerferlicht deutlich ab. Dave steht inzwischen vorn am Mikro und winkt dem Publikum zu. Was er zur Begrüßung sagt, kann ich nicht verstehen, weil seine Stimme von Gitarrenriffs, Bassläufen und dem entsetzlichen Gekreische der Zuschauer übertönt wird.

Als er den ersten Ton des Songs singt, bildet sich sogar auf meinem Kopf eine leichte Gänsehaut. Mein Körper versteift sich. Mit angehaltenem Atem starre ich nach unten und suche seinen Blick, was natürlich unmöglich ist. Oder? Hat er nicht gerade zu uns raufgesehen? Blödsinn. Das bilde ich mir nur ein. Der dumpfe Bass fährt mir direkt in den Bauch, die Vibration spüre ich bis in die Zehen. Und dann bricht die Hölle los. Es wird noch lauter, Menschen schreien, grölen, klatschen, schwenken ihre Arme im Takt. Dave grinst. Die Leute singen alle Refrains mit, begrüßen jeden Song mit frenetischem Applaus und Pfiffen. Lieber Himmel! Ich hatte keine Ahnung, dass die Band so beliebt ist. Und ich hatte keine Ahnung, wie viel Spaß es machen kann, in einer Menge einfach so mitzutreiben. Ohne darüber nachzudenken, was man da eigentlich gerade tut. Infiziert von einem geheimnisvollen Virus, der uns alle gleichzeitig erwischt zu haben scheint.

Die Leute heben die Arme – meine fliegen wie von selbst in die Luft. Ich singe mit, ich applaudiere, ich wische mir eine Träne aus dem Auge, als er meinen Lieblingssong anstimmt, und frage mich ausnahmsweise auch nicht, warum ich mir wünsche, dass er mich dabei ansehen würde. Mich. Nur mich.

Am Ende pfeife ich sogar mit, auf den Fingern! Das habe ich seit Jahren nicht mehr gemacht, weil es im Internat natürlich absolut verboten war. Aber hier bin ich nicht mehr Eleonor. Hier fallen die strengen Regeln meines früheren Lebens einfach von mir ab, weil ich nicht mehr ich bin, sondern nur noch Teil eines großen Ganzen. Und erst bei der letzten Zugabe fällt mir auf, dass ich während des gesamten Konzerts weder mit Sean noch mit Holly oder Jen auch nur ein Wort gewechselt habe. Zu meinen Füßen steht noch immer die nur angetrunkene Cola, die Holly mir mitgebracht hat, und ich schwitze inzwischen wie ein Bauarbeiter in der Mittagshitze.

Als Dave seinen Blick wirklich nach oben richtet und über die Logen schweifen lässt, hebe ich beide Arme und winke ihm zu. So wild, dass er innehält, mit der Hand die Augen abschirmt, und anschließend seinen Mund zu einem Grinsen verzieht. Er winkt tatsächlich kurz zurück. Ich bin offenbar nicht die Einzige, die das mit glühenden Wangen bemerkt, denn Holly rempelt mich von der Seite an und brüllt «Hallo? Was geht hier ab?» in mein Ohr. Aber ich reagiere nicht. Wie gebannt umklammere ich das Geländer mit beiden Händen und fixiere ihn mit meinem Blick, als ob ich ihn daran hindern könnte, diese Bühne zu verlassen. Er soll noch ein paar Minuten der bleiben, der er gerade ist. Dave Hunt, der Rockstar. So vertraut und doch so ganz anders als der private Dave. So charismatisch, strahlend, so in sich ruhend und doch aufregend. In meinem Unterleib zieht sich alles zusammen.

Es wird dunkel, dann erhellt ein einzelner Scheinwerfer die Bühnenmitte. Die Leute, schon auf dem Weg zum Ausgang, hören auf zu drängeln. Es wird gespenstisch still im Club. Meine Kopfhaut prickelt, als Dave mit einer akustischen Gitarre die Bühne erneut betritt und in den Scheinwerferkegel tritt. Es ist so ruhig, dass man ihn durchs Mikro atmen hört.

«Den letzten Song widme ich einer ganz besonderen Frau, die heute mir zuliebe hier ist. Weil ich weiß, wie schwer ihr das fällt. *Here's to you, Mrs Frost.*»

Mir wird eiskalt, ich halte mich am Geländer fest, weil meine Knie sich anfühlen wie warmer Wachs. Oh mein Gott. Er stimmt die ersten Akkorde an, schaut nach oben, obwohl er mich wegen des Scheinwerfers ganz sicher nicht sieht, und fängt an zu singen. Meine Zehen krallen sich in den derben Stiefeln wie Klauen zusammen, ich kann kaum atmen. Er spielt *Everybody hurts* von R.E.M. In einer ruhigen, sinnlichen Akustik-Version. Nur seine samtige, kräftige Stimme und seine Gitarre als Begleitung.

Die vielen Frauen um uns herum seufzen fast gleichzeitig auf, sodass es sich wie ein einziger lauter Seufzer anhört. Und ich? Ich kann nicht glauben, was er da tut. Dass er wirklich *mich* meint, während sich ganze Horden hübscher Groupies nach ihm verzehren! Mein Gesicht glüht, mir wird abwechselnd heiß und kalt. Und mein Herz braucht plötzlich viel mehr Platz in meiner Brust. Ich starre nach unten, versuche, seinen Blick einzufangen, und halte minutenlang die Luft an, bis der letzte Akkord ertönt und Dave sich mit einer knappen Verbeugung verabschiedet. Tosender Jubel bricht los, meine Wangen sind feucht von Tränen, die mir einfach so aus den Augen gekullert sind. Ich habe nicht mal bemerkt, dass ich weine. Der Scheinwerfer erlischt, die Bühne ist dunkel und leer. Er ist weg. Dafür geht das Licht im Club an und erhellt den Blick auf lächelnde, begeisterte Menschen, die zum Ausgang drängen.

«Mann, das war genial!» Holly schwitzt genauso wie ich, die Haare hängen ihr in Strähnen ums Gesicht herum. Wir sehen aus, als hätten wir gerade einen Ringkampf hinter uns. Sogar Jens Make-up ist verschmiert, dabei ist sie sonst so perfekt. Nur Sean steht mit den Händen in den Hosentaschen neben uns wie ein vergessenes Gepäckstück.

«Hat's dir gefallen?», frage ich. Ich muss ihm ins Ohr schreien, weil die vielen Menschen noch immer entsetzlichen Krach machen. Er zuckt mit den Achseln, lächelt aber. «Klar. War okay.»

War okay? Ich schnappe nach Luft und kneife die Augen leicht zusammen. Er fand das *okay*? Die vergangenen zwei Stunden waren die emotionalsten, wahnsinnigsten Stunden der letzten Jahre. Ehrlich gesagt kann ich mich kaum erinnern, jemals so euphorisch gewesen zu sein. Mein Körper fühlt sich an wie nach einer Achterbahnfahrt, prall gefüllt mit Adrenalin und Endorphinen. Ich habe nicht mal eine Sekunde lang daran gedacht, die vielen Menschen im Club zu zählen. Oder die leeren Getränkebecher, die mir jetzt, wo sich der Raum langsam leert, umso deutlicher auffallen. Und ich hatte keine Panikattacke. Ich habe es geschafft! Am liebsten würde ich darüber jubeln, aber dann müsste ich den anderen erklären, was mit mir los ist, und das ...

«Das war der Hammer», meint Holly. Ihre Augen leuchten.

«Ernsthaft, ich glaube, Dave war noch nie so gut wie heute Abend.» Jen schnalzt anerkennend mit der Zunge. Meine Wangen glühen vor Aufregung, und irgendwie wäre ich im Moment gern allein. Allein mit den komischen Gefühlen, die durch meinen Körper toben.

«Jetzt Party. Aftershow-Party! Kommt.» Holly geht voran, ohne unsere Antwort abzuwarten. Ihre Netzstrümpfe sind zerrissen, aber es scheint sie nicht zu stören. Geschickt dirigiert sie uns an den nach draußen strömenden Menschen vorbei zum Seitenausgang. Die frische Luft auf der Straße wirkt wie eine eisige Dusche und wäscht die verrückten Gefühle weg. Dafür rauschen meine Ohren, als hätte ich drei Stunden neben einem Presslufthammer gestanden. Wahrscheinlich sind wir jetzt alle taub, so laut, wie das Konzert war! Aber das war es glatt wert.

Ich sehne mich danach, mit Dave zu sprechen. Ihn zu fragen,

warum er das vorhin auf der Bühne getan hat. In meinem Bauch krabbelt vor Aufregung eine ganze Ameisenkolonie, aber das Schlimmste habe ich überstanden. Ein Konzert. Die folgende Party werde ich hoffentlich auch überleben, und danach ...

«Wo ist die Party denn? Wartet, ich muss Jason eben texten, dass wir noch unterwegs sind und ich später komme.» Jen bleibt mitten im Ausgang stehen und hämmert in Rekordgeschwindigkeit auf ihrem Handy rum. Holly verdreht die Augen.

«Muss Liebe schön sein», spottet sie, bevor sie ihre Zigaretten aus der Tasche holt und Sean eine anbietet. Er lehnt ab und stellt sich dichter neben mich, als ob er sich vor Hollys schlechtem Einfluss fürchten würde.

«Die Party ist im *Purple Turtle*, gleich um die Ecke.»

Jen kichert wegen des Namens.

«So, erledigt.» Sie schiebt zufrieden das Handy in ihre winzige Handtasche und wirft die Haare nach hinten. «Wir können.»

14

Purple Turtle, jetzt weiß ich, warum der Laden so heißt. Eine riesige Glastheke, die mit violettem Licht angestrahlt wird und tatsächlich entfernt an eine Schildkröte erinnert, bildet das Zentrum des dunklen Clubs. Der Raum ist voll von lachenden, trinkenden Menschen, die Luft scheint zu vibrieren von den harten Bässen der elektronischen Musik. Hier und da wiegen sich einzelne Mädchen mit geschlossenen Augen zu einem Song von Robin Thicke. Sean schlurft schweigend hinter uns her und scheint sich hier mindestens so unwohl zu fühlen wie ich, aber dass er sich meinetwegen überwindet und trotzdem mitgeht, rechne ich ihm hoch an. Und was Sean kann, kann ich auch, versuche ich mich zu beruhigen. Ich habe das Konzert überlebt, da sollte so eine Party ein Klacks sein. Als ich Dave inmitten einer Traube blonder, lachender Mädchen entdecke, schnürt sich mir der Hals zu. Er sieht mich nicht, doch mein Blick hängt an seinem Gesicht, das entspannt und locker wirkt. In einer Hand hält er eine geöffnete Bierflasche, ein Finger der anderen ist lässig in eine Gürtelschlaufe gehakt. Er lehnt mit dem Rücken an der modernen Theke und genießt ganz offenbar die Aufmerksamkeit. Sein weit aufgeknöpftes Hemd entblößt glänzende Haut. Und den oberen Rand der Tätowierung.

«Ich hol uns erst mal was zu trinken. Bier okay?»

Ich schüttle den Kopf, aber Holly ignoriert mich und verschwindet zur Theke. Mein Herz pumpt so viel Blut durch meine Adern, dass mir schwindelig wird. Die Musik wechselt zu *Get Lucky* von Daft Punk, und ein Wogen geht durch die Menge um uns herum. Plötzlich scheinen sich alle im Takt des Songs zu bewegen. Auch Jen schwingt die Hüften, während sie ungeduldig auf Holly wartet.

«Da vorne ist Mike, der Bassist», schreit sie mir ins Ohr und zeigt auf einen dunkelhaarigen Typen, der innig mit einer jungen Frau knutscht. «Und jetzt hat er dich gesehen.»

«Wer? Mike?» Irritiert drehe ich mich zu ihr um, aber sie starrt auf einen Fleck irgendwo hinter mir. Sean ist damit beschäftigt, auf kleine runde Frauenhintern vor uns zu glotzen, was mir einen winzigen Stich versetzt. Doch bevor ich mich wirklich darüber ärgern kann, reißt mich eine samtige Stimme aus den Gedanken.

«Ella! Wie hat's dir gefallen?»

Ich fahre herum, wie von selbst kräuseln sich meine Lippen. Plötzlich sind die vielen Menschen verschwunden. Die Musik wird leiser, und ich hänge an Daves Lippen, während er auf mich einredet. Ich verstehe kein Wort, aber ich lächle weiter.

«Und?», fragt er und beugt sich zu mir vor.

«Es war super. Ganz toll, ehrlich», antworte ich, obwohl mein Gehirn seine Worte nicht wirklich verarbeitet hat. Meine Gedanken purzeln durcheinander, sein Anblick, die plötzliche Nähe und sein vertrauter Geruch lösen diese inzwischen bekannten Gefühle in mir aus.

«Das ist also Sean, ja?» Dave zwinkert mir zu und mustert meinen Kollegen, der so ungeniert auf das Dekolleté einer brünetten Frau starrt, dass ihm fast die Augen aus dem Kopf fallen. Ich stoße ihn mit dem Ellbogen an, und er schreckt auf.

«Sean, das ist Dave. Dave Hunt. Mein Nachbar», brülle ich ihm ins Ohr. Holly drängelt sich zwischen uns, drückt Sean und mir einen Plastikbecher mit trübe aussehendem Bier in die Hand und strahlt Dave an.

«Hi! Ich bin Holly, Ellas beste Freundin.» Ich runzle die Stirn, korrigiere sie aber nicht.

«Hi, Holly. Schön, dich kennenzulernen.» Dave haucht ihr zwei Küsse auf die Wangen, bevor er sich wieder Sean widmet und versucht, ihm ein Gespräch aufzuzwingen. Aber Sean grinst bloß und wiegt sich langsam im Takt. Hinter Dave bildet sich eine kleine Traube von blonden Mädchen, die alle darauf warten, dass er ihnen ein bisschen seiner Zeit schenkt. Oder ein Kind. Oder was auch immer.

Dave wendet sich mir zu. «Du siehst wunderschön aus», raunt er mir ins Ohr, nachdem er aufgegeben hat, mit Sean zu sprechen. Der interessiert sich offenbar mehr für die wartenden Mädels. Warum enttäuscht mich das nicht? Sollte es mich nicht mehr verletzen? Schließlich ist er mit mir hier. Aber merkwürdigerweise denke ich nur an Dave. An den Song, den er für mich gesungen hat.

«Danke. Du auch», erwidere ich und kneife mir selbst in den Unterarm. *Ella! Es gibt keinen Grund, das Gehirn auszuschalten!* Daves Lächeln löst erneut Kribbeln in meinem Bauch aus. Ich öffne den Mund, um etwas zu sagen, werde aber von einem Mädel unterbrochen, das sich ungeniert zwischen uns schiebt, um seine Aufmerksamkeit zu erringen. Er hebt entschuldigend die Schultern, dann werden wir plötzlich von einer menschlichen Lawine auseinandergerissen. Als *Don't cha* von den Pussycat Dolls ertönt und eine Blondine ihren Hintern an Daves Hüfte reibt, während sie mich spöttisch ansieht, steigt Übelkeit in mir auf. Niemals werde ich eins von diesen lockeren, sexy Mädchen sein, auf die Männer wie Dave stehen.

«Oh Mann, der ist so heiß!», seufzt Holly mir ins Ohr und mustert mich dann belustigt. «Komm, wir trinken auf ihn.» Holly hebt ihr Bier in meine Richtung, und erst jetzt wird mir bewusst, was ich da in der Hand halte. Meine Kehle ist trocken wie die Wüste, aber meine Finger zittern, als mein Blick auf das schale Bier fällt.

«Du hast es doch nicht unbeaufsichtigt irgendwo stehenlassen, oder?», frage ich skeptisch. Holly schüttelt den Kopf.

«Nee, frisch gezapft. Wieso? Hast du Angst, dass dir einer was ins Glas kippt?» Sie lacht mit zurückgelegtem Kopf, als wäre meine Befürchtung vollkommen absurd. Wenn sie wüsste ...

«Guck dir mal dein Date an.» Sie deutet mit dem Kinn auf Sean, der wie ein Idiot am Rand der Tanzfläche steht. Wenn er weiter so mit offenem Mund auf die Mädels starrt, läuft ihm sicher gleich Sabber aus dem Mundwinkel. Jen gesellt sich zu uns und verdreht die Augen in seine Richtung.

«Der Typ hat echt keinen Anstand. Du solltest dir das überlegen mit ihm», schreit sie mir ins Ohr. Ich kann ihr nur zustimmen. Was um alles in der Welt habe ich in ihm gesehen? Und wie kam ich bloß auf die Idee, dass er anders ist als die meisten Männer und sich nicht für Sex interessiert? Das war ganz offensichtlich falsch. Von Dave ist nichts mehr zu sehen. Vermutlich wird er gerade irgendwo von Blondinen umringt und genießt die Aufmerksamkeit.

«Ich kann nicht glauben, dass du mit dem Hunter befreundet bist.» Holly stößt mich wieder an. Sie zappelt zu einem Song der Kings of Leon. «Trinkst du gar nicht? Mein Bier ist schon leer!»

Ich schüttle den Kopf und überlege, wo ich den vollen Becher unauffällig abstellen könnte. Die alte Angst kriecht wieder in mir hoch.

«Bist du dir sicher, dass das Bier frisch gezapft ist?», frage ich sie noch mal laut. Holly wirft mir einen irritierten Blick zu. «Mensch, entspann dich, Ella. Das ist ein anständiger Club, da passiert nichts. Sei doch nicht immer so ein schrecklicher Spießer.» Ich starre auf mein Bier und spüre, wie mein Herz zu einem Sprint ansetzt. Heftig klopft es gegen meine Brust, meine Hände werden eisig. *Nun hab dich nicht so, Süße. Ein paar Bier, was schadet das? Komm, trink mit mir ...* Es ist Garys Stimme, die plötzlich in meinem Kopf ertönt. Mein Magen scheint Karussell zu fahren, auf meiner Stirn breiten sich Schweißperlen aus. Ich bin auf einmal wieder neunzehn, bin auf dem ersten Konzert meines Lebens, fühle mich verloren und zugleich überfordert von den vielen Menschen, den Gerüchen, der Aufmerksamkeit, die Gary mir schenkt.

Der Plastikbecher rutscht mir aus den Händen, Bier spritzt an meinen Beinen hoch. Holly springt kreischend zur Seite. «Hey, was ist los mit dir?»

«Ich fahr nach Hause. Mir ist nicht gut.» Meine Stimme zittert.

«Ach nein, Ella! Nicht jetzt schon!»

Ich zupfe Sean, der zwei Mädchen auf der Tanzfläche bei einer Lesbenshow zusieht und im Takt auf den Fersen wippt, am Ärmel, um mich von ihm zu verabschieden.

«Sean, ich muss ... nach Hause», bringe ich hervor.

Sein Grinsen ist seltsam, der Ausdruck in seinen Augen ist plötzlich ganz fremd, ganz anders als sonst. In meinen Ohren rauscht das Blut, die Bässe pulsieren in meinem Inneren, und ich fühle mich, als müsste ich mich gleich übergeben. Ich hätte nicht herkommen sollen. Ich wusste, dass es ein Fehler sein würde, und jetzt spüre ich die Auswirkungen mit voller Wucht. Kalter Schweiß tritt mir auf die Stirn, ich kann ihn nicht mal wegwischen. Wie gelähmt stehe ich da. Ich habe schon lange keine Panikattacke mehr gehabt und fühle mich hilflos. Ich muss hier weg. Schnell.

«Soll ich dich bringen? Ich bin mit dem Wagen da.» Sean ist aus seiner Trance erwacht.

«Nein, kein Problem. Ich suche mir ein Taxi und ...»

«Nee, Quatsch. Wir sind zusammen hier, also bring ich dich auch. Ich kann noch fahren, kein Thema.» Er bleibt abwartend neben mir stehen.

«Wir gehen!», rufe ich meinen Freundinnen zu, die ausgelassen tanzen. Holly schüttelt mit offenem Mund den Kopf, während Jen sich an die Stirn tippt. Mein Blick zuckt über die vielen Menschen, auf der Suche nach Dave, doch ich kann ihn nicht finden. Ich zwänge mich durch die tanzenden und trinkenden Massen, gefolgt von Sean, und werde erst ruhiger, als wir den rettenden Ausgang erreichen. Sauerstoff flutet mein Gehirn, ich sauge die frische Luft so tief ein, als ob ich einen halbstündigen Tauchgang hinter mir hätte. Sean nimmt meine Hand und zieht mich mit sich.

«Ich stehe da vorne.» Er schwankt ein wenig. Wie viel Bier hat er getrunken? Kann er überhaupt noch fahren? Was, wenn er einen Unfall baut und wir ... Aber ich bringe es nicht über mich, sein Angebot abzulehnen. Ich will einfach hier weg, egal wie.

Der alte Buick sieht aus, als ob er nur vom Rost zusammengehalten wird. Oder von den Aufklebern mit mehr oder weniger lustigen Sprüchen, die mich zwingen, stehen zu bleiben und sie zu zählen.

Sean geht auf die Fahrerseite und setzt sich hinters Steuer. Unbeholfen öffne ich die Beifahrertür und setze mich neben ihn, dann lehne ich den Kopf zurück und schließe kurz die Augen. Die Stille schmerzt fast in den Ohren. Als ich plötzlich Bier rieche, ziemlich nah vor meinem Gesicht, reiße ich die Augen auf und starre auf Seans grinsenden Mund, der sich mir nähert.

«Sean.» Ich schiebe ihn mit den Händen von mir. «Nicht, ich ...»

Doch er ist stärker als ich. Mein Herz wummert, als sein Mund meinen trifft und seine Zunge ohne Zögern in mich eindringt. Es fühlt sich so falsch an. So verdammt falsch. Ich schnappe nach Luft und drücke meine Hände fester gegen seinen Oberkörper, aber er rührt sich keinen Millimeter.

«Sean», würge ich an seinem Mund hervor. «Sean! Lass das! Ich will –»

«Das ganze Büro weiß, dass du mich willst, Ella. Ich hab's doch selbst gehört.» Er löst sich von mir und sieht mich an. Seine Augen sind irgendwie komisch, er sieht gar nicht mehr aus wie Sean. Mein Puls rast in den Schläfen, in meinen Ohren rauscht es. Verzweifelt winde ich mich, kann mich aber nicht aus seinem Klammergriff befreien. Ich bin wie gelähmt vor Panik. Mein Körper wird kalt und steif, ich starre ihn ungläubig an. Hat er wirklich vor …? Ich spüre Tränen in meiner Kehle.

«Du siehst echt heiß aus in diesem Kleid. Ich hab mich den ganzen Abend gefragt …» Er greift nach meinem Ausschnitt. Ich will schreien, doch aus meiner Kehle kommt kein Laut. Panisch taste ich nach dem Türgriff, finde ihn aber nicht. Meine klammen Finger rutschen an der Innenseite der Tür ab, ich kratze mit den Nägeln über die Plastikverkleidung. Das hässliche Geräusch jagt mir eisige Schauer über den Rücken.

«Sean! Hör AUF!», rufe ich endlich, meine Stimme nur ein Krächzen. Mein Herz rast so schnell, dass das Wageninnere um mich herum verschwindet. Meine Wangen werden feucht. «Sean! Um Gottes willen …»

Was zum Teufel ist nur los mit ihm? Hat er irgendwas genommen? Drogen? Zu viel Alkohol? Er wirkte nicht betrunken vorhin, aber jetzt … Was hab ich getan, dass er sich so aufführt? Verzweifelt winde ich mich unter seinem Griff, aber er liegt mit seinem ganzen Gewicht auf mir und versucht immer noch, mich zu küssen.

«Du magst es wild, was, Ella? Stille Wasser sind tief.» Er knurrt wie ein Hund.

«Sean, bitte! Ich flehe dich an, hör damit auf! Ich will das nicht», bricht es aus mir hervor. Er stutzt nur kurz, dann sucht er erneut meine Lippen. Lieber Gott, bitte. Bitte mach, dass er aufhört. Meine Zähne klappern aufeinander, ich bin kalt und steif. Meine Eingeweide scheinen sich zu verflüssigen, die Panik hat mich mit voller Wucht erfasst. Zugleich stürzen Erinnerungsfetzen aus jener schrecklichen Nacht auf mich ein.

Plötzlich schlägt mir kühle, frische Luft ins Gesicht. Jemand hat die Tür aufgerissen. Dann höre ich eine laute Stimme, verstehe aber kein Wort. Wie durch einen Schleier nehme ich wahr, dass Sean aus dem Wagen gezogen wird. Es gibt einen dumpfen Schlag, unterdrücktes Stöhnen. Ich schnappe nach Luft und zerre mein Kleid über die Knie, ich muss mich schützen. Schluchzend presse ich mein Gesicht gegen die Hände und beuge mich vor, die Ellbogen auf die Knie gestützt. Die Erleichterung durchflutet mich so heftig, dass ich keine Augen habe für das, was draußen passiert. Schreie, Gebrüll – bis irgendwann jemand meinen Namen sagt. Auch meine Tür wird geöffnet, ich zittere noch immer am ganzen Körper. Eine Hand legt sich sanft auf meinen Rücken, streichelt darüber.

«Ella. Ella! Alles in Ordnung?»

«Woher wusstest du ...», stoße ich hervor, dann falle ich ihm um den Hals, wobei ich fast aus dem Auto kippe. Dave hält mich und zieht mich raus, rauf zu sich. Legt eine Hand an meinen Hinterkopf und drückt mein Gesicht gegen seine Brust. Ich spüre sein Herz rasen, spüre, wie schnell er atmet. Trotzdem beruhige ich mich langsam, der Ring, der sich um mein Herz gelegt hat, scheint sich wieder etwas zu lockern. Doch meine Beine tragen mich noch nicht, ich bin froh, dass Dave mich stützt.

«Hau ab, du Idiot», schnauzt er Sean an. «Wenn du deinen Willy nicht im Griff hast, solltest du ihn wegsperren. Und lass das Puder aus der Nase, wenn du damit nicht umgehen kannst.»

Ich sehe nicht hin, höre nur, wie die Autotüren geschlossen werden. Ein Fluchen. Dann heult der Motor auf, Reifen quietschen auf Asphalt, der plötzliche Geruch von Benzin brennt in meiner Nase. Mit geschlossenen Augen stehe ich zitternd in Daves Armen und warte, dass Ruhe einkehrt. Dass alles wieder gut wird. Irgendwie. Nur langsam höre ich auf zu zittern.

«Alles okay? Ella?»

Ich nicke. Vorsichtig öffne ich die Augen, hebe den Kopf. Sein Blick ist düster, er sieht mich besorgt an. Als ich den Mund verziehe, lächelt er.

«Ich hab so was befürchtet.»

«Was? Woher wusstest du überhaupt ...?»

«Ich hab dich gesucht, und Holly hat mir gesagt, dass du mit Sean weg bist. Ich konnte an seinen Augen sehen, dass er was genommen hat.»

Das Herz rutscht mir in die Knie. «Er hat was genommen? Bist du dir sicher?»

Dave lacht bitter. «Glaub mir, ich erkenne einen Schneemann, wenn ich ihn sehe.»

Ach du ... Ich schüttle ungläubig den Kopf. Sean und Kokain? Was für ein absurder Gedanke! Andererseits, ich hatte ja auch das Gefühl, dass er nicht er selbst ist ...

«Tut mir leid, Ella. Ich war so froh, dich beim Konzert zu sehen ... Ich hab ja kapiert, dass du eigentlich nicht ausgehst. Auch wenn ich nicht weiß, was genau passiert ist. Aber es muss schlimm gewesen sein. Es tut mir so leid.»

Ich schlucke hart. Der Wunsch, ihm alles zu sagen, wächst in mir, aber ich beherrsche mich. Ich will es endlich hinter mir lassen und nicht mehr daran denken müssen. Ein ganz normales Leben führen, so wie alle anderen auch. Das muss doch möglich sein, verdammt!

«Du kannst ja nichts dazu, Dave», sage ich leise. «Ich bin so froh, dass du gekommen bist.»

Wieder schmiege ich meine feuchte Wange an seine Brust. Das schwarze Hemd fühlt sich rau an, er riecht herb, ein bisschen verschwitzt. Mein Herz klopft noch immer schnell, meine Knie zittern. Er hebt mein Kinn mit einem Finger und sieht mir in die Augen. Ich atme tief ein, beiße mir auf die Lippe, während ich seinem Blick standhalte. Es ist ein langer Blick. Ein viel zu langer.

«Ich rufe Silly an, sie soll uns nach Hause bringen.»

«Oh Gott, nein!», protestiere ich und löse mich von ihm. «Das ist deine Party, du musst wieder rein und feiern. Ich suche mir ein Taxi.» Die Straße, in der wir uns befinden, ist dunkel und menschenleer. Dave schüttelt nur den Kopf, zückt sein Handy und wendet sich zum Telefonieren ab. Ich knibble an meinen Nägeln und starre auf den schwarzen Asphalt zu meinen Füßen. Auf die derben Boots, in denen meine Beine zerbrechlich wirken. Was um alles in der Welt ist mit mir los? Vielleicht strahle ich nach all den Jahren noch immer so viel Opfer aus, dass ich dazu verdonnert bin, eins zu bleiben. Dass Gary nicht aufhört, mich mit Nachrichten zu terrorisieren, macht es mir auch nicht einfacher. Er ist wie ein Bulldozer, der ständig hinter mir herfährt. Bereit, mein gerade aufgebautes Leben wieder zu planieren. Dabei möchte ich das alles endlich hinter mir lassen. Verzweiflung steigt in mir auf, die erst langsam wieder abebbt, als Dave seinen Arm um mich legt und wir gemeinsam auf Silly warten.

15

«Danke.» Dave beugt sich zum Fenster hinunter und drückt Silly einen Kuss auf die Wange. Sie hat während der gesamten Fahrt so heftig über Sean geschimpft, dass ich schließlich lachen musste. Mir geht es schon viel besser.

«Danke, Silly», sage auch ich und werfe ihr einen warmen Blick zu.

«Kein Problem. Schweine, ehrlich ...» Sie schüttelt den Kopf und zwinkert mir zu. «Du bist stark, Ella. Und du ...», wendet sie sich an Dave, der neben mir steht. «Sei gut zu ihr. Und versau es diesmal nicht.»

Er salutiert, und wir lachen alle, dann lässt Silly den Motor aufheulen und wendet scharf in der schmalen Einfahrt zu unserem Haus. Dave öffnet die Tür und geht hinter mir die Treppe nach oben. Vor meiner Tür bleibt er stehen.

«Was ...?»

«Keine Angst. Aber ich möchte dich jetzt nicht allein lassen.»

Ich schlucke. «Bist du dir sicher? Du könntest zurück auf die Party und –»

Er schüttelt den Kopf. «Wir sind Freunde, Ella. Und Freunde lässt man in so einer Situation ganz sicher nicht im Stich.»

Ich drücke die Tür auf und schalte das Licht ein. Dann entschuldige ich mich, um kurz im Bad zu verschwinden. Bei meinem Anblick im Spiegel stöhne ich entsetzt auf. Die Wimperntusche ist zu einer hässlichen Fratze verlaufen, meine Haare stehen in alle Richtungen ab. Hastig glätte ich sie, wasche mein Gesicht gründlich und trage eine Pflegecreme auf, weil mich der Geruch beruhigt. Ich erleichtere mich auf dem Klo, binde mein Haar zu einem Zopf und gehe zurück ins Wohnzimmer. Die Panik von vorhin schwindet, ich bin ruhig und fast entspannt. Ich rufe nach Dave – und erschrecke, als ich ihn im Schlafzimmer höre.

«Was um alles in der Welt ...?» Hastig eile ich zu ihm und bleibe in der Tür stehen. «Du glaubst doch wohl nicht ... Oh.»

Ich erwische ihn an meinem Kleiderschrank, wo er eine gemütliche Jogginghose und ein Sweatshirt hervorgekramt hat. «Du hast offenbar ein Faible für Hasen», sagt er grinsend und zeigt auf Mr Perry, der wie ein König auf dem weißen Kopfkissen thront. Mein Gesicht wird knallheiß.

«Altes Andenken», murmle ich und nehme ihm die Klamotten aus der Hand. Er bleibt vor mir stehen und sieht mich an.

«Was? Raus hier!», fordere ich und zeige auf die Tür. «Oder hast du gedacht, du kriegst einen Striptease geboten?»

«Man darf ja wohl hoffen», gibt er zurück, verschwindet aber lachend und schließt die Tür hinter sich. Ich schlüpfe aus dem Kleid und ziehe die alten, bequemen Klamotten an, die er rausgesucht hat. Es ist nach eins, aber ich bin absolut nicht müde. Sondern aufgekratzt, überdreht. Das Adrenalin wird mich noch Tage wach halten, da bin ich sicher.

Im Wohnzimmer wartet Dave mit einer Flasche auf mich, die er offenbar von nebenan geholt hat. Misstrauisch mustere ich das Etikett. *Pimm's No 1*. Ich kann mich nicht erinnern, das Zeug jemals getrunken zu haben. Meine Mutter trinkt es, und das allein ...

«Heute pur. Das kannst du gebrauchen.»

«Dave, ich –» Er schüttelt den Kopf und drückt mir wortlos ein Glas in die Hand. Der Likör riecht herb und bitter, aber ich gehorche, schließe die Augen und kippe das Zeug in mich hinein.

«Brav. Setz dich zu mir.» Gehorsam lasse ich mich neben ihn aufs Sofa fallen. Als er seinen Arm um meine Schulter legt, entspanne ich mich und lehne mich an ihn.

«Tut mir leid, ich hab dir echt den Abend versaut. Ich mach's wieder gut.»

«Kein Problem. Ich hatte eh keinen Bock auf Party.»

Wir schweigen. Dave füllt mein Glas erneut, und diesmal protestiere ich nicht. Mir wird warm, ich spüre, wie meine Muskeln sich lockern. Und noch etwas anderes spüre ich. Deutlich. Seine Fingerspitzen streifen meine Brüste, aber ich bin mir sicher, dass es keine Absicht war. Trotzdem löst die Berührung tief in mir ein Zucken aus. Etwas in meinem Unterleib zieht sich zusammen, genauso wie meine Brustwarzen. Und mit einem Schlag trifft mich die Erkenntnis: Wir sind Freunde, ja – aber ich bin scharf auf ihn. Nicht erst seit heute Abend. Ich habe lange versucht, mir etwas vorzumachen, nur jetzt ... kann ich nicht mehr. Ich trinke und trinke, bis Dave mich bremst und mir das Glas wegnimmt.

«Nicht gleich übertreiben», murmelt er. Zu spät. In meinem Kopf schwirrt es, ich grinse so breit, dass meine Lippen spannen. Ich bin mutig. Will ihn küssen. Der Kuss von Sean fühlte sich nicht richtig an, und langsam dämmert mir, warum das so war. Weil ich Dave küssen will. Schon lange. Vorsichtig lege ich meine Hand auf seinen Oberschenkel und sehe ihm tief in die Augen, während ich mich zu ihm vorbeuge. Ein Flackern huscht über sein Gesicht.

«Bitte, Dave», flüstere ich. Mir wird heiß. Lieber Himmel, ich hab das noch nie getan. Aber ich will es. Wirklich. Ich habe keine Angst, spüre nur ein unbändiges körperliches Verlangen nach ihm. Langsam nähere ich mich weiter seinem Gesicht. Bis ich ihn rieche, die rauen Härchen auf seinem Kinn spüre. Mich frage, wie er sich zwischen meinen Schenkeln anfühlen würde. Wie er schmeckt. Da ist ein Pochen zwischen meinen Beinen, ein lustvolles Pulsieren, das meinen Verstand ausschaltet. Gleichzeitig versteift sich mein Körper, mir wird heiß und kalt, und mein Herz setzt zu einem Galopp an.

«Ella ...»

Seine Stimme reißt mich zurück in die Realität. Gütiger Himmel, was mache ich hier eigentlich? Wir sind Freunde. Ich bin nicht sein Typ. Außerdem hat er einen Harem voller Blondinen. Es ist das Schlimmste, das ich seit dem Konzert vor drei Jahren getan habe. Und das Schönste. Ich kann mich nicht bremsen, es geht einfach nicht. Ich spüre seine Wärme, greife mit einer Hand in sein aufgeknöpftes Hemd, fahre zitternd über die feste Brust, die weiche, warme Haut. Ein Gefühl wie riesiger Hunger erfasst mich. Und dieser Hunger ist sehr viel stärker als die Angst, die wie Blei in meinen Knochen lauert.

«Gott, Ella», flüstert Dave, legt eine Hand um meinen Kopf und zieht mich heftig an sich. Unsere Lippen treffen sich, prallen aufeinander. Ehe ich darüber nachdenken kann, öffnet sich mein Mund und lässt ihn hinein. Die erste Berührung seiner Zungenspitze schickt Stromstöße durch meinen Körper, meinen Schoß. Heftiges Klopfen. Ich schließe die Augen und küsse ihn, hemmungslos und wild. Jede weitere Bewegung seiner Zunge lässt Säfte fließen. Ich spüre das kühle Metall seines Piercings, es elektrisiert mich. Eisige Schauer rieseln mir über den Körper. Panik. Aber meine Gier bleibt, verdrängt jedes Gefühl von Angst oder Scham. Ich stöhne in seinen Mund, unsere Zähne schlagen gegeneinander. Dave beugt sich über mich, meine Hand wandert zwischen seine Beine. Unbeholfen und ungeschickt knete ich, was ich zu greifen bekomme, und habe keine Ahnung, ob ich da gerade sein Bein massiere oder seinen ... Oh Gott.

Seine Zunge spielt in mir, erkundet meinen Mund. Unser Atem vermischt sich, meine Berührungen werden forscher, bis ich seine Hände an meinem Hintern spüre. Vorsichtig zieht er mich auf sich, auf seinen Schoß. Ich fühle, wie er unter mir härter wird, presse mich fest an ihn, ohne meine Lippen von seinen zu nehmen. Halte seinen Kopf mit beiden Händen fest, als ob ich ihn daran hindern müsste, wegzulaufen. Ich ertrinke in unserem Kuss, höre auf zu denken. Dann bewege ich mich langsam auf ihm, reibe mich an ihm wie ein Hund. Wieder und wieder durchzuckt es mich, während wir uns küssen und ich meine Mitte an ihm reibe, bis mich plötzlich ein heftiges Pochen hochreißt. Ich höre mich keuchen, stöhnen, und dann passiert es. Ich komme. Auf seinem Schoß. Mein Atem fließt in seinen Mund. Feuchtigkeit schießt aus mir heraus und durchtränkt mein Höschen, die alte Jogginghose. Mir wird heiß, mein Körper spannt sich an, meine Zehen verkrampfen sich, und dann löst sich die Anspannung in einem enormen Zucken, das weit unten beginnt und sich ausbreitet wie ein Erdbeben. Ein heiserer Schrei. War ich das?

Es dauert nur Sekunden, dann ist es vorbei. Erschrocken reiße ich die Augen auf und klammere mich an ihm fest, zutiefst beschämt. Noch immer pocht mein Unterleib. Atemlos sehe ich ihn an, meine Wangen brennen wie Feuer.

«Ach du Sch...», bringe ich hervor und springe von seinem Schoß, als ob er elektrisch geladen wäre. Dave lacht gequält.

«Hey. Ich habe auch Gefühle, weißt du.» Sein leicht verzerrtes Gesicht sagt mir, dass er noch erregt ist. Aber meine Angst ist zurück. Mit einer Wucht, die mich erschreckt.

«Sorry, es tut mir leid, ehrlich! Der Alkohol ist schuld, ich ...» Meine Hände zittern. Meine Knie fühlen sich an wie Pudding, also setze ich mich wieder. Mit ordentlichem Abstand zu ihm. Ich verberge mein Gesicht in den Händen, schüttle den Kopf. «Ich schäme mich so. Das ist so entsetzlich peinlich!»

«Hey. Sch. Dazu gibt es keinen Grund, wirklich nicht. Es war überhaupt nicht peinlich, es war ... schön. Sexy. Warum sollte es dir peinlich sein? Kommst du sonst nicht so schnell?» Er rutscht näher und legt mir eine Hand auf den Oberschenkel. Sie brennt dort wie Feuer, ich habe das Gefühl, aus jeder Pore Erregung zu verströmen. Er wird mich riechen können.

«Ich bin überhaupt noch nie ... Ich meine, ich bin noch ... Ich habe es noch nie getan.» Jetzt ist es raus. Verzweifelt sehe ich ihn an. Lieber Himmel, es *ist* peinlich. Seine Brauen wandern sehr langsam nach oben, seine Augen werden immer größer, und ich spüre Lachen in mir aufsteigen. Was zum ...

«Du siehst aus, als hätte ich dir gerade gesagt, dass auf dem Flur ein Einhorn wartet», bemerke ich trocken.

«Ehrlich gesagt, würde ich dir das eher glauben.»

«Was soll –» Er unterbricht mich, indem er mich an sich zieht und erneut küsst. Ich spüre seine raue Wange, sein Kinn. Das kühle Piercing, das mich so elektrisiert.

«Süße kleine Ella», flüstert er dann, lässt mich atemlos zurück. «Wie kommt es, dass du noch Jungfrau bist?»

Ich zucke zusammen, sehe ihm aber fest in die Augen. «Ich hab einfach Angst davor», sage ich leise.

«Angst, dass es weh tun könnte?» Er rutscht dichter an mich heran.

«Ich weiß nicht ...» *Aber ich bin immerhin die Oxford-Schlampe.* Ironie hätte mein Hauptfach sein sollen. Ich lächle verkniffen. «Ich dachte, es wäre wichtig. Das erste Mal, meine ich. Deshalb hab ich es irgendwie immer ... verschoben. Nur heute ...» Wir sehen uns an.

«Was ist heute anders?»

Unruhig rutsche ich auf dem Sofa hin und her. Der Alkohol hat mich nicht nur entspannt, sondern auch mutig gemacht. Trotzdem weiß ich nicht, was ich ihm sagen soll. Weil ich selber keine Ahnung habe, was heute anders ist. Was heute passiert ist. Ich weiß, dass Seans Anfall etwas in mir ausgelöst hat. Ich habe es immerhin überlebt, oder?

«Was ist das Schlimmste, das mir passieren kann?», frage ich lächelnd. Er erwidert das Lächeln. Seine Hände wandern in mein Haar und lösen das Zopfgummi. Streichen über meine Kopfhaut, sodass sich die Härchen in meinem Nacken aufstellen.

«Ein gutes Mantra.»

«Das hab ich von einem Mann, der klüger ist, als ich dachte», erwidere ich, und wir schweigen ein paar Sekunden, sehen uns nur an. Seine Augen sind dunkel.

«Was ist dir passiert?», fragt er behutsam. Ich schüttle stumm den Kopf. Meine Augen werden heiß, ich versuche, die aufsteigenden Erinnerungen zu verdrängen.

«Das spielt keine Rolle. Ich bin vollkommen durcheinander, Dave. Ich wollte dich einfach, ganz plötzlich. Es war heftig, ein Verlangen ... wie ein großer Hunger.»

«Ich bin wirklich geschmeichelt, Mrs Frost. Dass du ausgerechnet mich willst, wo ich gar nicht dein Typ bin. Aber wir werden es nicht tun.»

Enttäuschung lässt mein Herz heftiger klopfen. Ich versuche, den Knoten herunterzuschlucken, der mir die Kehle zuschnüren will, und betrachte ihn. Seine Nase, markant, wie die einer griechischen Statue. Sein Kinn, das so männlich und ausdrucksstark ist. Und seine Augen, die frech und vorwitzig sind, manchmal verschmitzt wie die eines kleinen Jungen und manchmal so traurig und tief. «Wirklich, Ella. Ich quäle mich damit selbst am meisten, aber ich kann das nicht. Nicht nach dem, was heute passiert ist. Du wirkst so verletzlich, da tut man oft Dinge, die man eigentlich nicht will.»

Wieder legt sich ein eisiger Ring um meine Brust.

«Okay. Ich hab verstanden.»

«Nein, hast du nicht.» Kopfschüttelnd greift er nach meinen Händen. Hält sie fest. «Ich will dich, Ella. Das wollte ich von Anfang an. Du hast keine Ahnung, wie sexy du bist. Ich treffe häufig Mädchen, die meinen Schwanz kitzeln. Mit denen ich ins Bett will. Aber ich treffe selten jemanden, der mich so berührt.»

Ich schlucke, versuche, seinem Blick standzuhalten. Meine Augenlider flattern.

«Aber dein erstes Mal, lieber Himmel. Das ist eine riesige Verantwortung. Und ich will ehrlich sein ... Ich kann dir nicht das geben, was du dir wünschst.»

Ich kaue auf meiner Lippe und denke nach über das, was er gesagt hat. «Weil du keine Beziehung willst, richtig? Du willst dein Rockstar-Leben weiterleben und alles mitnehmen, was du kriegen kannst. Nein, ich verstehe das!» Ich hebe beide Hände, als er mich unterbrechen will. «Wirklich. Und es ist kein Problem für mich. Ich will nur ... Ich will einfach nur mit dir schlafen, mehr nicht. Irgendwie glaube ich, dass du der Richtige dafür bist. Für mein erstes Mal. Ich meine, du kennst dich doch offensichtlich damit aus. Holly ist der Ansicht, ich sollte es einfach hinter mich bringen, und zwar mit jemandem, der gut darin ist. Und ich habe das Gefühl, dass du *ziemlich* gut darin bist.»

Ich versuche zu grinsen und denke an die Nacht, in der ich viermal *Ich komme* von nebenan gehört habe. Der Gedanke jagt mir einen Schauer über den Rücken. Heilige Mutter, dieser kleine

Höhepunkt vorhin war schon mehr, als ich je erlebt habe, und Dave hat nicht mal viel dazu beigetragen, wenn ich ehrlich bin. Ich hab ihn einfach ... benutzt. Meine Wangen fangen an zu brennen. «Oder hast du Angst, wir würden unsere Freundschaft mit Sex versauen?»

Er lacht. «Freundschaft mit Sex versauen? Ich bitte dich, Mrs Frost – genauso gut könntest du versuchen, eine heiße Schokolade durch Sahne zu verderben. Ella ...» Seine Stimme wird samtig und dunkel. In meinem Bauch kribbelt es. Dave geht vor mir in die Knie und legt beide Hände auf meine Oberschenkel, sieht mir fest in die Augen. «Ob du es glaubst oder nicht – ich finde dich umwerfend. Sexy. Natürlich würde ich gern mit dir schlafen, aber dein erstes Mal ...» Er schüttelt den Kopf und sieht plötzlich traurig aus. «Es sollte etwas Besonderes sein. Mit einem Mann, den du wirklich liebst. Nicht nur so ... aus Spaß. Ich bin nicht der Richtige dafür.»

«Ich habe bisher nicht viel nur so aus Spaß gemacht», gebe ich zu und halte seinem Blick stand. «Dieses Mal ... Ich möchte es, Dave. Weil du der erste Mann bist, auf den mein Körper so reagiert. Vor dem ich keine Angst habe. Warum auch immer.» Meine Knie fangen an zu zittern. Ich fühle mich, als hätte ich mich mitten auf dem Piccadilly Circus nackt ausgezogen. Schutzlos. Er seufzt leise und zeigt auf die Tätowierung an seinem Unterarm. Die Sterne. Der kleine Prinz.

«Es gibt einen Grund, weshalb ich keine Beziehung will. Vielleicht solltest du ihn kennen, bevor du eine Entscheidung triffst.» Ich nicke, als ob ich wüsste, wovon er spricht, dabei habe ich nicht den blassesten Schimmer.

«Komm mit. Ich zeig dir was.»

«Was, jetzt noch?» Verwirrt schaue ich aus dem Fenster. Es ist mitten in der Nacht, stockfinster. «Wo, bei dir?»

«Nein. Wir müssen ein kleines Stück fahren. Zieh eine warme Jacke und feste Schuhe an.»

Ich bin zu durcheinander, um mich zu weigern.

«Du hast getrunken, Dave, wir sollten –»

«Ich hatte zwei Bier, die sind durch den Schreck von heute Abend längst wirkungslos.» Abwartend bleibt er neben meinem Tisch stehen und sieht zu, wie ich wieder in die derben Boots zurückschlüpfe und meine Jacke anziehe. Ich muss irre sein. Der Alkohol hat mich verrückt gemacht, eindeutig. Aber Dave wirkt so ernst, und ich spüre, dass es ihm wichtig ist.

Draußen empfängt uns kühle Luft. Und die rote Ducati. Zögernd setze ich den Helm auf, den er mir reicht, und klettere hinter ihm auf den Rücksitz. Was um alles in der Welt mache ich hier überhaupt?

* * *

«Ein Friedhof?» Oh Gott. Ich hätte es wissen müssen. Ein durchgeknallter Rockstar führt mich mitten in der Nacht auf einen Friedhof. Offensichtlich befinde ich mich gerade im total falschen Film. Ohne ein Wort der Erklärung hilft Dave mir vom Motorrad und holt eine Taschenlampe aus der am Rücksitz befestigten Tasche.

Im Dunklen wirkt der alte Friedhof wie der Park zu einem Spukschloss. Es ist unglaublich still hier, fast könnte man vergessen, dass wir in einer der größten Städte der Welt sind. Dave nimmt meine Hand, und wir gehen schweigend zum Eingang. Ein Eichhörnchen huscht über einen Grabstein und erschreckt mich fast zu Tode.

«Habe ich erwähnt, dass ich auch Angst vor Dunkelheit habe? Und vor Friedhöfen?», frage ich, während ich neben Dave herstolpere und versuche, im Lichtkegel der Taschenlampe vor uns den Boden zu erkennen. Irgendwo in den Bäumen sitzt ein Kauz und gibt unheimliche Laute von sich. Ich umklammere Daves Hand so fest, dass sich meine Fingernägel in sein Fleisch graben. Er drückt meine Hand kurz, um mich zu beruhigen.

«Ist der nicht abgeschlossen nachts?», flüstere ich. Mein Herz wummert. «Dave?»

«Ja, ist er. Aber es gibt einen geheimen Eingang.» Er führt mich an einer alten Mauer entlang, die von Efeu überwuchert ist. Eisige Schauer laufen mir über den Rücken.

Als er sich durch einen schmalen Mauerspalt schiebt und mir dann seine Hand entgegenstreckt, hole ich tief Luft, bevor ich ihm folge. Ich spüre meinen Puls in den Schläfen, mir ist kalt, obwohl es eine laue Nacht ist. Wir gehen einige Meter über knirschenden Kies. Vorsichtig, leise, obwohl wir um diese Zeit nicht mit anderen Besuchern rechnen müssen. Vor einem Grabstein aus weißem Marmor bleibt Dave stehen und richtet die Taschenlampe auf die Inschrift, damit ich sie lesen kann.

Du allein wirst Sterne haben, die lachen können.
Claire.

Ich drücke Daves Hand, die sich kalt anfühlt. Eisige Schauer rieseln über meinen Körper, als mir klar wird, was das hier zu bedeuten hat.

«Wer war sie?», flüstere ich.

«Claire, das ist Ella. Meine Freundin und Nachbarin. Ella, das ist Claire. Meine Verlobte.»

Ich schlucke, meine Augen fangen an zu brennen. Unsere Hände sind fest ineinander verschränkt, als ob wir uns gegenseitig halten müssten.

«Du warst mal verlobt?»

Er nickt. Mit leiser Stimme fängt er an zu erzählen, und ich lausche ihm andächtig, ohne den weißen Grabstein aus den Augen zu lassen.

«Claire und ich, wir waren ein perfektes Team. Erfolgreich, ehrgeizig, voller Ziele. Wir haben uns an der Uni kennengelernt und gemeinsam ein Unternehmen gegründet, noch bevor wir mit dem Studium fertig waren. Wir haben in nur knapp zwei Jahren wahnsinnig viel Geld verdient. Wir lebten auf der Überholspur, ohne Sorgen oder Gedanken an morgen. Vierzehn, fünfzehn Stunden Arbeit am Tag, Fitness und Sport zum Ausgleich. Die Welt stand uns offen. Claire kam so wie ich aus einer einfachen Arbeiterfamilie und war überwältigt und überrascht von dem schnellen Aufstieg. Am Anfang unserer Beziehung ernährten wir uns von Dosensuppe und Toastbrot, in einem winzigen, runtergekommenen Apartment, weil das meiste Geld für die Unigebühren draufging. Und am Ende feierten wir Partys im *Ivy* oder *Nobu*, mit all unseren Freunden. Auf unsere Kosten, weil wir Geld im Überfluss hatten, es gab kein Limit. Wir reisten nach Indien, Pakistan, Ghana ... überallhin. Um die Welt zu sehen, etwas zu erleben, Gutes zu tun. Unser Gewissen zu beruhigen. Es blieb keine Zeit für Angst oder schlechte Gefühle. Aber das heißt nicht, dass es keine gab. Wir waren nur gut darin, sie zu ignorieren. Mit der Zeit verloren wir uns aus den Augen, obwohl wir zusammenlebten. In einem schicken Penthouse in Kensington, wie die Großen. Wir waren ja auch groß. Riesig sogar.»

Er stockt und holt tief Luft, ohne mich anzusehen. Sein Blick ist starr auf eine frische Rose gerichtet, die auf dem Grab liegt, eine schwarze Satinschleife um die Dornen. Ich scharre mit der Fußspitze im Kies und warte, dass er weiterspricht.

«Wir stritten immer häufiger. Für Sex oder Zärtlichkeiten

waren wir zu müde, hatten den Kopf ständig voller Ideen und Projekte, die wir umsetzen wollten. Ein Team, ja, aber keine Liebenden mehr. Es hat lange gedauert, bis ich den Gedanken zugelassen habe.»

«Habt ihr euch ... getrennt?»

Er schüttelt den Kopf. Seine Gelenke knacken leicht, als er in die Knie geht und mit der Hand zwei gelbe Blätter vom Grabstein wischt. Die Hand lässt er dort liegen, als ob er um Verzeihung bitten würde. Ich knete meine Finger und bleibe hinter ihm stehen.

«Wir haben uns auseinandergelebt. Saßen nebeneinander und waren doch nicht zusammen. Und dann wurde Claire krank. Nichts wirklich Schlimmes, nur eine schwere Bronchitis. Sie war nicht der Typ, der sich von so was unterkriegen ließ, und machte nach einem Tag Bettruhe einfach weiter. Ging zur Arbeit, zu Empfängen, Vorträgen, zum Sport. Sie war jung und fit, also machte ich mir keine Sorgen. Ich bat sie halbherzig, sich zu schonen, aber wir waren gerade in einer wichtigen Phase des Unternehmens – Investoren hatten sich gemeldet, wollten uns Geld geben. Claire kümmerte sich um die Finanzen, also bereitete sie Präsentationen vor und hielt Vorträge vor potenziellen Geldgebern, vollgepumpt mit Antibiotika und fiebersenkenden Mitteln, während ich durch die Welt gondelte und das Unternehmen auf Wachstum vorbereitete. Sie wollte ihre Abwehrkräfte stärken und ging deshalb regelmäßig zum Training. Und eines Morgens ...»

Er verstummt. Spontan gehe ich neben ihm in die Hocke und lege meinen Arm um seine Schulter. Gemeinsam schauen wir auf das Grab. Auf den weißen Stein, unter dem seine Verlobte liegt. Die Härchen in meinem Nacken stellen sich auf bei dem Gedanken, dass sie so jung aus dem Leben gerissen wurde.

«Eines Morgens wachte ich auf, und sie lag neben mir im Bett. Wir hatten am Abend vorher gezankt und sind Rücken an Rücken eingeschlafen. Es war ein blödsinniger Streit, das war es immer. Es ging nie um wirklich große Dinge, nur um Kleinkram. Als ob wir einen Grund suchten, uns zu streiten, weil der Streit die plötzliche Distanz zwischen uns erklärt hätte. Ich hab sie atmen gehört, hab mich in der Nacht noch geärgert, weil sie so schnarchte wegen der Erkältung, habe sie mehrfach angestupst. Am nächsten Morgen lag sie immer noch neben mir. Aber sie war kalt. Eiskalt. Ich hab in meinem ganzen Leben noch nie etwas so Kaltes berührt. Sie atmete einfach nicht mehr.»

«Oh mein Gott», flüstere ich. Eine Träne rinnt mir über die Wange, der eiserne Ring um mein Herz ist zurück und zieht sich so fest zusammen, dass es schmerzt. «Was war passiert?»

«Eine Herzmuskelentzündung, hat die Autopsie ergeben. Womöglich durch die verschleppte Erkältung und die zu hohe Belastung. Ihr Herz hat einfach aufgegeben, mitten in der Nacht, und es fühlte sich an, als ob *sie* aufgegeben hätte. Ich war plötzlich so allein, fühlte mich verlassen, war wütend auf sie. Unglaublich wütend. Ist das nicht bescheuert? Ich hab sie angeschrien, während sie tot in unserem Bett lag und noch immer nach Claire roch. Nach dem Zitronenshampoo, das sie benutzt hat. Nach ihrer Nachtcreme, über die ich mich ständig lustig gemacht habe, weil sie so unglaublich teuer war. Nach dem Granatapfel-Waschmittel, mit dem sie ihre Kleidung gewaschen hat. Und nach Tod. Ein fremder Geruch, der entsetzlich war, weil er nicht zu ihr passte. Als ob sie das falsche Parfum benutzt hätte. Ich war wütend, weil ich nicht glauben wollte, dass sie einfach so von mir gegangen war, ohne Vorwarnung. Und ohne mir die Chance zu geben, mich zu entschuldigen für das, was ich am Abend zuvor zu ihr gesagt hatte.»

Ich schlucke hart und lege mein Kinn auf seine Schulter. Ich spüre, wie angespannt sein Körper ist. Ganz steif sitzt er neben mir und spricht leise und monoton weiter, als ob er einen Vortrag auswendig gelernt hätte. Ich kann seinen Schmerz fühlen. Den Schmerz, den die Erinnerung an jenen Morgen hervorruft. Und ich spüre, wie schwer es ihm fällt, darüber zu sprechen. Er ist sonst immer so fröhlich, immer gut gelaunt. Als ob er nie Sorgen hätte. Dabei trägt auch er eine Maske, so wie ich. Wo ich versuche, unsichtbar zu sein, versucht er, die Menschen nicht in sein Herz sehen zu lassen. Verbirgt sich hinter dem Kostüm der oberflächlichen Fröhlichkeit und Coolness.

«Ich sah in ihr eingefallenes Gesicht, auf die dunklen Ringe unter den Augen. Die blasse Haut, ihr Schlüsselbein über dem Rand ihres weißen Nachthemds, es trat viel zu deutlich hervor. Wann war sie so dünn geworden? Warum ist es mir vorher nicht aufgefallen? Wann hatten wir einander so verloren, dass sie auf einmal wie eine Fremde in meinem Bett wirkte? Sie sah aus, als ob sie nur schlafen würde. Aber ich wusste sofort, dass sie nie wieder aufwachen würde. Dass sie mich verlassen hatte.»

Durch einen Tränenschleier hindurch sehe ich ihn stumm von der Seite an. Ein Muskel in seiner Wange zuckt, seine Unterlippe zittert. Ich taste nach seiner Hand. Er lässt den Grabstein los und kommt mir entgegen, bis sich unsere Finger ineinander verhaken.

«Es muss schrecklich für dich gewesen sein», sage ich leise.

Er nickt.

«Wie lange ist es her?»

«Drei Jahre. Und seither ...»

Ich schlinge meine Finger fester um seine und drücke sie sanft. «Ich verstehe dich.» Auch mein Leben hat vor drei Jahren eine schreckliche Wendung genommen. Wenn auch nicht vergleichbar mit der in seinem Leben.

«Nein, das ...» Er schüttelt den Kopf, und zum ersten Mal, seitdem wir hier sind, sieht er mich an. Seine blauen Augen sehen fast schwarz aus in dem trüben Licht und glänzen, aber er weint nicht.

«Ich erzähle selten von ihr. Eigentlich wissen nur Steve und Silly Bescheid. Silly war eine gemeinsame Freundin, aber sie hat ihr Leben von Anfang an besser im Griff gehabt als wir. Das Problem ist … Wenn man Erfolg hat, wird einem nur noch parfümierte Luft ins Gesicht geblasen. Es gibt keine Kritik mehr, du bist ganz oben und fühlst dich auch so, jeder will mit dir befreundet sein, jeder lobt dich. Du wirst bewundert und beneidet, weil du es geschafft hast. Geld ist auf einmal wichtig, alles dreht sich nur noch darum. Je mehr du hast, desto gieriger wirst du, willst immer mehr haben. Als ob es keine Grenzen mehr gäbe. Und dann, an einem einzigen Morgen, reißt dir das Schicksal den Boden unter den Füßen weg. Der Aufprall war hart. Verdammt hart.»

«Was ist aus eurem Unternehmen geworden?», frage ich und erinnere mich an die Fotos von Dave und der jungen, hübschen Frau, die ich im Internet gefunden habe. Bilder aus einer anderen Zeit. Bilder von Claire, die lange braune Haare hatte, wie ich, und sympathische Grübchen. Große Augen, die so offen und neugierig wirkten. Aber ihr Gesichtsausdruck hatte auch etwas Verbissenes, man sah ihr den ungeheuren Ehrgeiz an. Sie wollte es schaffen, und sie hat es auch geschafft, musste dafür aber einen viel zu hohen Preis zahlen.

«Ich habe es verkauft und beschlossen, einfach zu leben.» Er sieht mich ernst an. «Das zu tun, was ich am meisten liebe. Musik. Reisen. Ich habe immer schon Musik gemacht, aber ich war besessen davon, meinem Vater zu gefallen. Der Erfolg, das viele Geld haben ihm imponiert. Sehr sogar.»

«Was du heute mit deiner Musik schaffst, ist so viel mehr wert, Dave», sage ich überzeugt. «Und deine Mutter wäre ganz bestimmt auch stolz auf dich. Du berührst Menschen mit deiner Musik und deinen Worten. Das ist großartig und viel wichtiger als Geld.»

Dave lächelt traurig. «Für meinen Vater brach eine Welt zusammen, als ich ihm von meinen Plänen erzählt habe. Er hat seitdem kaum ein Wort mit mir gesprochen, weil er nicht versteht, wie ich diesen unglaublichen Erfolg, diesen goldenen Weg einfach so verlassen konnte, um einen unsicheren Trampelpfad einzuschlagen. Aber ich fand es wichtig, vom Weg abzuweichen. Umwege zu machen. Mir ist klargeworden, dass ich *mein* Leben leben muss. Nicht das Leben anderer Leute. Man kann nicht ständig die Erwartungen anderer erfüllen.»

«Nein, das kann man nicht.» Ausgerechnet ich sage das, wo mein Leben doch nur daraus besteht, nicht aufzufallen und die Erwartungen von Menschen zu erfüllen, denen ich gar nicht wichtig bin. Bloß weil ich mir wünsche, dass ich ihnen wichtig wäre. Aber es ist hoffnungslos. Egal, was ich tue, sie werden sich nicht ändern. Spätestens vor drei Jahren ist mir das endgültig klargeworden. Ich presse die Lippen fest zusammen und betrachte wieder den Grabstein. Die einzelne Rose, die höchstens ein paar Tage alt ist.

«Ich sage nicht, dass man jeden Tag wie seinen letzten Tag leben sollte, das ist Unsinn. Es gibt auch schlechte Tage. Tage, an denen es regnet oder schneit oder man einfach keine Lust hat und am liebsten im Bett bleiben würde. Auch diese Tage sind wichtig, sie gehören dazu. Aber man sollte so leben, dass man am Ende, wenn man diese Welt verlässt, glücklich ist. Nicht das Gefühl hat, etwas Wichtiges versäumt zu haben. Man sollte jeden Tag ein neues Leben anfangen und nicht dauernd nach Dingen greifen, die zu hoch hängen. Es kann so plötzlich vorbei sein, und was hinterlässt man dann? Geld? Das kann es doch nicht sein.»

Langsam zieht er seine Hand aus meiner und steht auf. Ich

werfe einen letzten Blick auf die Inschrift, bevor ich ihm zum Ausgang folge.

Wie recht er hat. Es kann so plötzlich vorbei sein.

***

«Danke», sagt er, als wir vor dem Haus vom Motorrad gestiegen sind. Es dämmert bereits, ich kann mich nicht erinnern, jemals so lange wach gewesen zu sein.

«Ich danke dir. Dass du so offen warst», sage ich leise. Stumm gehen wir die Treppe nach oben und bleiben vor meiner Tür stehen.

«Ich glaube –», setze ich an, doch er unterbricht mich.

«Ich glaube, du solltest jetzt wirklich schlafen.» Er grinst schief. «Ich erwarte nicht, dass du mich verstehst. Aber ich habe dir das alles erzählt, damit du weißt, worauf du dich einlässt. Ich möchte, dass du die richtige Entscheidung triffst.»

Mein Herz hämmert gegen meinen Brustkorb. Er steht dicht vor mir, ich kann ihn riechen, spüre die Wärme, die sein Körper ausstrahlt. Nervös zwinge ich mich zu einem Lächeln.

«Ich glaube, ich verstehe dich, wollte ich sagen. Und du hast mir heute Abend sehr geholfen, Dave.» Heiße Schokolade mit Sahne. Mir ist klar, warum er keine Beziehung will. Mir ist auch klar, warum er sich nur mit Blondinen umgibt. Ich konnte seinen Schmerz fühlen, als er mir von Claire erzählt hat. Kein Wunder, dass er so was nie wieder erleben möchte.

Er legt beide Arme um mich und zieht mich an den Hüften zu sich heran. Das automatische Licht im Treppenhaus erlischt, in der Dunkelheit kann ich ihn nur noch schemenhaft erkennen.

«Ich bin für dich da, wann immer du möchtest», murmelt er dicht an meinem Mund. Mein Körper kribbelt, als seine Lippen meine treffen. Ein zarter Kuss, federleicht und vorsichtig. Meine Beine versteifen sich. Wieder steigt Sehnsucht in mir auf, das bislang unbekannte Gefühl. Ich will ihn richtig küssen, so wie vorhin, aber ich habe Angst vor seiner Reaktion und reiße mich zusammen.

«Freunde», flüstere ich, nachdem sich unsere Lippen voneinander gelöst haben und mir nichts bleibt als die Leere in meinem Bauch. Es ist verrückt, aber ich habe seit Jahren nichts Verrücktes getan und sehne mich jetzt danach. Außerdem bin ich mir sicher, dass es mit ihm funktionieren würde. Weil mein Körper so heftig auf ihn reagiert und der Panik keinen Raum lässt, die sonst mein Leben überschattet.

Ich schaue ihm nach, warte, bis seine Tür hinter ihm ins Schloss gefallen ist, dann drücke ich meine auf und husche in mein dunkles Apartment. Morgen werde ich ein paar Fotos aufhängen.

16

Zum Frühstück drei Aspirin und zwei Liter Wasser. Nie wieder Alkohol, das schwöre ich. Erst gegen Mittag bin ich in der Lage, mein Laptop zum Leben zu erwecken und nach wichtigen E-Mails zu schauen. Der Gedanke, am Montag im Büro Sean gegenübertreten zu müssen, bereitet mir Bauchschmerzen.

Daves traurige Geschichte geht mir nicht aus dem Kopf. Ich habe kaum geschlafen, weil ich ständig daran denken musste. Und weil ich mich auf meine Finger legen musste, um nicht die ganze Nacht an mir herumzuspielen. Mein Körper fühlte sich so weich an, so heiß. So ungewohnt. Ich habe sogar kurz darüber nachgedacht, den Häschen-Vibrator zu benutzen, und mich gefragt, ob ich mich damit vielleicht entjungfern könnte. Dann wäre das erste Mal nicht so schrecklich unangenehm.

Als ich das Motorrad unten höre, stürme ich ans Fenster und presse das Gesicht gegen die Scheibe, um auf die Straße zu gucken. Was ich sehe, lässt mich zusammenzucken. Dave steigt gerade ab, neben dem Motorrad steht eine langbeinige Blondine, die genau in sein Beuteschema passt. Sie lacht und wirft ihr Haar über die Schultern. Fährt mit den Fingern hindurch, neigt den Kopf und lächelt. Hastig trete ich vom Fenster zurück, damit er mich nicht zufällig sieht. Was habe ich mir bloß gedacht? Dass er sich mit einer verklemmten Jungfrau abgeben würde? Wo doch die heißen Mädchen bei ihm Schlange stehen und nur darauf warten, die Beine für ihn breit zu machen? Idiotisch.

Ich lege die Hände auf das Laptop, um es zuzuklappen, da geht eine neue E-Mail ein. Die Adresse des Absenders jagt mir umgehend den Puls in die Höhe.

Oxfordschlampe@yahoo.com

Oh nein. Nein, nein. Das hier ist mein Firmen-Account, einen privaten habe ich ja nicht mehr. Aber wenn er die Adresse kennt, heißt das, er ... oh Gott. Ich ersticke fast an dem Kloß, der mir plötzlich im Hals sitzt. In der E-Mail steht nur ein einziger Satz.

Einmal Schlampe, immer Schlampe.

Aber sie hat einen mehrere Megabyte großen Anhang. Es kann nur ... natürlich. Es ist ein Video. Ich muss es mir nicht ansehen, allein der Name der Datei verursacht Übelkeit. *Ella Cunning Oxford-Schlampe.* Er hat herausgefunden, unter welchem Namen ich mich in London verkrochen habe. Er kennt meine Handynummer und jetzt sogar meine berufliche E-Mail-Adresse. Woher, zum Teufel? Ich habe alle Brücken hinter mir abgebrochen, niemand außer meinen Kollegen verfügt über diese Informationen. Aber es ist unmöglich, dass er jemanden bei *Juke* kennt.

Meine Mutter. Henry. Er kann es nur von ihnen wissen – aber warum sollten sie das tun? Meine Hände zittern. Ich mustere das Laptop wie eine entsicherte Handgranate. Mir ist klar, was er vorhat. Alles wird wieder von vorne losgehen. Er wird auch meinen neuen Namen in den Schmutz ziehen, wieder werden mich fremde Menschen beleidigen, sich über mich lustig machen. Alle Welt wird das Video sehen. Holly. Jen. Mr Jameson. Dave. Oh Gott. Ich muss das stoppen. So schnell wie möglich.

Schwer atmend schnappe ich mir mein Handy und starre es einige Sekunden lang nur an, bevor ich mich traue, ihre Nummer zu wählen. Es klingelt dreimal, ehe sie sich meldet. «Elizabeth Wincester, guten Tag.»

«Mutter, ich bin's, Ella.»

«Eleonor! Was ist passiert?» Ich stöhne leise auf. Statt sich zu freuen, dass ich mich melde ...

«Gary. Er hat mir das Video per E-Mail geschickt. An meinen Firmen-Account. An Ella Cunning!» Schweigen. «Mutter? Hast du mich verstanden?»

«Ja, Eleonor.» Sie seufzt langgezogen ins Telefon. Gequält, so als ob ich wieder einmal etwas angestellt hätte, das ihr Kummer bereitet. Hitzige Wut steigt in mir auf. Sie denkt immer noch, es wäre meine Schuld gewesen. Sie will die Wahrheit einfach nicht sehen!

«Hast du eine Idee, woher er weiß, wie ich jetzt heiße? Oder wie er an meine E-Mail-Adresse kommt?», frage ich scharf.

«Von mir hat er sie nicht», wehrt sie sofort ab. Dass sie mich nicht anschreit, bedeutet jedoch, dass sie mehr weiß, als sie zugeben will.

«Warum tut er mir das an? Was ist da los? Wenn du etwas weißt, dann solltest du es mir sagen, meinst du nicht? Ihr wisst doch etwas!»

«Suze ist zurück und hat versucht, sich umzubringen.»

Ihre Antwort wirkt wie eine Ohrfeige. «Was sagst du da?» Ich muss mich setzen.

«Sie hat Schlaftabletten genommen, aber ihr Freund hat sie zum Glück noch rechtzeitig gefunden. Alle sind ganz außer sich, vor allem Gary natürlich. Angeblich hat sie die Abtreibung immer noch nicht verwunden, und sie wollte gern nach Hause, aber du weißt, wie hier über sie geredet wird. Sie ist –»

«Geht es ihr gut?», unterbreche ich ihren Redefluss. Mein Herz klopft schneller. Erinnerungen an meinen eigenen Versuch steigen in mir auf, ebenso die Wut auf den Menschen, der an alldem schuld ist. Henry.

«Ja, es geht ihr wieder gut. Es ist nichts weiter passiert, zum Glück. Die arme Familie ...»

Meine Zähne knirschen. «Du weißt, wer wirklich die Schuld an dieser ganzen Sache trägt. Spätestens jetzt muss er dazu stehen, Herrgott! Oder soll das ewig so weitergehen?»

«Du hast doch wohl nicht vor, Henry zu diskreditieren?» Ich stöhne genervt auf. Ich kann das entsetzte Gesicht meiner Mutter vor mir sehen. Vielleicht wird man so, wenn man einen reichen Ehemann hat, der einen mit sehr jungen Affären ständig an das eigene Alter erinnert. Der nicht einmal versucht, seine Vorliebe für Mädchen zu verbergen. Sie hat in ihrem Leben vor allem Möglichen Angst gehabt, aber sie versteht nicht, dass Henry der Einzige ist, vor dem sie wirklich Angst haben sollte.

«Ist dir sein Ruf wirklich so viel wichtiger als alles andere? Als ich?», frage ich verzweifelt, obwohl ich die Antwort natürlich kenne. Worauf hoffe ich hier eigentlich? «Was, wenn Gary immer so weitermacht? Ich kann hier nicht wieder weg, und das will ich auch nicht. Ich bin ... ich bin hier das erste Mal wieder so was wie glücklich.»

«Du bist jetzt erwachsen, und du lebst in einer großen Stadt, Eleonor. Ich glaube kaum, dass er dir mit dieser Sache so viel Stress machen kann wie damals. Heutzutage ...»

Ich lache hysterisch. Heutzutage? «Du hast offenbar nicht mitgekriegt, wie sich die Welt verändert hat in den letzten Jahren, Mutter. Die sozialen Netzwerke sind noch viel mächtiger als damals. Wenn er wollte, könnte er mich mit ein paar Mausklicks wieder fertigmachen. Und so wie es aussieht, will er genau das. Ich habe vor Jahren einen Fehler gemacht, den ich bitter bereue. Aber er hat doch kein Recht dazu, mich zu ruinieren. *Ihr* habt kein Recht dazu!» Meine Augen brennen, mühsam schlucke ich die aufsteigenden Tränen runter und ziehe die Knie an mich heran.

«Henry wäre der Einzige, der die Sache aus der Welt schaffen könnte. Wenn er endlich die Wahrheit sagen würde. Ich wusste ja nicht, was mit ihm los ist, als ich Suze mit nach Hause gebracht habe. Ich hatte keine Ahnung, dass es im Gästezimmer eine Zwischentür gab. Ich konnte nicht ahnen, dass er sie ...»

«Eleonor!» Meine Mutter schreit ins Telefon. «Ich will das nicht hören, Schluss jetzt.»

Eine Träne läuft mir die Wange hinunter und bleibt an meinem Mundwinkel hängen. Salzig und schwer. «Wann begreifst du es endlich mal? Wie kannst du ihn all die Jahre schützen und dich von ihm so behandeln lassen? Nur, weil er Geld hat, das du ausgeben darfst? Du bist nichts weiter als eine Hure, Mutter.» Inzwischen zittere ich am ganzen Körper vor Wut, aber es tut gut, endlich auszusprechen, was ich seit Jahren denke. Woher ich den Mut dazu nehme, weiß ich nicht, aber es fühlt sich richtig an. «Wenn du jetzt wieder zulässt, dass Gary mein Leben ruiniert ...»

«Wie redest du denn mit mir? Lass die Vergangenheit endlich ruhen, Ella. Und halt dich gefälligst zurück. Ich wäre sonst noch mehr enttäuscht von dir.»

«Ich bin auch enttäuscht. Von dir. Vielen Dank für deine Unterstützung.» Ich drücke das Gespräch weg und schalte das Handy aus. Es ist lange her, dass sie mich damit kriegen konnte, das wird mir auf einmal klar. Früher war ich bemüht, sie nicht zu enttäuschen. Wollte, dass sie stolz auf mich war, weil ich mich so danach sehnte, irgendein Zeichen der Zuneigung von ihr zu bekommen.

Aber heute weiß ich, dass ich darauf vergeblich gehofft habe. Weil ich ihr gar nicht wichtig bin.

Als es an der Tür klingelt, zucke ich erschrocken zusammen. Das kann nun wirklich nicht ... Bitte, lass es nicht *ihn* sein! Mein Herz klopft schneller.

«Ella? Bist du da?» Erleichtert wische ich mir die Tränen von der Wange, als ich die Stimme erkenne, und gehe auf steifen Beinen zur Tür.

«Hey! Geht's dir gut? Nein, offensichtlich nicht. Was ist los?» Dave mustert mich besorgt. Er ist unrasiert, riecht aber frisch geduscht. Das blonde Mädchen von der Straße ist nicht zu sehen. Wahrscheinlich wartet sie schon nackt in seinem Bett.

«Falls du dir Kondome leihen willst ... Sorry, damit kann ich leider nicht dienen», versuche ich zu scherzen und über meinen Zustand hinwegzutäuschen. Er lacht nicht.

«Du siehst aus, als ob du gerade von einem LKW überfahren worden wärst. Was ist passiert? Hat Sean dich terrorisiert? Ich breche ihm auch noch den Kiefer, wenn die Nase nicht gereicht hat.»

«Du hast ihm die *Nase* gebrochen?» Ich schnappe nach Luft und muss gleichzeitig lachen.

Dave zuckt mit den Achseln. «Fühlte sich zumindest so an. War ein Reflex. Und nein, es tut mir nicht leid.» Er sieht mich fast zärtlich an. «Hast du gut geschlafen?»

Ich nicke und schiele an ihm vorbei ins Treppenhaus. «Hast du keinen Besuch mehr?»

«Nein. Aber Hunger.»

Ich verdrehe die Augen und muss lachen. «Du kommst nicht ernsthaft hier vorbei, um dich zum Essen einzuladen, oder?»

Er grinst breit und drückt sich an mir vorbei in die Wohnung. «Hast du gearbeitet? Am Samstag?» Er deutet mit dem Kinn auf mein Laptop.

«Klar. Ich arbeite immer. Und gegessen hab ich auch noch nicht, von daher ... setz dich.»

Er sieht mich ernst an, fragt aber nicht weiter nach, was mit mir los ist. Ich neige leider dazu, eine dicke rote Nase und geschwollene Lider zu bekommen, wenn ich geweint habe. Also kann ich mir ungefähr vorstellen, wie ich gerade aussehe. «Ich wollte Shepherd's Pie machen, ist das okay?», frage ich, während ich die Zutaten aus dem Kühlschrank hole.

«Mhm», brummt Dave nur hinter mir. Lächelnd bücke ich mich, um eine Auflaufform aus dem unteren Küchenschrank zu ziehen.

«Ella ... Was hat das hier zu bedeuten?» Ich stoße mir bei Daves Frage vor Schreck fast den Kopf an der Schranktür.

Mein Blutdruck steigt in ungesunde Höhen. Ach du heilige ... mein Laptop. Ich habe mein Laptop auf dem Tisch stehen lassen und die E-Mail ... Ich richte mich auf, wirble herum und starre in Daves Augen, die mich eindringlich mustern.

«Nichts. Gar nichts», sage ich hastig, eile zum Tisch und klappe das Laptop zu. Was hat er gesehen? Die E-Mail? Das Video? Den Titel? Ach du lieber Gott ...

«Du musst nicht darüber sprechen, wenn du nicht willst. Aber du hast geweint, und ich möchte ...»

«Ich will nicht», sage ich scharf und drehe mich zu ihm um. «Okay? Lass es einfach.»

Dave hebt die Brauen, sagt aber nichts mehr. Dann steht er auf und kommt zu mir an die Arbeitsplatte. Nur langsam verschwindet das Summen in meinen Adern, lichtet sich der Nebel in meinem Kopf. Eigentlich beruhigt mich seine Anwesenheit ja, und ich bin froh, als er das Thema wechselt und über das Konzert gestern spricht.

Gemeinsam machen wir uns daran, die Shepherd's Pie vorzubereiten. Dave schneidet die Zwiebeln und heult dabei so heftig, dass ich lachen muss. Jedes Mal, wenn sich unsere Finger wie zufällig treffen, durchzuckt mich ein kleiner Stromschlag, aber ich lasse mir nichts anmerken, obwohl ich ständig zu ihm hinüberschiele und zu erkennen versuche, ob es ihm auch so geht.

Wir kochen gemeinsam und plaudern dabei über Filme und Fernsehserien, wie alte Freunde. Fast könnte ich glauben, den Abend gestern nur geträumt zu haben – wenn nicht mein Kopf immer noch dumpf pochen würde. Als der Auflauf im Ofen steht, setzen wir uns an meinen kleinen Esstisch und trinken Wasser mit Zitronensaft.

«Also, wieso hast du vorhin geweint, Mrs Frost?», fragt er vorsichtig.

«Nenn mich nicht immer so», knurre ich und trinke einen Schluck Wasser. «Es ist nichts. Nur meine Mutter ...»

«Schneewittchens Stiefmutter?» Er zwinkert mir zu, und ich muss grinsen.

«Genau die.»

«Ist sie eigentlich schuld daran, dass du so viele Ängste hast?» Ich verschlucke mich fast an meinem Wasser.

«Was meinst du damit?», frage ich hustend.

Er hebt die Schultern. «Liegt doch nahe, oder? Irgendwoher muss es ja kommen.»

«Stimmt.» Ich halte nachdenklich inne. «Sie war immer sehr streng mit mir. Bis sie mich ins Internat abgeschoben hat. Weil sie von ihrem neuen Mann ein Kind bekam und eine heile Familie wollte. Ich hab dabei nur gestört – mein Anblick hat sie immer daran erinnert, wer sie wirklich war. Die Exfrau eines Alkoholikers, die viel zu jung ein Kind gekriegt hat. Was fast ihr Leben ruiniert hätte. Henry war wohl so was wie ihr Prinz auf dem weißen Pferd, der das gefallene Mädchen gerettet hat. Und sich später als Rumpelstilzchen entpuppte.»

Ich leere mein Glas und stelle es mit einem lauten Knall auf den Tisch. Dave zuckt nicht mal zusammen. Er streckt die Hand aus und greift nach meiner, lässt seinen Daumen in meiner Handfläche kreisen. Die Berührung löst einen Schauer aus, aber ich lasse sie gern zu.

«Was ist dir passiert, Ella?», fragt er leise. Ich denke an das, was er mir gestern Nacht von seiner Verlobten erzählt hat. Er war so ehrlich, und ich will ihm etwas zurückgeben. Kann ich ihm vertrauen? Ich sollte weiter vorsichtig sein. Versuchen, mein neues Leben zu leben, und niemandem sagen, wer ich wirklich bin. Trotz der Vorsicht brennt in mir aber auch die Sehnsucht, es loszuwerden.

«Mein Stiefvater ... Er steht auf junge Mädchen.»

Dave kneift die Augen zu schmalen Schlitzen zusammen. «Hat er dich ...?», fragt er scharf, und ich schüttle heftig den Kopf.

«Nein! Nein, zum Glück nicht. Aber er hat sich über meine beste Freundin Suze hergemacht. Ich hatte sie übers Wochenende mit nach Hause gebracht, ohne was von seinen ... Vorlieben zu wissen. Er sieht gut aus, und er weiß, wie man junge Frauen um den Finger wickelt. Er hat sie verführt, zumindest hoffe ich, dass er sie verführt und nicht ... Jedenfalls hatte es schreckliche Folgen.»

«Fuck. Und deine Mutter hat keine Ahnung davon?»

Ich nicke. «Doch, sie weiß alles, aber sie sagt nichts. Solange er für sie da ist und brav ihr Leben finanziert, hält sie still.» Ich schüttle mich. «Ekelhaft ist das.»

«Was wurde aus Suze?», fragt Dave.

«Es gab einen Skandal, weil sie schwanger wurde. Mit gerade mal fünfzehn. Ihre Eltern nötigten sie zu einer Abtreibung, sie ging ja noch zur Schule, und zeigten Henry an.»

Es fühlt sich so an, als ob wir über ganz banale Dinge reden würden und nicht über die größte Katastrophe meines Lebens. Nun ja, den wichtigsten Teil dieser Katastrophe – den, der mich betrifft – lasse ich ja auch weg.

«Ihr Bruder Gary hasst mich seitdem, weil ich Henry damals geholfen habe. Ich habe der Polizei gegenüber ausgesagt, dass mein Stiefvater nicht wissen konnte, dass Suze erst fünfzehn war. Das macht strafrechtlich einen großen Unterschied. Ich war … Ich hatte einfach Angst, alles zu verlieren. Er wäre ins Gefängnis gekommen, und ich wusste nicht, was ich tun sollte. Meine Mutter hat mich gedrängt, diese Aussage zu seinen Gunsten zu machen.» Ich schlucke trocken.

«Suze war danach im gesamten Bekanntenkreis als Schlampe verschrien, ihre Eltern schickten sie auf ein Internat in der Schweiz. Gary gibt mir die Schuld daran, und er hat recht. Es war ein Fehler, ein riesiger Fehler, den ich bitter bereue. Ich hätte erklären müssen, wie Henry wirklich ist … Aber das konnte ich nicht. Ich wollte nicht, dass er mich hasst. Oder dass meine Mutter mich hasst. Ich war feige.»

«Dafür ist dein Stiefvater in den Bau gewandert, oder?»

Ich schüttle den Kopf. «Der Richter glaubte ihm, dass er Suze für älter gehalten hat. Dank meiner Aussage. Außerdem ist Henry stinkreich und in ganz Oxfordshire als Wohltäter bekannt. Es war also ein Kinderspiel für ihn, die Sache unter den Teppich zu kehren. Nicht der Rede wert. Durch meine Aussage blieb nicht einmal etwas an ihm haften. Dafür aber an Suze.» Und an mir. Doch das hat ihr Bruder erst Jahre später eingefädelt. Ich weiß noch, wie glücklich ich war, als ich die Zulassung für Oxford bekommen habe. Weil Gary dort studierte.

«Ich hasse so was», knurrt Dave.

«Ich wünschte, ich könnte es rückgängig machen», sage ich leise. Mein Körper ist vollkommen steif geworden, das merke ich erst jetzt. Dave nimmt meine Hand, sein Daumen kreist über meinem Handgelenk. Allerdings beruhigt mich seine Berührung nicht, im Gegenteil. Mein Herzschlag beschleunigt sich, als ich ihm in die Augen sehe.

«Meine Mutter hat mir vorhin gesagt, dass Suze zurück nach Hause gekommen ist und versucht hat, sich umzubringen, weil immer noch so über sie gelästert wird. Ich fühle mich verdammt schuldig.» Meine Augen fangen an zu brennen.

«Hey. Es ist nicht deine Schuld, Ella. Du warst ja fast noch ein Kind. Es ist seine Schuld. Henrys.»

«Er sollte dafür büßen», sage ich leise und mache eine Faust. Ich erzähle Dave nicht, dass ich sogar etwas gegen Henry in der Hand habe, er würde mich sicher für einen Feigling halten. Ich könnte meinen Stiefvater mit nur einer E-Mail ans Messer liefern. Vielleicht gäbe danach sogar Gary Ruhe, wenn Suze endlich Gerechtigkeit widerfahren würde. Allerdings hätte ich dann endgültig keine Familie mehr, das ist mir klar. Ich wäre ganz und gar auf mich gestellt.

«Manchmal ist es besser, einfach nach vorne zu schauen. Man kratzt sonst nur den Schorf von alten Wunden, die deshalb nicht heilen können.»

Ich hebe die Schultern. Die meisten meiner Wunden habe ich mir selbst zugefügt. Ich habe verdient, was Gary mir angetan hat. Und meine Wunden sind weit davon entfernt, zu heilen. Zumal es Gary ist, der die Narben immer wieder aufkratzt.

«Vielleicht. Aber mein Gerechtigkeitsgefühl sagt mir etwas anderes.»

«Es ist allerdings auch nicht gerecht, dass du dich selbst bestrafst für etwas, das ein anderer verbrochen hat.»

Verwirrt sehe ich ihn an. «Was meinst du damit?»

«Ich bin dein Nachbar, Ella. Ich sehe, wie du lebst. Dass du dich zurückziehst, allein bist, keine Freunde hast. Und ich werde das Gefühl nicht los, dass es mit dieser Sache zu tun hat.»

«Ich glaube, das Essen ist fertig», sage ich, um von mir abzulenken. Die Pie duftet köstlich. Dave geht zum Ofen und prüft mit einer Gabel, ob sie durch ist, dann trägt er die Auflaufform zum Tisch.

«Tut mir leid. Wenn ich gewusst hätte, dass du kommst, hätte ich was anderes eingekauft», entschuldige ich mich für den einfachen Auflauf, aber Dave schüttelt den Kopf. Er sieht aus wie ein Tiger, der vor einem ohnmächtigen Reh sitzt. «Du hast echt Hunger, was?» Ich lache.

«Frag nicht. Wolltest du eigentlich auch was davon ...?»

Schnaubend schiebe ich ihm meinen Teller hin, damit er mir auffüllen kann. Es fühlt sich fast an, als wären wir ein Paar, das am Wochenende gemeinsam isst. Was mich zu dem Thema bringt, das mir seit gestern Nacht unter den Nägeln brennt.

«Wegen gestern ...», setze ich vorsichtig an, und er sieht kurz vom Teller zu mir auf.

«Köstlich», murmelt er und isst ungerührt weiter. Sein Lob wärmt mich, und sein Anblick macht mir Appetit, obwohl mir der vorhin gründlich vergangen war.

«Ich hatte zu viel getrunken, Dave, und habe Unsinn geredet. Lass es uns vergessen.»

Er lässt die Gabel sinken. «Wie bitte?»

Ich richte mich auf dem Stuhl auf und versuche zu lächeln. «Ehrlich, das war ... Quatsch. Ich wünschte, das Ganze wäre nicht passiert. So was Dämliches habe ich noch nie gemacht. Ich weiß nicht, wie ich darauf kam, dich zu –»

«Du bist auf meinem Schoß *gekommen*, Ella.»

Oh Gott. Mir bricht kalter Schweiß aus, gleichzeitig ist mir so heiß, als hätte ich Fieber. Muss er das denn so gnadenlos unverblümt aussprechen? Ich würde mich am liebsten aus dem Fenster stürzen.

«Leugnen ist zwecklos. Ich weiß, wie es aussieht, wenn eine Frau kommt. Du hast mich benutzt wie deinen pinken Rabbit.» Er grinst so unverschämt, dass meine Wangen heißer werden als die Auflaufform.

«Dave, ich ... Ernsthaft, das war ein Versehen und hatte nichts –»

Er beugt sich über den Tisch. Auf seiner Stirn bildet sich eine steile Falte, seine Augen werden ganz klein.

«Glaubst du, du kannst so mit mir umspringen? Ich bin nicht dein Toyboy, Ella.»

«So wie die Blondies, die du in dein Bett zerrst und dann wie billige Nutten nach Hause schickst.» Es pocht in meinem Hals. Dave atmet tief durch die Nase ein, dann schiebt er den halbleeren Teller von sich und steht auf.

«Dave, was ...?»

«Bleib einsam und verängstigt, Mrs Frost, wenn es das ist, was du willst. Ich dachte, wir wären Freunde. Ich dachte, wir wären was Besonderes.»

Ich schnappe nach Luft. «Wie soll ich wissen ... Dave! Nun warte doch mal!» Er stürmt aus meinem Apartment, schlägt die Tür hinter sich zu. Dann höre ich ihn nebenan rumpeln, bevor eine Minute später laute Musik ertönt. Sehr laute Musik.

Meine Hände zittern. Was habe ich bloß gesagt? Warum ist er so sauer auf mich? Wir haben doch sonst auch gescherzt, rumgealbert. Ich dachte, es wäre alles klar. Aber offenbar habe ich mich getäuscht. Mein Herz zieht sich zusammen, als mir langsam dämmert, dass er recht hat. Ich bin einsam, und ich bestrafe mich selbst. Für das, was damals passiert ist. Ich habe mich zum Opfer machen lassen, weil ich mich schuldig gefühlt habe. Weil ich dachte, es nicht besser verdient zu haben. Aber das ist Unsinn.

17

Als ich am Montag erfahre, dass Sean sich krankgemeldet hat, atme ich erleichtert auf. Ich bin wirklich froh, ihm heute nicht begegnen zu müssen. Aber Jen entkomme ich natürlich nicht. Sie wartet schon seit Stunden darauf, mich endlich in die Küche entführen zu können, um mit mir zu reden.

«Ich hab gestern ein paarmal bei dir angerufen, aber dein Handy war aus», legt sie auch gleich los, sobald sie die Küchentür hinter uns zugezogen hat.

«Tut mir leid. Mir ging es nicht gut.» Ich fahre mit dem Finger den Tassenrand nach.

«Los, erzähl. Was ist passiert? Bist du mit Sean ...?»

Zehn Minuten später starrt sie mich fassungslos an. Ich habe ihr alles erzählt. Oder zumindest fast alles – was zwischen Dave und mir auf dem Sofa vorgefallen ist, habe ich vorsichtshalber ausgelassen. «Was für ein Arsch! Hättest du das von ihm gedacht?» Sie ballt die Hände zu Fäusten. «Da sieht man mal wieder, die ruhigen Typen ...»

«Dave meint, er hätte gekokst», verteidige ich ihn. «Wahrscheinlich hat er sich einfach vergessen und ...»

«Nimm ihn doch nicht auch noch in Schutz, Ella!» Jen schnauft.

«Ehrlich, dafür sollte man ihn an den Pranger stellen! Am liebsten würde ich Aushänge machen und alle Kolleginnen vor ihm warnen.»

«Oh Gott, nein!», rufe ich entsetzt. «Bitte, Jen, das muss unter uns bleiben, ja? Erzähl es nicht mal Holly, sonst –»

«Du bist viel zu gutmütig, Ella. Ich hasse Streit auch, wie du weißt, aber in so einem Fall hat er doch eine Strafe verdient.»

«Dave hat ihm vermutlich die Nase gebrochen», sage ich achselzuckend und muss innerlich grinsen bei dem Gedanken. «Ich glaube, das ist Strafe genug. Und es ist ja nichts passiert.»

«Ja, aber nur weil Dave dich gerettet hat.» Jen wirft die Arme hoch und lässt sie wieder fallen. «Kannst du dir vorstellen, was passiert wäre, wenn er nicht da gewesen wäre?»

«Nein, und das ist zum Glück auch nicht nötig. Weil ja nichts passiert ist.»

Sie drückt mich an ihre Brust. Ich erwidere ihre Umarmung. Es fühlt sich gut an. Warm und weich.

«Hoffentlich ist Sean noch lange krank. Ich weiß nicht, wie ich reagieren soll, wenn ich ihm begegne.»

«Am besten gar nicht. Wirklich, Jen. Ich spreche mit ihm, wenn er wieder da ist.» Mein Magen schrumpft bei der Vorstellung auf die Größe einer Erbse zusammen.

«Jedenfalls hatte Holly recht. Was hast du bloß an ihm gefunden? Aber dass Dave Hunt sogar seine eigene Party für dich sausen lässt ... Da steckt doch mehr dahinter als nur Nachbarschaft. Mal ehrlich, Ella?»

Meine Wangen laufen rot an. «Quatsch. Wir sind nur Freunde.» Genau. Er ist mein Freund. Ein Freund, bei dessen Anblick mein Unterleib zu pochen anfängt. Der mich Dinge tun lässt, die bisher unvorstellbar für mich waren. Und der eine Sehnsucht in mir geweckt hat, die mir Angst einjagt.

Aber das sage ich Jen nicht. Stattdessen zerbreche ich mir den ganzen Tag den Kopf, wie ich mich bei Dave entschuldigen kann für das, was ich gesagt habe. Erst lasse ich mich zu so einer peinlichen, bescheuerten Aktion hinreißen, und dann beleidige ich ihn auch noch. Es würde mich nicht wundern, wenn er nie wieder ein Wort mit mir spricht. Ich bin so ein Hornochse!

***

Whisky. Es ist Montagabend, die Straße glänzt dunkel und feucht vom Regen, und ich sitze in meinem Loft und trinke ... Whisky! Den ich eigentlich für Dave gekauft hatte, als Entschuldigung. Die Flasche ist schon halb leer, dafür geht es mir sehr viel besser als heute Morgen. Momentan könnte ich sogar Sean gegenübertreten und ihn auslachen. Jawohl, auslachen. Denn mehr hat er gar nicht verdient. Genau wie Gary, dem ich ebenso ins Gesicht lachen möchte.

Und Dave ... Dave ist nicht zu Hause. Bei ihm ist alles dunkel, ich gucke alle zehn Minuten nach, schleiche nach unten auf die Straße, um seine Fenster sehen zu können. Schwarz. Seufzend halte ich die halbleere Whiskyflasche ins Licht. Die braune Farbe ist wunderschön. Bernstein. Sie leuchtet und strahlt wie Gold. Wie Daves Haare. Kichernd trinke ich noch einen Schluck direkt aus der Flasche. Ein Glas müsste ich später ja doch nur abwaschen, was für eine Verschwendung.

Als ich aufstehe, um aufs Klo zu gehen, wird mir schwindelig. Heilige Eiszeit, das Zeug ist echt gut. Ich fühle mich frei, mutig. Warum hab ich das nicht früher schon mal gemacht? Dann bekomme ich einen Schluckauf. Ich wanke zurück ins Wohnzimmer – und bleibe wie erstarrt vor der Tür stehen. Schritte, auf der Treppe sind Schritte zu hören. Mein Herz macht einen Satz.

Vorsichtig drücke ich mein Ohr gegen die Tür. Ja, es sind seine Schritte. Ganz sicher. Und er ist allein. Der Blick durch den Spion bringt mich nicht weiter, ich sehe nur Schwarz. Im nächsten Moment springe ich kreischend von der Tür weg, ertappt von der schrillen Klingel. Himmel! Mir ist so schwindelig, ich muss mich an der Wand festhalten.

«Ella? Ich bin's, Dave.»

Ohne zu antworten, reiße ich die Tür auf und falle ihm um den Hals. «Es tut mir leid! Ich hab das nicht so gemeint, ich war nur ... Ich bin so blöd. Ich will, dass du weiterhin mein Freund bist. Ich bin einfach vollkommen durcheinander und weiß nicht, wie ich ...»

Er streckt die Arme durch und hält mich auf Abstand, neigt den Kopf, um mich von oben bis unten zu mustern. Ich trage noch mein Büro-Outfit, eine weiße Bluse und eine eng geschnittene schwarze Hose. Okay, die Bluse ist nicht mehr ganz ordentlich zugeknöpft, und den BH habe ich aus Bequemlichkeit ausgezogen, aber immer noch besser als ein Pyjama.

«Fuck, Ella, was hast du gemacht?»

«Nur ein bisschen Whiksy ... äh, ich meine Whiksy getrunken.» Ich muss lachen, weil mir das Wort einfach nicht richtig über die Lippen kommt. Seine Mundwinkel zucken. Er hat das Piercing in der Braue rausgenommen, aber wenn er spricht, kann ich das Metall in seiner Zunge blitzen sehen. Und ich weiß jetzt, wie es sich anfühlt, ihn zu küssen. Bei der Erinnerung an den Kuss kribbelt es in meinem Bauch. Ich will mehr davon. Viel mehr.

Dave schiebt mich vorsichtig rückwärts in meine Wohnung zurück, was ich mir schwer atmend gefallen lasse, und drückt die Tür hinter sich zu.

«Du musst dich nicht entschuldigen, Ella. Vielleicht hattest du recht. Wir hätten es nicht tun sollen.»

Ich schüttle den Kopf und lächle schief. Großer Gott, mein Gesicht gehorcht mir nicht mehr. Und auch meine Hände entwickeln ein Eigenleben, jedenfalls habe ich ihnen nicht befohlen, die Bluse weiter aufzuknöpfen, während ich Dave in die Augen sehe. Nein, das war ich ganz sicher nicht. Meine Beine fühlen sich an wie Gummi, und ich schwanke wie ein Matrose bei Windstärke zwölf, aber es geht mir gut. Es geht mir sogar sehr gut. Ich atme tief durch die Nase ein, sauge seinen Duft gierig ein, und greife mit einer Hand nach seinem Oberarm, um mich festzuhalten. Er zieht eine Braue hoch.

«Setz dich, du siehst aus, als ob du gleich umfällst.» Sein Kinn zuckt. Er macht sich über mich lustig! Lacht mich aus! Beleidigt verziehe ich den Mund und öffne auch den letzten Knopf meiner Bluse, dann zupfe ich mit der freien Hand kokett an meinem Ausschnitt, bis mehr von mir zu sehen ist, als mir normalerweise lieb ist. Aber jetzt bin ich nicht normal. Jetzt bin ich nicht mehr Eleonor, jetzt bin ich nur noch Ella. Frei wie ein Vogel. Bestimmt kann ich fliegen, wenn ich mir Mühe gebe. Ich fühle mich so leicht, beinahe schwerelos. Entfesselt. Ich habe nicht einmal das Bedürfnis, etwas zu zählen.

Sein Blick gleitet tiefer und bleibt an meinen Brüsten hängen. Ich folge ihm, starre von oben auf meinen Busen, auf die Brustwarzen, die ganz hart und winzig sind. Oh mein Gott, was tue ich hier eigentlich? Hastig ziehe ich die Bluse wieder zusammen und mache zwei Schritte nach hinten, bis ich mit dem Hintern gegen den Tisch stoße. Erleichtert setze ich mich darauf und lasse die Beine baumeln. Dann zermartere ich mir fieberhaft das Gehirn, wie ich es ihm sagen soll. Was sagt man denn in so einer Situation? Ich kenne mich einfach nicht aus, und ich hasse es.

«Ich will dich, Dave», hauche ich schließlich. Klingt das verführerisch? Oder einfach nur betrunken? Egal. Ich könnte die Bluse ausziehen, das wirkt doch in Filmen auch immer. Oder? Gar nicht so einfach ... Mein Ellenbogen hängt im Ärmel fest. Was ist das? Oh. Dave.

«Nicht, Ella.» Er steht vor mir, zwischen meinen Beinen. Zieht die Bluse zurück über meine Schultern und knöpft sie zu. Einen Knopf nach dem anderen. Ich senke das Kinn und sehe ihm dabei zu. Betrachte seine Finger, die sich an mir zu schaffen machen. Meine Beine zittern. Dann lege ich die Fersen auf seinen Po und ziehe ihn dichter an mich heran, bis ich ihn spüre. Genau da. Zwischen meinen Beinen.

«Ich will mit dir schlafen», sage ich mutig. Hitze schießt mir in die Wangen. «Du machst es doch sonst auch gern, oder etwa nicht? Willst du mich denn nicht? Ich bin hier, und ich will dich. Jetzt.»

«Du kleiner Teufel», flüstert er und lässt meine Bluse los. Nicht, ohne mit den Fingerspitzen über die Rundung meiner Brüste zu fahren und mir damit ein wollüstiges Stöhnen zu entlocken. Oh Gott, nein. War ich das? Ich muss kichern.

«Offenbar habe ich ein Ungeheuer geweckt.»

«Vielleicht kann ich dein Ungeheuer auch wecken?», frage ich leise zurück und greife forsch mit einer Hand zwischen seine Beine, wo ich zu meiner Freude eine Beule ertaste. «Oder ist Caligula schon wach?»

«Wenn du nicht so betrunken wärst, würde Caligula dir gerne zeigen, wie er Rom in Brand setzt.»

«Ich bin gar nicht betrunken. Ich habe nur Angst. Aber was kann mir schon passieren? Es wird ein bisschen weh tun und bluten, aber das geht vorbei. Ich will ...»

«Ella, nicht.» Warnend greift er nach meinen Händen, die wie von selbst in seine Hose wandern, und hält sie fest. Sehr fest. Sein Gesicht ist so nah. Wenn ich die Zunge rausstrecke, kann ich ihn ...

«Ich will endlich wissen, wie es sich anfühlt. Ich will wissen, ob ich es kann. Mit dir.»

«Aber nicht in diesem Zustand.» Seine Augen sind groß und schwarz.

«Ich will es hinter mich bringen, Dave», jammere ich und versuche, mich aus seinem Griff zu winden. Er lacht heiser.

«So charmant hat mich noch nie jemand verführt, Mrs Frost.» Er hebt mich so abrupt vom Tisch hoch, dass ich entsetzt aufschreie. Dann trägt er mich in mein Schlafzimmer und wirft mich aufs Bett. Mein Puls rast. Er beugt sich über mich, stemmt die Hände rechts und links neben meinem Kopf auf die Matratze und schaut mir fest in die Augen. Ich muss blinzeln, weil ich ihn nur verschwommen sehe. Und mit einem Mal schwankt alles um mich herum. Oh Hilfe, mir wird schlecht. Panisch strecke ich das Bein aus und stelle einen Fuß auf den Boden, um das kreisende Bett anzuhalten. Warum hält das nicht an? Warum ist mir so übel? Warum küsst er mich nicht? Warum will er mich nicht mehr? Er wollte doch, oder hat er das nicht ernst gemeint? Hat er sich über mich lustig gemacht?

Eine Träne rinnt mir über die Wange, keine Ahnung, wo sie herkommt. Ich kneife die Augen zu, und langsam legt sich das schwindelige Gefühl. Vor allem, weil ich seine Lippen auf meiner Wange spüre. Er küsst die Tränen weg, dann bahnt sich sein Mund einen Weg nach unten, meinen Hals entlang. Über mein Dekolleté. Er schiebt meine Bluse nach oben und küsst meinen Bauchnabel. Ich erschauere unter ihm, kralle die Finger ins Bettlaken.

«Oh bitte, Dave», flüstere ich rau. «Bitte.»

Er öffnet meine Hose, Knopf, Reißverschluss. Zieht sie vorsichtig über meine Hüften. Ich liege starr auf dem Rücken, mit geschlossenen Augen, und lausche meinem Herzschlag. Dem Blut, das durch meine Ohren rauscht. Mein Körper summt, zwischen meinen Beinen pulsiert und pocht es erwartungsvoll. Jetzt wird es passieren. Aber ich bin mutig. Ganz bestimmt. Keine Angst.

Ich atme tief ein, mein Mund sucht seine Lippen und findet sie schließlich. Dann spüre ich seine Hand zwischen meinen Beinen. Ich zucke kurz zusammen, halte ihn aber fest. «Weitermachen», flüstere ich. Ein irres Prickeln breitet sich aus, als ich seine Finger auf mir fühle. Zärtlich und sanft streicht er über meine Mitte, über meinen Slip. Ich stöhne in seinen Mund, suche nach der winzigen Metallperle. *Stell dir vor, wie sie sich da unten anfühlen würde, Ella.* Eine Hitzewelle durchströmt mich, ich hebe die Hüften und schiebe mich ihm entgegen. Er reibt über meinen Slip, langsam und sanft, treibt mich in den Wahnsinn. Das Pochen zwischen meinen Beinen wird heftiger. Mein Kuss ist ungestüm und ungelenk, bestimmt ist der Alkohol schuld. Aber ich kann nicht anders. Will in seinem Mund ertrinken. Ihn einatmen, einsaugen.

Meine Beine zappeln, dann versteifen sie sich. Ich halte den Atem an und reiße die Augen auf. Sehe ihn an, sehe seine zuckenden Kiefer, das zitternde Kinn. Sein Finger streicht mit mehr Druck über meine Spalte, mein Höschen wird nass. Dann küsst er mich wieder. Seine Zunge löst kleine Explosionen in mir aus. Er kreist und stößt im Takt seiner Finger, und mein Körper folgt ihm wie bei einem Tanz. Ich denke nicht nach, lasse meinen Körper die Regie übernehmen. Atme in seinen Mund, spüre, wie er an meiner Lippe knabbert, wie sein Atem flacher geht. Schiebe meine Hände zwischen uns und lege sie auf seine Brust, ertaste seine Muskeln, bis ich seinen Herzschlag spüre. Mein Schoß pocht im Rhythmus seines Herzens, während wir uns küssen und seine Hände mich streicheln. Da unten. Wo mich eine Wehe nach der anderen trifft und mich einen unsichtbaren Hügel emporjagt, den ich keuchend erklimme.

Ich kreise mit den Hüften, spüre, wie sich meine Beine wieder versteifen. Seine Finger bewegen sich fester, schneller auf mir, als er die Anspannung in meinem Körper spürt. Und dann komme ich, mit einem heiseren Stöhnen. Ruckartig wie ein kleines Erdbeben, auf keiner Skala messbar, und doch ziehen sich die Zuckungen durch meinen ganzen Körper, lassen meine Kopfhaut kribbeln und meine Härchen senkrecht stehen, bis sich mein Puls langsam beruhigt und mein Atem wieder regelmäßiger geht.

«Oh verdammt», fluche ich. Mein Gesicht glüht. Er küsst mich noch einmal auf die Lippen, bis es in meinem Bauch zu flattern anfängt.

«Du bist so süß», flüstert er und richtet sich auf. Meine Beine zittern, ich will ihn festhalten. Will, dass er es tut. Ich bin bereit. Oh Gott, so bereit.

«Hast du ein Kondom?», frage ich plötzlich nervös und richte den Oberkörper auf. Er schüttelt nur grinsend den Kopf, dann zieht er mir die Socken aus, rollt sie auf Männerart von oben nach unten ab. Küsst meine Zehen, bis ich anfange zu kichern. Und auf einmal ist die Bettdecke über mir.

«Hey, was ...?

«Gute Nacht, Mrs Frost. Schlafen Sie gut.» Er haucht mir einen Kuss auf die Wange und richtet sich auf.

«Nein! Warte, Dave. Ich ...» Wütend sehe ich ihm nach, wie er das Schlafzimmer verlässt und die Tür hinter sich schließt. Mir ist zu schwindelig, um aufzustehen. Verzweifelt balle ich meine Hände zu Fäusten und schreie leise auf. Das kann er doch nicht machen. Ich möchte nur noch sterben ...

18

Ich bin ihm die ganze Woche aus dem Weg gegangen. Habe wie immer morgens pünktlich das Haus verlassen und bin erst spätabends zurückgekommen. Der Gedanke, ihm gegenübertreten zu müssen, jagt mir Schauer über den Rücken. Wie peinlich! Ich hätte die Finger vom Alkohol lassen sollen. Das Zeug wird mich ruinieren. Kein Wunder, wenn er jetzt nicht mal mehr mit mir befreundet sein will. Wer möchte schon eine Freundin, die sich unter Alkoholeinfluss in eine Nymphomanin verwandelt?

Unruhig schalte ich den Fernseher aus und schaue aus dem Fenster auf die dunkle Straße runter. Autos fahren vorbei, es hat geregnet, und ich höre das Quietschen der Reifen auf dem nassen Asphalt. Meine Fenster müssten dringend mal geputzt werden.

Die Titelmusik der *Big Bang Theory* im Fernseher entlockt mir ein kleines Lächeln. Ich räume den schmutzigen Teller und mein Besteck in die Spülmaschine, dann gehe ich zur Couch zurück. Das Handy brummt auf dem Tisch, eine SMS. Meine Hände fangen an zu zittern, als ich nach dem Telefon greife. Die Nummer ist mir unbekannt, aber immerhin ist es diesmal eine Nummer. Nicht anonym. Also rufe ich die Nachricht mutig auf, mit klopfendem Herzen.

Es wird gleich bei dir klingeln.

Was zum ...? Verwirrt starre ich auf mein Handy, als mir das entsetzliche Schrillen der Türklingel durch Mark und Bein fährt.

Lieber Himmel.

Ich gucke durch den Spion. Dave. Erleichtert atme ich auf. Einige Sekunden lang betrachte ich ihn ungeniert durch das winzige Guckloch, bis er sich nach vorne beugt.

«Ich weiß, dass du zu Hause bist. Ich habe Licht gesehen, und du lässt nie das Licht brennen, wenn du weggehst. Und ich habe mich angekündigt, also kannst du ruhig aufmachen.»

Vorsichtig öffne ich ihm und bleibe in der Tür stehen.

«Es ist Wochenende. Hast du etwa keine Verabredung?», frage ich mit hochgezogener Braue.

«Und ob. Mit dir.» Er schwenkt eine Flasche Taittinger in der Hand. Ich spüre, wie ich blass werde.

«Oh Gott, nein. Wirklich nicht.» Der Whisky hängt mir immer noch in den Knochen, der Dienstag im Büro war der längste Tag meines Lebens. Jen hat sich köstlich amüsiert über meinen Kater und gemeint, irgendwo tief in mir stecke vielleicht doch ein normaler Mensch. Sehr witzig.

«Oh doch.» Er kommt auf mich zu und bleibt dicht vor mir stehen. Sehr dicht. Meine Kopfhaut fängt an zu kribbeln. Er riecht frisch geduscht, nach fruchtigem Shampoo und herbem Aftershave. Köstlich.

Er beugt sich zu mir runter, bis sein Mund mein Ohr streift. «Du glaubst doch nicht, du kannst mich heißmachen und dich dann vor mir verstecken, Mrs Frost?», flüstert er. Ein Schauer läuft mir über den Rücken.

«Ich bin gar nicht angezogen», sage ich leise. Meine Stimme klingt fremd, piepsig wie ein Mäuschen. Mein Puls rast.

«Umso besser. Ich habe sowieso nicht vor, dich lange in deinen Klamotten zu lassen.»

«Dave ...» Oh. Mein. Gott. Er hat es tatsächlich vor. Er hat vor, mit mir zu ... Mein Herz klopft plötzlich so schnell, als ob es mir aus dem Hals springen wollte. Seine blauen Augen funkeln, er sieht entschlossen aus. In meinem Kopf flattern Gedanken wie Schmetterlinge umher. Ich bin frisch geduscht, ja, aber sonst ... absolut nicht vorbereitet.

«Ich bin nicht sicher, ob ich ...»

Er kommt noch näher, obwohl das kaum möglich ist. Seine Hüfte streift meinen Bauch, die Berührung löst ein Ziehen in meinem Unterleib aus. Atemlos öffne ich den Mund und starre ihn an. Ein Gefühl, als ob mich jemand zu Boden zerrte.

«Ich weiß. Deshalb frage ich dich auch nicht, Ella. Ich nehme dich einfach mit.» Er greift nach meiner Hand, während er rückwärts über den Flur auf seine geöffnete Tür zugeht. Verdammt, ich trage ein T-Shirt, das vor zehn Jahren mal modern war, und eine uralte Hose. Socken, keine Schuhe! Und meine Unterwäsche passt nicht zusammen. Himmel, ich bin nicht mal frisch rasiert.

«Ich kann das nicht», wimmere ich, der Anflug einer Panikattacke schnürt mir die Brust zu. Warum ist sie plötzlich wieder da, die verfluchte Angst? Wir stehen schon vor seiner Tür, während ich meine hinter uns ins Schloss fallen höre.

«Denk nicht zu viel nach», flüstert er, seine Lippen nur Millimeter von meinem Hals entfernt. Die Stereoanlage spielt ein altes Stück von Massive Attack. *Safe from Harm*, eins meiner Lieblingslieder. Was er weiß, denn wir haben darüber gesprochen. Langsam stellt er den Champagner auf dem Tisch ab, zieht mich an den Hüften zu sich heran und schlingt die Arme um mich.

Seine Wohnung ist fast dunkel, nur die Lichterkette an den Fenstern brennt, und hinter der Küche, wo sein Bett steht, schimmert eine kleine Lampe. Mein Herz klopft heftig, trotzdem genieße ich die Umarmung, die Wärme, den Tanz, der eigentlich keiner ist. Seine Hände an meinen Hüften, die Fingerspitzen auf meinem Po. Unbeholfen folge ich seinen Bewegungen und verspüre den dringenden Wunsch nach Auflockerung. Alkohol. Herr im Himmel, jetzt ist es so weit. Ich bin anscheinend auf dem besten Wege, Alkoholikerin zu werden, wenn mein Körper bei Stress danach verlangt.

«Nur ein Glas», murmle ich. Dave hebt mein Kinn mit einem Finger an und schmunzelt.

«Natürlich nur ein Glas. Mehr wäre absolut verkehrt.»

Widerwillig lasse ich ihn los und sehe zu, wie er die Flasche entkorkt und zwei Gläser einschenkt, die bereits auf dem Tisch standen. Er hat das hier also vorbereitet. Ist das seine übliche Masche? Behandelt er mich jetzt wie alle anderen Mädels, die er mit nach Hause nimmt? Der Gedanke, in diesem Bett mit ihm zu schlafen, in dem er so viele Frauen hatte, ätzt sich in meine Eingeweide. Wieder habe ich das Gefühl, als ob mich jemand an den Füßen in den Boden ziehen wollte, daher nehme ich dankbar das Glas entgegen und trinke hastig einen viel zu großen Schluck.

«Gott, ist das Zeug gut.» Es kribbelt in der Nase, ich muss niesen. Mit einem Zug leere ich das Glas und halte es ihm auffordernd hin, aber er schüttelt den Kopf und stellt es auf den Tisch zurück.

«Außerdem will ich das ganze Programm.» Ich versuche ein Grinsen und spüre selbst, wie schief es gerät. Dave bleibt vor mir stehen und streicht eine Haarsträhne aus meinem Gesicht, dann legt er mir eine Hand in den Nacken und zieht an meinem Zopfgummi, bis meine Haare locker auf meine Schultern fallen.

«Welches Programm meinst du?» Eine Gänsehaut breitet sich auf meinem Rücken aus, als seine Finger meinen Nacken berühren. Sanft, zärtlich.

«Das Verführ-Programm. Du hast doch wohl eins, oder?»

«Ella, ich ...» Er verzieht das Gesicht, als ob er Schmerzen hätte. Mein Sarkasmus nervt mich selbst, aber ich kann mir gerade nicht anders helfen. Fühle mich verloren und unsicher. Hitze durchströmt mich, gleichzeitig werden meine Hände eisig. Und ich atme so schwer, als hätte ich gerade einen Sack Kartoffeln die Treppe raufgeschleppt.

«Entschuldige. Tut mir leid. Ich bin nur ... Gott, ich habe solche Panik! Ich kann nicht ...»

Er beugt sich zu mir und stoppt meinen unsäglichen Redezwang mit einem Kuss, der mich fast von den Füßen reißt. Bevor ich endgültig in ihm ertrinke, schnappe ich schnell nach Luft. Die Musik wechselt zu einem Song von Coldplay. Sanft, melancholisch. Aber wir sind nicht sanft. Wir sind wild, gierig. Sein Kuss schmeckt nach Champagner, Schokolade und Minze. Köstlich.

Vorsichtig drängt er mich mit seiner Hüfte zum Tisch, legt die Hände unter meine Pobacken, ohne die Lippen von mir zu lösen, und hebt mich an. Ich spreize die Beine und ziehe ihn zu mir. Als ich seine Männlichkeit zwischen meinen Beinen spüre, geht das Kribbeln in meinem Schoß in ein sanftes Klopfen über. Immer gieriger küssen wir uns, seine Hand ist in meinem Haar, in meinem Nacken. Meine Hand liegt auf seinem Hintern, straff und muskulös ist er. Rund.

Mein Rücken biegt sich durch, meine Hüften drängen sich ihm entgegen, als ob mein Körper besser als mein Verstand wüsste, was er will: ihn. Dave.

Der Gedanke an seine Härte, die ich immer deutlicher an meinem Schoß spüre, jagt mir einen Schauer über den Rücken. Wie wird es sich anfühlen, ihn in mir zu haben? Wird es weh tun? Werde ich schreien? Bluten? Oh mein Gott. Ich hätte das längst hinter mich bringen sollen. Vor Jahren schon. Aber ich konnte nicht. Warum jetzt? Ich fühle mich wie ein Kind am Tag der Einschulung. Aber unter meine Angst mischt sich ein anderes Gefühl. Vorfreude? Lust?

Dave scheint zu spüren, was in mir vorgeht. Er zieht sich etwas zurück, küsst meinen Hals. Seine Hände sind unter meinem Shirt, streichen über meinen Bauch, umrunden die unteren Kurven meiner Brüste durch den BH. Der Stoff, der seine Finger von meiner Haut trennt, macht mich rasend. Ich möchte das Ding von mir reißen, aber ich bleibe schwer atmend sitzen und warte darauf, dass er etwas tut.

Er legt zwei Finger in den Bund meiner Hose und schiebt sie langsam über meine Hüften. Ich schlucke, mein Mund ist trocken. Trotzdem hebe ich mein Becken leicht an, damit er mir die Hose ausziehen kann. Und den Pullover. Wie ein Kleinkind nehme ich beide Arme hoch und muss kichern, doch seine Lippen, die sich den Weg vom Rand meines Höschens zum BH entlangküssen, lassen mich verstummen.

«Du willst es aber nicht hier auf dem Tisch tun, oder?», frage ich skeptisch, während er beide Hände um meinen Oberkörper legt und sich am BH-Verschluss zu schaffen macht. Ich halte ihn fest und werfe einen Blick zur Küche. Auf das Bett dahinter.

«Natürlich nicht.» Er schüttelt sich energisch ein paar Fransen aus der Stirn. «Was denkst du eigentlich von mir?»

«Ehrlich gesagt ... Vielleicht sollte ich froh sein, dass du mich überhaupt vorher ausziehst», gebe ich grinsend zurück.

«Komm her und sei still.» Er zieht mich mit einem Ruck vom Tisch, sodass ich gegen ihn taumle. Der bestimmende Ton bringt mich tatsächlich zum Schweigen, ich sollte ihm dankbar dafür sein. Zur Musik von Coldplay stolpern wir durch die dunkle Wohnung, zu seinem Bett, wo er mich sanft mit den Kniekehlen gegen die Matratze drückt, bis ich vor ihm sitze. Als ich mich umsehe, ziehe ich scharf die Luft ein.

«Was zum Teufel ... Nee, oder?» Die hintere Seite der Küche ist komplett verspiegelt. Ich sitze im Bett, sehe aus wie ein frisch gerupftes Huhn und trage zu allem Unglück einen dunkelgrünen BH aus Satin und dazu einen schwarzen Slip. Im Sitzen bildet sich ein hässliches Röllchen in meiner Taille. Ich bin so weit entfernt von sexy und begehrenswert wie seine üblichen Tussis vom Nobelpreis. Unmöglich kann ich so mit ihm ... Mein Gesicht läuft heiß an.

«Dave, ich ... ich kann so nicht. Nicht mit dem Spiegel da! Wenn ich mich dabei ansehen muss ... Oh verdammt!»

«Entspann dich, Ella.» Er schiebt sich über mich, stützt sich neben meinem Kopf auf seine Hände. Ich atme schneller, sein Gesicht ist dicht über meinem. «Zur Not verbinde ich dir die Augen.»

Vielleicht keine so dumme Idee? Stöhnend schließe ich die Augen. «Ich guck einfach nicht hin.»

«Solltest du aber. Du siehst nämlich verdammt heiß aus. Ganz und gar nicht frostig.» Sein Haar kitzelt mich am Bauch, er küsst sich eine Spur bis zu meinem Höschen. Meine Zehen rollen sich zusammen, Gänsehaut überzieht meinen ganzen Körper.

«Du weißt nicht, wie schön du bist. Wie deine Augen glänzen. Deine Wangen sich röten. Deine Lippen voller werden, deine Brüste sich mir entgegenrecken ...» Er stöhnt leise, bevor er seinen Mund auf meine Brüste legt und den BH öffnet. Vorsichtig streift er mir die Träger von den Schultern, dann betrachtet er mich, als wäre ich ein Gemälde, das er zum ersten Mal sieht.

«Ich schätze, ich muss dich ein bisschen auflockern, süße Ella.» Sein Gemurmel klingt, als ob er sich selbst Mut zusprechen müsste. Lieber Himmel, vielleicht muss er an was Erotisches denken? An einen Porno oder so? Ich meine, mein Aufzug ist nun wirklich nicht ... Nicht gut. Gar nicht gut.

«Das ist eine blöde Idee», rufe ich und setze mich auf. Als ich Dave anblicke, muss ich laut lachen. Er kniet zwischen meinen Beinen, die Hände bereits an den Bund meines Slips gelegt, und sieht mich so verwirrt an wie ein kleiner Junge, der gerade erfahren hat, dass es den Weihnachtsmann nicht gibt.

«Ich meine, tut mir leid, du machst nichts falsch oder so, aber ich ... Ich weiß nicht, ob ich das hier kann.»

Statt einer Antwort streicht er mit einem Finger über mein Höschen, sodass ich meine eigene Feuchtigkeit spüre. Die zarte Berührung löst ein heftiges Zucken aus, ich unterdrücke ein Stöhnen. Mein Herz klopft schneller.

«Willst du wirklich jetzt noch kneifen?» Wieder und wieder gleiten seine Finger über meinen Schoß, ganz sanft. Nicht fordernd, sondern vorsichtig, ohne Druck. Meine Beine fangen an zu zittern, als ob ich hundert Kniebeugen gemacht hätte. Ich fühle mich so weich, so schutzlos.

«Nein», flüstere ich schließlich und sinke aufs Bett zurück. «Ich kneife nicht.»

Was ist das Schlimmste, das mir passieren kann? Wieder und wieder hämmert Daves Mantra in meinem Kopf, bis er mich mit einem einzigen Ruck von meinem Slip befreit. Ich ziehe scharf die Luft durch die Zähne ein und presse die Beine zusammen. Dave fährt mit beiden Händen über meine Schenkel und teilt sie sanft, dann senkt er den Kopf, und ich spüre seinen heißen Atem in meinem Schoß. Alles in mir zieht sich zusammen, die peinliche Feuchtigkeit breitet sich weiter aus. Doch dann schließe ich die Augen und höre auf nachzudenken. Weil seine Zunge auf eine so köstliche Weise mit mir spielt, dass ich nur noch laut seufzen kann. Ich fühle die Metallkugel an seiner Zunge, überdeutlich. Ach du lieber Himmel, was macht er damit? Wieso ist er so ... Was zum Teufel ...? Geschickt teilt er meine Lippen, malt mit seiner

Zunge Kreise und Muster auf meine pulsierende Perle, bis sich ein leises Zucken in meinem Becken ausbreitet und stärker wird, wie ein Sommerregen, der langsam anfängt und stetig zunimmt. Heftiger wird. Unter dem alles nass wird. Immer nasser. Bis es trieft vor Nässe. Oh Gott, ich kann nicht denken, kann nicht atmen. Aber diesmal ist es nicht die Angst, die mich lähmt.

Im Spiegel beobachte ich seinen Hinterkopf zwischen meinen Beinen. Der Anblick lässt mich schlucken, nie zuvor habe ich etwas so Erotisches gesehen. Ich taste nach seiner Hand, finde sie und schlinge meine Finger um seine, strecke das rechte Bein aus, lege das linke über seine Schulter und kralle die freie Hand ins Laken. Seltsame Laute entfahren mir, ich höre mich stammeln, keuchen, dann spannt sich mein Körper an, meine Zehen verkrampfen sich und bohren sich ins Laken, und der Krampf löst sich in einem heftigen Pulsieren. Mein Oberkörper bäumt sich auf, aber Dave lässt nicht nach, lässt seine Zunge und die kleine Kugel darin weiter auf mir tanzen. Ich spüre meine Nässe, die meine Oberschenkel hinabrinnt, umklammere seine Hand so fest, dass es schmerzt, und komme wieder und wieder. In sein Gesicht. Seinen Mund.

Ich keuche noch, als er sich langsam zu mir hochschiebt und mich küsst. Meine Wangen brennen vor Scham, als ich mich selbst schmecke. Dunkle Erinnerungen werden mit einer Wucht in mir hochgespült, die mich erschreckt. Ich weiß, dass wir allein sind. Niemand beobachtet uns, niemand macht heimlich Aufnahmen von uns. Ich kann mich sicher fühlen, und trotzdem ... Ich bin so furchtbar durcheinander.

«Geht's dir gut?» Seine Augen sind dunkelblau in diesem Licht. Ich nicke. Dave legt meine Hände über meinen Kopf, meine Fingerspitzen ertasten das Kopfteil des Bettes. Dann kniet er sich zwischen meine Beine und zieht sich mit einer geschmeidigen Bewegung sein Shirt aus.

«Oh mein Gott!», kreische ich überrascht auf.

«Danke», erwidert er grinsend. Ich sehe den Stolz in seinen Augen und muss lachen.

«Das ist nicht dein Ernst, oder? Ich dachte, die Fotos im Internet wären mit Photoshop gepimpt, aber ...» Wie gebannt hängt mein Blick an seinem Oberkörper, der so perfekt ist, dass man ihn in Stein hauen sollte. Über seine Brustmuskeln zieht sich eine Tätowierung. *Ego sum, qui sum.* Ich bin der, der ich bin. Hurra, ich bin ein Genie! Ich hatte gerade den heftigsten Höhepunkt meines Lebens, bin kurz davor, entjungfert zu werden, und erinnere mich trotzdem noch an mein Latinum.

Neben dem Spruch flattert ein dunkelgrüner, schillernder Kolibri. Mein Atem beschleunigt sich wieder. Aus den Boxen im Wohnzimmer tönt *Set Fire to the rain* von Adele. Als ob er eine Zusammenstellung all meiner Lieblingssongs gemacht hätte.

Ich kaue auf meiner Unterlippe und sehe ihm zu, wie er sich langsam weiter auszieht. Seine Brust glänzt im Licht, und als er die Jeans über die Hüften schiebt, fällt mein Blick auf die enorme Ausbuchtung in seinen Shorts. Ich keuche entsetzt.

«Du liebe Güte, Dave, das wird nicht passen!» Vor Schreck presse ich die Beine zusammen, zwischen denen er immer noch kniet, und quetsche ihn damit ein. Grinsend schält er sich aus den restlichen Klamotten, bis auch er ganz und gar nackt ist. Seine Erektion springt mir förmlich entgegen, ich muss schlucken und will den Blick abwenden, kann es aber nicht.

«Heiliges Kanonenrohr», murmle ich und versuche, meine Angst in den Griff zu bekommen. Ist die Größe normal? Meine Beine schlottern, obwohl ich entspannt auf dem Bett liege. Ich bin weich und warm und feucht zwischen den Beinen. Fühle mich weit und bereit für ihn. Aber bei diesem Anblick breitet sich die Panik wieder in mir aus, lässt mich zittern.

«Wir müssen es nicht tun, wenn du Angst davor hast», flüstert er, legt sich auf mich. Ich spüre sein Gewicht auf mir, seine Zunge dringt wieder in meinem Mund. Ich schließe die Augen und lege meine Hände auf seinen Hintern, taste über die festen Pomuskeln, fühle seine Härte an meiner pulsierenden Mitte.

«Doch. Ich will aber.» *Nein, ich muss.* Er reibt seine Länge an mir, auf und ab. Verteilt meine Nässe überall. Als er sich wieder aufrichtet und zum Nachttisch greift, kneife ich die Augen zu. Es wird ernst. Die Packung des Kondoms knistert beim Öffnen. Ich halte den Atem an, bis ich ihn wieder spüre. Sanft und verhalten drängt er sich gegen mich. Atemlos öffne ich die Augen und sehe ihn an, unsere Blicke treffen sich.

«Bereit?», raunt er, und ich kann nur nicken. Nicht reden. Ich versuche auszuatmen, doch Dave küsst mich, und ich atme in seinen Mund. Seine Zunge ist liebkosend und beruhigend, aber ich spüre, dass sein Herz genauso schnell schlägt wie meins. Dann durchzuckt mich ein kurzer, stechender Schmerz, der innerhalb weniger Sekunden in ein leichtes Brennen übergeht.

Er ist in mir. Ich fühle ihn. Wie er mich ausfüllt. Meine Haut kribbelt am ganzen Körper. Ich bin wie elektrisiert.

«Verdammt, Ella, das werde ich nicht lange durchhalten», flüstert er heiser an meinem Hals. Ich kralle die Fingernägel in seinen Rücken und atme tief ein und aus. Halte mich an ihm fest. Er ist so groß, ich fühle mich ausgefüllt, als ob er endlich eine Art Hunger gestillt hätte, den ich seit Jahren unterdrückt habe. Er bewegt sich vorsichtig, sehr langsam. Rein und raus. Auf und ab. Stößt und schiebt und reibt.

«Großer Gott», entfährt es mir. Meine Hände gleiten nach oben, in sein Haar. Ich zerwühle es, umklammere seine Schultern, als ob er plötzlich von mir fliegen könnte. So wie ich auf einmal das Gefühl habe, über dem Bett zu schweben. Doch es sind nur Daves

Hände, die mein Becken angehoben haben. Seine Stöße werden tiefer, aber er beherrscht sich. Langsam. Wahnsinnig langsam. Das Pulsieren in mir wird stärker, ein inzwischen wohlbekanntes Klopfen schießt in meinen Schoß. Ich spüre Schweißtropfen auf meiner Brust, auf meiner Stirn. Seinem Rücken.

Dann zuckt er in mir. Stöhnt leise auf. Fasziniert beobachte ich sein Gesicht, das sich vor meinen Augen aufzulösen scheint. Die Anspannung in seinen Zügen verliert sich, aber er sieht mir fest in die Augen, während er mit geöffnetem Mund keuchend in mir kommt.

«Es ist okay», sage ich leise, als er sich weiter in mir bewegen will, und halte ihn an den Pobacken fest. Erschöpft bleibt er auf mir liegen, ganz ruhig. Ich spüre, wie er langsam seine Härte verliert, und es fühlt sich gut an. Vertraut. Wir küssen uns, wieder und wieder, dann zieht er sich vorsichtig heraus und dreht sich zur Seite, um das Kondom zu entfernen. Ich starre an die Decke, die kalkweiß gestrichen ist. Die Kupferrohre der Gasleitung ziehen sich kreuz und quer darüber. Mein Blick fällt auf die Regale unter der Decke, auf die unzähligen CDs und Bücher, aber ich habe absolut keinen Drang, sie zu zählen. Stattdessen lasse ich einfach die Farben der Cover und Buchrücken auf mich wirken.

«Tut mir leid.» Er reicht mir das frisch gefüllte Champagnerglas und setzt sich neben mich aufs Bett. Ich richte mich auf und trinke einen Schluck. Mein Mund ist trocken, zwischen meinen Beinen brennt es.

«Was tut dir leid? Dass wir es getan haben?»

«Nein, natürlich nicht. Es war schön. Wirklich. Aber du bist nicht ...»

«Dave. Es war toll, ehrlich.» Verlegen schüttle ich den Kopf und nippe erneut am Glas. Himmel, darauf hat mich niemand vorbereitet. Dass nicht der Sex, sondern der Moment danach ...

seltsam sein könnte. Das Blut rauscht noch immer in meinem Kopf, und ich weiß nicht, was ich sagen soll. Mein Gehirn ist wie leergefegt.

«Glaubst du, du wirst es bereuen, es mit mir getan zu haben?» Er sieht mich mit leicht geneigtem Kopf an. Ich zucke mit den Achseln.

«Keine Ahnung. Ich glaube nicht, nein. Wieso sollte ich? Du warst super, so vorsichtig. Es hätte wirklich schlimmer kommen können.» Hilfe, was rede ich denn hier für einen Unsinn? Das Brennen weicht einem merkwürdigen Gefühl, das eher einem Juckreiz ähnelt. Gähnende Leere breitet sich in mir aus, nicht nur dort, wo mir seine Härte plötzlich fehlt, sondern überall. Selbst im Kopf. Kichernd stelle ich das Glas ab und rutsche nach unten, kuschle mich in seine Armbeuge und schnuppere an seiner nackten Brust. Frischer Schweiß. Duschgel und Aftershave. Mann.

«Sehe ich irgendwie anders aus?», frage ich.

Er mustert mich von oben bis unten. Nervös kaue ich auf der Unterlippe, aber ich halte seinem Blick stand, ohne mich zu bewegen.

«Genauso süß wie vorher. Warum solltest du anders aussehen?»

Ich hebe die Schultern und versuche zu lächeln. «Weiß nicht. Man müsste mir doch eigentlich ansehen, was ich gerade getan habe. Oder?»

Er unterdrückt ein Lachen, während er mich auf die Schulter küsst. «Nein, man sieht es dir nicht an. Mir etwa?»

«Was sollte man dir denn ansehen? Du tust das jeden Tag. Versuch gar nicht erst, es zu leugnen, ich höre dich dabei!»

«Ah ja? Und wann hast du mich das letzte Mal gehört?», fragt er leise.

«Ich hab mir sehr gute Ohrstöpsel gekauft, von daher ... keine Ahnung. Aber du kommst selten allein nach Hause, oder?»

«Mag sein. Trotzdem ... Das hier war etwas Besonderes, Ella. Auch für mich.» Er beugt sich vor, um in den Spiegel zu schauen. Schneidet eine Grimasse, dann klopft er sich wie ein Primat mit der flachen Hand auf die Brust und zieht den Bauch ein. Nicht, dass er es nötig hätte ... Ich muss lachen.

«Ich seh nix, unverändert. Du siehst aus wie immer. Wie Dave eben.»

«Hm. Ich hoffe, ich habe meine Aufgabe zu deiner Zufriedenheit erfüllt?»

«Fragst du mich das im Ernst?» Ich hebe den Kopf, um ihn anzusehen. Das Grübchen neben seiner Oberlippe ist tiefer geworden. «Das hast du doch hoffentlich gemerkt. Auch wenn ich ... na ja ... nicht so laut bin wie deine sonstigen Tussis.»

«Tussis?» Sein plötzliches Lachen lässt mich zusammenzucken, dann stimme ich mit ein. Er wälzt sich auf mich und drückt mich auf den Rücken, legt seine Hände auf meine, über meinen Kopf. Gesicht an Gesicht liegen wir da, in mir steigt schon wieder ein Lachen auf und kitzelt mich. Warum muss ich plötzlich dauernd lachen? Ich bin kein alberner Teenie, fühle mich aber gerade wie einer. Wahrscheinlich vernebeln einem die Hormone das Gehirn nach so einer Sache.

«Okay, ich gebe zu ... Es war anders mit dir. Aber schön. Einfach schön.»

«Fand ich auch», sage ich leise. Wir sehen uns schweigend in die Augen, sein Körper liegt schwer auf mir, aber es ist gut so. «Ich ... also, falls du kein Problem damit hast ... Ich würde das gern mal wiederholen. Irgendwann. Ich weiß, dass du keine Beziehung willst, und das ist okay, wirklich. Ich werde auch niemals bei dir übernachten oder so. Nur Sex, mehr nicht. Aber ich habe das Gefühl, einiges nachholen zu müssen. Und ich würde das gern mit dir tun. Falls du willst.»

Atemlos warte ich auf seine Antwort. Lieber Himmel, ich habe mich gerade von einem Freund entjungfern lassen und bitte ihn um weiteren unverbindlichen Sex! Welche Drogen hat er mir nur in den Champagner gemischt? Und warum riecht er so gut? Warum ist er so warm und stark und fühlt sich so gut auf mir an?

«Dave?»

«Entschuldige, ich ... Natürlich, jederzeit, wann immer du willst.» Er küsst mich auf den Hals, dann sieht er mir erneut in die Augen. Zwischen meinen Beinen fängt es schon wieder an zu pochen, obwohl ich mich ein bisschen wund fühle. Und auch bei ihm regt sich was. Langsam, aber stetig wird er größer und härter, ich spüre ihn an meinen Schenkeln. Ein Zittern läuft durch meinen Körper.

«Dann lass es uns gleich noch mal tun.»

19

Ich bin süchtig. Ein klarer Fall von Abhängigkeit. Ich hätte wirklich nicht damit anfangen sollen, aber jetzt ist es zu spät. Als der Wecker am Montagmorgen klingelt, kriege ich die Augen kaum auf. Ich habe das Wochenende damit verbracht, in Erinnerungen zu baden. Ständig blitzten vor meinen Augen Bilder vom Freitag auf, jedes Bild löste in mir ungeahnte Gefühle aus, sodass ich mir vorkam wie eine rollige Katze.

Genervt schleiche ich ins Bad und stelle mich unter die Dusche. Lasse das warme Wasser über meinen Körper laufen, auch wenn ich den Geruch vom Wochenende eigentlich gern konservieren möchte. Ich habe nicht bei ihm geschlafen, er hat es auch nicht angeboten. Wir haben eine Vereinbarung, und ich werde mich daran halten, obwohl in meinem Kopf ein rotes Signal leuchtet, das mich warnen will. *Beschütze mich vor dem, was ich mir wünsche.* So lautet eine Textzeile aus einem Song der Hunters, und inzwischen glaube ich zu ahnen, was Dave damit meint.

Ich sehe in den Spiegel, zupfe an meinen Haaren. An den Pony habe ich mich längst gewöhnt, weil er mein Gesicht etwas weicher wirken lässt. Ohne wirklich hinzusehen, greife ich in meinen Kleiderschrank und ziehe meine übliche Büro-Uniform hervor.

Ich fühle mich stark und mutig, jedenfalls mutig genug für das Investoren-Meeting heute Mittag, vor dem ich noch letzte Woche solche Angst hatte. Seltsam, wie ein paar Stunden einen verändern können. Ist das normal? Ich wähle eine weiße Bluse, einen engen Rock und einen dunklen Blazer, dazu noch meine Perlenkette, und sehe so tatsächlich zehn Jahre älter aus. Mit schief gelegtem Kopf betrachte ich mein Spiegelbild. Es passt mir nicht mehr. Wie ein alter Pullover, der plötzlich zu klein geworden ist. Aber ich bin noch nicht sicher, wer ich künftig sein will. Zu lange war ich Eleonor Wincester, die brave, gehorsame und trotzdem von allen verhöhnte Eleonor. Die Oxford-Schlampe. Jetzt möchte ich Ella Cunning *sein*, nicht nur ihren Namen tragen. Die Fesseln der Vergangenheit abstreifen und einfach von vorne anfangen.

* * *

Jen mustert mich mit hochgezogenen Brauen, als sie eine halbe Stunde nach mir das Büro betritt.

«Guten Morgen, Süße. Du siehst aus, als hättest du ein sehr entspanntes Wochenende gehabt. Was hast du gemacht?»

Oh Mann, ihr entgeht aber auch gar nichts. Ich grinse wissend und wende mich meinem Computer zu. Die geöffnete Excel-Liste ignoriere ich, nicht aber die E-Mail, die vor zehn Sekunden hereingerauscht ist.

Guten Morgen, Mrs Frost.

Was für herrliches Tauwetter am Wochenende. Falls Du Zeit und Lust hast, würde ich mich gern heute Abend mit einer Einladung zum Essen revanchieren. Sorry, dass ich am Wochenende nicht da war, die Jungs und ich waren im Studio und haben neue

Songs aufgenommen. Wenn Du Lust hast, spiele ich sie Dir später vor. Ich koche auch nicht selbst, versprochen.

Dave

«Also, ich höre?» Jen lässt sich auf den Stuhl neben mir plumpsen und schielt an der grauen Trennwand vorbei auf meinen Monitor. Hastig klicke ich die Mail weg, aber es ist zu spät.

«Tauwetter?» Sie zieht die Stirn kraus und sieht mich scharf an. «Mrs Frost? Die Mail ist vom Hunter, stimmt's? Was hast du mit ihm gemacht?»

Als meine Wangen zu glühen anfangen, reißt sie die Augen auf und starrt mich an. «Oh mein Gott, Ella ... Ihr habt es getan!»

«Leise!», zische ich. «Muss doch nicht jeder wissen.»

«Ist das wahr? Deshalb siehst du so ... so aus. Wie war er? Gut? Werdet ihr euch wiedersehen? Ach Quatsch, Blödsinn. Ihr seid Nachbarn, natürlich werdet ihr. Und zwar ständig! Bist du dir sicher, dass du dir das gut überlegt hast?»

«Jen, bitte», flehe ich sie mit erhobenen Händen an. «Bitte behalt es für dich!»

«Wenigstens Holly kannst du es sagen. Sie wird sich vor Neid die Haare ausreißen», meint Jen trocken.

«Ich muss jetzt echt arbeiten. Heute Nachmittag ist das Meeting mit den Investoren, und das ist verdammt wichtig. Ich erzähl's dir später, okay?» Mein Herz trommelt vor Aufregung. Jen macht einen Schmollmund, trollt sich aber auf ihren Platz. Ich gehe die PowerPoint-Präsentation für Mr Jameson ein letztes Mal durch, dann verbringe ich die Zeit bis zur Mittagspause damit, auf meinen Monitor zu starren und das prickelnde Gefühl zwischen meinen Beinen zu genießen, während ich in Erinnerungen schwelge.

Als wir vom Essen zurückkommen, steht Mr Jameson mit finsterer Miene vor meinem Schreibtisch und kritzelt etwas auf einen Zettel.

«Mr Jameson? Haben Sie mich ...»

«Ella! Wo zum Teufel hast du gesteckt? Ich suche dich seit einer halben Stunde.» Sein Gesicht ist ganz rot, als er sich aufrichtet. Sogar seine Augenbrauen wirken plötzlich buschiger als sonst.

«Wir waren essen», erwidere ich stirnrunzelnd.

«Oh. Na gut. In einer Stunde kommen die Shareholder, und ich habe die endgültige Präsentation noch nicht gesehen. Du wolltest sie mir am Wochenende mailen, vergessen?»

Mein Gesicht wird heiß. «Das tut mir leid. Ich habe echt nicht mehr ... Sie ist natürlich längst fertig, ich drucke sie schnell aus. Wir können sie nachher gern gemeinsam durchgehen.» Hastig setze ich mich auf meinen Schreibstuhl und bewege die Maus, um den Computer aus dem Tiefschlaf zu holen. Als der Bildschirm aufleuchtet, habe ich wirklich allen Grund, knallrot anzulaufen. Mr Jameson steht hinter mir und starrt über meinen Kopf hinweg auf den Monitor. Auf die neueste E-Mail von Dave, die einen Bildanhang hat. Einen Halbakt von Dave Hunt. Groß. Verdammt groß.

«Oh mein Gott, ich ... Ach du ... Entschuldigen Sie, ich ...» Meine Finger zittern, ich habe die Maus kaum unter Kontrolle, und es dauert ewig, bis ich das Programm endlich geschlossen habe. Mir bricht der Schweiß aus. Ich hätte ihm meine E-Mail-Adresse besser nicht geben sollen.

«Ella, es geht mich nichts an, was du in deiner Freizeit treibst, aber im Büro ...»

Ich beiße mir so heftig auf die Zunge, dass ich einen metallischen Geschmack im Mund spüre.

«Sorry. Sorry! Ich weiß wirklich nicht, wie das ... Ich kenne den Typen nicht mal.»

Jens unterdrücktes Kichern neben mir macht mich rasend. Eilig öffne ich die PowerPoint-Präsentation für das Meeting und drucke sie aus. «Ist gleich fertig, dann können wir sie noch mal durchgehen.»

«Schon gut.» Der Ton meines Chefs wird plötzlich freundlicher. Vielleicht ist er doch ein Mensch. «Wir treffen uns in einer Stunde im großen Konferenzraum. Schick mir die Präsentation per E-Mail, dann kann ich sie mir selbst ansehen.»

Ich nicke und warte, dass er sich endlich umdreht und verschwindet, weil ich auf keinen Fall mein E-Mail-Programm in seiner Gegenwart noch einmal öffnen möchte. Wer weiß, was Dave sich noch hat einfallen lassen? Mein Herz wummert bedenklich.

«Was war das denn?» Jen lugt über die graue Trennwand und grinst mich an. «Ein Aktfoto von Dave Hunt?»

«Hör bloß auf», knurre ich.

«Kannst du mir das mal weiterleiten?» Sie legt den Kopf schief. «Bitte?»

«Nein. Ich hab's schon gelöscht.»

«Du kannst es aus dem Papierkorb ...»

«Nee!» Ich hänge die Präsentation für Mr Jameson an eine leere E-Mail und klicke auf Senden. Meine Hände sind feucht. «Ich glaub, ich brauch einen Schnaps», sage ich stöhnend und lasse mich erschöpft in den Stuhl zurücksinken. «Ich hab keine Ahnung, wie ich dieses Meeting überstehen soll.»

«Jetzt sei nicht so nervös, Ella. Du hast alles getan, was in deiner Macht steht. Es ist Jamesons Job, den Laden hier zu retten, nicht deiner.» Jen versucht mich zu beruhigen, aber ohne Erfolg. Dies ist der schlimmste Tag meines jungen Arbeitslebens, ganz sicher. Am liebsten würde ich kündigen. Fristlos.

Und mich in Daves gemütlichem Bett verkriechen, um mit ihm ... Himmel noch mal! Er hat mich verdorben, so viel steht fest. Mir wird ein bisschen flau, wenn ich daran denke, dass es nur unverbindlicher Sex ist und ich dem zugestimmt habe. Nur Sex? Was um alles in der Welt habe ich mir dabei eigentlich gedacht? Und wie bekomme ich das Bild von Daves nacktem Oberkörper aus meinem Kopf, vor dem wichtigsten Meeting des Jahres?

20

«Guten Abend, Mrs Frost!» Schwungvoll öffnet er seine Tür.

«Dave? Alles ... alles klar?»

Er kommt auf mich zu und drückt mir einen Kuss auf die Lippen, die sofort zu kribbeln anfangen. So wie sein Anblick meinen ganzen Körper kribbeln lässt, denn er trägt kein Shirt, und ich möchte meine Hände auf seine Brust legen und ihn anfassen. Traue mich aber nicht.

Ich bin nach der Arbeit in eins der bunten Kleider geschlüpft, die wir zusammen ausgesucht haben. Wie immer läuft Musik bei ihm, diesmal erkenne ich weder Song noch Band. Ein rauer, dreckiger Rocksong. Mein Blick haftet an seinem Oberkörper, und ich fahre mir mit der Zunge über die Lippen.

«Nicht so gierig. Erst essen», sagt er grinsend.

«Ich hab keine Ahnung, wovon du sprichst.» Ich marschiere an ihm vorbei zum Tisch. «Was gibt es denn? Ich hatte einen furchtbaren Tag im Büro.»

«Was ist passiert?» Er rührt mit einem Kochlöffel in der Pfanne herum. Es riecht nach Fisch und Reis. Hatte er nicht versprochen, nicht selbst zu kochen? Na egal. Ich würde sogar Nieren essen nach diesem Tag.

«Ich arbeite ja für *Juke*, das Start-up, und heute war –»

«Du arbeitest bei *Juke*?» Er dreht sich zu mir um, was ich bedaure, denn so kann ich ihm nicht mehr ungehindert auf den Hintern starren, der in der engen Jeans gut zur Geltung kommt. Auch die großflächige Tätowierung auf seinem Rücken verschwindet so aus meinem Blickfeld, dabei wollte ich gerade die Federn des Adlers zählen.

«Ja, hatte ich das nicht gesagt?», frage ich verwirrt zurück. Ich kann mich nicht erinnern, ob wir darüber gesprochen haben.

«Nein, aber egal. Seit wann arbeitest du da?»

«Seit drei Monaten.» Ich runzle die Stirn. «Wieso? Kennst du die etwa?»

Er lacht. «Ich bin Musiker, mein Herz. Natürlich kenne ich *Juke*.»

Hat er gerade *mein Herz* gesagt? Ich schlucke hart, beschließe jedoch, nicht näher darauf einzugehen. Das von ihm angesprochene Herz reagiert mit erfreutem Klopfen.

«Ja, also ... Es sieht nicht besonders gut aus, und heute hat mein Chef die Investoren eingeladen, um über die aktuelle Entwicklung zu sprechen.»

«Möchtest du was trinken?», unterbricht er mich und deutet auf eine Weinflasche auf dem Tisch.

«Wasser?», frage ich vorsichtig. Er lacht.

«Nur ein Glas zum Essen. Es wird dich nicht umbringen, und du wirst auch nicht gleich zur Alkoholikerin deswegen.»

Oh Gott. Wieder habe ich das Gefühl, dass er meine Gedanken lesen kann. Ich lächle verlegen, nicke aber schließlich und lasse ihn zwei Gläser einschenken. Ein australischer Shiraz, wie mir das Etikett verrät, und er duftet köstlich nach Waldfrüchten.

«Was war los auf der Versammlung?»

Ich nippe am Rotwein, der warm und weich meine Kehle hinabrinnt, dann erzähle ich weiter von der schrecklichen Veranstaltung am Nachmittag. «Besonders die Lizenzgebühren sind horrend. Keine Ahnung, wie diese Firma jemals Geld verdienen will bei solchen Kosten. Ich habe alle Zahlen mehrfach durchgerechnet und geprüft, aber ich komme einfach nicht dahinter. Irgendwas fühlt sich seltsam an.»

«Wie fühlen sich Zahlen denn an?» Dave schmunzelt amüsiert, bevor er ein Reisgericht auf zwei Teller verteilt und zum Tisch trägt.

«Keine Angst, das ist nicht von mir. Hat Silly gekocht, ich hab's nur aufgewärmt.»

Ein Stich durchfährt mich. «Silly kocht für dich?», frage ich nervös. Dave schiebt einen der Teller zu mir und setzt sich mir gegenüber.

«Kein Grund, eifersüchtig zu sein. Silly ist meine beste Freundin. Und sie kocht hervorragend. Iss.»

Gehorsam nehme ich einen Bissen auf meine Gabel und probiere. Es ist wirklich gut. Exotisch, asiatisch. Schmeckt nach Curry, Früchten und Fisch. Ein Essen für Weltenbummler wie Dave. Ich hingegen mit meiner englischen Hausmannskost ... Ich schüttle den Gedanken ab.

«Also, was ist komisch an den Zahlen?»

Ich zucke mit den Achseln. «Ich kenne mich ja nicht gerade gut aus mit Musik, aber einige ziemlich kleine Labels verlangen Lizenzgebühren, die jenseits von Gut und Böse sind. Und das wird dem Laden irgendwann das Genick brechen. Keine Chance, mit solchen Kosten jemals profitabel zu werden, und das haben heute leider auch die Shareholder so gesehen. Mein Chef kam ganz schön ins Schwitzen. Aber irgendwas ist faul an der Sache, ich hab nur keine Idee, was.»

«Soll ich mal einen Blick drauf werfen?», fragt Dave. «Ich hab schließlich auch mal studiert. Bin zwar kein Zahlenfreak, aber immerhin Ökonom. Und mit Musik und Rechten kenn ich mich aus.»

«Das wäre klasse. Eigentlich darf ich dir das überhaupt nicht zeigen, aber ...»

«Bleibt ja unter uns, versprochen. Möglicherweise fällt mir was auf.»

«Danke.» Wir essen eine Weile schweigend, die Musik wechselt zu rauen Songs von Placebo. Er wippt unterm Tisch rhythmisch mit den Beinen, und ab und zu streift sein Fuß meine Wade. Ich weiß nicht, ob er das mit Absicht macht oder ob es einfach so passiert. Jede noch so kleine Berührung löst einen Schauer in mir aus.

Nach dem Essen räumen wir gemeinsam ab, dann wandern wir mit den Weingläsern aufs Sofa. Dave zieht mich rücklings auf seinen Schoß, und ich muss kichern. Das Lachen vergeht mir allerdings schnell, als er seine Hände auf meine Schenkel legt und vorsichtig unter mein Kleid schiebt. Seine Lippen sind in meinem Nacken und knabbern an mir. Mein Körper fängt an zu kribbeln.

«Du hast also wirklich vor ...», setze ich an, aber seine Hand, die sich plötzlich auf meine Brust legt und sie sanft massiert, unterbricht mich. Ich beiße mir auf die Lippe und versuche, nicht auf die Fensterscheibe gegenüber zu schauen, weil sich in ihr unser Bild spiegelt. Er drückt meine Beine auseinander und zieht mich zu sich. Mein Rücken lehnt an seinem nackten Oberkörper, ich spüre seine Wärme, atme seinen Duft tief ein.

«Ich mag dein Shampoo», flüstert er und verbirgt das Gesicht in meinen Haaren, bevor er vorsichtig meinen Zopf vom Gummiband befreit. Dann sind seine Hände plötzlich überall. Ich bin wie elektrisiert, stemme meine Arme rechts und links von ihm aufs Sofa, um mich abzustützen. Seine Finger werden forscher, erkunden meine Haut, streichen mal sanft wie eine Feder, mal fordernd über mich, bis sie schließlich in meinem Schoß landen. Er schiebt eine Hand von oben in meinen Slip und berührt mich auf eine Weise, die sofort heftiges Zucken in mir auslöst. Seufzend schmiege ich mich fest an ihn, während er meinen Hals küsst, genieße seine Zärtlichkeiten und die Feuchtigkeit, die sich langsam ausbreitet.

Ich weiß nicht, ob das richtig ist, was wir hier tun. Ob ich wirklich damit umgehen kann, dass es nur Sex ist. Sex und Freundschaft. Aber wenn seine Finger mit mir spielen wie auf seiner Gitarre, verlieren sich meine Ängste. Ich höre auf zu grübeln und fühle nur noch. Bin nur noch Körper, ein sehnsüchtiger Körper, der immer mehr will und doch nie genug bekommt. «Dave», keuche ich leise, als sein Daumen mich kräftiger massiert, sein Finger in meine Nässe gleitet und sie verteilt. An meinem Po spüre ich, wie er unter mir hart wird. Seine andere Hand rutscht in mein Kleid und findet meine Brüste, streichelt die oberen Rundungen, bevor seine Finger um meine Brustwarzen kreisen. Der dünne Stoff meines BHs trennt uns voneinander, was mich beinahe rasend macht.

Ich kann den Kopf kaum weit genug drehen, um ihn zu küssen, aber er kommt mir entgegen. Der Kuss ist nicht jugendfrei und besteht nur aus Zunge. Eindringlich fordert seine Zunge mich heraus, stößt in meinen Mund, so wie sein Finger in mich hineinstößt. Ich atme in seinen Mund und spüre seinen Herzschlag. Schnell und aufgeregt, so wie meiner. Sein Daumen kreist unnachgiebig auf mir, im Takt des harten Rocksongs, der das Loft erfüllt. Es dauert nicht lange, bis sich mein Körper anspannt und das Pochen zwischen meinen Schenkeln stärker wird. Meine Beine zucken, und ich komme, leise stöhnend, mein Mund noch immer an seinen Lippen.

«Süße Ella», flüstert er. Seine Augen sind groß und dunkel, glänzen im Schein der Lichterketten an den Fenstern. «Ich liebe es, dass du immer so schnell kommst.»

Meine Wangen glühen, meine Brust hebt und senkt sich rasch.

«Das liegt an dir», flüstere ich. «Ich weiß nicht, was du machst, aber ich –» Er verschließt meinen Mund mit seinen Lippen und küsst mich wieder. Jeder Stoß seiner Zunge löst erneut ein wildes Pochen in mir aus. Ich koste ihn, aber ich werde nicht satt, im Gegenteil.

Vorsichtig schiebt er mich von seinem Schoß und setzt mich aufs Sofa, dann kniet er sich vor mich, um mir den Slip über die Hüften zu ziehen. Anschließend hilft er mir aus dem Kleid, löst den BH, bis ich nackt vor ihm sitze. Röte kriecht über meinen Körper, und ich grinse verlegen, doch er küsst die Verlegenheit einfach weg und streift ebenfalls seine Hose ab. Mein Verlangen wächst, als ich seine Erektion sehe, groß und hart. Mit zitternden Fingern streiche ich über seinen Schaft, der sich fest und zugleich samtig weich anfühlt. Meine Beine werden zu Pudding, als er ein Kondom aus der Hosentasche holt und es aufreißt. Dann schiebt er sich zwischen meine weit gespreizten Beine, küsst mich ungestüm und ... hält inne. Ein ungeduldiges Stöhnen entfährt mir. «Dave!» Er küsst grinsend meine Brüste, bevor er endlich in mich eindringt. Entsetzlich langsam. Ich spüre, wie sich jeder Millimeter meines Körpers für ihn dehnt. Wie ich mich weite.

«Ich will dich ficken», raunt er in mein Ohr, und ein heißer Schauer läuft mir bei diesen Worten über den Rücken.

«Dann tu es doch», gebe ich leise zurück, klammere mich an seine nackten Schultern und presse die Fersen gegen seinen festen Hintern, als er kräftig zustößt.

«Richtig ficken, meine ich. Bis du schreist.» Er küsst meinen Hals, knabbert an meinen Brüsten, während er härter und schneller zustößt. Mir wird schwindelig. Ein Brennen steigt in mir auf, ein Verlangen, das mich keuchen lässt. Ich kralle die Finger in seinen Rücken, schließe die Augen und lasse mich treiben, reite auf den Wellen, die er mit seinen Stößen auslöst. Wieder und wieder. Schneller. Tiefer. «Oh Gott», stöhne ich. Schweißtropfen treten mir auf die Stirn, ich höre ihn keuchen, spüre seinen heißen Atem im Gesicht, rieche ihn, schmecke seine Lippen. Er schiebt mich über das Ledersofa, stößt mit aller Kraft, mit all seinem Gewicht zu. Anders als beim ersten Mal. Rücksichtsloser. Heißer. Wimmernd beiße ich in seine Schulter, als sich mein Körper versteift. Mein Schoß krampft sich um seine Länge, meine Füße trommeln auf seine Pobacken, und dann schreie ich.

Ich. Schreie.

«Verdammt, Ella, du bist so eng», keucht er in meinen Mund, als mein heftiges Zucken langsam abebbt. Dann spüre ich, wie er in mir pulsiert. Größer wird, härter. Ich spanne alle Muskeln an und sehe ihm in die Augen. Er erwidert meinen Blick, legt eine Hand auf meine Wange und sieht mich fest an, während er in mir kommt. Seine Lust reißt mich erneut mit über die Klippe, und mein Körper krampft noch einmal um ihn, ein sanftes Pochen, bis meine Beine sich entspannen und weich werden.

Schwer atmend bleiben wir nebeneinander auf dem breiten Sofa liegen. Mein linkes Bein hängt runter, ich bin nackt und habe kein Problem damit. Gar keins. Das ist eine Premiere in meinem Leben. So wie viele Situationen mit Dave Premieren für mich sind.

«Was machst du eigentlich mit mir?», frage ich, als wir uns endlich voneinander lösen, und ziehe mein Kleid wieder an. Dave schlüpft in seine Jeans und grinst wie ein zufriedener Junge.

«Wie fühlt es sich denn an?»

«Ich weiß nicht ... Wie ein Wirbelsturm, der alles durcheinanderbringt.»

«Ich möchte dir etwas vorspielen. Okay?» Er bleibt vor dem Sofa stehen und betrachtet mich.

«Ja, sicher», sage ich verwirrt. Dann trinke ich noch einen Schluck Rotwein, ziehe die Knie an und schlinge meine Arme darum. Beobachte gespannt, wie er an sein Klavier tritt und sich auf den kleinen Hocker davor setzt.

«Es ist nur ein Entwurf, noch lange nicht fertig. Aber ich wüsste gern, was du davon hältst.»

«Du fragst *mich* nach meiner Meinung?» Erstaunt reiße ich die Augen auf. «Ich habe nachweislich keine Ahnung von Musik. Ich höre einfach nur, was mir gefällt.»

«Genau.» Er räuspert sich, und ich lehne mich auf dem Sofa zurück, meine Arme noch immer um die Knie gelegt. Eine Gänsehaut läuft mir über den Körper, als die ersten sanften Töne erklingen. Und dann fängt er an zu singen. Oh mein Gott! Meine Nackenhärchen richten sich auf, in meiner Brust flattert etwas. Etwas viel Größeres als Schmetterlinge. Fast hatte ich vergessen, wie wahnsinnig sinnlich seine Stimme ist. Der Anblick seines nackten Rückens, seiner zerstrubbelten Haare, die ich so durcheinandergebracht habe, löst ein fast schmerzhaftes Ziehen in mir aus.

I am the man
That walks a long treaded road
No fear of the dark
But I see you clearer now
Tell me how you feel
With those ties that bind
You will become what you deserve
I've been worrying so long
Too long to be pulled

By those pulling tides
Crashing waves are where we belong
I will become what I deserve
We will become what we deserve

Ich schließe die Augen und lasse mich von seinem Klavierspiel verführen, das so weich, so sinnlich ist. Als er fertig ist, schweigen wir für einen Moment.

«Das ist wunderschön», sage ich schließlich. Er dreht sich zu mir um, ein Lächeln huscht über sein Gesicht. Ich sehe ihm fest in die Augen und schlucke, dann gehe ich zu ihm, lege von hinten meine Arme um seinen Oberkörper und presse mich an seinen Rücken.

«Schön, dass es dir gefällt.»

«Wann hast du das geschrieben?», frage ich. Mein Herz pocht schneller.

«Gerade eben. Jedenfalls die Melodie zum Text. Der ging mir schon länger durch den Kopf.» Er dreht sich zu mir um, und ich muss ihn küssen. Warme, weiche Lippen, die nach Schokolade und Minze schmecken. Nach Rotwein. Lust. Und nach mir.

«Jetzt gerade? Ganz spontan?» Verwirrt lasse ich ihn los und fahre mir durch die Haare, die nach dem Sex garantiert wie ein alter Besen aussehen. Seltsamerweise ist mir das in seiner Gegenwart vollkommen gleichgültig. Ich fühle mich einfach wohl, wenn ich bei ihm bin.

«Du hast mich inspiriert.» Er verzieht den Mund zu einem Grinsen. «Ich ernenne dich hiermit zu meiner Muse.»

«Muse.» Ich muss kichern. «Ich bin die langweiligste Muse der Welt.»

«Das bist du ganz und gar nicht.» Er steht abrupt auf, schiebt den Hocker mit den Beinen zur Seite und presst seinen Mund auf meinen. «Du bist alles andere als langweilig, mein Herz.» Seine Hände umfassen meine Pobacken, auf eine forsche, eindringliche Art, die nicht so recht zu dem liebevollen Wort passt, mit dem er mich wieder bezeichnet hat. Ich folge rückwärts seinen Schritten, bis ich den Couchtisch an meinen Kniekehlen spüre und nach unten sinke. Meine Beine um seine Hüften schlinge, dem Pochen meines Herzens lausche, während meine Finger über seine Brust streicheln, ihn berühren. Seine Türklingel reißt uns aus der Trance, und wir fahren auseinander wie zwei mit Wasser bespritzte Katzen.

«Oh verdammt, heute ist Montag», murmelt er gepresst und richtet sich auf, während ich keuchend rücklings auf dem ungemütlichen Tisch liegen bleibe und ihn anstarre.

«Die Jungs hab ich total vergessen! Kannst du pokern?»

21

Meine Wangen glühen, Adrenalin rauscht durch meine Adern, und trotzdem bin ich äußerlich cool wie ein Eisberg. Ich sitze an Daves großem Esstisch, umgeben von Rauchschwaden, Biergeruch und dem aufdringlichen Parfum der zwei Mädchen, die Daves Bandkollegen mitgebracht haben.

«Unfassbar», murmelt der Typ mit den wirren, dunklen Haaren, von dem ich weiß, dass er Mike heißt und in Daves Band den Bass spielt. Dave selbst sitzt mir gegenüber und grinst breit.

«Ich dachte, du kannst nicht pokern?»

«Anfängerglück», erwidere ich achselzuckend.

«Ella ist Mathematikerin.» Dave verschränkt die Arme hinter dem Kopf und nickt mir zu. «Ich schätze, das ist ein ziemlicher Vorteil.»

«Was? Bist du bescheuert, Hunter? Wieso hast du das nicht vorher gesagt? Die hundert Pfund hätte ich genauso gut das Klo runterspülen können!» Mike stößt sich so abrupt vom Tisch ab, dass ich fast von der Sitzbank falle, und sieht mich mit offenem Mund an. «Das ist echt eine Sauerei!»

Dave feixt. «Hast du von deinem Erbsenhirn was anderes erwartet? Du hattest doch nie eine Chance.»

«Ich geb dir gleich Erbsenhirn», knurrt Mike und wirft Dave einen wütenden Blick zu, bevor er sein Bier weitertrinkt.

«Ruhig bleiben, Jungs», sage ich und schiele noch einmal unter die beiden Karten, die umgedreht vor mir auf dem Tisch liegen. Nur um mich zu vergewissern. «Also, was ist jetzt, Mike? All-In oder nicht? Ich bin langsam müde.»

«Ja, sicher», brummt mein letzter Gegenspieler und schiebt mir seinen kläglichen Einsatz zu. «Aber ich erhöhe.»

«Du kannst nicht erhöhen, du hast nichts mehr», weise ich ihn zurecht. Meine Finger zittern ein wenig, weil auf dem Tisch eine Herz Dame, ein Herz Bube und eine Herz Sieben liegen. Und ich einen Herz König und das Herz Ass auf der Hand habe. Einen Flush.

«Und ob ich was habe. Mich.» Er zeigt auf seine Brust und richtet sich grinsend auf.

«Danke, ich bin nicht interessiert», erwidere ich und tippe mit dem Finger auf den Tisch. «Also, was ist nun? Deckst du auf?»

«Nur, wenn du auch noch einen Kuss einsetzt.» Er legt seine Karten umgedreht vor sich ab und stützt das Kinn auf die Hände.

«Hast du sie noch alle, Mike? Ella ist keins von den Mädchen, die ...» Dave klingt wütend.

«Schön», sage ich. Mein Herz klopft heftig, aber äußerlich bin ich total cool. Ich habe die Wahrscheinlichkeiten berechnet und bin mir sicher, dass er blufft. Ich kann nicht verlieren mit diesem Blatt. «Meinetwegen. Du hast nämlich keine Chance. Aber was ist *dein* Einsatz?»

«Ella, du ...» Dave legt mir von hinten die Hände auf die Schultern, und ich drehe mich kurz zu ihm um. Er sieht mich besorgt an und schüttelt kaum merklich den Kopf.

«Also, was kriege ich zusätzlich von dir, wenn du verlierst?» Ich fixiere meinen Gegenspieler mit festem Blick.

«Dann zieh ich mich für dich aus. Ein richtiger Manstrip, vor allen Leuten hier. Du wirst dich noch in ein paar Wochen darüber totlachen, versprochen.» Er deutet auf seine Kollegen, die sich johlend auf die Schenkel klopfen. Ich grinse ihn an.

«Okay, also los», sage ich. Dave nimmt seine Hände von meinen Schultern, bleibt aber hinter mir stehen. Mir wird ein bisschen schwummerig, aber ich bin siegessicher. Triumphierend drehe ich meine beiden Karten um und präsentiere den Flush. Mike springt stöhnend vom Tisch auf, während die anderen Jungs sich vor Lachen krümmen.

«Abgezockt von einer Lady», meint Dave und wirft mir einen Blick zu, der mir die Hitze ins Gesicht treibt.

«Moment.» Mike bleibt hinter seinen Karten stehen, und sein Gesichtsausdruck lässt mich schlucken. «Ich habe noch nicht aufgedeckt.»

«Komm, vergiss es», meint Ken kopfschüttelnd. «Du bist echt ein mieser Verlierer.»

«Vielleicht auch nicht.» Sein Grinsen wird breiter, alle starren auf die beiden Karten, die er langsam umdreht. Ich brauche ein paar Sekunden länger als der Rest, bevor ich es kapiere. Dann stöhne ich entsetzt auf.

«Scheiße!», fluche ich und schlage mir vor Schreck die Hand vor den Mund. Lieber Himmel, das Wort habe ich seit Jahren nicht benutzt – aber es kam wirklich von Herzen.

«Full House. Ich schätze, die Runde geht an mich.» Mike schwankt leicht. Ich bin die Einzige in der Runde, die kein Bier getrunken hat. Trotzdem wird mir gerade schwindelig.

«Mike, ich ... Das war nur ...», versuche ich mich aus der Affäre zu ziehen, als er um den Tisch herumgeht und auf mich zukommt. Gütiger Himmel, wie konnte ich das Full House vergessen? Ich war mir sicher, dass ein Flush mehr wert ist, aber jetzt taucht die

Tabelle wieder vor meinem inneren Auge auf, die Dave mir vor dem Spiel zur Orientierung aufgemalt hat.

Mikes Grinsen wird breiter, dann zieht er mich an den Armen zu sich hoch. Und ich bin zu entsetzt, um mich wehren zu können. Er ist größer als ich, ich starre auf seine Brust, die in einem T-Shirt mit Rolling-Stones-Motiv steckt.

«Ich würde doch nicht freiwillig auf die Gelegenheit verzichten, eine schöne Frau zu küssen», murmelt er und beugt sich zu mir herab. Bevor ich ihm ausweichen kann, schiebt sich etwas zwischen uns. Besser gesagt – jemand.

«Denk nicht mal dran», knurrt Dave, mit dem Rücken zu mir. Ich sehe aus dem Augenwinkel, dass er seinen Bassisten am Shirtkragen gepackt hat und zurückdrängt. Ken hebt am Ende des Tisches die Arme. «Hey, bleibt cool. Das ist echt kein Grund –»

«Ich hab gewonnen», meint Mike trotzig. «Und du hast gesagt, ihr habt nichts. Du und die Ox…»

«Halt. Den. Mund.» Dave spricht durch zusammengebissene Zähne, und plötzlich ist die Luft in seiner Wohnung zum Schneiden dick. Sogar die anderen Frauen starren auf die beiden Männer, die sich gegenüberstehen wie zwei Cowboys beim Duell. Aggressivität flirrt in der Luft. Und was noch viel unglaublicher ist … meinetwegen. Mikes spöttischer Blick trifft mich, und mein Gesicht wird heiß. Was wollte er vorhin sagen, als Dave ihn unterbrochen hat? Was weiß er? Und vor allem – was weiß Dave? Mir stockt der Atem, aber es gelingt mir, mich aus meiner Schockstarre zu lösen.

«Bitte, hört auf damit», flehe ich und gehe zu ihnen, lege Dave meine Hände auf die Oberarme. Seine Muskeln zucken, er hat die Arme angespannt, als ob er bereit wäre zuzuschlagen. Ich schließe kurz die Augen, doch dann spüre ich, dass er sich entspannt. Schließlich lässt er die Arme sinken.

«Mann, du bist vielleicht drauf.» Mike schüttelt sich wie ein Hund, der aus dem Regen kommt. «Ich hatte doch keine Ahnung –»

«Ist gut jetzt.» Dave wendet sich ab und geht zum Kühlschrank. Er nimmt eine Bierflasche heraus, die er an der Tischkante öffnet und sofort ansetzt. Erstaunt beobachte ich, wie er sie in einem Zug leert, dann sieht er mich mit einem Blick an, der mir Schauer über den ganzen Körper jagt.

«Ich gehe jetzt wohl besser. Ich sollte dringend ins Bett.» Unschlüssig bleibe ich im Raum stehen. Noch immer sagt niemand ein Wort, aber ich habe das Gefühl, dass mich alle anstarren. Mich. Anstarren. Mein Magen zuckt nervös.

Plötzlich wird Daves Gesichtsausdruck ganz weich. Er kommt zu mir und schlingt die Arme um mich. Das Gesicht in meinen Haaren vergraben, flüstert er mir ins Ohr: «Tut mir leid. Ich hab keine Ahnung, was in ihn gefahren ist.»

«Schon gut», flüstere ich zurück. «Aber was um alles in der Welt ist in *dich* gefahren?»

Er schiebt mich zur Tür, und in die Jungs hinter uns kommt wieder Bewegung. Ken sagt etwas, das ich nicht verstehe, und alle lachen. Obwohl ich überzeugt bin, dass sie über Mike lachen und nicht über mich, werde ich unsicher. Noch immer kann ich es nicht ertragen, wenn Menschen in meiner Gegenwart lachen. Ob das jemals aufhört?

«Hättest du ihn echt geküsst?» Dave bleibt in der Tür stehen. Ich rieche das Bier in seinem Atem, seine Haare sind wirr, eine Strähne hängt über seinem linken Auge.

«Wir haben gewettet, also ... warum nicht? Es wäre nur ein Kuss gewesen.» Ich zucke mit den Schultern und versuche, frech zu grinsen, obwohl mir das Herz im Hals schlägt. Dave holt tief Luft, beugt sich ganz dicht zu mir herunter und blickt mir fest in die Augen.

«Natürlich. Nur ein Kuss. Wir sind ja auch nur Freunde, nicht?»

«Klar sind wir Freunde. Deshalb –»

Ohne Vorwarnung packt er meinen Hinterkopf und zieht mein Gesicht noch näher zu sich. Ich kann nicht mal mehr nach Luft schnappen, da prallen seine Lippen schon auf meine. Sein Kuss ist hart und fordernd, und ich schließe die Augen, als seine Zunge in mich eindringt. Besitzergreifend. Ein Schauer läuft mir über den Rücken, aber mein Körper presst sich wie von selbst enger gegen seinen. Ich spüre seine Hand auf meinem Hintern, er hält mich, fest. Und küsst mich, bis ich keine Luft mehr kriege. In meinem Schoß klopft es. Ich bin längst nicht satt, habe längst noch nicht genug von ihm und weiß nicht, ob ich das jemals haben werde. Doch dann lässt er mich abrupt los.

«Gute Nacht, Mrs Frost. Schlaf gut.» Hinter ihm lachen die Jungs und drehen die Musik lauter. Dröhnende Bässe wummern unter meinen Füßen, und mir ist schwindelig. Gedanken kullern durch mein Gehirn, ich bin atemlos, sprachlos.

Dave geht zurück zu seinen Freunden, schließt die Tür, ohne auf eine Antwort von mir zu warten. Ich schaffe es kaum, meinen Code einzutippen, weil meine Finger so zittern. Was um alles in der Welt war das? Und wie kann er mich in diesem Zustand ins Bett schicken – allein? Ich werde kein Auge zutun, mein Körper vibriert vor Erregung und Anspannung. Ich schalte das Licht ein und gehe zum Sofa, lasse mich erschöpft fallen. Ich kriege Kopfschmerzen, die sich wummernd ausbreiten.

Auf meinem Handy sind zwei neue Nachrichten. Anonymer Absender, natürlich. Als wüsste ich nicht, von wem sie sind. Dieser Feigling. Entschlossen lösche ich die SMS, ohne sie auch nur anzusehen. Ich lasse mich nicht einschüchtern. Ich will kein Opfer mehr sein.

22

Die Woche vergeht wie im Flug. Mr Jameson nervt mich mit Änderungswünschen an den umfangreichen Dateien, die *Jukes* erfolgreiche Zukunft darstellen sollen. Damit die Investoren mehr Geld in das Unternehmen pumpen. Jen wartet wie immer auf ihren Eisprung, Sean ist nach wie vor krank, und Holly hat eine Affäre mit einem Typen, den sie mittags bei Starbucks getroffen hat und von dem sie nur den Vornamen kennt. Seitdem ihr bester Freund, mit dem sie ab und zu auch ins Bett gestiegen ist, eine feste Beziehung hat, ist sie ständig auf der Suche nach jemandem, der ihr für eine Nacht das Bett wärmt. Und vor dem Frühstück wieder verschwindet.

Von Dave sehe und höre ich nichts. Das heißt, ab und zu höre ich schon etwas, und zwar Musik. Aber da er sich nicht meldet, traue ich mich auch nicht, einfach zu ihm rüberzugehen. Und abends stopfe ich die Ohrstöpsel so fest in meine Ohren, dass es weh tut. Weil ich auf keinen Fall hören will, falls er mal nicht allein nach Hause kommt. Mit Schaudern erinnere ich mich an die Laute, die ich in seinen Armen von mir gegeben habe. Aber so etwas von einer anderen zu hören wäre unerträglich.

Am Samstagmorgen begrüßt mich trotz angenehmer Temperaturen ein bewölkter Himmel, angeblich soll es sogar Gewitter geben. Ich öffne das Laptop und fange an, meine Listen zu pflegen. Die Musik-Charts der Woche. Filmstarts inklusive Budget und Einspielergebnisse der ersten Tage. Neue E-Books und mp3-Dateien, die ich in dieser Woche gekauft habe, wandern an die für sie vorgesehen Plätze in den vielen Ordnern, die sich auf meinem Rechner tummeln.

Am frühen Vormittag klingelt es, und mein Herz macht vor Aufregung einen kleinen Satz.

«Hey, Mrs Frost. Ich will dich entführen.» Dave steht in Lederjacke und Jeans vor meiner Tür und sieht mich erwartungsvoll an.

«Bist du aus dem Bett gefallen? Das ist doch gar nicht deine Zeit.» Ich bedeute ihm reinzukommen.

«Ich habe was mit dir vor. Du darfst aber keine Fragen stellen. Pack nur deinen Ausweis ein.»

Ich lache ihn aus. «Warum sollte ich auf so was eingehen?»

«Weil ich sonst unsere Vereinbarung löse. Dann ist Schluss mit Sex», sagt er todernst. Ich kneife die Augen zusammen.

«Du willst mich erpressen? Ernsthaft?»

«Ganz ernsthaft. Also spiel besser mit, sonst ...»

Schnaubend schlüpfe ich in meine Turnschuhe. «Ich glaube, du überschätzt deine Qualitäten gewaltig. So gut bist du nun auch wieder nicht», behaupte ich und spüre, wie ich rot anlaufe.

«Und du bist eine schlechte Lügnerin. Solange du nicht an einem Pokertisch sitzt jedenfalls. Also, los.»

Etwas widerwillig folge ich ihm nach unten und klettere auf sein Motorrad. Ich mag keine Überraschungen. Auch nicht von Dave. Wer weiß, was er vorhat? Doch schließlich schmiege ich mich an ihn und genieße die Nähe. Seine Wärme. Das Gefühl, ihm vertrauen zu können.

Als wir nach einer langen Fahrt durch dichten Verkehr endlich anhalten, sind meine Beine steif. Vorsichtig sehe ich mich um, und als ich erkenne, wo wir sind, beschleunigt sich mein Puls. Ich bleibe auf dem Motorrad sitzen und verschränke die Arme vor der Brust. «Oh nein.»

«Nur gucken. Aussichtsplattform.» Dave legt den Kopf schief und lächelt. «Komm schon. Dir wird nichts passieren.»

Mein Herz rast. «Ich steige niemals mit dir in ein Flugzeug. Denk gar nicht erst dran!»

«Ich sagte: Aussichtsplattform. Warst du da schon mal?»

«Nein. Und es interessiert mich auch nicht.» Ich war auch noch nie zuvor in Heathrow. Die Größe des Flughafens erschlägt mich nahezu. Alles ist voller Menschen. Koffer, Uniformen, Gewusel. Lautsprecherdurchsagen, die mir in den Ohren dröhnen, obwohl wir den Flughafen noch nicht mal betreten haben.

Dave bleibt hartnäckig, zieht mich vom Sitz und parkt das Motorrad auf dem Bordstein. Dann nimmt er meine Hand und marschiert los, einfach so.

«Ich liebe Flughäfen. Allein dieses Gefühl, die ganze Welt von hier aus erreichen zu können. Mit nur wenigen Schritten. Das ist Freiheit.»

Mein Herz sticht vor Aufregung, als Dave zu einem Schalter geht und zwei Tickets aus der Tasche holt.

«Dave, du –»

«Die Aussichtsplattform ist hinter der Sicherheitskontrolle. Ohne Boardkarte kommt man da also nicht hin. Deinen Ausweis, bitte.»

«Du spinnst doch», schnaube ich empört und bleibe stehen. «Niemals!»

Er legt die Hände um meine Hüften und zieht mich fest an sich. Sofort schmilzt mein Widerstand, obwohl in meinem Kopf sämtliche Alarmglocken läuten.

«Lass uns nach Marseille fliegen, Ella. Ich habe zwei Tickets. Es ist ein kurzer Flug, und ich verspreche dir, dass du mir die Finger zerquetschen darfst, wenn es nötig sein sollte.»

Ich schlucke trocken, schaue ihn an.

«Komm mit. Nur eine Nacht. Morgen Abend fliegen wir zurück. Es ist Wochenende, Ella!»

«Ich hab gar keine Sachen dabei!» Entsetzt stolpere ich hinter ihm her. «Nicht mal eine Zahnbürste! Wir können nicht –»

«Ich kauf dir eine. In Frankreich. Was brauchst du schon für eine Nacht?»

Mein Herz wummert, und meine Finger werden klamm, obwohl seine Hand in meiner warm und weich ist. Schließlich folge ich ihm seufzend. Dave führt mich in die Lounge der Airline, mit der wir fliegen, und platziert mich auf einem Cocktailsessel direkt neben den riesigen Fenstern. Ich starre hinaus auf das Rollfeld und erschrecke beim Anblick der unzähligen Flugzeuge, die wie Autos im Stau hintereinanderstehen und auf ihren Start warten.

«Du bist echt bescheuert, hab ich dir das schon gesagt?» Mein Körper fühlt sich eisig und steif an vor Aufregung. Wann war ich zuletzt so nervös?

«Ich bin nur spontan. Und ganz spontan möchte ich jetzt irgendwo hinfliegen. Mit dir.»

Oh Gott. Mein ganzes Leben besteht aus Organisation und Listen, und jetzt jagt er mich in eine fremde Stadt, noch dazu in einem Flugzeug, und ich hab keine Ahnung, was das Ganze soll. Er verschränkt seine Finger mit meinen und sieht mich an. Seine Augen blitzen.

«Man ist nicht mutig, wenn man keine Ängste hat. Aber man ist mutig, wenn man sich seinen Ängsten stellt. Bist du mutig, Ella?»

Mein Herz zieht sich zusammen. «Warum tust du das?»

«Weil wir Freunde sind.» Er lächelt. «Guck mal, die riesige Boeing da vorne. Wenn die abhebt ...»

Wie zwei Kinder starren wir gemeinsam durch die Scheibe, und ich hänge an seinen Lippen, während er mir die verschiedenen Flugzeugtypen erklärt und noch einige andere Dinge, die mich nie interessiert haben. Doch er steckt mich an mit seinem Reisefieber, seine Begeisterung überträgt sich auf mich, und ich entspanne mich langsam. Bis unsere Flugnummer aufgerufen wird.

«Wir müssen los.» Er steht auf und hält mir die Hand hin. Zögernd greife ich danach, dann gehen wir gemeinsam zum Gate, laufen durch einen kühlen, windigen Tunnel zum Flugzeug. Wenige Minuten später finde ich mich zitternd und schwitzend in einem schmalen Sitz wieder. Angeschnallt.

Meine Finger umklammern seine Hand so fest, dass meine Knöchel weiß hervortreten. Mein Puls rast in meinen Ohren. Dann rollt das Flugzeug los. Langsam zunächst, dann schneller. Die Beschleunigung drückt mich in den Sitz, nimmt mir den Atem. Ich weiß nicht, ob ich die Augen schließen oder aus dem Fenster gucken soll, aber Dave befiehlt mir hinauszusehen.

«Was ist das Schlimmste, das dir passieren kann?», flüstert er mir ins Ohr, und ich verdrehe die Augen.

«Gerade jetzt solltest du das besser nicht fragen.» Wir könnten abstürzen, du liebe Güte. Mein Magen rebelliert, ich fühle mich wie in einer Achterbahn. Dann spüre ich, dass das Flugzeug abhebt. Keuchend umklammere ich seine Hand noch fester, presse die Knie zusammen und versuche, mein rasendes Herz zu beruhigen.

Als ich merke, wie mir plötzlich der Boden unter den Füßen weggerissen wird, wie die Schwerkraft mit mir spielt und mich nach unten zerren will, treten mir Tränen in die Augen. Trotzdem schaue ich tapfer aus dem Fenster und stelle erstaunt fest, wie klein die Welt auf einmal wird. Wie winzig Menschen, Autos und Häuser wirken, mit jeder Sekunde werden sie kleiner. Die große Stadt unter uns ist nur noch eine Modelleisenbahn-Landschaft.

«Das da unten ... Das ist deine Angst.» Daves warmer Atem kitzelt mich am Ohr. «Wir lassen sie einfach zurück. Was meinst du?»

Ich nicke und versuche, so tief wie möglich ein- und auszuatmen. Mein Puls beruhigt sich langsam. Wir fliegen rumpelnd in die Wolkendecke, und ich schreie leise auf. Dave lacht.

«Nur Luftlöcher. Keine Sorge.» Das Flugzeug wird ein wenig geschüttelt, aber dann scheint auf einmal die Sonne. Es ist hell, die Strahlen wärmen mein Gesicht, und jetzt muss auch ich lachen. Die Wolken unter uns sehen aus wie Berge aus Zuckerwatte, am liebsten würde ich mich hineinlegen und damit spielen. Der Anblick ist so schön, dass mein Herz in der Brust zu wachsen scheint.

«Hier oben scheint immer die Sonne. Ist das nicht eine herrliche Vorstellung?»

Dave legt den Arm um mich, und ich rutsche näher zu ihm rüber, bis ich mich an ihn schmiegen kann. Sonne im Gesicht und ein warmer Körper neben mir. Mit einem Mal ist sogar das Gefühl der Bodenlosigkeit schön und gar nicht mehr beängstigend. Was kann mir schon passieren? Wenn wir jetzt abstürzen und ich sterben sollte, habe ich wenigstens das hier erlebt. Und ist es nicht besser, etwas Schönes erlebt und es wieder verloren, als es nie besessen zu haben? Diesen Moment kann mir keiner mehr nehmen. Niemals. Mein Herz pocht schneller, als unsere Hände sich ineinanderschlingen, sein Daumen mit meinen Fingern spielt und zärtlich darüberstreicht.

***

Draußen empfängt uns gleißende Sonne, und ich zittere kaum noch.

«Bienvenue à Marseille», sagt Dave und drückt meine Hand. «Ich war letztes Jahr schon mal hier. Ganz in der Nähe gibt es einen Ort, den ich dir unbedingt zeigen will.»

Es beruhigt mich, dass er sich gleich um alles kümmert. Er kauft ein paar Dinge in einer Drogerie, spricht zu meinem Erstaunen ziemlich gut Französisch, besorgt ein Zugticket und überrascht mich auf der Fahrt mit einem Picknick. Baguette, Käse, Weintrauben. Und Mousse au Chocolat. Ich schwitze, obwohl ich nur ein T-Shirt trage, also gehen wir in dem winzigen Städtchen, in dem wir ausgestiegen sind, direkt in eine kleine Boutique. Es dämmert bereits, trotzdem flirrt die Luft vor Sommer, und fremde Düfte umspielen meine Nase.

Wir kaufen ein kurzes Kleid für mich und eine Shorts für Dave, anschließend lassen wir uns von einem Taxifahrer in eine kleine Pension am Strand bringen. Am frühen Abend dann stehe ich mit offenem Mund staunend an einem endlos weiten, weißen Sandstrand und kämpfe mit den Tränen.

«Saintes-Maries-de-la-Mer», erklärt Dave. «Ein Wallfahrtsort der Roma. Ich war letztes Jahr zu ihrem jährlichen Fest hier, eins meiner schönsten Erlebnisse. Ich wollte es dir zeigen, weil dieser Ort besonders ist. Für alle Menschen.»

Ich schlucke die aufkeimende Rührung runter und lächle ihn an, bringe aber kein Wort heraus. Wir setzen uns nebeneinander in den warmen Sand, ziehen die Schuhe aus und lassen unsere Füße vom Meer umspülen. Der Strand ist fast leer, nur ein paar Familien versuchen noch, ihre Kinder aus dem Wasser zu zerren, weil es Zeit fürs Abendbrot ist.

Es riecht nach Salz, Fisch, Algen, Lavendel und gegrilltem Fleisch. Ein Stück den Strand hinunter findet anscheinend eine

Party statt. Lachen, leise Musik, Gesang dringen leise zu uns hinüber. War ich wirklich vor ein paar Stunden noch in London, im dichten Verkehr? Wie kann es sein, dass ich so plötzlich in einer anderen Welt bin?

«Im Mittelalter war die Stadt noch einige Kilometer vom Meer entfernt. Doch das Meer ist immer näher gekommen. Für wagemutige Taucher gibt es unter Wasser ein paar antike Stadtreste zu entdecken. Dahinten.»

Ich folge Daves Blick und erschauere.

«Das hört sich schrecklich an», sage ich leise.

«Die Menschen haben sich arrangiert. Das Meer war stärker, sie konnten sowieso nichts dagegen tun. Kein Damm hätte es ferngehalten. Und dann es ist besser, sich damit abzufinden, als ständig davor wegzulaufen. Oder?»

Verwirrt hebe ich den Kopf und sehe ihn an. Dave lächelt. Die untergehende Sonne zaubert rote Lichter auf sein Gesicht und lässt seine Augen glänzen.

«Man darf nicht als Opfer leben, Ella. Es ist leicht, die Decke über den Kopf zu ziehen und sich über das Leben zu beklagen. Oder über andere Menschen. Es sind immer die anderen, die einem etwas antun und einen mit Steinen bewerfen. Dabei ist man selbst schuld, wenn man die Beulen einfach nur kassiert und darüber jammert. Statt aufzustehen, die Steine einzusammeln und zurückzuwerfen.»

«Oder man baut eine Mauer daraus», sage ich leise. Meine Mauer ist am Bröckeln, seitdem ich Dave kenne. Noch nie habe ich es so deutlich gespürt wie heute, in diesem Moment. Jetzt, wo wir nebeneinandersitzen und auf das endlose Meer hinausschauen, das keine Grenzen kennt. Dem es egal ist, was die Menschen von seinen Wellen halten. Oder von seiner Farbe. Es ist einfach da, und wir müssen es hinnehmen, so wie es ist. Uns damit arrangieren.

«Ich wünschte, ich hätte meine Kamera dabei», sage ich seufzend und wackle mit den Zehen. Eine winzige Krabbe huscht aus dem Schlamm und rennt seitwärts an mir vorbei. Ich muss lachen.

«Du solltest deine Ängste aus dir rausbrüllen», meint Dave plötzlich und springt auf. Verwirrt lasse ich mich von ihm hochziehen. Das Wasser, das unsere Füße umspült, ist noch warm. Das Meer leuchtet in schillernden Rottönen, ein beeindruckendes Schauspiel, von der untergehenden Sonne inszeniert.

«Was meinst du damit?»

Er stellt sich hinter mich und schlingt seine Arme um meinen Bauch. Ich spüre seinen Herzschlag an meinen Schläfen, als ich den Kopf an ihn lehne.

«Das Meer wird sie mitnehmen, wenn du laut genug schreist. Dann kannst du sie auf den Wellen tanzen sehen.»

Ich atme schwer. «Hier? Jetzt?»

«Niemand wird verstehen, was du sagst. Außer mir. Und ich werde dich nicht verraten. Wenn du willst, halte ich mir sogar die Ohren zu.»

Meine Augen fangen an zu brennen, aber dann hole ich tief Luft und löse mich aus seinen Armen, bevor ich den Namen *Gary* aus mir herausbrülle. Wütend trete ich mit dem Fuß in die Wellen, die an meinen nackten Beinen hochspritzen. Oh Gott, das tat gut.

Gary!

Ich lache laut auf und gehe etwas weiter ins Wasser, bis mir die Wellen über die Knie reichen und an meine Oberschenkel schlagen.

Mutter. Henry. Mr Jameson. Gary. Flugzeuge. Autos. Gewitter. Einsamkeit. Dunkelheit. Und Dave. DAVE!

Eine Träne löst sich aus meinem Augenwinkel, aber es ist eine gute Träne. Salzig wie das Meer und beruhigend. So beruhigend wie Dave, der plötzlich wieder hinter mir steht und mich an sich zieht. Ich drehe mich langsam zu ihm um, versinke in seinem Blick, in seinen Augen, in denen sich der rote Schein der Sonne widerspiegelt.

«Vor mir sollst du aber keine Angst haben», flüstert er. «Ich würde dir niemals weh tun.»

Ich schlucke, lehne das Kinn an seine Brust und halte mich mit beiden Armen an ihm fest. Die Wellen zerren an uns, aber wir stehen fest wie ein Fels in der Brandung.

Doch insgeheim habe ich Angst. Weil ich ihn um etwas gebeten habe, das ich auf einmal gar nicht mehr will. Weil es mir nicht mehr reicht. Denn ich will mehr als das. Viel mehr. Aber ich habe keine Ahnung, was *er* will. Sein Kuss reißt mich aus meinen Gedanken und wäscht meine Sorgen ab. Aneinandergeklammert stehen wir inmitten der sanften Wellen und küssen uns, lange, zärtlich. Mein Herz schwillt an, meine Beine scheinen sich verflüssigen zu wollen. So muss sich die kleine Meerjungfrau gefühlt haben, als sie zu Meerschaum wurde. Dave löst sich von mir und trägt mich zurück an den Strand, der inzwischen menschenleer und fast dunkel ist. In eine einsame Düne.

Ich rieche den Sand, höre die Wellen rauschen. Schmecke ihn, spüre ihn. Seine Hände auf mir, seine Lippen, die mich tastend erkunden, als ob es das erste Mal wäre. Seine Finger, die so zärtlich sind. Seine Hüften, die sich an mich pressen. Die Härte zwischen seinen Beinen. Atemlos küssend ziehen wir uns gegenseitig aus, jedoch nur das Nötigste. Mein Slip fällt, ich zerre seine Hose über die Hüften. Küsse ihn weiter, als ob ich ohne ihn ertrinken müsste. Spüre den warmen Sand auf meiner nackten, nassen Haut, wie Schleifpapier. Aber es stört mich nicht.

Dave ist hart, als er in mich eindringt. Er stöhnt in meinen Mund. Fährt mit den Fingern durch mein Haar, wieder und wieder. Küsst mich und küsst mich, überall. Ich umklammere ihn mit meinen Beinen, dränge ihn tiefer in mich hinein. Alles ist nass und sandig und warm und weich, und er dringt in mich, mit langsamen, tiefen Stößen, die mein Herz zum Klopfen und meinen Schoß zum Zucken bringen.

«Oh Gott, Dave», schreie ich, als ich komme. Ihn ganz tief in mich aufnehme. Das Meer trägt meinen Schrei fort, um uns wird es dunkel. Ich halte sein Gesicht mit beiden Händen fest, als ob er sich sonst auflösen könnte. Zu Meerschaum werden. Wir sehen uns tief in die Augen, während meine inneren Muskeln sich um ihn schlingen und um ihn herum pulsieren. Bis auch er sanft stöhnend in mir zuckt und sich heiß in mir verströmt.

23

Wir haben uns die ganze Nacht lang geliebt, wieder und wieder. In dem winzigen, ungemütlichen Bett. Und geredet. Über seine Eltern und ihre hohen Erwartungen an ihn. Über den strengen Unterricht an einer katholischen Schule, den Pfarrer, der die Jungs mit dem Rohrstock zu Gehorsam erzog. Darüber, wie Claire gestorben ist und wie Dave beschlossen hat, sich von allem freizustrampeln und endlich so zu leben, wie er wirklich leben will. Jeden Tag ein neues Leben anzufangen.

Nur über uns haben wir nicht gesprochen.

Irgendwann im Morgengrauen sind wir eingeschlafen. Unsere erhitzten Körper ineinander verkeilt, sein Arm schwer auf meiner Brust. Er war so warm, so behütend. Zum ersten Mal haben wir die Nacht gemeinsam in einem Bett verbracht. Einem ziemlich schmalen Bett. Und als ich am Morgen aufwachte, hockte er mit einem Kaffeebecher in der Hand auf der Bettkante und betrachtete mich lächelnd.

Jetzt sitzen wir wieder im Flieger zurück nach London, und ich fühle mich verkatert. In meiner Brust schmerzt es, ein Gefühl wie Sehnsucht nach etwas, das ich nicht benennen kann.

«Ich will hier nicht weg», sage ich und drücke Daves Hand. Wir tragen noch immer die Klamotten, die wir in Saintes-Maries-de-la-Mer gekauft haben. Sie sind klamm und steif vom salzigen Meerwasser, voller Sand. Aber es ist mir egal.

Dave lächelt. «Versuch, das Gefühl zu bewahren, wenn wir später wieder zu Hause sind.»

«Hast du viel von deinen Reisen behalten?», frage ich neugierig.

Er nickt. «Oh ja. Sehr viel. Manchmal höre ich nachts die Dschungelgeräusche aus Thailand. Auf einer der Inseln habe ich draußen geschlafen, um den Vögeln zu lauschen. Dieses ständige Schrillen und Zwitschern, die ganze Nacht lang ... Es ist nie vollkommen still, und man fühlt sich nie einsam. Obwohl die dämlichen Moskitos mir die Nächte ziemlich versaut haben – die Biester haben mich fast bei lebendigem Leib gefressen!»

Ich lache. «Und was noch?» Ich bin gierig auf weitere Geschichten, und Dave hat unzählige parat.

Als der Flieger holpernd in Heathrow landet, überfällt mich ein Gefühl der Traurigkeit. Schwüle Dunkelheit empfängt uns, und mein Herz schmerzt immer mehr.

«Fernweh», erklärt Dave, bevor wir auf sein Motorrad klettern. Meine Beine sind steif vom Sitzen. «Das ist ganz normal. Für mich jedenfalls.»

«Wirst du demnächst wieder auf so eine lange Reise gehen?»

«Ja, ganz sicher. Sobald das neue Album fertig ist. Ich will die Welt sehen, solange ich noch kann. Wenn ich erst mal eine Familie habe, ist es damit vorbei. Und die will ich auch, irgendwann. Kinder, die ihren musizierenden Dad sogar noch cool finden, wenn sie in der Pubertät sind.»

«Vergiss es, die gibt es nicht», sage ich lachend, aber seine Worte verursachen einen Kloß in meinem Hals.

Ich kneife den Mund zusammen und schlinge die Arme um seinen Bauch, presse mich fest an seinen Rücken. Dann fährt

Dave los. Meine Augen brennen. Nächstes Jahr wird er wieder weg sein. Ich werde in London sein, wahrscheinlich sogar noch immer als Buchhalterin arbeiten. Irgendwie beunruhigt mich diese Vorstellung.

***

«Danke. Für alles.» Ich drücke ihm einen Kuss auf die Wange, bevor ich mich zu meiner Tür umdrehe. Und erstarre. Dave beugt sich an mir vorbei und reißt den Zettel ab, der dort hängt.

Ich weiß längst, wo du wohnst, Schlampe.

Das Herz hämmert mir gegen die Brust. Ich versuche, ihm den Zettel zu entreißen, aber er hält ihn fest.

«Was zum Teufel ...? Von wem ist das?»

«Keine Ahnung.» Meine Wangen glühen. «Ist nicht wichtig.»

«Ella!» Dave kneift die Brauen zusammen und sieht mich fest an. «Willst du mich verarschen? Was ist los bei dir?»

«Vielleicht hat das eins von deinen eifersüchtigen Betthäschen an meine Tür geklebt?», versuche ich zu scherzen, aber sein Gesichtsausdruck macht mir Sorgen. «Das ist nicht weiter wichtig, ich ignoriere es einfach.» Wieder greife ich nach dem Blatt, doch Dave faltet es zusammen und schiebt es in seine Hosentasche.

«Ich breche dem Kerl alle Knochen, wenn er dich belästigt.» Er knirscht mit den Zähnen.

«Hör auf damit. Es ist okay, wirklich. Solange er nur Nachrichten schreibt ...» Aber es ist nicht okay. Mein Puls rast, und ich spüre, wie die Angst beginnt, mich zu lähmen. Weil er hier war. Weil er weiß, wo ich wohne, wie ich heiße, wo ich arbeite. Und weil ich weiß, was er mit diesen Informationen anrichten kann.

«Das ist von diesem Gary, richtig? Was will er von dir? Du solltest mit deiner Mutter sprechen. Und ihrem komischen Ehemann, natürlich.»

Ich nicke brav und tippe meinen Code ein. «Ja, das werde ich. Gute Nacht.»

Dave greift nach meinem Handgelenk und wirbelt mich herum. «Ella ... Ich war ehrlich zu dir. Immer. Warum vertraust du mir nicht?»

Ich schlucke und versuche, seinem Blick standzuhalten. «Ich vertraue dir doch.»

«Dann erzähl mir, was passiert ist und was der Typ von dir will.»

«Nein.» Heftig schüttle ich den Kopf und drücke meine Tür auf. Die Wohnung ist kühl und dunkel, riecht nach fabrikneuen Möbeln und Farbe. Künstlich. Ich sehne mich so sehr nach Frankreich zurück, ans Meer, dass es in meiner Brust schmerzt. «Nicht jetzt. Ich muss ... nachdenken.»

Ich sehe, wie seine Kiefer mahlen. Dann erlischt die automatische Beleuchtung im Treppenhaus, und wir stehen im Dunklen.

«Was soll das hier werden?», fragt er leise. Mir wird schwindelig.

«Was meinst du damit? Was soll was werden? Wir sind Freunde und schlafen ab und zu miteinander. Oder nicht?»

Seine Augen verdunkeln sich. «Ich dachte, wir wären ... Ach, vergiss es einfach.» Er lässt mich abrupt los, dreht sich um und geht zu seiner Wohnung. Seine Schultern sind zusammengezogen, und er wirft die Tür so heftig hinter sich ins Schloss, dass ich zusammenzucke. Er ist weg. Einfach gegangen. Und er wirkte ziemlich sauer.

Kopfschüttelnd betrete ich mein Loft und ziehe die Tür hinter mir zu. Bleibe mit pochendem Herzen stehen. Bin ich vielleicht nicht die Einzige, der unser Ausflug nach Frankreich etwas bedeutet hat?

Warum kann ich ihm nicht vertrauen und ihm erzählen, was los ist? Vielleicht könnte er mir sogar helfen, ganz sicher hätte er Verständnis für mich. Aber meine Angst vor seiner Reaktion ist immer noch zu groß. Er ist beliebt, hat viele Freunde. Wie sollte er jemals nachvollziehen können, was mir passiert ist? Womöglich würde er sich für mich schämen. Die Vorstellung löst einen stechenden Schmerz aus. Bevor mein Verstand es zugeben will, signalisiert mir mein Körper, was ich eigentlich längst wissen sollte. Ich habe mich verliebt. Unsterblich verliebt. In meinen Nachbarn, der keine Beziehung will und bestimmt schon mehr Frauen im Bett hatte als ich Zahnbürsten im Mund.

Stöhnend lehne ich den Hinterkopf an die Tür und rutsche zu Boden. Aus seiner Wohnung dröhnt laute Musik. Dann höre ich ihn fluchen, etwas poltert. Ich zucke zusammen und öffne die Augen wieder, starre auf die Wand, die uns voneinander trennt. Mein Körper möchte einfach zu ihm gehen. Sich an ihn schmiegen, ihn küssen. Von ihm gehalten werden. Aber mein Verstand wehrt sich. So sehr, dass meine Hände zittern und mir etwas die Kehle zuschnürt.

Was ist das Schlimmste, das mir passieren kann? Lieber Himmel, darüber sollte ich jetzt besser nicht nachdenken. Ganz und gar nicht. Ich fühle mich ohnmächtig, hilflos. Weil ich keine Ahnung habe, wie ich mit dieser Situation umgehen soll. Weil ich nicht weiß, wie er darüber denkt. Weil ich Angst davor habe, verletzt zu werden. Weil ich mich gefangen fühle in meiner Vergangenheit, die ich nicht mehr verändern kann und die immer Teil von mir sein wird. Tränen schießen mir in die Augen, trotzig wische ich sie weg. Dann gebe ich mir einen Ruck. Ich habe es versaut. Aber ich kann es retten. Ich kann *uns* retten. Ich muss doch einfach nur ehrlich zu ihm sein. Warum ist das so verflucht schwer?

24

Der Montag im Büro ist hart. Jen wundert sich über meine geistige Abwesenheit, die ich mit Stress bei der Arbeit erkläre. Dabei kann ich mich kaum auf meine Zahlen konzentrieren, weil ich ständig an Dave und an Frankreich denke. Daran, was zwischen uns ist und was aus uns wird.

Erst Holly klärt Jen auf, indem sie wie eine Kasperlepuppe über meine Trennwand guckt und freudestrahlend mit ihrem Handy wedelt.

«Rate, wen ich auf Facebook gefunden habe? Das bist doch du, oder nicht?»

Mein Herz setzt zwei Schläge aus. Misstrauisch nehme ich ihr das Telefon aus der Hand und schaue auf das winzige Display. Daves Facebook-Seite – und ein Foto von mir. Er muss es am Strand von mir gemacht haben, mit seinem Handy. Es zeigt mich, wie ich mit ausgestreckten Armen barfuß im Wasser stehe, den Kopf in den Nacken gelegt. Zum Glück bin ich nur von hinten drauf, man erkennt mich kaum. Darüber steht *To you, Mrs Frost.* Zähneknirschend gebe ich Holly das Handy zurück. Verfluchtes Internet.

«Wie kommst du darauf, dass ich das bin?»

Holly grinst. «Wo wart ihr denn da? Und wieso nennt er dich ‹Mrs Frost›?»

Stöhnend verdrehe ich die Augen, aber dann beschließe ich, mich den beiden anzuvertrauen und von unserem Ausflug zu erzählen. Von meinen Ängsten, die Dave albern findet, und davon, wie er mir helfen will, sie loszuwerden. Mein Herz flattert, während ich von Frankreich berichte. Holly lauscht mit offenem Mund, Jen kratzt sich nachdenklich hinterm Ohr.

«Ehrlich, Ella, das ist toll», meint sie schließlich und drückt meinen Arm.

«Da kann man mal sehen ... Offenbar hat er es irgendwie geschafft, dir den Stock aus dem Hintern zu ziehen.» Holly schnalzt mit der Zunge und wirft mir einen Blick zu. «Wie zum Teufel hat er das denn angestellt?»

«Wir sind nur Freunde», werfe ich ein, woraufhin die beiden anfangen zu lachen. Und nach einigen Sekunden stimme ich in ihr Gelächter ein.

«Wir haben keine ... Also, wir sind nicht zusammen oder so.» *Es fühlt sich aber so an*, flüstert eine Stimme in meinem Kopf. *Warum nur fühlt es sich dann so an?* «Wir sind Freunde und wir haben ... na ja ... wir haben ab und zu Sex.» Röte schießt mir ins Gesicht. Holly schnappt theatralisch nach Luft und fächelt sich mit der Hand zu.

«Du *schläfst* mit ihm? Ihr fliegt spontan nach Frankreich, und du willst mir erzählen, ihr habt keine *Beziehung*? Ella, ich weiß, dass du manchmal ein bisschen schwer von Begriff bist, aber das ... Wie schaffst du es bloß, dich nicht in ihn zu verlieben? Das ist doch unvorstellbar!»

Ich schlinge die Arme um mich und versuche zu lächeln.

«Das ist es ja», sage ich leise. «Ich schaffe es nicht. Ich schaffe es einfach nicht. Und jetzt hab ich so eine verdammte Angst ...»

Für ein paar Sekunden schweigen die beiden, sehen mich nur an. Jen greift nach meinem Arm, streicht über meine Hand.

«Das ist okay, Ella. Angst zu haben ist ganz normal. Jeder Mensch hat doch Angst. Es kommt darauf an, was man aus dieser Angst macht. Man darf sie nicht übermächtig werden lassen, man muss sie in die richtigen Bahnen lenken und sie nutzen. Ich zum Beispiel habe auch Ängste.»

Das ist mir neu. Ich sehe sie zweifelnd an, denn bisher kam Jen mir so unerschrocken vor wie ein römischer Krieger.

«Ich habe wahnsinnige Angst davor, schwanger zu werden», fährt sie leise fort. «Ich hatte schon zwei Fehlgeburten, und fast wären Jason und ich daran zerbrochen. Es war hart, für uns beide. Aber ich will mich davon nicht unterkriegen lassen. Irgendwann wird es funktionieren, und dann werde ich glücklich sein. Ich gebe einfach nicht auf. Die Angst macht mich vorsichtig, aber ich lasse mich von ihr nicht unterkriegen.»

Ich schlucke und lege meine Hand auf ihren Unterarm. Holly setzt sich mit bedröppelter Miene auf meinen Schreibtisch.

«Das tut mir sehr leid, Jen», sage ich. «Wirklich.»

Sie lächelt, ihre Augen sind feucht. «Was ich damit sagen will, Ella ... Manchmal ist das Leben es wert, Angst zu haben. Und etwas trotzdem zu tun. Manchmal muss man sich einfach überwinden und etwas wagen. Trotz aller Risiken. Und die Liebe birgt immer ein Risiko, für beide. Es gibt keine Garantie, wenn man sich auf einen anderen Menschen einlässt. Aber wenn es gutgeht, ist es jedes Risiko wert. Glaub mir.»

«Doch manchmal ist die Liebe auch ein Arschloch und wirft dir Dreck ins Gesicht», wendet Holly ein. Erstaunt drehe ich mich zu ihr.

«Das stimmt nicht.» Jen schüttelt den Kopf. «Die *Angst* ist das Arschloch. Weil sie dir einreden will, dass alles schiefgeht, und dabei vergisst du, was passiert, wenn gar nichts schiefgeht. Du wirst eifersüchtig, bekommst Verlustängste oder hast Angst davor, abgelehnt zu werden. Dabei hätte es funktionieren können, wenn du deiner Angst nicht die Regie überlassen hättest.»

Jen lächelt.

«Tu es einfach. Nach allem, was du erzählt hast, gibt es wenig zu befürchten. Abgesehen von meinem maßlosen Neid», fügt Holly grinsend hinzu. Wir lachen gemeinsam, und auf einmal sieht die Welt nicht mehr so grau aus wie heute Morgen.

«Übrigens, Themawechsel. Sean hat gekündigt.» Jen wirft mir einen Blick zu.

«Was?», fragen Holly und ich fast gleichzeitig.

«Hat Marc mir vorhin gesagt. Fristlos. Ohne einen Grund zu nennen.» Jen zuckt mit den Achseln. «Ich find's nicht schade, nach allem, was er getan hat.»

Ich schiele zu Holly und stelle fest, dass sie offensichtlich längst davon weiß. Man kann hier einfach nichts geheim halten, von diesem Büro könnte selbst die NSA noch was lernen.

«Ich sollte mit ihm reden», sage ich. «Es ist nicht okay, dass er deshalb kündigt. Meinetwegen.»

«Und ob das okay ist, Ella!» Jen reißt empört die Augen auf. «Wenn er nicht selbst gekündigt hätte, hätte ich es gemeldet, und er wäre geflogen. Ebenso fristlos. Von daher ...»

«Er war nicht er selbst, Jen.» Mir wird warm. Ich bin mir sicher, dass er das nicht verdient hat. Ich hatte immer den Eindruck, dass auch Sean voller Ängste steckt, so wie ich. Vielleicht hat er deshalb zum Koks gegriffen.

«Das ist doch keine Entschuldigung, Ella!» Jen runzelt die Stirn. «Drogen sind kein Grund, so auszuflippen, ernsthaft. Wenn er sich nicht im Griff hat, sollte er besser die Hände von dem Zeug lassen.»

«Stimmt es, dass Dave ihm die Nase gebrochen hat?» Holly wickelt sich eine Haarsträhne um den Finger. Ich nicke und muss mir ein Lachen verbeißen.

«Geschieht ihm recht. Und du, junge Dame ...» Holly bindet sich einen Pferdeschwanz und steht von meinem Schreibtisch auf. «Du solltest dir den Hunter schnappen. Mit Haut und Haar. Ich bin verdammt stolz auf dich.» Sie haucht mir einen Kuss auf die Wange, bevor sie zu ihrem Arbeitsplatz zurückgeht.

«Ich wollte dir noch sagen ...» Jen beugt sich zu mir runter und legt eine Hand auf meine Schulter. «Was auch immer du tust – denk nicht zu viel über die Konsequenzen nach. Mach es einfach.»

Ich nicke und wende mich dann wieder meinem Computer zu. «Ich versuch's. Wirklich, ich versuch's.»

25

Als ich am Mittwoch für meine Verhältnisse viel zu früh aus dem Büro komme, bin ich mit den Nerven fix und fertig. Den ganzen Tag habe ich darüber nachgedacht, wie ich am besten vorgehe. Jetzt hoffe ich nur, dass Dave heute Abend ausnahmsweise zu Hause ist und ich meinen Plan in die Tat umsetzen kann. Ich riskiere, dass er mir das Herz bricht, aber ich will nicht mehr ohne ihn. Ohne Sex. Ich fühle mich wie ein Junkie auf dem Weg zu seinem Dealer. Irgendwo im Hinterkopf das Wissen, wie ungesund es ist. Aber den Körper zieht es zum Stoff. Weil er weiß, dass er sich danach wenigstens für einen kleinen Moment besser fühlen wird.

Schon im Treppenhaus höre ich, dass Musik aus seiner Wohnung dringt. Er ist also zu Hause, wie gut. Mein Puls beschleunigt sich. Eilig springe ich unter die Dusche, ziehe mein Lieblingskleid an, schnappe mir die schwarze Mappe, die ich schon bereitgelegt habe, und gehe rüber. Ohne Vorwarnung, in der Hoffnung, dass er allein ist und ich nicht womöglich in ein Date platze. Für den Fall habe ich mir eine Ausrede zurechtgelegt – ich werde ihn einfach fragen, ob er mir Brot leihen kann. Trotzdem klopft mir das Herz bis zum Hals, als ich den Finger auf den Klingelknopf lege und der schrille Ton erklingt. Die Mappe presse ich fest gegen meine Brust.

«Hey.»

«Hey, Ella. Hätte ich gewusst, dass du kommst, hätte ich Champagner kalt gestellt.» Ein Lächeln huscht über sein Gesicht, und er lädt mich mit einer Handbewegung ein. Ich liebe es, dass er so unkompliziert ist. Es kümmert ihn nicht weiter, ob er aufgeräumt hat oder auf Besuch vorbereitet ist. Mich hätte so eine Situation in eine kleine Krise gestürzt.

«Nicht, dass du einen falschen Eindruck kriegst, aber ich bin nicht in erster Linie hier, um zu *kommen*», sage ich frech, bevor ich seiner Einladung folge. Er lacht rau, und ein Schauer läuft mir über den Rücken. Auf dem Herd brutzelt etwas in der Pfanne, es riecht nach Curry. Im Hintergrund läuft Musik von *Goldfrapp*, auf dem Esstisch steht eine einsame Bierflasche neben einer zerdrückten Zigarettenpackung. Die Schachtel mit den Schoko-Minz-Plättchen daneben ist leer. Es ist noch früh, die tiefstehende Sonne, die durch die riesigen Fenster fällt, macht die Staubkörnchen sichtbar. Sie tanzen durch die Luft wie kleine Geister.

«Wenn ich dich gerade störe ...»

«Du störst nie, ich hab sogar gekocht. Möchtest du? Keine Ahnung, ob man das essen kann, aber ...» Er hebt kurz die Schultern und geht an den Herd, um in der Pfanne zu rühren. Ich setze mich an den Tisch und nehme einen Schluck aus der Bierflasche, als er sich fragend zu mir umdreht.

«Ich hab keinen Hunger, danke. Ich wollte dir nur etwas zeigen.» Mein Puls rast, als ob ich gerade gejoggt wäre. Er hat keine Ahnung, wie schwer mir dieser Schritt fällt. Aber ich hoffe, er versteht, was ich ihm eigentlich damit sagen will.

«Warst du bei Agent Provocateur?» Grinsend schaltet er das Gas ab und mustert mich von oben bis unten. Das bunte Wickelkleid ist seiner Aufmerksamkeit natürlich nicht entgangen, es ist viel zu tief ausgeschnitten, als dass er es ignorieren könnte. Es ist das Kleid, das ich beim Konzert getragen habe. Ich verdrehe nur die Augen und tippe auf die Mappe. Mein Magen dreht eine kleine Pirouette vor Aufregung, aber ich bin wild entschlossen, es durchzuziehen.

«Quatsch. Ich hab dir ein paar von meinen Fotos mitgebracht. Um deine Meinung zu hören.»

Dave setzt sich neben mich auf die Bank und schlägt dann sofort die Plastikmappe auf, in der große Abzüge meiner Lieblingsbilder sind. Meine Hände kribbeln vor Aufregung. «Ich meine, du hast mir auch deine neuen Songs vorgespielt, da dachte ich ...»

«Die sind großartig, Ella», murmelt er. Ich beobachte ihn argwöhnisch von der Seite. Er wirkt hochkonzentriert, betrachtet jedes Bild lange, wie ein Suchbild. Sein Kompliment lässt Hitze in mir aufsteigen. Das Netteste, das ich bisher über meine Aufnahmen gehört habe, war ein Kommentar von Jeremy, der sie als *hübsche Knipserei* bezeichnet hat.

«Fotografierst du keine Menschen?», fragt Dave.

«Nein, schon lange nicht mehr.» Um genau zu sein, seit drei Jahren nicht. Wen hätte ich auch fotografieren sollen? Den alten Hausmeister an der Uni? Meine Professoren, die jahrelang meine einzigen Bezugspersonen waren, weil sonst niemand was mit der Schlampe von Oxford zu tun haben wollte? Aber er hat zum Glück keine Ahnung, wer ich früher war.

Dave vertieft sich wieder in die Bilder. Eine Serie weckt seine Aufmerksamkeit, sie zeigt einen See in Oxfordshire, den ich häufig fotografiert habe. Während eines schrecklichen Gewitters, das mich überrascht hat. Ich habe Todesängste ausgestanden, als ich mich am Fuß eines Felsens verkrochen habe, aber trotzdem habe ich Bilder von dem Naturschauspiel gemacht. Die Aufnahmen sind schwarzweiß und wirken fast wie Fotos meines Idols, Ansel Adams. Es sind die besten Aufnahmen, die ich je gemacht habe. Vielleicht weil meine Angst in jedem der Bilder deutlich zu erkennen ist.

«Warum hast du so viele Bilder davon gemacht?»

«Ich wollte die Szene unbedingt einfangen. Manchmal weiß man nicht, ob aus einer Aufnahme was wird, deshalb nehme ich so viele Bilder wie möglich auf.»

«Du hast Angst», stellt er fest und blättert die weiteren Abzüge, die immer denselben Ausschnitt zeigen, hastig durch. «Du solltest das perfekte Motiv suchen und genau ein Bild davon machen. So wie Ansel Adams. Nicht wie ein Hobbyfotograf so oft auf den Auslöser drücken, bis zufällig der richtige Schuss dabei ist. Das machen nur Angsthasen.»

«Ich mache das aber so», verteidige ich mich und strecke den Arm aus, um ihm die Mappe wegzunehmen. Meine Halsschlagader pocht. Ich hätte wissen müssen, dass es ein Fehler war, ihm die Aufnahmen zu zeigen. Dave entreißt mir die Mappe und hält sie hoch über seinen Kopf, sodass ich nicht drankomme, ohne aufzustehen.

«Gib wieder her. Es war blöd, die Fotos mitzubringen», sage ich. Es fällt mir schwer, meine Enttäuschung zu verbergen.

«Nein, war es nicht. Denn du bist gut. Ich meine, du bist richtig gut. Du hast ein großartiges Auge dafür, und deine Technik ist nahezu perfekt. Du hast es nicht nötig, solche Reihenaufnahmen zu machen, Ella. Hab keine Angst vor deinem eigenen Können.»

«Ich mach das so, wie es mir passt. Und jetzt gib sie wieder her.»

«Jeder Künstler hat Angst. Wusstest du das?»

«Ach ja? Du hast offenbar keine, also bist du –»

«Oh doch.» Er nimmt den Arm runter und sieht mir fest in die Augen. «Ich habe sogar große Angst, Ella. Angst vor Kritik.

Angst davor, zu versagen oder zu enttäuschen. Jeder Song ist eine Herausforderung für mich. Vor jedem Auftritt mache ich mich wahnsinnig. Früher habe ich versucht, diese Ängste mit Alkohol oder Drogen zu betäuben.»

Ich schlucke. «Und jetzt?»

«Jetzt weiß ich, dass sie dazugehören. Dass sie es sind, die meine Musik zur Kunst machen. Sie sind mein Motor und mein Antrieb, und sie gehören ebenso zu mir wie die schönen Gefühle. Wie das Gefühl, dich zu küssen oder im Arm zu halten. Mit dir zu schlafen. Deinen süßen kleinen Hintern anzufassen und deine warmen Lippen auf meinen zu spüren.»

Mein Mund öffnet sich wie von selbst. Mein Blick verhakt sich mit seinem, aber mein linkes Augenlid fängt an, nervös zu zucken, was mich wahnsinnig macht.

«Angst treibt an, aber sie verhindert auch. Es geht darum, das richtige Maß zu finden, dann kann sie sehr produktiv sein. Leider sind deine Ängste alles andere als förderlich, sie behindern dich nur. Ich wünschte, ich könnte dir helfen loszulassen.»

Er wendet sich ab und blättert weiter durch meine Mappe, als ob er nichts Besonderes gesagt hätte.

«Du hast mir schon geholfen. Sehr», sage ich leise. Dann fällt mir ein, welche Bilder sich noch in der Mappe befinden, und mein Herz setzt ein paar Takte aus. Verdammt, wie konnte ich die vergessen? Wieso hab ich sie nicht rausgenommen?

Es ist zu spät: Er hat die Serie schon erreicht. Scharf zieht er die Luft durch die Zähne. Sein fassungsloser Blick wandert zwischen mir und dem Bild, das er aufgeschlagen hat, hin und her.

«Fuck, hast du das mit Selbstauslöser gemacht?»

«Gib her! Die sind nicht ...» Verzweifelt beuge ich mich über ihn und versuche, die Mappe wieder an mich zu nehmen, aber er legt sie zur Seite, steht auf und hebt mich so ruckartig hoch, dass ich aufkreische. Er wirft mich über seine Schulter und das Blut schießt mir in den Kopf, mein Puls klopft hämmernd in den Schläfen.

«Still jetzt, Frau. Ich will mir in Ruhe diese Bilder ansehen.»

«Lass mich runter», tobe ich und trommle mit den Fäusten auf seinen Rücken, aber er trägt mich wie eine Puppe durch den Raum und setzt mich in den Hängesessel. Bevor ich mich wehren kann, hat er meine linke Hand gepackt und sie mit einer Handschelle, die oben an dem käfigähnlichen Konstrukt hängt, an den Sessel gefesselt. Ich schnappe nach Luft.

«Das ist hoffentlich nicht dein Ernst, du Idiot! Mach mich sofort hier los!»

«Nope. Erst gucke ich mir in Ruhe die Fotos an.» Er setzt sich aufs Sofa, während ich an der Handschelle zerre. Wut steigt in mir auf.

«Von wann ist das?», fragt er ungerührt.

«Egal», knurre ich. «Ich werde dich wegen Freiheitsberaubung anzeigen, das ist dir hoffentlich klar!»

«Ich mach es gleich wieder gut.» Er zwinkert mir zu und blättert weiter durch die Mappe. Mein Unterleib zieht sich zusammen, denn sein Versprechen in Kombination mit diesem unnachahmlichen Grinsen war unmissverständlich. Und bin ich nicht insgeheim deswegen hergekommen?

«Die sind klasse, Ella. Alle. Ganz ehrlich. Für wen hast du die damals gemacht? Wie alt warst du da?»

«Die sind für mich. Und ich war viel zu jung für solche Bilder. Mach. Mich. Hier. Los.»

Endlich legt er die Fotos auf den Tisch und kommt zu mir. Aber anstatt die dämliche Handschelle zu lösen, geht er vor mir auf die Knie und schiebt seine Hände unter mein Kleid. Die plötzliche Wärme auf meinen Oberschenkeln löst einen Schauer aus.

Langsam streckt er seinen Oberkörper, ohne die Hände von mir zu nehmen, bis sein Gesicht sehr nah an meinem ist. Ich schlucke.

«Du hast doch nicht vor, hier ...» Nervös schaue ich zum Fenster. «Man kann uns sehen, von gegenüber, meine ich. Oder nicht? Kann uns jemand sehen?»

«Ich verspreche dir, dass dir das gleich vollkommen egal sein wird», raunt er in mein Ohr, dann spüre ich seine Lippen, die meinen Hals entlangwandern.

«Dave, bitte», gebe ich von mir. Die Nähe zum Fenster löst Panik in mir aus. Ich bin mir sicher, dass die Menschen im Haus gegenüber hereinsehen können, und sie werden ...

Seine Hände streichen über meine nackten Schenkel, verharren kurz vor meiner Scham. Ich werde weich. Warm. Nachgiebig. Wie immer, wenn er mich so berührt. Seine Lippen legen sich auf meine, und ich erwidere seinen Kuss. Während er mich mit der Zunge erobert, erkunden seine Finger meinen Körper. Im selben Takt. Jeder Zungenstoß lässt mich leise aufseufzen, zwischen meinen Beinen wird es wärmer. Und feucht.

«Du hast mich beim Essen gestört», murmelt er plötzlich an meinem Mund.

«Was?» Verwirrt öffne ich die Augen, dann spüre ich, wie er meinen Slip über meine Hüften nach unten zieht.

«Und ich habe wirklich großen Hunger. Auf dich.»

Der Hängesessel schaukelt sanft vor und zurück, während er das Höschen über meine Füße streift und dann mein Kleid nach oben schiebt. Er haucht Küsse auf die Innenseite meiner Oberschenkel, legt die Hände auf meine Pobacken und hebt mich etwas an. Das Kribbeln in meinem Schoß wird stärker. Ich schlinge die Hände um die Metallstäbe, um mich festzuhalten. Er folgt den Bewegungen des Sessels, tritt dann kurz einen Schritt zurück und spreizt meine Beine. Blut schießt mir in den Kopf. Lieber Himmel, wenn jetzt jemand zu uns rübersieht! Wie Schraubstöcke liegen seine Hände um meine Knöchel, er legt meine Füße über zwei Metallstäbe, sodass meine Beine weit gespreizt sind. Sehr weit. Jetzt bin ich wirklich gefesselt, ich kann mich nicht mehr rühren. Mein Puls geht schneller, als er den Kopf senkt und mir klarwird, was er vorhat. Stöhnend lasse ich mich nach hinten sinken und schließe die Augen. Versuche, die Gedanken an mögliche Zuschauer zu vergessen. Seine Zunge fährt an meinen Schamlippen entlang, leckt über meine Spalte. Die Hitze in mir wird immer stärker.

«Gott, was tust du da», wispere ich. Sanft wie Schmetterlingsflügel flattert seine Zunge über meinen empfindlichsten Punkt, lockt die kleine Knospe hervor. Ich spüre die Metallperle, die mich reizt. Feuchtigkeit rinnt aus mir heraus, er schiebt einen Finger in mich, nur wenige Zentimeter, und massiert mich.

«Du bist einfach köstlich», stöhnt er. Blitze zucken durch meinen Kopf, als seine Berührung direkter wird. Fordernder. Ich fühle mich ihm ausgeliefert, kann mich nicht wehren, aber ich bin auch nicht verantwortlich für das, was hier geschieht. Als er anfängt, ein Lied zu summen, während er seine Zunge fest gegen mich drückt und mit der Metallperle auf mir kreist, übertragen sich die winzigen Vibrationen auf mich. Mein Schoß zuckt, sein Finger verteilt meine Nässe. Ich höre auf zu denken, fühle nur noch. Stöhne. Zucke. Wimmere.

«Dave, du quälst mich», stoße ich hervor. Wieder und wieder reibt und leckt er an mir, lässt mich aber nicht kommen. Treibt mich am Rande einer Klippe entlang, so nah, dass ich den Abgrund spüren kann. Aber ich falle nicht, schaffe es nicht, loszulassen.

«Hör bitte nicht auf!» Meine Stimme klingt panisch, als er abrupt aufsteht. Gelassen löst er seine Gürtelschnalle, schiebt mit beiden Händen die engen Jeans über die Hüften, gefolgt von den Shorts. Der Anblick seiner Erektion lässt mich erschauern. Groß und hart ragt sie auf, aber ich habe keine Angst mehr. Ich bin so offen, so feucht, so bereit für ihn.

«Ich will in dir sein, wenn du kommst», flüstert er und küsst mich, wild und heftig. Es ist kein normaler Kuss, es ist ein Kuss, der mich von den Füßen reißen würde, wenn ich stehen müsste. Zum Glück sitze ich. In einer Schaukel, die nun jeder seiner Bewegungen folgt. In meinem Kopf summt es, als ich seine Spitze an meiner Nässe spüre. Er lässt sie durch meinen Schoß gleiten, reibt sich leise stöhnend an mir, kreist über der harten Perle.

«Ich will dich spüren. Ganz tief.»

«Dann komm endlich», keuche ich. Ich kann gar nichts tun, nicht mal ihn mit den Füßen heranziehen. Sehnsüchtig krampfen meine inneren Muskeln. «Bitte!»

Ein letztes Mal reibt er sich an mir, und ich erschauere. Das Klopfen in meinem Schoß wird heftiger. Ich nehme kaum wahr, wie er ein Kondom aus der Tasche nimmt und die Packung aufreißt. Erst als er endlich, endlich in mich eindringt, mit einem einzigen langsamen Stoß, erwacht mein Körper aus seiner Starre. Ich stöhne auf, mein Kopf fällt wie von selbst in den Nacken. Das Gefühl, endlich von ihm erobert zu werden, ist wie eine Erlösung. Aber es reicht noch nicht. Ich will mehr, brauche mehr, um endlich kommen zu können. Verzweifelt hebe ich den Kopf wieder und sehe zu ihm auf. Er schaut nach unten, zwischen meine Beine. Mit fasziniertem Gesichtsausdruck. Himmel, ich wünschte, ich könnte sehen, was er sieht, aber ich kann mich nicht weit genug vorbeugen.

«Bitte ... Dave», stoße ich hervor. Er hebt den Blick, sieht mich mit glänzenden Augen an. Seine Kiefermuskeln zucken.

«Sprich dich aus, Ella. Was willst du von mir?»

«Zwing mich nicht, es zu sagen», stöhne ich und bewege hektisch die Hüften – soweit der blöde schwankende Käfig das zulässt. Meine Zehen kribbeln, ich spüre Schweiß auf meinem Rücken.

Quälend langsam gleitet er ein Stück aus mir heraus, dann schiebt er sich wieder vor. Millimeter für Millimeter. Ich werde immer unruhiger, so werde ich nie kommen, obwohl mein Schoß so heftig danach verlangt. Das Gefühl ist kaum zu ertragen, meine Nerven sind gespannt und warten auf Erlösung.

«Fick mich», sage ich schließlich und kneife rasch die Augen zu. Gott, wie sich das anhört, aus meinem Mund. Es erregt mich aber auch, diese Worte zu sagen. Und sie zu hören? «Fick mich», wiederhole ich und unterdrücke ein Kichern.

Seine Hände fahren unter mein Kleid, reiben an meinen harten Brustwarzen, was erneut Stromstöße in meinen Unterleib schickt. Ich zapple wie ein Fisch an der Angel.

«Nichts lieber als das.» Oh endlich, endlich. Er legt die Hände unter meine Pobacken und hält mich fest, damit ich nicht mit der Schaukel nach hinten schwinge. Und dann stößt er zu. Kräftig. Mit zusammengebissenen Zähnen, als ob er sich sehr anstrengen müsste. Er füllt mich aus, so groß, so dick. Dave verlagert sein Gewicht und schiebt ein Bein über mich, sodass sein Lendenmuskel über meine empfindlichste Stelle reibt. Und dann komme ich, laut schreiend, stöhnend, die Metallstäbe des Käfigs fest umklammernd. Die Anspannung löst sich in einem einzigen enormen Zucken, das meinen ganzen Körper umfasst. Meine Beine werden steif, ich zittere überall, aber ich kann nicht aufhören. Mit jedem Stoß löst er erneutes Zucken aus, sanfter als vorhin, aber genug, um mich laut aufstöhnen zu lassen. Bis ich um Gnade flehen muss, weil ich so überreizt bin, dass es zwischen meinen Beinen brennt.

Er lächelt, beugt sich vor, um mich zu küssen. «Ich sehe dich so gern an, wenn du kommst. Du bist wunderschön.»

Ich kann nicht antworten, mein Atem geht nur noch stoßweise. Die Erleichterung lässt meinen Körper mit einem Mal erschlaffen, ich versinke fast in den Kissen unter mir.

«Jetzt du», bringe ich noch hervor, nehme meine freie Hand, um sie auf sein Gesicht zu legen, und sehe ihm fasziniert in die Augen, während seine Stöße schneller werden. Ich spüre, wie er erneut anschwillt, dann zuckt er in mir. Unsere Blicke haben sich verfangen, und als ich in sein Gesicht sehe, ahne ich, was er vorhin sagen wollte. Vertrauen. Loslassen. Fliegen. Wir können zusammen tatsächlich fliegen, wenn auch nur für einen Moment.

Wir küssen uns wieder, dann zieht er sich vorsichtig aus mir zurück und wendet sich ab, um das Kondom zu entfernen. Ich schließe die Augen und bleibe in dem eigentlich ganz gemütlichen Sessel sitzen, meine Beine noch immer weit gespreizt, eine Hand an den Käfig gefesselt.

«Möchtest du da drin bleiben? Mir gefällt die Idee. Hat was von einem exotischen Vogel.»

«Jetzt nicht», brumme ich müde. Am liebsten würde ich mich umdrehen und schlafen. Ich fühle mich so erschöpft, so gelöst. Ich sehe nicht hin, als er die Handschelle abnimmt und mein Handgelenk sanft massiert. Dann hilft er mir, die Beine aus den Gittern zu ziehen. Erst jetzt merke ich, dass meine Hüfte schmerzt von der ungewöhnlichen Position. Ich strecke meine Glieder, und auf einmal kommt mir eine Idee.

«Ich möchte dich fotografieren.»

Er kniet ohne Hose vor dem Kühlschrank, und ich staune darüber, wie man so ungehemmt mit der eigenen Nacktheit umgehen kann. Neid macht sich in mir breit.

«Mich? Jetzt?» Er dreht sich verdutzt zu mir um.

«Ja, dich. Oder hast du eine Blondine im Schrank versteckt?» Ich schlage die Beine übereinander und halte mich mit beiden Händen an den Metallstäben fest. Dann stoße ich mich mit einem Fuß ab und genieße die Schaukelbewegung des Sessels.

«Hast du denn eine Kamera?»

Ich muss lachen. «Dachtest du, ich mache die Fotos mit dem Handy, oder was? Natürlich hab ich eine.» Bevor er noch etwas sagen kann, springe ich auf und laufe nach nebenan in meine Wohnung. Mit klopfendem Herzen ziehe ich den Koffer unter dem Bett hervor, öffne die Schlösser mit beiden Händen. Da liegt sie. Sie ist alt, aber sie hat mir immer gute Dienste geleistet. Es ist lange her, dass ich sie benutzt habe. Beinahe zärtlich streiche ich über das Gehäuse, bevor ich sie aus der Tasche nehme und kurz die Einstellungen prüfe. Dann kehre ich zu Dave zurück, die Aufregung lässt erneut Adrenalin durch meine Adern strömen.

26

Wir liegen nackt auf dem Bauch, nebeneinander in seinem Bett. Ich stütze das Kinn auf eine Hand und betrachte uns im Spiegel am Kleiderschrank. Neben mir die Kamera, mit der ich ihn fotografiert habe. Während er sich selbst ... Oh Gott. Es kribbelt zwischen meinen Beinen, als ich an die Bilder denke. Ich kann es kaum erwarten, sie mir in Ruhe anzusehen. In Großformat, auf meinem Rechner. Als Dave leise stöhnend auf seine Hand kam, habe ich sein Gesicht fotografiert. Mehrfach hintereinander. Wie im Rausch habe ich den Auslöser betätigt, um jede kleine Regung aufzunehmen, jedes Mienenspiel, jedes Zucken. Noch nie im Leben habe ich etwas so Erotisches gesehen.

«Warum hast du noch mal Mathematik studiert?», fragt er.

«Warum? Ich weiß nicht ... Weil es mir leichtfällt, nehme ich an. Es war einfach das Naheliegendste.»

«Weil es dir *leicht*fällt?» Er sieht mich im Spiegel an. «Das ist ein großer Fehler, mein Herz. Jeder Mensch sollte einen Beruf haben, der ihn ständig fordert. Bis ans Lebensende. Eigentlich sollte man dauernd ein bisschen überfordert sein mit seiner Arbeit, sonst wird sie schnell langweilige Routine, und das tötet die Kreativität.»

Ich lache, auch wenn seine Anrede wieder mal meinen Puls

beschleunigt hat. Ob er jede Frau so nennt, die es in sein Bett schafft?

«Ich bin Buchhalterin, Dave. Kreativität wäre in dem Job echt tödlich.»

«Du *arbeitest* als Buchhalterin, weil es sich so ergeben hat. Aber ich glaube nicht, dass du nur eine Buchhalterin *bist*. Tief in dir verbirgt sich noch eine ganz andere Ella.»

Er wälzt sich auf den Rücken und sieht mir von unten in die Augen. Seine Oberlippe zuckt, ich möchte mich vorbeugen und ihn küssen, weiß aber nicht, ob das okay wäre. Gut, wir hatten gerade Sex, aber das hier ... Das hat so was Intimes, und eigentlich weiß ich ja, dass er so was nicht will.

Er nimmt mir die Entscheidung ab, indem er seinen Oberkörper aufrichtet und seine Lippen auf meine presst. Es ist ein kleiner Kuss, aber er löst sofort wieder dieses überwältigende Kribbeln in mir aus. Ich drehe mich ebenfalls auf den Rücken und schaue an die Decke. Auf die witzige Lampe mit den vielen bekritzelten Zetteln dran und auf die schmalen Kupferrohre an den Wänden.

«Was ist mit dir? Zweifelst du nie an deiner Entscheidung, Musik zu machen? Glaubst du nicht, dass es irgendwann mal langweilig wird?»

«Ich arbeite, um zu leben, nicht umgekehrt. Das ist wohl der Unterschied zu den meisten Menschen. Meine Arbeit ernährt mich, auch wenn ich nicht reich davon werde, und ja, sie fordert mich. Immer. Jeden Tag. Ich zweifle ständig an mir, bin unzufrieden. Ich will besser werden und weiß, dass es noch Jahre dauern wird, bis ich so gut bin wie Jimi Hendrix. Wenn mir das überhaupt jemals gelingen sollte.»

«Ich finde dich großartig», flüstere ich und taste nach seiner Hand. Als ich sie finde, verschränkt er seine Finger mit meinen und drückt sie kurz.

«Du bist genauso großartig, Ella. Jeder Mensch sollte das Beste aus sich herausholen. Und du – du bist nicht nur Buchhalterin. Du bist auch eine wunderbare Fotografin.»

«Ist doch egal», murmle ich geschmeichelt. Ich bin plötzlich müde, weiß aber, dass ich nicht hier einschlafen darf. Ich sollte aufstehen, mich anziehen und zurück in meine Wohnung gehen. Doch stattdessen drehe ich den Kopf zur Seite und vergrabe mein Gesicht im Kissen, atme den herben Kräuterduft seines Waschmittels ein. Meine Augen fangen plötzlich an zu brennen. Ich schlucke hart, bevor ich mich ihm wieder zuwende.

«Ich liebe es, die Welt durch meine Kamera zu betrachten. Es ist, als wäre sie gar nicht wirklich da, als wäre sie nur ein Film oder ein Foto oder so was und könnte mir nichts anhaben. Und zugleich habe ich das Gefühl, dass ich sie verändern könnte mit meinen Fotos.»

«Die reale Welt tut dir doch auch nichts. Die Gefahr existiert nur in deinem Kopf.» Sein Gesicht wird plötzlich ernst. «Es kommt nicht darauf an, was das Leben uns für Steine in den Weg legt. Es kommt darauf an, was wir aus diesen Steinen machen.»

«Was willst du mir damit sagen?» Ich drehe mich stirnrunzelnd auf die Seite, stütze den Kopf auf die Hand. Beim Anblick seines nackten Oberkörpers wird mein Mund feucht.

«Das Leben hat es nicht immer sonderlich gut mit mir gemeint, wie du weißt. Früher habe ich mir auch ständig Sorgen gemacht. Hinter jeder Straßenecke erwartete ich den sicheren Tod, durch ein Auto, einen Bus, einen Räuber, einen Blitzeinschlag. Erst später habe ich gelernt, dass man so nicht leben kann. Man muss loslassen.»

«Aber wie?»

«Eigentlich ist es ganz einfach. Meine Mutter hat mir das schon erklärt, als ich noch sehr klein war, aber ich brauchte Jahre, bis ich es endlich verstanden hatte. Dinge, die ich nicht ändern kann, nehme ich hin. Ich versuche, im Heute zu leben, nicht im Gestern und nicht im Morgen. Jeden Tag etwas zu tun, was mich glücklich macht, damit kein Tag verloren ist. Eigentlich versuche ich, jeden Tag ein neues Leben anzufangen, und es ist egal, wenn es nur bis zum Abend dauert.»

«Was macht dich denn glücklich?», frage ich neugierig. Die Idee gefällt mir.

«Das hier zum Beispiel.» Er lächelt. Ich strecke den Finger aus und berühre das Grübchen neben seinem Mundwinkel. Er öffnet den Mund und schnappt spielerisch nach meinem Finger.

«Mit dir zu schlafen macht mich glücklich. Wirklich. Es ist ... einfach schön. Es macht mich glücklich, mit dir hier zu liegen und zu reden. Es macht mich glücklich, wenn du dich über mich lustig machst und mich neckst. Es macht mich glücklich, wenn ich sehe, wie du auf mich reagierst, wie du in meinen Armen plötzlich so weich und warm wirst, nur weil ich dich küsse. Es macht mich glücklich, wenn ich merke, dass ich es bin, der das in dir auslöst. Es macht mich glücklich, dich zu küssen, deinen süßen Mund zu erobern, dich zu schmecken, zu riechen, zu fühlen. Es macht mich glücklich, bei dir ich selbst sein zu können, mich nicht verstellen zu müssen.»

Mein Herz versucht offenbar gerade, meinen Körper zu verlassen. Jedenfalls fühlt es sich an, als wollte es fliegen lernen.

«Dave ...»

«Ella, mein Herz.» Er dreht sich ebenfalls auf die Seite, nimmt meine Hand, sodass unsere Finger ineinander verschränkt zwischen uns liegen, und sieht mir in die Augen. In meinem Bauch kribbelt es, ich fühle mich wie in einer Achterbahn.

«Das klingt fast wie eine Liebeserklärung», flüstere ich. Meine Lider flattern. Er rutscht noch ein Stückchen näher, unsere Nasenspitzen berühren sich. Ich bin wie elektrisiert, mein ganzer Körper summt vor Anspannung.

«Tut mir leid. Ich kann es nicht besser», murmelt er. Dann küsst er mich, voller Verlangen. Ich schließe die Augen und erwidere seufzend seinen Kuss. Meine Hände gleiten über seine breiten Schultern, seine muskulösen Arme, seinen Rücken. Behutsam streichelt er mich, seine Hände kitzeln in der Taille, lösen Gänsehaut auf meinen Schenkeln aus. Wieder und wieder erobert seine Zunge meinen Mund, ich kann nicht mehr atmen, Worte purzeln durch meinen Kopf, lassen sich nicht einfangen. *Liebe. Liebe. Ich liebe dich. Ich liebe dich, Dave. Ich weiß nicht, wie, aber ich will es. Ich will dich.*

Für einen Moment fühle ich mich glücklich. Glücklich, weil ich hier bei ihm bin. Ich schaffe es sogar für eine Weile, mir keine Sorgen zu machen. Was kümmert mich die Zukunft. Wichtig ist das Jetzt, die Gegenwart. Und gerade genieße ich das Nachbeben in meinem Körper. Die Wärme, die Daves Körper ausstrahlt. Das wohlige Gefühl im Bauch, das seine Worte und seine Küsse ausgelöst haben. Ich wünschte, ich könnte es mit den Händen greifen, es in ein Glas schließen und aufheben, für immer. Um daran zu schnuppern, wenn mir danach ist. Dann spüre ich plötzlich Daves Härte an meinem Oberschenkel. Er schiebt sich auf mich und reißt mich aus meinen Gedanken.

«Verdammt, Dave, du willst doch nicht schon wieder ...?» Ich unterdrücke ein Lachen.

Seine Lippen arbeiten sich zu meinen Brüsten vor, und ich stöhne leise auf, als er sanft daran saugt. Sofort ist das Ziehen zurück, das zwischen meinen Beinen anfängt und sich durch meinen ganzen Körper schleicht. Seine Lippen wandern über meinen Bauch, ich halte seinen Kopf mit beiden Händen fest, bevor sein Mund meine Scham erreicht.

«Nicht», flüstere ich. Er sieht verwirrt zu mir hoch, und ich bedeute ihm, sich auf den Rücken zu legen. Das Herz schlägt mir bis zum Hals, mein Mund ist trocken und fühlt sich staubig an. Ich habe das drängende Bedürfnis, ihm etwas Gutes zu tun. So wie er mir Gutes getan hat. Ich will ihm beweisen, wie sehr ich ihn mag, und ich habe auch eine Idee, wie mir das gelingen könnte. Langsam hocke ich mich auf seine Oberschenkel, küsse mir einen Weg nach unten. Zwischen seine Beine.

Ich schaffe das. Ich kann es. Ich darf nur keine Angst haben. Nicht vor ihm, und schon gar nicht vor mir selbst. Vor meiner Reaktion.

«Ella, du musst nicht ...», warnt er, doch die Erektion, die mir entgegenragt, straft seine Worte Lügen. Er ist erregt, hart und prall. Vorsichtig strecke ich eine Hand aus und lege sie um seinen Schaft, bevor ich erneut trocken schlucke. Ich spüre meinen Puls in den Schläfen, und ein mulmiges Gefühl breitet sich in mir aus. Meine Hände werden feucht, während ich seine Härte sanft massiere. Immer wieder über seinen Schaft gleite. Dann beuge ich mich entschlossen vor, schließe die Augen und öffne den Mund.

Nicht dran denken. Nicht dran denken.

Es funktioniert nicht. In dem Moment, als sich meine Lippen um seinen Schaft schließen, ich ihn in mir spüre, ihn schmecke, diesen herben, männlichen Geschmack, kommt alles wieder hoch. Sofort wirbeln Bilder durch meinen Kopf, sehe ich Szenen vor mir, an die ich mich eigentlich gar nicht erinnern kann. Die sich mir aber dennoch ins Gedächtnis gebrannt haben. Dann muss ich würgen. Ich versuche entsetzt, es zu unterdrücken, aber es ist zu spät. Er hat es gehört, bestimmt sogar gespürt. Hastig lasse ich von ihm ab und presse geschockt die Hand auf den Mund.

«Hey. Ist nicht schlimm», sagt er, aber ich sehe an seinem Gesichtsausdruck, dass es sehr wohl schlimm ist. Großer Gott, ich habe versucht, ihm einen zu blasen, und würge dabei wie eine gottverdammte verklemmte alte Jungfer! Was soll er denn jetzt von mir denken? Tränen schießen mir in die Augen.

«Tut mir leid», stammele ich und wische mir über den Mund, als könnte ich es damit ungeschehen machen. Wie ein Idiot hocke ich zu seinen Füßen und weiß nicht, wo ich hinsehen soll. Der Raum um mich herum schwankt.

«Ich wollte –»

«Nein, es ist gut. Wirklich.» Sanft zieht er mich zu sich hoch. Ich habe ein schlechtes Gewissen, als ich ihn an meinem Bauch spüre. Hart.

«Du hast es mir schon so oft gemacht, und ich wollte –»

«Scht», flüstert er und drückt mein Gesicht an seine Brust. Ich atme seinen Duft ein, den vertrauten, männlichen Duft, der mich auch jetzt beruhigt. Obwohl ich nach wie vor gemeine Stiche in den Eingeweiden spüre.

«Das ist so peinlich», murmle ich gegen seine Haut und spüre, wie er den Kopf schüttelt.

«Nein, ich verstehe dich.»

«Was? Wie kannst du das verstehen, Dave?» Ich versuche, die aufsteigenden Tränen runterzuschlucken, aber sie sitzen in meiner Kehle fest und lassen sich nicht verdrängen. Dave legt eine Hand auf meine Wange.

«Glaub mir. Ich verstehe es einfach.»

Er zieht mich zurück zum Bett, gemeinsam schlüpfen wir unter die Decke. Ich zittere überall, aber er streichelt mich, beruhigt mich, wie man ein kleines Kind beruhigen würde, das gerade aus einem Albtraum erwacht ist. Minutenlang liegen wir so da, fassen uns an, küssen uns, bis ich spüre, dass sein Herzschlag sich ebenso beruhigt hat wie meiner. Seine Erektion ist verschwunden, aber es ist schön, ihn so dicht an mir zu spüren. Nicht zum ersten Mal wünsche ich mir, einfach so einschlafen zu können. Neben ihm.

Wie in Frankreich. Abends in seinen Armen den letzten Gedanken zu denken und am Morgen in seinen Armen aufzuwachen. Aber ich sollte nicht zu viel von ihm erwarten. Nicht mehr als das, was er bereit ist, mir zu geben.

Er löst sich von mir und sieht mir in die Augen, dann verzieht sich sein Gesicht zu einem Grinsen.

«Übrigens. Ich habe was herausgefunden bezüglich deines Chefs.»

«Wirklich?» Irritiert über den plötzlichen Themawechsel lasse ich ihn los und versuche, das sehnsüchtige Prickeln meiner Lippen zu ignorieren.

«Es sieht so aus, als ob *Juke* zwei Möchtegern-Plattenlabels horrende Lizenzgebühren zahlt. Und nun rate mal, wem diese Labels unter anderem gehören?» Er richtet sich im Bett auf.

«Woher weißt du das?» Mein Puls beschleunigt sich.

«Ach, das war gar nicht so schwierig. Ich hab mir deine Sachen angeguckt, und die beiden Labels sagten mir nichts, was mir komisch vorkam. Zumal sie verdammt hohe Lizenzgebühren verlangen. Dabei haben sie kaum was vorzuweisen, schon gar keine nennenswerten Hits. Warum sollte also jemand so viel Geld bezahlen für die paar Indie-Bands, die sie unter Vertrag haben?»

«Und dann?» Ich setze mich ebenfalls auf und ziehe die Decke über meine Beine, weil mir plötzlich kalt ist.

«Hinter beiden Firmen steckt eine anonyme Holding. Also habe ich ein bisschen meine Kontakte spielen lassen und herausgefunden, dass ein gewisser Carl Jameson einer der Inhaber dieser Holding ist.»

«Also ist es, wie ich vermutet habe», murmle ich, mehr zu mir selbst. «Lieber Himmel! Hast du das schriftlich? Ich meine, gibt es Beweise?» Meine Beine zittern vor Aufregung.

«Leider nein. So weit wollte meine Quelle nicht gehen. Aber

du solltest ihn wissen lassen, was du in Erfahrung gebracht hast. Dann hat er noch die Chance, zu beichten oder das sinkende Schiff freiwillig zu verlassen.»

Ich zucke zusammen. Das sinkende Schiff ... In der Tat. So, wie die Zahlen aussehen, wird die Fahrt nicht mehr lange gutgehen. Ich muss etwas tun. Aber da ist sie wieder, meine alte Bekannte. Die Angst.

Was ist das Schlimmste, das mir passieren kann? Ich kann meinen Job verlieren. Gut, das wäre nicht schön, aber ich würde es sicher überleben.

Trotzdem ist mir jetzt schlecht.

27

Mit grummelndem Magen betrete ich am Donnerstagmorgen das Büro. Wie immer bin ich die Erste, obwohl ich heute Morgen kaum die Augen aufgekriegt habe, als der Wecker klingelte. Viel zu lange war ich bei Dave drüben und habe es erst gegen halb drei ins Bett geschafft. Also, in *mein* Bett.

Mein Entschluss steht fest. Zur Stärkung genehmige ich mir einen Chai-Tee in der Küche, die um diese Uhrzeit noch ruhig und aufgeräumt ist. Nicht mal Krümel liegen herum, und der Obstkorb ist bis zum Rand gefüllt. Zehn Bananen, acht Äpfel, sechs Birnen und siebenundzwanzig Weintrauben.

Ich weiß, dass Mr Jameson immer kurz nach mir auftaucht. Zum Glück auch heute. Als ich ihn draußen rumoren höre, schlägt mein Puls automatisch schneller. Langsam verlasse ich die Küche, gehe auf sein Büro zu. Ich klopfe kurz an, bevor ich mich zwei Schritte hineinwage. In die Höhle des Löwen. Mr Jameson zieht sich gerade die Jacke aus.

«Mr Jameson? Haben Sie ein paar Minuten Zeit für mich? Ich müsste etwas mit Ihnen besprechen.» Meine Stimme klingt fest. Zum Glück. Ganz aufrecht stehe ich in der Türöffnung und sehe ihm in die Augen.

Du schaffst das, Ella. Sei stark.

«Guten Morgen, Ella. Was führt dich heute schon so früh zu mir?» Er lächelt und entblößt dabei seine strahlend weißen Zähne. Ich schiebe die Tür hinter mir zu und gehe auf seinen Schreibtisch zu. Er setzt sich und deutet mit der Hand auf den Stuhl vor dem Tisch, aber ich ziehe es vor, bei diesem Gespräch zu stehen. Meine Hände kribbeln. Ich habe keine Ahnung, wie man so eine Unterhaltung anfängt oder wie ich ihm am besten sagen soll, was ich ihm sagen will. Und sagen muss.

«Mr Jameson ... Ich habe mir die Zahlen noch einmal genau angesehen.» Er runzelt die Stirn, wahrscheinlich, weil ich seine Einladung ignoriert habe und stehen geblieben bin. Jetzt, da er sitzt, muss er zu mir aufsehen, aber das ist mir sehr recht.

«Ja? Und?»

«Es gibt da ein paar ... Ungereimtheiten.» Ich versuche, meine Aufregung zu verbergen, als ich die Mappe hinter meinem Rücken hervorziehe und sie auf seinen Tisch lege. Er sieht aus wie ein Mann, der sich verfahren hat, aber auf keinen Fall nach dem Weg fragen möchte.

«Es geht vor allem um die Lizenzgebühren für zwei Plattenlabels, die mir fragwürdig hoch erscheinen.» Ich beobachte ihn. Ein Muskel in seiner Wange zuckt, als er die Mappe aufschlägt. Dann flattern seine Lider, während er liest.

«Ich glaube nicht, dass du genug vom Musikgeschäft verstehst, Ella», sagt er schließlich schroff und schlägt die Mappe wieder zu. «Die Gebühren sind nun mal so hoch, die Labels haben uns in der Hand.»

Er zwingt sich zu einem Lächeln, das aber seine Augen nicht erreicht.

«Und in diesem Fall handelt es sich um zwei aufstrebende Labels, von denen wir uns in der Zukunft sehr viel versprechen.»

«Ich weiß. Trotzdem sind die Gebühren dreimal so hoch wie die einiger wirklich großer Labels, die Stars wie Rihanna oder Justin Timberlake unter Vertrag haben», sage ich mit fester Stimme. Ich stelle mir einfach vor, ich säße am Pokertisch und müsste Ruhe bewahren. Schauspielern. Bluffen.

«Und zufällig weiß ich, wem die zwei kleinen Labels gehören. Oder zumindest Anteile daran. Meinen Sie nicht, dass das bei den Investoren für Aufsehen sorgen würde, wenn es herauskäme?»

Ich atme tief durch die Nase ein. Es ist raus, ich habe es gesagt. Gespannt warte ich auf seine Reaktion, die mit einigen Sekunden Verzögerung kommt.

«Ella ... Ich weiß nicht, was in dich gefahren ist, aber ...» Langsam steht er von seinem Stuhl auf. Seine Hände sind zu Fäusten geballt. Ich zucke nicht zusammen. Ich blinzle nicht einmal. Ich sehe ihn ruhig an und stelle mir vor, wir säßen in einem Casino und würden um unser Leben zocken.

«Du bist freigestellt, bis auf weiteres. Deine Kündigung wird in ein paar Tagen folgen.»

«Wie bitte?» Meine mühsam vorgespielte Beherrschung löst sich auf, ich fange an zu zittern. «Das meinen Sie doch wohl nicht ...»

«Du hast mich verstanden.» Er stützt die Hände auf den Tisch und beugt sich zu mir vor. Jetzt kann er wieder auf mich herabsehen, und sofort fühle ich mich ganz klein und hilflos.

«Ihnen ist hoffentlich klar, dass das nichts ändern wird?» Mein Herz klopft laut, ich fange an zu schwitzen. «Ich werde die Informationen, die ich habe, nicht für mich behalten. Sie riskieren die Zukunft von *Juke*, und ich kann das nicht zulassen. Ganz egal, ob Sie mir kündigen oder nicht.»

«Du kannst nach Hause gehen, Ella. Und du hörst von mir in den nächsten Tagen. Per Post.»

Mein Mund klappt auf, Wut brennt in mir. «Sie haben kein

Recht, mich rauszuwerfen. Ich habe meine Arbeit gut gemacht, und wenn Sie mir jetzt drohen ...»

«Du hast mich offenbar nicht verstanden, Ella.» Er klingt ruhig, aber ich sehe ihm an, dass er nicht annähernd so cool ist, wie er vorgibt. Meine Beine fangen an zu zittern.

«Ich kann. Und ich werde. Jedenfalls habe ich nicht vor, mich von einer Mitarbeiterin erpressen zu lassen.»

«Erpressen? Ich wollte Sie nicht erpressen, sondern Ihnen eine Chance geben, die Sache zu klären, bevor sie an die Öffentlichkeit gerät», bringe ich hervor. «Aber Ihnen liegt offenbar mehr an Ihrem persönlichen Reichtum als am Unternehmen. Und an den Mitarbeitern.» Wütend stürme ich hinaus, damit er nicht sieht, dass mir Tränen in die Augen gestiegen sind.

Das Großraumbüro ist noch immer ruhig, als ich es betrete. Dunkel. Ich wage nicht, auf Jen und Holly zu warten, kritzle nur eine Nachricht auf ein Post-it und hefte es an Jens Monitor.

Erst draußen auf der Straße wird mir klar, was gerade geschehen ist. Ich weiß nicht wohin mit mir und blicke mich ratlos um, schaue auf die gegenüberliegende Seite, auf die am Tage ruhigen Theater, die sich dort aneinanderreihen. Nur langsam füllen sich die umliegenden Büros und das alte Gericht mit Menschen. Wie betäubt gehe ich die Straße entlang zur U-Bahn-Station. Ich bin gefeuert. Gekündigt! Meine Mutter wird mir den Hals umdrehen. Ich werde mir einen neuen Job suchen oder vorübergehend zu meiner Mutter ziehen müssen. Aus der Wohnung ausziehen. Dave werde ich dann vielleicht nie wiedersehen. Panische Hitze durchströmt mich, als ich mir all diese entsetzlichen Folgen ausmale, die sich hoch vor mir auftürmen und ihre Schatten auf meine Zukunft werfen. Meine Kehle ist wie zugeschnürt, ich kann kaum atmen. Warum habe ich das nicht vorher bedacht? Ich hätte Beweise benötigt, um ihn in die Schranken zu weisen. Aber so hatte ich keine Chance. Er sitzt eindeutig am längeren Hebel, und das hat er mir nun eindrücklich bewiesen.

Mit hängenden Schultern gehe ich zur U-Bahn runter. Dass ich heute nicht einmal die Stufen der elend langen Treppe zähle, fällt mir erst auf, als ich unten bin. Für Zahlen ist in meinem Kopf gerade kein Platz.

***

Dave öffnet nach wenigen Sekunden die Tür. Er trägt nur weiße Boxershorts, seine Haare stehen wirr vom Kopf ab.

«Hast du etwa noch geschlafen?», frage ich und schiebe mich an ihm vorbei in die Wohnung.

«Äh … nein», lügt er und bleibt mit verlegenem Grinsen an der Tür stehen. Dann kratzt er sich im Nacken. «Wieso bist du nicht im Büro?»

Stöhnend lasse ich mich auf sein Sofa fallen und hebe beide Hände. «Ich bin gefeuert worden. Freigestellt.»

Er kommt zu mir und setzt sich neben mich. «Nicht dein Ernst?»

«Ich habe getan, was du gesagt hast. Da hat Jameson mich rausgeworfen», fasse ich das Gespräch für ihn zusammen und lehne mich mit geschlossenen Augen zurück. Seltsamerweise fühle ich mich schon besser, jetzt, wo ich bei ihm bin. Obwohl ich vorhin noch dachte, die Welt würde untergehen, bin ich auf einmal relativ ruhig.

«Bleib locker, Ella. Er kann dich nicht einfach so rauswerfen. Ohne Grund? Ich geb dir die Nummer von meinem Anwalt, der kann –»

«Du hast einen Anwalt?» Mir ist zwar nicht danach, aber ich muss trotzdem lachen. «Wozu, um alles in der Welt?»

Amüsiert beobachte ich, dass er rot anläuft. Dann fällt mein Blick auf seinen nackten Oberkörper, es beginnt in meinem Unterleib zu kribbeln. Ich kneife die Lippen zusammen und versuche, woanders hinzusehen. Es gelingt mir nicht.

«Na ja ... Ich hatte früher ab und zu ein paar Probleme.» Er lächelt schief. «Aber das ist jetzt vorbei. Wirklich.»

«Hey, du bist mir keine Rechenschaft schuldig.» Grinsend winke ich ab. «Außerdem habe ich ehrlich gesagt nichts anderes von dir erwartet.»

«Das ist gut, wenn du schlimme Dinge von mir erwartest. Auch wenn das meiste nicht unbedingt illegal ist.» Er beugt sich zu mir und küsst meinen Hals. Sofort läuft mir ein Schauer über den Rücken.

«Dave», unterbreche ich ihn und schiebe ihn zur Seite. Seine Brust fühlt sich an wie Marmor. Unglaublich. «Nicht jetzt.»

Er verzieht den Mund. «Hast du gedacht, ich wollte mit dir vögeln?»

Seufzend verdrehe ich die Augen. «Was denn sonst? Ich kenne dich inzwischen ziemlich gut.»

«Du hältst mich wirklich für so ein Arschloch, was?» Er springt auf und geht zum Tisch. Als er mit der Faust auf das Holz schlägt, zucke ich erschrocken zusammen. Warum ist er plötzlich so wütend?

«Dave, was ist –?»

«Herrgott.» Fluchend marschiert er ins Bad und knallt die Tür hinter sich zu. Ich beiße mir auf die Lippen. Was ist bloß in ihn gefahren? Manchmal habe ich das Gefühl, wir sprechen verschiedene Sprachen.

Drei Minuten später kommt er zurück. Seine Haare sind gekämmt, er trägt eine Jeans und ein dunkelblaues T-Shirt mit Jim Morrison drauf.

«Es tut mir leid», sage ich leise, als er zur Küchenzeile geht, um Kaffee zu machen. «Das war nicht böse gemeint.»

«Schon gut. Vielleicht hast du ja recht», brummt er unwirsch, während er Kaffeepulver in den Filter schaufelt.

«Nein, und das hätte ich auch dann nicht, wenn ich es so gemeint hätte, wie du es verstanden hast. Das habe ich aber nicht.» Ich fange an zu schwitzen. «Aber ich möchte nicht bei jedem Wort das Gefühl haben, auf einer sehr dünnen Eisdecke zu tanzen. Dave? Hörst du mir zu?»

«Sicher», sagt er. «Ich höre dir immer zu. Ist dir das schon mal aufgefallen??»

Seufzend stehe ich vom Sofa auf und gehe auf ihn zu. Lege meine Hände um seinen Bauch und schmiege mich von hinten an seinen Rücken. Ich spüre meinen eigenen Herzschlag, als ich meine Brüste an ihn drücke.

«Natürlich ist es das», sage ich leise. «Und ich möchte dir auch zuhören, aber dazu erzählst du mir zu wenig von dir.»

Die alte Kaffeemaschine gurgelt. Durch die großen Fenster fallen die Sonnenstrahlen direkt auf meinen nackten Unterarm und wärmen mich. Trotzdem habe ich eine Gänsehaut.

«Weil ich nicht weiß, woran ich bei dir bin.» Er dreht sich zu mir um und sieht mich an. Kein Lächeln. Keine Umarmung.

«Wir sind –», setze ich an.

«Freunde, gottverdammt», unterbricht er mich. «Ja. Wir sind verfickte, beschissene Freunde, die miteinander ins Bett gehen.» Sein Fluchen verwirrt mich. Gleichzeitig löst es ein unangenehmes Ziehen in meinem Bauch aus, das mir die Luft abschnürt.

«Glaubst du das wirklich?», frage ich und sehe ihm tief in die Augen. Er versucht, meinem Blick auszuweichen.

«Nein. Ich glaube ja auch nicht an Einhörner.»

Sekundenlang versinke ich in seinen Augen. Meine Knie werden weich, dann schlingt er seine kräftigen Arme um mich und hält mich fest. Ich spüre seinen Atem in meinem Gesicht. «Und du?»

«Es gibt keine Einhörner», flüstere ich.

«Nein, gibt es nicht. Verdammt, es gibt sie einfach nicht», sagt er leise, bevor er den Kopf weiter senkt und ich seine Lippen auf meinen spüre. Wir küssen uns wie zwei Ertrinkende. Atmen heftig. Unsere Finger verknoten sich, als unsere Hände sich finden. Zwischen meinen Beinen pocht es so heftig wie in meiner Brust. Er drängt mich an den Tisch, setzt mich darauf. Sofort schlinge ich meine Beine um ihn, zerre an seinen Jeans. Keine Zeit, uns auszuziehen. Nicht jetzt. Mein Rock rutscht nach oben, mein Höschen wird zur Seite geschoben. Ich höre seinen Reißverschluss, rieche den frischen Kaffee, der noch immer vor sich hin gurgelt. Spüre die Sonne auf den Armen, im Gesicht, während wir uns weiter küssen. Nicht eine Sekunde lang lassen wir voneinander ab, und dann dringt er in mich ein. Hart, ohne Vorbereitung.

«Verdammt, Ella. Ich will dich. Ich will dich ganz und gar», stöhnt er, und ich erschauere. Presse die Fersen gegen seinen Po, seine Arme halten meinen Oberkörper aufrecht. Der Tisch ist hart unter mir, aber ich spüre keinen Schmerz.

Er nimmt mich, rücksichtslos und heftig. Als wollte er mit dieser Härte etwas beweisen. Mich als seinen Besitz markieren. Ich schreie auf, als er gierig in meine Lippe beißt und dabei zustößt. So tief, so hart. Mir wird schwindelig. Meine Hände krallen sich in sein T-Shirt, umklammern seine breiten Schultern. Und dann spüre ich, wie er in mir zuckt, laut stöhnend in mir kommt.

«Fuck, Ella», flucht er und sieht mich an. Sein Mund ist geöffnet, seine Lider flattern. Ich könnte baden in diesem Blick. Darin ertrinken. Mit diesem Ausdruck seiner absoluten Gier reißt er auch mich mit sich. Mein Unterleib zieht sich zusammen, wieder und wieder. Alles pulsiert, verliert sich. Ich zucke unter ihm, schreie laut auf. Bohre meine Finger in seinen Rücken, um mich festzuhalten. Und mich vor dem Ertrinken zu retten.

«Kaffee?» Er grinst wie ein kleiner Junge, während er zwei Becher vollschenkt. Lachend versuche ich, meine Klamotten zu richten. Unglaublich, ich bin heute Morgen gefeuert worden und hatte gerade den heftigsten Sex meines Lebens. Was kann sonst noch alles an einem einzigen Tag passieren?

«Danke», sage ich und nehme ihm den Porzellanbecher ab. Der Kaffee ist heiß und riecht würzig. Ich nippe nur vorsichtig daran, weil ich eigentlich keinen Kaffee mag. Aber heute erscheint er mir passend.

«Das war echt ... wow.» Er streicht sich ein paar Haare aus der Stirn und sieht mich mit funkelnden Augen an, bevor er sich neben mich auf die Bank setzt. Er riecht nach Sex. Nach Lust. In meinem Bauch flattert es.

«Tja, jetzt denkst du vermutlich, dass ich doch nur mit dir schlafen wollte.»

«Nein, tu ich nicht. Ich hab ja angefangen. Streng genommen.» Grinsend sehe ich ihm in die Augen.

«Gut. Sehr gut. Dann muss ich kein schlechtes Gewissen haben.»

«Das musst du sowieso nicht», antworte ich. «Nie!»

«Soll ich dir ein Geheimnis verraten?» Er lächelt, und mein Herz macht einen Satz.

«Was?»

«Ich habe auch kein schlechtes Gewissen. Weil ich bei dir immer ganz ich selbst bin. Ich muss mich nicht verstellen. Nie.»

Seufzend lehne ich den Kopf gegen seinen Arm und genieße das warme Gefühl, das meinen Bauch durchströmt. Besser als jeder Kaffee. Sogar besser als heiße Schokolade mit Sahne.

«Ich muss leider gleich ins Studio. Wir machen den letzten Feinschliff am neuen Album, das soll nächste Woche rauskommen.»

Ich ziehe einen Schmollmund und blicke zu ihm auf. «Och ...»

«Da du ja quasi arbeitslos bist ... Vielleicht möchtest du mitkommen?»

«Ins Studio? Ich?»

«Du musst dich nur ruhig verhalten. Schaffst du das?»

Wir müssen beide lachen, und ich verspreche, keinen Ton von mir zu geben. Solange er mich nicht berührt, sollte das eine meiner leichtesten Übungen sein. Schließlich bin ich es gewöhnt, unsichtbar zu sein.

28

«Was zum Geier? Du bist eine halbe Stunde zu spät, Hunter!» Mike steht vor dem Studio, das sich in einer Hintergasse in Camden befindet, und raucht. Dave hilft mir vom Motorrad. Mike zieht die Augenbrauen hoch, als er mich sieht.

«Hey, Mrs Frost. Was für eine Ehre.» Er wirft Dave einen Blick zu, dann wendet er sich wieder an mich. «Sollst du Background-Vocals einsingen?»

«Natürlich. Wusstest du nicht, dass Maria Callas meine Großmutter ist?» Ich werfe betont arrogant mein Haar über die Schultern. Mike reißt die Augen auf.

«Im Ernst? Ich hab mir doch gleich gedacht, dass du italienischer Abstammung bist. Du hast so ein Feuer ...»

«Die Callas war Griechin, du Idiot.» Dave klopft ihm auf die Schulter und geht an ihm vorbei auf die Stahltür zu, die zum Studio führt. Ich folge ihm mit einem kribbeligen Gefühl die Treppe hinunter in den Keller. Vorfreude, Nervosität.

«Na endlich, Dave, wir warten schon ewig auf dich», sagt ein riesiger Typ mit Glatze zur Begrüßung. In dem winzigen Studio riecht es muffig, nach altem Schweiß. Kein Wunder: Der Raum hat keine Fenster, wie ich erstaunt feststelle. Überall stehen elektronische Geräte mit Reglern herum. In die gegenüberliegende Wand ist eine Glasscheibe eingelassen, und in der winzigen Kammer dahinter sitzen Steve und Ken. Sie unterhalten sich, aber der Raum ist offenbar schallisoliert, denn man hört keinen Ton.

«Du musst die Lyrics zu *Found and Lost* noch mal einsingen. Die Aufnahmen sind nix geworden. Vorher können wir nicht an den Master.»

Dave stöhnt und geht zu einem riesigen Kühlschrank in der Ecke, um eine Wasserflasche herauszuholen.

«Was hast du angestellt, Porky?»

Porky? Ich beiße mir heftig auf die Lippe, um nicht laut loszulachen. Mike grinst mich von der Seite an.

«Ich? Gar nichts! Aber du warst anscheinend verdammt unkonzentriert an dem Tag, das Zeug ist einfach nicht zu gebrauchen.»

Dave brummelt vor sich hin, dann geht er seufzend auf die Tür neben der Glasscheibe zu und betritt den Raum dahinter. Ich sehe ihn mit den anderen reden, aber man kann rein gar nichts hören. Witzig – wie in einem Stummfilm.

«Setz dich, Ella. Was zu trinken?» Mike zeigt auf ein durchgesessenes Sofa an der Wand und geht zum Kühlschrank.

«Wasser.» Ich lasse mich auf die Couch fallen. Mein Hintern landet fast auf dem Boden, so sehr gibt das alte Ding unter mir nach, und meine Knie sind auf einer Höhe mit meinem Kinn. Gemütlich ist eindeutig anders.

Steve und Ken verlassen die kleine Kammer und begrüßen mich mit Handschlag. Im Gegensatz zu Mike fragen sie nicht neugierig nach, was ich hier eigentlich mache, worüber ich sehr erleichtert bin. Ich weiß es ja selbst nicht so genau. Während die Jungs sich über Dinge unterhalten, von denen ich keine Ahnung habe, beobachte ich Dave, der sich auf einen Hocker setzt und einen riesigen Kopfhörer aufzieht. Vor ihm hängt ein Mikrofon von der Decke, und ich sehe, dass er mit geschlossenen Augen die Lippen bewegt. Der Glatzkopf steht an einem der Geräte mit vielen Reglern und stülpt ebenfalls Kopfhörer auf. Die Jungs sprechen zwar leise miteinander, aber offenbar ist es nicht nötig, stumm rumzusitzen, wenn Dave singt.

Er sieht mich nicht an, seine Augen sind die ganze Zeit zu. Sein Gesicht wirkt angespannt. Konzentriert. Ein warmes Gefühl breitet sich in meiner Brust aus, und ich ertappe mich dabei, wie ich lächle, während ich ihn beobachte.

Mike reißt mich aus den Tagträumen, die mein Gehirn gerade starten wollte.

«So, also du und Dave ...?», setzt er an. Er trägt wie immer ein weißes Hemd, das aus einer schwarzen Hose heraushängt, und ein dunkles Sakko dazu.

«Ja, so sieht's wohl aus.» Ich zucke mit den Schultern und sehe ihn von der Seite an.

«Dass ausgerechnet die Oxford-Schlampe das Herz des Hunters erobert. Wer hätte das gedacht?»

Das Blut weicht mir aus dem Gesicht. Ich schnappe nach Luft, weil ich nicht glauben kann, dass er das wirklich gesagt hat.

«Sorry, wollte dich nicht beleidigen», fügt er hinzu. Meine Gesichtsfarbe wechselt vermutlich gerade von Dunkelrot zu Kreidebleich. Mein Mund ist trocken. Ich kralle meine Hände in die Armlehne des Sofas, weil ich das Gefühl habe zu fallen.

«Was hast du da gesagt?», frage ich, als ich endlich wieder Luft kriege. Der Glatzkopf spricht ungerührt weiter mit Dave, aber Steve und Ken unterbrechen ihr Gespräch und sehen zu uns rüber.

«Na ja, wir haben uns das Video von dir angesehen.» Er grinst so anzüglich, dass mir übel wird.

Meine Beine zittern.

«Was?»

«Na komm, tu nicht so. Das Video. Auf dem du zwei Kerlen einen –»

Bevor er den Satz beenden kann, springe ich auf. «Woher weißt du davon?»

Meine Stimme zittert noch mehr als meine Beine. Mir ist entsetzlich übel. Ich drehe mich zu Dave um, der die Kopfhörer abnimmt und uns fragend ansieht. Mein Blick sollte ihn tot umfallen lassen, was leider nicht passiert, aber immerhin scheint er zu begreifen, dass hier gerade etwas gründlich schiefläuft.

«Dave hat es mir gezeigt. Vor ein paar Wochen, nachdem er herausgefunden hatte, wer seine Nachbarin ist.» Mike lässt die Schultern hängen und sieht mich mit weit aufgerissenen Augen an. «Scheiße, Ella, ich dachte, du wüsstest, dass er …?»

Ich drehe mich so abrupt um, dass ich mit den Knien gegen den Couchtisch knalle, fange mich aber sofort wieder und marschiere zur Tür. Aus dem Augenwinkel sehe ich, wie Dave von seinem Hocker aufspringt und die Glastür der kleinen Kammer aufreißt. Das Blut pocht in meinen Schläfen, und ich spüre heiße Tränen in mir aufsteigen. Erst als ich die Treppe nach oben gestürmt bin und die Haustür aufgerissen habe, kann ich wieder atmen. Warme, stickige Sommerluft dringt in meine Lungen.

«Ella! Was zum Teufel ist passiert?» Dave hält mich am Arm fest, als ich gerade loslaufen will. Er sieht mich besorgt an. Ich spucke ihm vor die Füße und wische mit dem Handrücken über meine Wange, die feucht ist.

«Du wusstest davon? Du wusstest es die ganze Zeit, und hast nie etwas gesagt? Aber dich mit deinen Kumpels über mich lustig gemacht, was? Du bist so ein Arschloch, weißt du das? Du bist nicht besser als Gary. Und alle anderen, die mich verurteilt haben und gar nicht wussten, wie –»

«Ella! Hey! Hör mir zu, ich …»

Ich schüttle seinen Arm ab und drehe mich um. Ohne hinzusehen, laufe ich auf die Straße – und werde im letzten Moment zurückgerissen. So heftig, dass ich nach hinten stolpere und hinfalle. Auf ihn. Ein schwarzes Taxi rast hupend an uns vorbei.

Wütend löse ich mich aus Daves Umklammerung und richte mich unbeholfen auf. «Lass mich bloß in Ruhe, du Idiot», fauche ich, als er mich zu sich umdrehen will. Inzwischen zittere ich am ganzen Körper. «Ich hätte es wissen müssen. Von Anfang an.»

«Worüber regst du dich gerade so auf? Was hat Mike gesagt?» Er greift wieder nach mir und hält mich fest. Umfasst meine Oberarme mit seinen Händen wie mit zwei Schraubstöcken. Tränen laufen mir übers Gesicht, und durch meine Brust zieht ein Schmerz, der mich an einen Infarkt denken lässt. So fühlt es sich also an, wenn das Herz bricht. Ich dachte, ich hätte das schon erlebt, aber das Gefühl damals war nichts gegen das hier. Ich kriege keine Luft, weil meine Brust wie eingeschnürt ist.

«Das Video», höre ich mich sagen. Meine Unterlippe zittert so stark, ich kann kaum noch sprechen.

«Ella ... das war vorher. Bevor wir ... Oh Gott. Scheiße. Fuck!» Er lässt mich los und tritt wütend gegen einen schwarzen Hydranten auf dem Gehweg. Menschen spazieren an uns vorbei, aber ihre neugierigen Blicke lassen mich kalt. Sie sind mir egal. Ich will wieder unsichtbar sein. Nicht hier sein. Das hier nicht erleben müssen. Es tut so verdammt weh.

«Ich bring ihn um.»

«Es ist nicht Mikes Schuld, Dave», sage ich und ringe um Fassung. «Es ist nicht seine Schuld. Es ist deine. Nur deine! Du bist so ein Arschloch, ehrlich. Ich will dich nie wiedersehen.»

«Willst du etwa jetzt deswegen mit mir Schluss machen? Ohne mir eine Chance zu geben, es zu erklären?» Er kneift die Augen zusammen. Seine Brauen treffen sich über der Nase.

«Schluss machen?» Ich lache bitter. «Wie soll ich denn Schluss machen? Wir sind doch gar nicht zusammen. Wir sind nur Freunde, schon vergessen? Freunde, die ab und zu miteinander ins Bett gehen. Wenn du nicht gerade eins deiner Betthäschen unter dir hast», sage ich, um ihn zu verletzen. Er soll wissen, wie es sich anfühlt, wenn einem das Herz aus der Brust gerissen wird.

Dave holt tief Luft. Sein Gesicht verzieht sich zu einer schmerzerfüllten Grimasse.

«Glaubst du das wirklich immer noch, Ella? Ich dachte, es wäre klar, was zwischen uns ist. Ich dachte, du hättest ... Ach, verdammt.»

«Was soll ich denn sonst glauben? Ich weiß, was ich sehe. Und höre. Ich kann nicht fassen, dass du mich die ganze Zeit verarscht hast. Jetzt können wir nicht mal mehr Freunde sein. Nicht, nachdem du mich ...»

Tränen ersticken meine Worte. Meine Wangen sind nass, aber ich wische sie nicht trocken. Dave presst die Lippen aufeinander. Sein Kinn zuckt.

«Weißt du was? Du bist vielleicht Mathematikerin, Ella. Aber du kannst offenbar nicht mal eins und eins zusammenzählen.»

Seine Augen funkeln wütend. Er dreht sich kopfschüttelnd um und geht zurück ins Studio. Die Stahltür fällt hinter ihm zu. Ich schnappe nach Luft, wische mir mit dem Ärmel übers Gesicht und marschiere die Straße entlang. Ich habe keine Ahnung, wo genau ich bin. Blind vor Tränen, laufe ich um einige Häuserecken, bis ich japsend stehen bleibe. Die Straße um mich herum dreht sich, ich ringe nach Luft.

«Miss? Alles in Ordnung? Kann ich Ihnen helfen?» Eine ältere Dame mit einem kleinen Hund an der Leine bleibt besorgt neben mir stehen und legt mir eine Hand auf den Oberarm. Ich schüttle den Kopf.

«Nein. Alles ... gut.» Schniefend versuche ich zu lächeln, und sie lächelt zurück.

«Oje. Liebeskummer? Der geht vorüber. Glauben Sie mir. Im Moment fühlt es sich an, als ob die Welt stehenbliebe. Aber in einem Jahr lachen Sie darüber. Wenn der nächste Mann, der es wert ist, Sie im Arm hält und küsst.»

«Niemals», sage ich und verknote meine Finger ineinander. «Aber ich brauche ein Taxi. Wissen Sie, wo ich ...?»

Sie macht zwei Schritte auf die Straße zu und hebt den Arm. Es dauert keine Minute, bis ein schwarzer Wagen mit quietschenden Reifen neben uns hält.

29

Dieser Tag ist offenbar nur dazu geschaffen worden, um mich fertigzumachen. Ich habe mich selten so elend gefühlt wie heute. Nicht mal nach jener Nacht, in der Gary mir irgendwelche Drogen in den Drink gekippt hat und ich anschließend ein Video von mir im Internet vorfand, auf dem ich vor ihm und einem anderen, mir fremden Typen kniete. Um sie zu befriedigen. Während die ganze Welt zusah.

Was im Internet ist, bleibt dort für immer. Man kann es nicht mehr löschen. Jeder, der sucht, kann es finden. Natürlich hat auch Dave es gefunden. Um sich mit seinen Bandkollegen über mich lustig zu machen. So wie alle anderen.

Der stechende Schmerz ist wieder da. Sobald ich an Dave denke, schnürt sich mir die Kehle zu, und ich kriege keine Luft mehr. Mein Handy spielt zum zehnten Mal *Hurts* von R. E. M. Seinen Klingelton. Kaum habe ich es genervt ausgeschaltet, beginnt meine Türklingel zu schrillen.

«Ich will nicht mit dir reden! Verschwinde!», rufe ich laut in Richtung Tür und vergrabe meinen Kopf unter einem Sofakissen. Es klopft.

«Ella? Ich bin's, Jen. Was ist los?»

Oh, Gott sei Dank, Jen. Ich eile zur Tür.

«Ach du ... Was hast du denn gemacht? Du siehst ja entsetzlich aus!» Sie nimmt besorgt mein Gesicht in beide Hände und sieht mir in die verquollenen Augen.

«Dave ... Er hat ...» Mir wird heiß. Ich kann es ihr nicht erzählen. Sie weiß ja nichts von dem Video. Davon, wer ich wirklich bin. Wer ich früher war.

«Mr Jameson. Er hat mich rausgeworfen.» Ich hatte schon fast vergessen, wie beschissen dieser Tag angefangen hat. Jen reißt die Augen auf. «Er hat mir gesagt, du wärst krank. Darum bin ich hier, ich hab mir Sorgen gemacht. Weil du nicht ans Handy gegangen bist.» Sie legt mir die flache Hand auf die Stirn. «Du bist gar nicht krank, stimmt's?»

Ich schüttle den Kopf und gehe mit hängenden Schultern zum Sofa zurück. Jen folgt mir.

«Ich hab rausgefunden, dass Mr Jameson Geld aus *Juke* zieht. Ziemlich viel Geld. Als ich ihn heute Morgen damit konfrontiert habe, hat er mich ... rausgeschmissen.»

Jen setzt sich neben mich und wirft mir einen skeptischen Blick zu.

«Und deshalb bist du so fertig? Ella, ernsthaft. Ich bin zu alt, um dir das abzukaufen. Also: Was ist wirklich passiert?»

«Das ist die Wahrheit», sage ich, aber dann spüre ich, dass schon wieder Tränen über meine Wangen laufen. Salzige Tränen, die sich in meinem Mundwinkel sammeln, auf meine Knie tropfen.

«Dann wehr dich. Er kann dich nicht einfach so rausschmeißen. Was genau hast du denn herausgefunden?»

Nachdem ich es ihr erzählt habe, presst sie die Lippen fest aufeinander. «Du musst mit Marc sprechen. Wenn du es nicht für dich tust, dann für mich. Und Holly. Und die anderen. Jameson wird *Juke* ruinieren, wenn ihn keiner stoppt.»

«Ich weiß. Aber ich habe keine Beweise! Was, wenn Marc mir nicht glaubt?»

«Wenn du willst, komme ich mit. Okay? Gleich morgen reden wir mit ihm, und du zeigst ihm alles, was du hast. Zahlen, Unterlagen. Das müssen wir irgendwie hinkriegen, du darfst dich jetzt nicht verkriechen und es klaglos akzeptieren, Ella. Weißt du, alles, was du tust, hat Konsequenzen. Nicht nur für dich, sondern auch für andere Menschen. Und genauso hat alles, was du *nicht* tust, Konsequenzen. Manchmal sogar noch viel schlimmere.»

«Allerdings», sage ich leise. «Warum erkennt man einen Fehler immer erst dann, wenn man ihn gemacht hat?»

«Du hast keinen Fehler gemacht, Ella.» Jen sieht mich ernst an.

«Ich meine nicht diesen Fehler. Ich meine ... andere Fehler.» Wütend vergrabe ich mein Gesicht in den Händen. Jen legt ihre Hand auf meinen Rücken und streichelt mich.

«Wenn du bloß mit mir reden würdest», murmelt sie. «Ich würde dir so gern helfen.»

«Ich weiß», schniefe ich. Dann wische ich mir die Tränen ab und hebe den Kopf. «Ich habe mit Dave geschlafen.»

«Ja, das weiß ich doch.» Jen grinst. «Und es war gut. Oder nicht? Was hat er getan? Ich reiße ihm die Eier ab, wenn er dich verletzt hat.»

Kopfschüttelnd presse ich die Lippen aufeinander. Doch dann hole ich tief Luft und erzähle ihr alles. «Er hat ein Video gefunden. Von mir. Im Internet. Es wurde vor ungefähr drei Jahren gemacht, als ich gerade in Oxford zu studieren anfing. Nach dem ersten Konzert, auf dem ich jemals war. Und in diesem Video bin ich zu sehen, mit zwei Jungs. Ich habe ...» Ich schlucke hart. Mein Mund fühlt sich an, als hätte ich an einem Taschentuch gelutscht. «Ich habe ihnen einen geblasen.»

«Was?» Jen lacht leise. «*Du?* Das ist nicht dein Ernst!»

«Leider doch. Jemand hat mir offenbar was in den Drink getan, ich konnte mich am nächsten Morgen absolut an nichts erinnern. Aber als ich aufwachte, wachte ich in einem Albtraum auf, denn das Video hatte schon die Runde gemacht.» Mein Herz verkrampft sich bei der Erinnerung an den Morgen. Als meine Mutter mich aus dem Bett in meiner kleinen Studentenbude zerrte und ohrfeigte. Ich schlucke trocken.

«Ein Typ – Gary – hat das Video ins Internet gestellt, überall. Mit meinem vollen Namen. Es war entsetzlich. Ich bekam anonyme Anrufe. E-Mails voller Beschimpfungen. Hohn und Spott. Fremde Menschen beleidigten mich oder machten sich über mich lustig. Alle bildeten sich ein Urteil, ohne zu wissen, was eigentlich passiert war. Meine Mutter ist fast gestorben vor Scham, sogar mein Stiefvater hat sich das Video angesehen. Plötzlich war ich die ‹Oxford-Schlampe›, die Sache schaffte es sogar in die Zeitungen. All meine Freunde wandten sich von mir ab. Auf jeden Fall wurde ich diesen Ruf nicht mehr los. Er klebte an mir wie kalter Wachs. Von einem Tag auf den anderen war ich der einsamste Mensch der Welt. Ich hatte keine Freunde mehr, nicht einen. Hinter meinem Rücken wurde gelacht und getuschelt, egal, wohin ich ging. Alle zerrissen sich das Maul über mich, wirklich alle. Ich hab mich nicht mal mehr getraut, einkaufen zu gehen.»

«Oh Gott, Ella. Das tut mir so leid.» Jen nimmt meine Hand und legt ihre Finger darum, drückt sie vorsichtig, um mich zum Weiterreden zu ermutigen, aber das muss sie gar nicht. Ihre Reaktion hat mich so erleichtert, dass sich mein Mund wie von selbst öffnet und ich immer weiterrede. Um es loszuwerden. Und vielleicht sogar um Hilfe zu finden?

«Nach zwei Wochen habe ich versucht, mich umzubringen.» Meine Lider flattern. Noch nie habe ich jemandem davon erzählt, bis auf meine Mutter und Henry weiß niemand etwas darüber.

Jen zieht scharf die Luft ein. «Ich kam in eine Klinik», fahre ich fort. «Dort hat man mich mit Beruhigungsmitteln versorgt. Vier Wochen später musste ich zurück an die Uni.»

«Wie hast du ...?»

«Alkohol und Schlaftabletten. Der Hausmeister hat mich in meinem Zimmer gefunden», antworte ich leise. Mir wird eiskalt bei dem Gedanken. Ich muss an Suze denken, die gerade das Gleiche durchgemacht hat. Und an alldem ist nur ein einziger Mensch schuld.

«Großer Gott. Wie entsetzlich.» Jen sieht mich mitfühlend an.

«Ich hab angefangen, mich zu verstecken. Unsichtbar zu werden. Ich lernte wie eine Verrückte, jede freie Minute, um so schnell wie möglich mit meinem Studium fertig zu werden. Wenn andere auf Partys oder in den Pub gingen, saß ich in meinem Zimmer und vergrub die Nase in Büchern. So hab ich meinen Abschluss ein Jahr früher geschafft, als Beste des Jahrgangs, und konnte endlich weg. Nach London. Mit der Hoffnung, hier ganz von vorne anzufangen.» Ich verziehe den Mund.

Jen streicht mit dem Daumen über meine Finger. Langsam entspanne ich mich wieder ein wenig.

«Jetzt verstehe ich, warum du so ... so bist.» Jen schüttelt sich. «Das ist echt eklig. Wieso hat der Typ das gemacht? Was hatte er gegen dich?»

«Es hört sich blöd an, aber ... Er war der erste Junge, in den ich mich je verliebt habe», gestehe ich. «Ich war schon ewig in ihn verknallt, weil er der Bruder meiner besten Freundin im Internat war. Aber er hat sich immer nur über mich lustig gemacht, mich nicht ernst genommen. Als ich an die Uni kam, war ich glücklich über die neue Freiheit. Das Mädcheninternat vorher war entsetzlich streng gewesen, und ich kam mir plötzlich so erwachsen vor. Ich war ein Frischling in Oxford, und Gary einer der älteren Studenten. Es hat mir total geschmeichelt, als er sich plötzlich um mich kümmern wollte. Und mich sogar zu einem Konzert einlud. Was sich nachher leider zum absoluten Albtraum entwickelte.»

«Aber wieso hat er ...?»

«Ich habe dir doch erzählt, dass ich einen Stiefvater habe. Henry. Na ja. Er steht auf junge Mädchen.»

«Oh Gott! Sag nicht, er hat ...?»

«Nicht mich. Aber meine beste Freundin Suze. Garys kleine Schwester. Ich brachte sie mal mit nach Hause, als ich meine Familie übers Wochenende besuchte. Wir waren damals gerade fünfzehn, und er hat sie verführt. Mit verheerenden Folgen.»

Jen stöhnt auf. Ich sehe sie nicht an, rede einfach nur weiter. Endlich kann ich alles loswerden. Es fühlt sich an wie heftiges Übergeben. Schmerzhaft, aber befreiend.

«Dave hat das Video von mir wohl im Internet gefunden. Wahrscheinlich, nachdem ich ihm von meiner Mutter und meinem Stiefvater erzählt habe. Er musste ja nur meinen richtigen Namen eingeben, und schon ...»

«Was soll das heißen, deinen richtigen Namen? Du heißt gar nicht Ella?»

Ich sehe sie an. «Doch. Nein. Ich heiße Eleonor Wincester. Cunning ist der Mädchenname meiner Mutter, und Ella hat mein Vater mich immer genannt. Ich hab den Namen geändert, als ich nach dem Studium nach London ging. Manchmal habe ich den Eindruck, es geht Gary gar nicht mehr um Suze. Dass er einfach Spaß daran hat, mich zu quälen.»

Jen schüttelt den Kopf. «Ernsthaft, da glaubt man, jemanden ganz gut zu kennen, und dann erfährt man, dass ein ganz anderer Mensch in ihm steckt.»

«Denk jetzt nicht schlecht von mir. Bitte.» Mein Herz klopft schneller. Aber Jen schüttelt den Kopf.

«Wieso sollte ich, du Spinner? Ich mag dich so, wie ich dich kennengelernt habe. Und was du sonst noch so für Leichen im Keller hast ... werde ich schon rausfinden.»

Sie lacht, und ich stimme mit ein, obwohl mir gar nicht nach Lachen zumute ist.

«Aber du musst aufhören, dir alles gefallen zu lassen, Ella. Kämpfe, für dich und deine Rechte. Sei stark und selbstbewusst. Rücken grade, Schultern nach hinten. Und hey – du warst mit Dave Hunt im Bett! Ich kenne mindestens zehn Frauen, die dafür töten würden.»

«An ihn möchte ich jetzt wirklich nicht denken», sage ich leise. Und schon werden meine Augen wieder ganz heiß. «Er kennt das Video. Er hat es seinen Bandkollegen gezeigt und weiß Gott wem noch. Sie haben sich über mich lustig gemacht. Das habe ich erfahren, nachdem Jameson mich gefeuert hat.»

Ich sehe, wie Jen sich auf die Lippe beißt.

«Ich glaube, ich muss mich heute betrinken», sage ich müde.

«Auf gar keinen Fall. Das wäre nur wieder eine Flucht. Aber du darfst jetzt wirklich nicht mehr weglaufen. Hast du mit Dave darüber gesprochen? Vielleicht hat er es gar nicht so gemeint.»

«Wie sollte er es sonst gemeint haben?» Ich lache bitter. «Er hat sich über mich lustig gemacht. So wie alle anderen. Ich fühle mich so gedemütigt ...»

«Aber was ihr hattet, Ella ... Er empfindet ganz sicher was für dich. Ist er zu Hause? Dann geh rüber und rede mit ihm. Bitte!», sagt sie mit Nachdruck.

Ich schlucke. «Nein. Das kann ich nicht.»

«Ich weiß genau, wie es dir geht. Nach alldem. Glaub mir, ich hatte dieselbe Strategie wie du. Nach meinen Fehlgeburten habe ich mich in Arbeit gestürzt, um die Angst und den Schmerz nicht zu spüren. Ich war rund um die Uhr beschäftigt, habe mir keine

Freizeit gegönnt – und es hat funktioniert. Dachte ich jedenfalls. Bis mein Therapeut mir sagte, dass es der falsche Weg ist.»

«Was soll daran falsch sein?», frage ich verdutzt. Bei mir funktioniert diese Strategie seit Jahren wunderbar. Erst jetzt, wo ich sie einmal nicht angewendet habe, stürzt alles um mich herum ein.

«Man kann Ängste oder negative Gedanken nicht für immer unterdrücken. Sie gehen nicht einfach so weg, sie lauern weiter im Verborgenen auf einen. Versuch mal, nicht an einen grünen Elefanten zu denken.»

«Was?» Worauf will sie hinaus? Jen grinst mich an.

«Na? Woran hast du gerade gedacht?»

«An ... einen grünen Elefanten?»

«Genau.» Sie nickt eifrig. «Sobald du versuchst, an etwas nicht zu denken, kannst du an gar nichts anderes mehr denken. Es ist also besser, die negativen Gedanken einfach zuzulassen, statt sie dauernd zu verdrängen. Zu lernen mit ihnen umzugehen.»

Grüne Elefanten ... Dave ist mein grüner Elefant. Er ist so groß, dass er sogar die grünen Elefanten aus meiner Vergangenheit verdrängt hat. Anstatt mir Sorgen über Gary und das scheußliche Video zu machen, oder darüber, dass ich meinen Job verloren habe, kreist alles in meinem Kopf nur noch um ihn.

«Erst, seitdem ich mich mit meinen Ängsten angefreundet habe und sie zulasse, bin ich entspannter. Ich weiß, dass sie da sind, und ich kann sie nicht leugnen. ... deshalb spreche ich manchmal mit ihnen.» Sie wird ein bisschen rot und lächelt schief. «Hört sich komisch an, ich weiß. Aber es hilft.»

«Nein, das hört sich gar nicht komisch an.» Ich lehne mich gegen ihre Schulter und genieße ihre Nähe. Und Wärme. Jen legt einen Arm um mich und drückt mich an sich.

«Räum auf, Ella. Mit allem. Danach wird es dir bessergehen, ich versprech's dir. Ich weiß, wovon ich rede.»

«Danke», flüstere ich. Meine Augen brennen schon wieder. Langsam entwickle ich mich zur Heulsuse.

«Nicht dafür. Morgen sprechen wir mit Marc Hanson. Ich warte um neun vor dem Büro auf dich, wir gehen zusammen rein. Und anschließend räumst du den Rest deines Lebens auf. Vor allem klärst du die Sache mit Dave. Okay?» Ich nicke. Als sie sich verabschiedet, zieht ein Gefühl von Einsamkeit in mir auf. Doch ich reiße mich zusammen und greife entschlossen nach meinem Handy, schalte es ein und wähle eine Nummer. Mein Herz klopft schneller beim Klang seiner Stimme. Er klingt erstaunt, wahrscheinlich hat er meine Nummer erkannt.

«Sean? Hier ist Ella. Hast du heute zufällig Zeit? Ich würde gern mit dir über etwas sprechen.»

30

Vorsichtig werfe ich durch eins der Fenster einen Blick in den Pub und bin erleichtert, als ich seine strubbeligen Haare in einer Ecke entdecke. Er ist schon da. Gut.

«Hey! Danke, dass du gekommen bist!» Ich beuge mich zu ihm runter und deute einen Kuss auf die Wange an. Sean errötet und rutscht auf der schmalen Bank hin und her, während ich mich ihm gegenübersetze.

«Ich hol dir was zu trinken. Bier? Oder was anderes?» Er sieht mich fragend an, und ich denke nicht lange über die Antwort nach.

«Bier ist prima», antworte ich. Er nickt, ohne eine Miene zu verziehen, und steht auf, um zur Bar zu gehen. Ausnahmsweise trägt er keins der albernen T-Shirts, sondern ein schlichtes graues Hemd. Er wirkt damit erwachsener als sonst.

Am Tisch nebenan lacht eine junge Frau. Das fröhliche Geräusch schneidet mir in die Eingeweide wie ein scharfes Messer, und ich schließe kurz die Augen.

Fokussier dich, Ella. Denk nicht über ihn nach.

Aber da ist er wieder. Mein grüner Elefant. Je mehr ich versuche, ihn zu verdrängen, desto größer wird er. Mit jedem Mal, das ich an Dave denke, wird er in meiner Vorstellung noch schöner. Noch lebenslustiger. Noch begehrenswerter. Warum um alles in der Welt wollen wir etwas erst so dringend, wenn wir es verloren haben? Warum spielt das Gehirn die schönen Erinnerungen wie einen Film wieder und wieder ab, verdrängt aber die negativen Gefühle?

«Ein Bier, wie gewünscht.» Sean stellt mir ein Pint mit Ale hin. Im Hintergrund läuft Musik von den Foo Fighters.

«Es tut mir leid, Ella. Ich wollte mich die ganze Zeit bei dir entschuldigen, aber ich ...»

«Ist schon gut.» Ich wehre mit einer Hand ab, dann setze ich das Bier an und trinke einen großen Schluck. Bitter und wärmend. Mit der Zunge lecke ich mir Schaum von der Lippe und stelle das Glas auf den Tisch zurück. Sean sieht bedrückt aus.

«Hey, wirklich. Du warst nicht du selbst an dem Abend.»

«Ich nehme sonst nie Drogen, aber nach dem Konzert war ich so nervös. Deinetwegen. Ich wollte dir nie ...» Er verzieht unsicher das Gesicht. Dann grinst er. «Dein Freund hat mir die Nase gebrochen. Ich hatte keine Ahnung, dass du mit einem Musiker zusammen bist.»

«Bin ich nicht», antworte ich knapp. «Und es tut mir leid um deine Nase.» Sie ist immer noch leicht geschwollen und wirkt sogar ein wenig schief. Oder war sie das schon immer?

«Kein Thema. Ich hab's wohl verdient.»

«Du hättest nicht kündigen sollen, Sean. Wir hätten darüber reden können, und dann wäre alles gut gewesen.» Ich sehe ihm in die Augen. Sein Blick ist verlegen, aber ehrlich. Das habe ich eigentlich immer an ihm geschätzt – dass er ehrlich ist. Keine Spielchen spielt. Bisher läuft das Gespräch gut, dennoch bin ich nervös. Ich trinke hastig noch einen Schluck. Der Alkohol beruhigt mich ein wenig.

«Weshalb ich dich sprechen wollte ... Ich habe ein Problem. Ein ziemlich großes Problem, um ehrlich zu sein. Und ich dachte ...

Du kennst dich doch aus mit Computern und so. Vielleicht kannst du mir helfen?»

«Wenn ich irgendwas für dich tun kann, Ella – gerne. Was auch immer es ist. Ich hab so ein schlechtes Gewissen ...»

Ich greife nach seinem Arm und streiche kurz darüber. Als ich spüre, dass er eine Gänsehaut bekommt, lasse ich ihn hastig los. Ich will nicht, dass er sich Hoffnungen macht. Er bemerkt meine Unsicherheit und lehnt sich auf der schmalen Bank zurück. «Also, womit kann ich dir helfen?»

Ich erzähle in knappen, nüchternen Sätzen von Gary, dem Video und seinen Drohungen. Sean lauscht mit offenem Mund, ohne mich zu unterbrechen. Zwischendurch nickt er, sagt aber kein Wort. Erst als ich fertig bin und auch noch von dem Verdacht gegen Mr Jameson berichtet habe und meiner darauf folgenden Kündigung, holt er tief Luft, leert sein Glas in einem Zug und steht wortlos auf, um Nachschub zu besorgen.

Ich bleibe sitzen, kaue abwesend auf der Lippe, zerknibble einen Bierdeckel und warte.

«Ich kann dir helfen», sagt er, während er zwei Pints auf den Tisch stellt und zurück auf die Bank schlüpft. «Hast du eine E-Mail von ihm gekriegt oder so was?»

Ich nicke.

«Leite sie mir weiter. An diese Adresse.» Er holt einen zerkauten Kugelschreiber aus der Hemdtasche und kritzelt etwas auf einen Bierdeckel, den er mir anschließend rüberschiebt.

«Ich werde den fiesesten Virus für ihn programmieren, den ich je entwickelt habe.» Er lächelt, und mir wird vor Erleichterung ganz warm im Bauch.

«Danke, Sean. Das mach ich wieder gut!»

Er läuft rot an, dann trinkt er hastig einen großen Schluck. «Das musst du nicht. Ich bin es dir schuldig.»

«Kannst du deine Kündigung zurücknehmen?», frage ich. «Es ist nicht fair, dass du –»

«Ich wollte sowieso kündigen. Der Job hat mich zu Tode gelangweilt, ehrlich gesagt. Ich fange nächsten Monat bei einer Computerspielefirma an.»

«Oh! Das ist natürlich ... Das freut mich für dich. Sehr!» Ich hebe mein Glas und proste ihm zu. Er erwidert die Geste und blinzelt mich über den Glasrand hinweg an.

* * *

«Ich melde mich bei dir, wenn ich was hingekriegt habe. Dem Typen sollte man gehörig die Fresse polieren. Unglaublich.» Er schüttelt den Kopf. Wir stehen auf der Straße, ein kühler Wind umfängt uns.

«Danke noch mal», sage ich und umarme ihn vorsichtig. Er zögert, steht für einen Moment stocksteif da, dann klopft er mir mit der Hand auf den Rücken.

«Danke. Dass du mir verzeihst.»

«Verzeihen ist wichtig», murmle ich über seine Schulter. «Man bestraft sich doch nur selbst, wenn man den Groll jahrelang mit sich herumträgt. Und Verzeihen befreit.»

Sean nickt. Ich drücke ihn kurz an mich, dann lasse ich ihn los, um mich zu verabschieden.

«Ich bring dich nach Hause.» Sean sieht mich ernst an. «Abends laufen hier merkwürdige Typen rum.»

«Noch merkwürdiger als du?», frage ich lachend, und Sean stimmt mit ein.

Ich hake mich bei ihm unter, und wir marschieren gemeinsam die Straße hinunter Richtung Leonard Street. Vorbei an umgebauten alten Lagerhäusern. Um diese Uhrzeit ist dort alles finster, die Büros darin werden erst am Morgen wieder zum Leben erwachen.

Es sind nur ein paar hundert Meter vom Pub zu meiner Wohnung. Nicht viel weiter als zur U-Bahn-Station. Dreihundertachtundvierzig Schritte waren es auf dem Hinweg, und obwohl Sean von seinem neuen Job erzählt, kann ich nicht umhin, auch auf dem Rückweg unsere Schritte zu zählen. Bei Schritt dreihundertsiebenundzwanzig bleibe ich an der Straßenecke stehen, und starre auf das Haus. Unser Haus. Sean mustert mich von der Seite, sagt aber kein Wort.

Die Fenster sind dunkel. Meine, und auch die von Dave. Mein Herz zieht sich zusammen. Ich bemühe mich, ruhig zu atmen. Wir gehen schweigend die letzten Meter auf den Eingang zu. Bis mich das Geräusch eines Motorrades erstarren lässt.

31

Die rote Ducati erkenne ich sogar im Dunkeln. Auch Sean dreht sich um und runzelt die Stirn.

«Danke fürs Bringen», sage ich hastig. Das Herz schlägt mir bis zum Hals. «Und danke für deine Hilfe.»

«Jederzeit.» Ich will mich umdrehen und weglaufen. Auf das eiserne Tor zu, das mich vom Hauseingang trennt. Aber dann zögere ich doch. Ich will ihm nicht begegnen, nicht heute und nicht so. Nicht mit Sean an meiner Seite. Aber ich will auch nicht weglaufen.

«Gute Nacht», sage ich also noch und drücke Sean einen Kuss auf die Wange. Dann sehe ich Dave aus dem Augenwinkel. Er ist nicht allein.

«Gute Nacht, Ella. Schlaf gut.» Bevor der Motor verstummt, habe ich mich bereits zum Tor gewandt und schiebe mit zittrigen Fingern den Schlüssel ins Schloss. So schnell ich kann, gehe ich auf die Haustür zu. Hinter mir höre ich, wie Sean «'n Abend» brummt, was von einem männlichen Schnauben erwidert wird. Ich sperre auf und lasse die Tür hinter mir ins Schloss fallen, dann renne ich die Treppe hoch, zwei Stufen auf einmal nehmend. Mein Puls rast.

Ich habe sie gleich wiedererkannt. Die Blondine neben ihm. Ich habe sie schon mal mit ihm gesehen, neulich erst. Offenbar gibt es außer mir noch andere Frauen, die öfter als einmal sein Bett teilen dürfen. Ein heftiger Schmerz schießt in meine Brust, als ich die Haustür unten höre. Ich vertippe mich mit meinem Code, eine rote Lampe leuchtet auf, und ein hässlicher Ton erklingt.

Scheiße, Ella. Konzentrier dich.

Meine Finger wollen mir kaum gehorchen, aber als die Schritte auf der Treppe näher kommen, ertönt zum Glück der leise Summer, und ich schiebe meine Tür auf. Schlüpfe in die rettende Wohnung und knalle die Tür hinter mir zu. Dann presse ich die Stirn gegen das kühle Metall und atme ein paarmal tief ein und aus, während ich auf die Stimmen draußen lausche.

Heiße Schokolade mit Sahne. Gedanken purzeln in meinem Kopf durcheinander und lassen sich nicht sortieren, sosehr ich mich auch bemühe. Mein Herz schmerzt, als ich ihn im Treppenhaus höre, und etwas in mir schreit gequält auf. *Komm zu mir. Klingel an meiner Tür. Sprich mit mir. Erklär mir, warum du das getan hast.*

Aber er kommt nicht. Am Klappern von hohen Absätzen erkenne ich, dass er tatsächlich Begleitung hat. Ich versuche, die aufsteigenden Tränen runterzuschlucken, doch es gelingt mir nicht.

Ich muss hier raus. Ich kann nicht hier sitzen und warten, dass ich sie höre. Höre, wie er mit ihr schläft. Wie sie schreit, so wie ich geschrien habe. Schon bei dem Gedanken daran steigt Säure in mir hoch. Ich warte ein paar Minuten mit klopfendem Herzen ab, dann schleiche ich zurück ins Treppenhaus und stürme die Treppe wieder hinunter. Renne auf die Straße, als ob ich mich so in Sicherheit bringen könnte, und stopfe die Kopfhörer meines Handys ins Ohr.

Ich gehe. Schnell. Ohne die Schritte zu zählen. Ich beiße die Zähne aufeinander, wische mir immer wieder Tränen von der

Wange. Ich gucke auf den Boden, während ich durch die dunklen Straßen laufe, und verliere langsam die Orientierung. Dass es zu regnen anfängt, spüre ich kaum. Der typische Londoner Nieselregen, der von allen Seiten kommt und binnen Minuten die Kleidung durchtränkt wie ein heftiger Schauer.

Ich dachte, ich hätte das Schlimmste im Leben schon erlebt. An dem Tag, an dem ich im Internat ankam und mich so einsam fühlte wie ein ausgesetzter Hund. An dem Morgen in Oxford, als das Video im Internet auftauchte und die ersten E-Mails mit Beschimpfungen eintrafen. In den Tagen danach, als sich alle Freunde von mir abwandten. Als Professoren mich missbilligend ansahen, Leute über mich lachten, meine Mutter mich ohrfeigte vor Wut. Gary mir ins Gesicht lachte. Aber das alles zusammengenommen war nicht so schlimm wie das, was ich gerade fühle. Diesmal will ich nicht das hilflose Opfer sein. Und das heißt, dass ich mich nicht hinter meinem Schmerz verstecken darf. Ich muss mich ihm stellen.

Endlich verstehe ich auch, warum ich mich jahrelang nicht gewehrt habe. Es war so einfach. Wer das Opfer ist, muss sich nicht verändern. Er selbst hat ja nichts getan, es wurde ihm *an*getan. Also darf er leiden und die Welt verfluchen. Ihn trifft keine Schuld. Aber diesmal ... diesmal bin ich nicht nur das Opfer. Diesmal, das ist mir klar, trage auch ich selbst die Schuld. Weil ich nicht ehrlich war. Nicht einmal versucht habe, ihm zu vertrauen. Und diese Einsicht schmerzt fast so sehr wie der Verlust.

Regen läuft mir übers Gesicht, vermischt sich mit meinen Tränen. Für die wenigen Menschen, die mir ab und zu begegnen und eindeutig alkoholisiert über die Straße wanken, habe ich keinen Blick. Ich starre auf den Boden, zwinge meine Gedanken zu irgendeiner Ordnung. Indem ich jeden meiner Schritte zähle.

Zum zwanzigsten Male heult Beth Gibbons *All Mine* in mein

Ohr. So viel Schmerz. Nie zuvor habe ich den Song mehr gefühlt als gerade jetzt.

Die blonde Schönheit, die von Daves Motorrad gestiegen ist, hat mir das Herz zerrissen, ohne überhaupt von meiner Existenz zu ahnen. Ich kann ihr keinen Vorwurf machen. Ich kann nicht mal ihm einen Vorwurf machen. Er ist begehrt und frei. Ich hab ihm an den Kopf geworfen, dass ich ihn nie wiedersehen will. Kein Wunder, dass er sich lieber mit einer Frau wie ihr vergnügt. Beine bis zum Himmel. Hohe Absätze. Lange blonde Haare wie aus einer Parfumwerbung. Tolle Kurven. Mir ist klar, warum er das tut. Was er mir damit zeigen will. Aber die Wucht, mit der mir ihr Anblick den Boden unter den Füßen weggerissen hat, macht mir Angst.

Stundenlang irre ich durch die Straßen in Hoxton. Gehe an Clubs und Bars vorbei, in denen glückliche Menschen sitzen, plaudern und trinken.

Die klagende Stimme von Michael Stipe aus meinem iPhone-Kopfhörer hüllt mich in einen Mantel aus Trauer. *Everybody hurts.* Unser Lied. Nie zuvor hat der Song mich zur Verzweiflung gebracht, aber heute hallt der Schmerz in Stipes Stimme in jeder Faser meines Körpers wider.

Mein Pullover ist schwer vom Regen, Haarsträhnen kleben mir im Gesicht. Erst um drei Uhr morgens wage ich mich zurück in die Leonard Street. Bleibe vor der alten Kirche an der Ecke stehen und schaue hinauf zu seinen Fenstern, die zum Glück dunkel sind. Das Motorrad steht angekettet am Zaun. Mir ist so kalt, dass meine Zähne klappern. Leise schleiche ich mich ins Haus, gehe die Treppe nach oben, ohne auch nur auf die Stufen zu achten, geschweige denn, sie zu zählen, lege mich nass und kalt, wie ich bin, ins Bett und ziehe mir die Decke über den Kopf.

32

«Ich will dich, Ella. Du bist so schön. So sexy.» Seine Hände sind auf meinem heißen Körper, kühlen mich. Das Fieber sinkt, ich spüre es deutlich. Dafür kriecht eine andere Hitze in mir hoch, aus den Tiefen meines Körpers. Ich schlinge die Arme um ihn, atme ein, rieche seinen Duft. Spüre seinen Atem auf meiner Haut. Höre Musik, seine Stimme, sanft und zärtlich.

«Ella ... süße, kleine Ella.»

«Dave», seufze ich und suche seinen Mund mit meinen Lippen. Lege die Beine um ihn, ziehe ihn an mich. Seine Küsse heilen, kühlen mich. Ich atme in seinen Mund, spüre sein kratziges Kinn an meiner Wange. Zittere in seinen Armen. «Geh nicht», flüstere ich heiser. «Bitte, lass mich nicht allein.»

Ich öffne die Augen. Dave ist nicht da. Natürlich nicht. Stöhnend setze ich mich auf. Draußen dämmert es, langsam ziehen Wolkenfetzen über den grauen Himmel.

Meine Nase läuft, mein Körper glüht. Die letzte Nacht steckt mir wie Blei in den Knochen. Ich schleppe mich mühsam ins Bad, um lange und heiß zu duschen. Dann ziehe ich mich an. Kein graues Kostüm wie sonst, wenn ich zur Arbeit gehe, sondern ein Totenkopf-Shirt und bunte Leggings. Die Klamotten erinnern mich an den Tag, an dem wir sie gekauft haben. Daran, wie Dave mich angesehen hat. Meine Augen fangen an zu brennen.

Das Frühstück lasse ich heute ausfallen, ich fühle mich, als könnte ich nie wieder etwas essen. Dann kommt der schwerste Schritt von allen: die Tür zu öffnen. Ich habe Angst, dass Dave zu Hause ist und im gleichen Moment seine Wohnung verlässt. Allein bei dem Gedanken, ihn ansehen zu müssen, zerreißt es mir das Herz. Aber als ich das Treppenhaus betrete, ist es ruhig. Kein Laut dringt aus seiner Wohnung, und es fühlt sich fast so an, als hätte ich all das nur geträumt. Als wäre nichts davon wirklich passiert.

Auf dem Weg ins Büro lese ich eine E-Mail von Sean, der Gary schon ausfindig gemacht hat. Er hockt offenbar noch in Oxfordshire, jedenfalls kam seine E-Mail von dort. Aber Sean ist ihm auf der Spur und hat tatsächlich einen gemeinen Virus programmiert, der seinen Rechner lahmlegen wird. Außerdem hat er Beweise dafür, dass Gary das Video verbreitet hat. Damit kann ich ihn anzeigen – und dann hat der Spuk hoffentlich ein Ende. Sean hat sich sogar die Mühe gemacht und die passenden Rechtsparagrafen für mich kopiert. Und mir die Adresse eines Anwaltes geschickt.

Ein Lächeln huscht über mein Gesicht. Ich schiebe das Handy in die Tasche zurück und lehne meine Schläfe gegen die kalte U-Bahn-Scheibe. Es ist eine kleine Rache, aber sie genügt mir. Ich werde bald für Gerechtigkeit sorgen. Nicht für mich, aber für Suze.

Jen steht schon vor Marcs Bürotür. Sie nimmt mich in den Arm. «Los, er wartet schon auf uns.»

«Du musst nicht mitkommen, Jen», sage ich besorgt. «Nicht, dass er dir auch noch kündigt.»

«Zerbrich dir mal nicht meinen Kopf, Ella. Ich komme mit und basta.»

Mein Bauch kribbelt. Ich drücke ihre Hand, dann atme ich tief ein und klopfe an die Tür.

Meine Finger zittern, als ich die kopierten Unterlagen über den Schreibtisch schiebe. Ich weiß nicht, ob es die Aufregung ist oder die Erkältung, die ich mir letzte Nacht eingefangen habe, aber ich schwitze wie in einer Sauna. Angespannt beobachte ich Marc Hanson, unseren CEO, wie er seine Lesebrille auf die Nase schiebt und einen Blick auf die Papiere wirft. Jen kneift mir in den Oberschenkel. Ihre Nähe gibt mir Mut. Mehr Mut, als ich mir noch vor wenigen Wochen jemals zugetraut hätte. Trotzdem ist die Anspannung im Raum geradezu körperlich spürbar. Wie Elektrizität.

Während Marc liest, entsteht zwischen seinen Brauen eine steile Falte. Ich knete meine klammen Finger.

«Ella, das ist ... heftig.» Mein Herz hämmert.

«Wie hast du das herausgefunden?», hakt er nach.

«Mir war aufgefallen, dass die Zahlen so nicht stimmen können», beginne ich. «Dann stellte ich fest, dass insbesondere diese beiden kleinen Labels unverhältnismäßig viel Geld verlangen. Absolut nicht gerechtfertigt für das Angebot, das sie haben. Ich hatte kompetente Unterstützung bei der Suche nach der Ursache, und obwohl ich leider keine Beweise habe, weiß ich, dass Mr Jameson damit zu tun hat.»

Marc legt die Mappe seufzend wieder auf den Tisch. Dann nimmt er die Brille ab und mustert mich aus kleinen, fast schwarzen Augen.

«Das wird Konsequenzen haben, das ist dir klar?» Ich schlucke, bevor ich nicke.

«Es ist nicht Ellas Schuld», mischt Jen sich ein. Ich möchte sie bremsen, doch ich kriege kein Wort heraus und sehe sie nur mit offenem Mund von der Seite an. «Sie hat nur herausgefunden, was er getan hat, und zur Belohnung wollte er sie feuern.»

«Ich habe leider keine Beweise.»

Marc runzelt die Stirn. «Aber ich glaube dir, Ella.»

«Was?», frage ich geschockt. Jen gibt ein leises Quietschen von sich.

«Ehrlich gesagt, gab es von Anfang an Probleme mit Carl. Ich muss nur einen Weg finden, ihn zu überführen. Und zwar so, dass er keine Chance hat, sich rauszureden. Natürlich ist er jetzt vorgewarnt, weil du mit ihm gesprochen hast. Aber vielleicht reicht die Zeit noch.»

«Tut mir leid», sage ich leise. «Das habe ich nicht bedacht.»

Er wischt meine Entschuldigung mit einer raschen Geste weg und lächelt. «Ich werde jemanden darauf ansetzen. Bis dahin allerdings möchte ich dich bitten, es bei deiner Freistellung zu belassen. Es wäre nicht gut, wenn ich mich über seine Entscheidung hinwegsetzte und dich wieder einstellte. Nicht, bevor wir ihn ans Messer geliefert haben.»

Ich schlucke, nicke aber tapfer. «Natürlich, das verstehe ich.» Jen zerquetscht fast meinen Oberschenkel.

«Aber sobald wir ihn haben, bist du selbstverständlich wieder herzlich willkommen.» Marc steht auf. «Darf ich das hier behalten?» Er zeigt auf die Mappe mit meinen Notizen.

«Ja, sicher.»

«Danke, Ella. Womöglich hätte es das Ende von *Juke* bedeutet, wenn du ihm nicht auf die Schliche gekommen wärst. Ich verstehe kaum was von Zahlen und habe mich auch ehrlich gesagt zu wenig darum gekümmert. Meine Stärken liegen eher woanders.»

Jen strahlt, als wir sein Büro verlassen.

«Ich hab's gewusst!», jubelt sie. Hollys Karottenschopf taucht hinter einer der grauen Trennwände auf.

«Und?»

«Er hat uns geglaubt. Er wird sich darum kümmern.»

«Genial! Herzlichen Glückwunsch, Ella. Aber jetzt sieh zu, dass du hier rauskommst. Jameson ist gerade eingetrudelt.»

Sie deutet mit der Hand hinter sich, auf die verschlossene Bürotür unseres Chefs. Sofort versteift sich mein Körper. Jen schiebt mich in den Flur.

«Ich ruf dich an. Geh nach Hause, leg dich ins Bett und kurier dich aus. Ehrlich gesagt siehst du nämlich ziemlich mies aus.»

«Oh, vielen Dank. Das ist mein erstes Kompliment heute.»

«Husch, ab mit dir.» Sie küsst mich auf die Wange und reißt die Tür zu den Fahrstühlen auf. «Wir sehen uns diese Woche noch. Versprochen.»

* * *

Auf dem Weg von der U-Bahn nach Hause brennt die Sonne vom Himmel, ein wunderschöner Sommertag kündigt sich an. Als ich die Leonard Street entlanggehe, fühle ich mich erstaunlicherweise nicht mehr einsam. Bis ich die blonde Mähne vor dem Haus entdecke. Die langen schlanken Beine, deren Anblick mir die Kehle zuschnürt. Die Frau ist nicht allein. Neben ihr steht Dave, den Arm um ihre Schulter gelegt. Und auf der anderen Seite – Silly. Mein Herz pocht schmerzhaft gegen meine Brust, aber es ist zu spät, um mich zu verstecken. Ich muss tapfer sein. Ich bin kein Opfer. Wir sind Nachbarn, und ich kann ihm nicht ewig aus dem Weg gehen oder darauf warten, dass er endlich seine geplante Reise antritt. Also drücke ich die Schultern durch, umklammere den Riemen meiner Handtasche fest mit einer Hand und gehe auf das Haus zu. Meine Beine tragen kaum mein Gewicht, und ich spüre, wie das Blut aus meinem Kopf strömt, als Dave den Kopf hebt und unsere Blicke sich treffen. Er runzelt die Stirn und sieht plötzlich ... besorgt aus. Langsam löst er sich von der Blondine und kommt mir entgegen. Wie in Zeitlupe.

Es ist, als wäre ich gar nicht anwesend. Als würde ich einen Film anschauen. Das Blut rauscht mir in den Ohren und dämpft die Geräusche des Straßenverkehrs. Ich schlucke und habe das Gefühl, fast an dem riesigen Kloß in meinem Hals zu ersticken.

«Ella! Mein Gott, du siehst krank aus.» Dicht vor mir bleibt er stehen und legt beide Hände auf meine Oberarme. Ich fange an zu zittern, als er mich berührt. Atme tief durch die Nase ein und erwische einen Schwall seines Duftes. Schokolade, Minze und sein Aftershave. Meine Brust wird eng.

«Hallo, Dave», krächze ich. «Ich komme gerade aus dem Büro. Wegen Mr Jameson. Jen und ich haben ...» Mein Blick gleitet zu der Blondine hinüber, die neben seinem Motorrad steht. Dann zurück zu Dave, in besorgte blaue Augen. Wieder zum Motorrad. Ich schnappe nach Luft.

«Heilige Scheiße. Ist das ...»

Er dreht sich um, folgt meinem Blick, der auf die beiden knutschenden Frauen vor unserer Tür gerichtet ist. Grinsend wendet er sich wieder mir zu, und wenn ich nur annähernd so dämlich aussehe, wie ich mich gerade fühle, müsste er gleich in schallendes Gelächter ausbrechen.

«Das ist Jane, Sillys Freundin. Ich glaube, ihr habt euch noch nicht kennengelernt?»

Alles um mich herum dreht sich. Ich greife nach seinem Arm, um mich daran festzuklammern. «Gottverdammt», fluche ich. Dave beißt sich auf die Lippe, als wollte er ein Lachen unterdrücken.

«Solche Worte aus diesem schönen Mund, Mrs Frost.» Kopfschüttelnd schnalzt er mit der Zunge. «Offenbar habe ich einen schlechten Einfluss auf dich.»

Ich weiß nicht, ob ich lachen oder weinen soll, also tue ich beides. Gleichzeitig. Seltsame Laute dringen aus meinem Mund, für die ich wirklich nichts kann.

«Ich dachte, du ... ihr ... Oh mein Gott. Das ist ...»

Er sieht auf mich herab. Ich lege den Kopf ein wenig in den Nacken und schaue ihm in die Augen. Sein Blick fängt meinen ein.

«Vielleicht sollte ich dir endlich mal das kleine Einmaleins beibringen? Mir scheint, du hast ein bisschen Nachhilfe nötig.» Er streicht mit dem Handrücken über meine Wange. Meine Unterlippe zittert, als sich sein Gesicht mir nähert. Sein Kinn ist rau und kratzig. Wie ein kleiner Vogel reiße ich den Mund auf, lege eine Hand in seinen Nacken und ziehe ihn zu mir runter, bis sich unsere Lippen treffen. Er stöhnt leise in meinen Mund, dann schließe ich die Augen und lasse mich von seinem Kuss fast von den Beinen reißen. Lasse mich gegen ihn fallen und spüre seine starken Arme, die mich halten. Fest. Sehr fest.

Meine Hände fahren über seinen Körper, unter sein Shirt. Fühlen die Wärme, die er ausstrahlt. Ich schmecke ihn, rieche ihn, spüre ihn. Minutenlang küssen wir uns, atemlos. Voller Hunger aufeinander. Als ob dies unser letzter Kuss wäre. Erst, als ich dringend nach Luft schnappen muss, lässt er von mir ab. Seine Augen leuchten.

«Gott, ich hab dich so vermisst», flüstert er. «Es tut mir so leid, Ella. Wir haben uns nicht über dich lustig gemacht, wie konntest du das nur glauben? Mir war sofort klar, was passiert sein muss. Schließlich kenne ich dich. Mike und ich haben darüber gesprochen, weil ich mir *Sorgen* gemacht habe. Um dich. Weil ich nicht wusste, wie ich damit umgehen sollte. Ich hätte mit dir darüber reden sollen, nicht mit meinem Freund. Das ist mir jetzt klar. Aber du wolltest nicht damit rausrücken, und ich wollte dich nicht bedrängen. Ich hatte Angst, du würdest ...»

Flügel flattern bei seinen Worten in meiner Brust. Und tief in mir spüre ich, dass ich ihm glaube. Dass ich ihm vertraue. Denn erst jetzt fühle ich mich wieder gesund. Hier in seinen Armen, wenn ich in seine Augen sehe.

«Ich hatte entsetzliche Angst, dich zu verlieren», flüstert er.

«Ich auch», gestehe ich. «Ich dachte, es wäre vorbei.»

«Es ist erst vorbei, wenn die dicke Frau gesungen hat», ertönt eine Stimme hinter ihm, und ich schrecke hoch. Dann muss ich lachen.

«Silly!»

«Den Spitznamen hätte ich euch beiden verpassen sollen. Du machst dir kein Bild davon, was ich dem Hunter vorhin alles an den Kopf geworfen habe», sagt sie und wirft mir einen Handkuss zu. Die Blondine neben ihr lächelt.

«Hi, Ella. Ich hab viel von dir gehört in letzter Zeit. Zu viel, ehrlich gesagt.» Sie zwinkert mir zu, und ich spüre, dass ich rot werde. Aber diesmal denke ich nicht, dass sie sich über mich lustig gemacht haben. Weil ich sicher bin, dass ich Dave vertrauen kann.

Ich umklammere seine Hand, als ob er sonst von mir treiben könnte. Sein Daumen kreist auf meinen Fingern und löst wohlige Schauer aus.

«Beklag dich nicht, Jane. Ich hab oft genug Kummerkasten für euch zwei gespielt.»

«Ja, ja. Kreative Menschen sind echte Drama Queens.» Silly seufzt. «Gewöhn dich besser dran, Ella.» Sie lächelt, dann verabschieden sich die beiden und gehen Hand in Hand davon.

«Jetzt zu dir», murmelt Dave und zieht mich wieder an sich. «Glaub nicht, dass ich dich wieder von der Leine lasse, Mrs Frost.»

«Das will ich auch gar nicht», flüstere ich, und wir küssen uns erneut, während die Sonne frische Schweißperlen auf meine Stirn zaubert.

33

«Bettruhe, sagt Doctor Hunt.» Dave schiebt mich ins Schlafzimmer.

«Ich will aber nicht, dass du in meiner Küche rummachst», beschwere ich mich wie ein trotziges Kind. «Lass das bitte.»

«Ich koche, dabei kann ich dich nicht gebrauchen.»

«Es ist bald Mitternacht. Ich muss jetzt nichts mehr essen.»

«Das ist nicht deine Entscheidung, Mrs Frost. Oder sollte ich eher sagen – Mrs Fire? Du glühst so sehr, dass ich neben dir noch cooler wirke als sonst. Und das ist echt nicht leicht.»

«Arroganter Fatzke», brumme ich und ziehe hastig die Schlafzimmertür zu, bevor er sich für den Spruch rächen kann. Kichernd schlüpfe ich aus meinen Klamotten, krieche ins Bett zurück, ziehe die Decke bis zum Kinn über meinen nackten Körper und drücke Mr Perry an mich, der auf dem Kopfkissen neben mir liegt. Wir haben stundenlang geredet, ich habe Dave alles erzählt. Von Gary, von Oxford, meiner überängstlichen Mutter, dem jahrelangen Mobbing, dem Video ... Ich fühle mich befreit und erleichtert. Alle Menschen, die mir wichtig sind, die mir etwas bedeuten, wissen nun davon. Und keiner von ihnen hat sich von mir abgewendet. Im Gegenteil.

Dave klappert in meiner Küche mit Geschirr, ab und zu stöhnt er genervt. Was auch immer er da treibt ... Es ist schön, ihn wieder bei mir zu wissen. Mit ihm zu schlafen. Langsam und zärtlich. Ohne auch nur eine Sekunde lang die Finger von ihm zu nehmen.

Eine halbe Stunde später weckt mich ein durchdringender Geruch aus dem Dämmerschlaf. Ich reibe mir die Augen. Vor mir sitzt Dave und hält mir ein Schälchen mit Suppe unter die Nase. Sie riecht scharf, nach Pfeffer und Huhn.

«Geheimrezept von mir. Sie schmeckt scheußlich, aber sie hilft. Versprochen. Halt dir am besten die Nase zu.» Ich lasse mir einen Löffel voll Suppe in den Mund schieben, nachdem er daraufgepustet hat. Die Schärfe treibt mir tatsächlich die Tränen in die Augen, aber ich schlucke tapfer und nicke.

«Sehr gut. Wirklich.»

«Ich liebe es, dass du so eine verdammt schlechte Lügnerin bist. Aber schön aufessen. Die Suppe hat meine Mutter mir früher immer gemacht, wenn ich krank war.»

«Ich bin nicht krank», protestiere ich. Er greift nach meiner Hand und drückt sie. Wir sehen uns stumm in die Augen, und in diesem Blick liegt so vieles, was ungesagt geblieben ist. Und bleiben kann. Wir brauchen keine Worte.

Nachdem ich aufgegessen habe, krieche ich zurück unter die Decke und schmiege mich an ihn.

«Ich liebe dich, Ella», flüstert er.

«Ich liebe dich auch, Dave.» Wir küssen uns wieder. Der Kuss ist heiß, von der scharfen Suppe, und weil ich mich fühle, als ob ich noch immer hohes Fieber hätte. Weil ich nicht glauben kann, dass das hier wirklich gerade passiert. Weil mein Herz so schnell schlägt, dass mir ein wenig schwindelig wird. Ich küsse sein Kinn, seinen Hals. Dann setze ich mich mit gespreizten Beinen auf ihn und spüre, wie er sich unter meinem Schoß regt.

«Du kannst doch wohl nicht schon wieder?», frage ich scherzhaft und senke den Kopf, um seine tätowierte Brust zu küssen. Zwischen meinen Beinen setzt das leise Klopfen ein, ich rutsche auf seiner wachsenden Härte hin und her.

«Wenn du in der Nähe bist, habe ich meinen Körper einfach nicht unter Kontrolle. Das solltest du inzwischen wissen.» Mein Puls pocht heftig, als ich immer weiter an ihm nach unten gleite. Seinen Bauch küsse. Seine Lenden. Das verführerische Dreieck, das seine Muskeln bilden.

Er legt beide Hände um meinen Kopf und hält mich fest. Ich schaue lächelnd zu ihm hoch.

«Du musst das nicht tun», flüstert er.

«Ich weiß. Ich will aber.» Ich schließe die Augen und atme tief ein und aus. Dann rutsche ich weiter im Bett nach unten, bis seine Erektion vor meinem Gesicht emporragt. Ich kann es. Ich weiß, dass ich es diesmal kann, da bin ich mir sicher.

Vorsichtig öffne ich den Mund und schließe meine Lippen um seine Härte. Ich warte auf die ersten Wellen der Panik, aber nichts passiert. Kein Zittern. Nur das Ziehen zwischen meinen Beinen wird stärker. Ich atme tief ein, sauge seinen herben Geruch ein. Kann mich selbst noch an ihm riechen und schmecken. Unsere gemeinsame Lust.

Dann fange ich an, vorsichtig mit den Lippen an seinem Schaft auf und ab zu gleiten. Höre ihn leise stöhnen. Spüre seine Hände, die sich in mein Haar krallen. Seine Beine sind angespannt, neugierig beobachte ich seine Reaktionen. Das Zucken seiner Muskeln. Schaue nach oben in sein Gesicht, das vor Lust verzerrt ist. Ich quäle ihn. Sauge und lutsche langsam an ihm, streiche mit den Fingern über seine Haut, knete ihn, massiere ihn. Dann lasse ich ihn schneller in meinen Mund hinein- und wieder herausgleiten. Immer wilder, bis sein Keuchen sich verstärkt und seine

Zehen sich verkrampfen. Sofort höre ich auf und verharre ruhig, seine Härte pulsierend in meinem Mund.

«Scheiße, du kleines Biest», zischt er und stößt hörbar Luft zwischen den Zähnen aus. «Das macht dir wohl Spaß, mich so zu quälen?»

«Oh ja», murmle ich, ohne ihn von meinen Lippen zu befreien. «Das könnte ich die ganze Nacht tun.»

«Gnade», fleht er, und ich sehe ihn an, woraufhin er die Augen verdreht und den Kopf stöhnend nach hinten fallen lässt. «Bitte ... Ella. Bitte.»

Oh Gott. Er fleht mich an. Er bettelt. Die Lust, die meinen Körper durchflutet, ist größer als je zuvor. Ich hocke mich mit gespreizten Beinen auf sein ausgestrecktes Bein, spüre die raue Haut an meiner empfindlichsten Stelle. Ich reibe mich an ihm, bis ein heftiges Pulsieren meinen Schoß durchströmt. Nehme ihn in mir auf, so tief wie möglich. Schließe meine Lippen fest um seinen Schaft und koste die ersten Vorboten seines nahenden Höhepunktes.

Sein Keuchen wird schneller, sein Atem flach. Dann versucht er, meinen Kopf an den Haaren zurückzuziehen, aber ich lasse mich nicht bremsen. Fahre mit der Hand über seine Härte, massiere sie, drücke meinen pochenden Schoß fest an seinen muskulösen Schenkel und spüre, wie sich mein Unterleib zitternd verkrampft. Im selben Moment bäumt Dave sich auf, drängt mir seine Hüften entgegen, und ein scharfer Geschmack breitet sich auf meiner Zunge aus. Mein Mund wird heiß, während ich auf seinem Bein komme und Feuchtigkeit aus mir herausrinnt. Ich schlucke. Jeden Tropfen. Nichts von ihm will ich mir entgehen lassen.

Er zieht mich zu sich hoch und küsst mich. Lange.

«Das war ... Wow.»

Grinsend lege ich meinen Kopf auf seine Brust und streiche mit den Fingerspitzen über seine Muskeln. Die winzigen Brustwarzen. Atme seinen Duft tief in mich ein. Er krault mein Haar, während sich mein Puls langsam beruhigt. So wie sein Herzschlag, den ich an meiner Schläfe spüre.

Dann entdeckt er Mr Perry, den ich vorhin unter die Decke gestopft habe, bevor ich eingenickt bin. Mein Gesicht wird heiß, aber ich lächle tapfer.

«Sorry, Hase», sagt er ernsthaft und beugt sich zur Seite, um mein Kuscheltier unters Bett zu schieben. Wo es auf seinen pinken Plastikbruder treffen wird, was mich zum Kichern bringt. «Aber der Platz hier ist ab sofort besetzt.»

«Du musst nicht bei mir schlafen, wenn du nicht willst», sage ich vorsichtig.

«Ich will aber. Ich will, dass du deine eiskalten Füße zwischen meine Beine schiebst, damit ich sie wärmen kann. Ich will von deinen Haaren an der Nase gekitzelt werden. Ich will frierend aufwachen, weil du mir die Decke geklaut hast und mich aus dem Bett drängst. Aber vor allem will ich morgens aufwachen und mich an deinen warmen Körper schmiegen. Meine Erektion gegen deinen Hintern pressen und dich lieben, noch bevor du die Augen richtig geöffnet hast. Das alles will ich. Mit dir.» Lächelnd beugt er sich über mich. Wärme durchströmt meinen Körper.

«Warum? Was ist anders? Du wolltest nie ... Ich meine, warum ausgerechnet ich?» Mein Herz klopft schneller.

«Ella», flüstert er, während er sich hinter mich legt und mich an sich zieht. Seinen Arm um meinen Bauch schlingt und mich festhält. «Mein Herz. Ich weiß jetzt, wie es sich anfühlt, dich zu verlieren. Ich hatte wirklich Angst. Erst da wurde mir klar, dass eben das, wovor ich Angst hatte, längst geschehen ist. Ich habe mich in dich verliebt, und das schon vor längerer Zeit. Was kann mir also jetzt noch passieren? Es hat ja keinen Sinn, weiter davor wegzulaufen.»

«Nein, weglaufen hat wohl nie einen Sinn», sage ich leise. Tränen steigen mir in die Augen, ich schließe rasch die Lider.

Er hält mich fest in seinem Arm, küsst meinen Nacken, meine Schultern. Es fühlt sich so gut an, so beschützt bei ihm zu liegen. In diesem Moment ist mir egal, dass ich krank bin und aussehe wie eine aus dem Dungeon entlaufene Leiche. Es ist mir egal, dass ich vielleicht keinen Job mehr habe. Es stört mich nicht, dass noch mehr Menschen von meiner Vergangenheit wissen und das Video gesehen haben. Nicht einmal meine schreckliche Familie interessiert mich. Ich empfinde einfach nur eine tiefe Dankbarkeit für das, was ich gerade erleben darf. Und die Angst, die tief in mir kratzt und schabt und mich warnen will – sie verschwindet, als Daves Finger über meinen Bauch tanzen. Als seine warme Hand sich besitzergreifend auf meinen Schoß legt, seine Lippen meinen Hals küssen.

Tut mir leid, Mr Perry. Aber irgendwann muss man sich von alten Dingen trennen. Von seinem alten Leben.

34

Der knallrote Mustang, der mit offenem Verdeck auf der Leonard Street steht, fällt mir schon an der Straßenecke auf, als ich vom Tesco nach Hause gehe. Doch erst beim Näherkommen erkenne ich, wer darin sitzt. Mein Herz klopft schneller, wie immer, wenn ich ihn sehe. Dieser Anblick, wie er nach vorn gebeugt in den roten Ledersitzen hockt und am Radio herumfummelt, beschleunigt meinen Puls jedoch noch stärker als sonst.

«Hast du beim Pokern gewonnen?» Ich beuge mich über die Fahrertür. Grinsend sieht er hoch, legt eine Hand in meinen Nacken und zieht mich zu sich runter, um mich zu küssen. Es kribbelt, als unsere Lippen sich treffen und nach einer kurzen Begrüßung seine Zunge vorstößt. Seine Hand in meinem Nacken lässt meine Haut prickeln, meine Härchen richten sich auf.

«Nur geliehen, das Ding. Aber ich dachte, wenn ich schon die Kinder von Captain Hook und Schneewittchens böser Stiefmutter treffe, sollte wenigstens das Gefährt standesgemäß sein. Nicht?»

Er steigt aus, und mir stockt der Atem.

«Oh fuck, Dave. Das geht gar nicht!» Mein linkes Augenlid zuckt bei seinem Anblick.

«Was? Seit wann fluchst du?» Er lehnt sich gegen das knallrote Auto, die Hände in den Taschen, und grinst. «Nicht okay?»

«Nein! Nein, das geht nicht ... Oh verdammt, du siehst ... wahnsinnig toll aus.» Ich schlucke und bin kaum in der Lage, ihn anzusehen. Er trägt einen schwarzen, eng anliegenden Anzug aus einem leicht glänzenden Stoff. Weißes Hemd, schwarze Fliege. Sein sonst strubbeliges Haar hat er mit Gel in Form gebracht, er ist glatt rasiert. Und sieht aus wie eine Million Pfund. Ein Lieblings-Schwiegersohn. Scheiße, so würde meine Mutter ihn lieben!

«So kannst du nicht mitfahren», sage ich verzweifelt. «Du sollst mindestens so verlottert aussehen wie ich! Also los, zieh dich um. Lederjacke. Eine zerrissene Jeans oder irgendwas. Aber nicht *so*.»

«Hey, ich hab das Ding extra für dich gekauft. Und ich finde, ich sehe verdammt gut aus im Anzug. Nicht?» Er richtet sich auf und streicht über sein Revers, während er in den Rückspiegel guckt.

«Ja, du siehst ... irre gut aus. Aber so nehm ich dich nicht mit.»

«Ich wollte einen guten Eindruck bei deinen Eltern hinterlassen.» Er sieht mich verwirrt an. «Schließlich willst du ...»

«Ja, genau das will ich. Und deshalb brauche ich dich so, wie du immer aussiehst. Zerstrubbelt, gepierct und tätowiert. Bitte!» Mein flehender Blick bringt ihn zum Lachen.

«Ich hab keine Ahnung, was das hier werden soll, Ella. Aber wenn du darauf bestehst ...» Er zuckt mit den Achseln. «Schade um das schöne Teil. Ich sollte so was öfter tragen.»

«Meinetwegen schlaf darin. Aber nicht heute. Also los, zurückverwandeln in den Hunter, den ich liebe.»

Mein Herz flattert vor Aufregung. Himmel, wenn meine Mutter ihn so gesehen hätte, wäre sie überzeugt davon, dass ich in ihre Fußstapfen trete. Mir einen reichen, erfolgreichen Mann gesucht habe zum Heiraten. Das geht gar nicht. Obwohl sein Anblick mich fast verrückt macht. Noch nie habe ich ihn im Anzug gesehen, und er hat absolut recht: Er sieht umwerfend darin aus. Wenn wir zurück sind, werde ich ihn bitten, ihn wieder anzuziehen. Vielleicht hat er Lust auf ein kleines Rollenspiel. Der erfolgreiche Geschäftsmann im schicken Cut und die arme, abgerissene Punkerin, die er auf der Straße aufgabelt. Ich grinse mich selbst im Rückspiegel an. Du liebe Güte, was ist nur in mich gefahren?

Es dauert eine geschlagene Viertelstunde, bis er endlich wieder aus dem Haus kommt. Die ganze Zeit stand ich wie ein Wachhund neben dem teuren Wagen, als ob ihn jemand stehlen würde. Erleichtert stelle ich fest, dass Dave wieder wie er selbst aussieht. Mit einem sehr engen schwarzen T-Shirt, das seine Unterarme freilässt und seine Muskeln betont. Es spannt an den Schultern. Die Jeans im Destroyed-Look sitzen tief auf der Hüfte. Dazu trägt er schwere Boots, über der Schulter hängt eine Lederjacke. Und das Gel hat er entfernt, sodass sein dunkelblondes Haar wie üblich voller Wirbel ist.

«Besser so?»

«Viel besser!» Ich strahle ihn an und schnappe mir meine Tasche. «Jetzt sehen wir aus wie Bonnie und Clyde.»

«Also, wo geht's genau hin?», fragt er, als wir den roten Mustang gemeinsam entern, und zückt das Navi.

«Oxfordshire. Ich weise dir den Weg», erwidere ich lachend.

Während der dreistündigen Fahrt durch sonnige Landschaften in Mittelengland steigt meine Nervosität mit jedem Kilometer, den wir uns unserem Ziel nähern. Meine Fingernägel sind schon ziemlich kurzgekaut, aber Dave wirkt nicht beunruhigt. Er wirft mir nur ab und zu einen Seitenblick zu und tätschelt gelegentlich mein Knie.

«Du schaffst das, mein Herz. Ich bin bei dir.» Mir wird ganz warm in der Brust. Ich greife nach seiner Hand und schlinge meine Finger um seine.

«Und nur deshalb schaffe ich es. Das ist dir hoffentlich klar?» Der letzte Schritt aus meinem Leben als Opfer. Ich werde einfach keins mehr sein und mich wehren. Der Gedanke ist aufregend, aber trotzdem fühlt sich mein Bauch an wie ein Eisklumpen.

Wir haben in den letzten Tagen viel darüber geredet, und Dave hat mich schließlich überzeugt. Weil er glaubt, dass es wichtig für mich ist, endlich damit abzuschließen.

«Du wirst niemals ganz frei sein, wenn du dich nicht aus diesen Fesseln löst, Ella. Die Vergangenheit fesselt uns nur so lange, wie wir es zulassen.»

***

«Eleonor!» Ich zucke zusammen, als ich meinen alten Namen höre. Meine Mutter steht mit ausgebreiteten Armen in der Tür des weißen Herrenhauses, das eher nach Texas passen würde als in ein Kaff in der Nähe von Oxford. Seufzend taste ich nach Daves Hand und halte sie fest. Er gibt mir die Kraft, dieses Treffen durchzustehen.

«Hallo, Mutter. Da sind wir. Darf ich vorstellen – das ist Dave Hunt, mein Freund.» Mein Bauch kribbelt. Es ist das erste Mal, dass ich ihn so bezeichne, und es fühlt sich noch seltsam an. Aber gut. Dave lächelt charmant und reicht meiner Mutter die Hand, nachdem ich sie kurz umarmt habe.

«Es freut mich sehr, Sie kennenzulernen, Mrs Cunning.»

Ihre Wangen färben sich rosa. «Wincester. Mein Name ist Wincester.»

«Natürlich, verzeihen Sie. Es ist nur nahezu unglaublich, dass Sie Ellas Mutter sind. Sie sehen aus wie ...»

«Meine Schwester, ja, ja.» Ich verdrehe die Augen über seinen plumpen Versuch, meiner Mutter zu gefallen. Das soll er nämlich gar nicht. «Das kommt davon, wenn man so jung Mutter wird.»

«Wollt ihr reinkommen?», fragt meine Mutter, ohne meinen Seitenhieb zu kommentieren, und mustert mich von oben bis unten. Sie muss gar nichts sagen, ihr Blick spricht Bände. Ich trage zerrissene schwarze Leggings, derbe Boots und ein Top, das mir fast von den Schultern rutscht. Mit Daves Bandlogo auf der Brust. Ganz sicher nicht das Outfit, das sie sich für die Jubiläumsfeier ihres Mannes vorgestellt hat, auch wenn sie ehrlich froh darüber wirkt, mich zu sehen.

«Nein, eigentlich hatten wir vor, hier draußen zu zelten. Natürlich wollen wir reinkommen. Ist Henry da?»

Meine Mutter dreht sich um und geht voran in das riesige Foyer, dessen heller Marmor mich so blendet, dass ich die Augen zukneifen muss.

«Ja, er ist da. Aber er bereitet hinten im Garten die Party vor.» Dann bleibt sie stehen, wartet auf mich. Als ich auf ihrer Höhe bin, zieht sie mich am Arm zu sich und flüstert mir ins Ohr: «Was hast du dir dabei gedacht, Eleonor?»

«Wobei?», frage ich unschuldig zurück.

«Dein Aufzug. Dieser ... Typ. Wir feiern Henrys Jubiläum, wichtige Leute werden hier sein. Ich hoffe doch sehr, dass du noch anständige Klamotten mitgebracht hast? Und was ihn betrifft ...» Sie rümpft die Nase und wirft einen Blick auf Dave, der in der Eingangshalle stehen geblieben ist und sich, die Hände in den Taschen, neugierig umsieht. Wahrscheinlich fühle nicht nur ich mich in diesem Haus, als hätte man mich in eine Folge des Denver-Clans katapultiert.

«Keine Sorge, wir wollen nicht lange bleiben. Wenn die ersten Gäste kommen, sind wir schon längst wieder auf dem Weg. Und was mein Outfit angeht ...» Ich werfe meiner Mutter, die ein viel zu buntes, kurzes Kleid trägt, einen vielsagenden Blick zu. Es war ganz sicher teuer, aber es sieht aus wie eine altmodische Tapete aus einem vergangenen Jahrzehnt. Schade für sie, dass man Stilgefühl nicht kaufen kann. Trotz des vielen Geldes verströmt sie noch immer diesen Unterschichts-Charme, und ich weiß, dass sie sich darüber furchtbar ärgert.

Sie zieht die Brauen zusammen und schüttelt langsam den Kopf. «Was ist mit dir los, Eleonor? Ich erkenne dich nicht wieder. Was hat London aus dir gemacht?»

«Mir geht es gut, danke der Nachfrage. Wo ist mein nichtsnutziger Bruder?»

Sie kneift die Lippen zusammen, bis sie nur noch schmale Striche sind.

«Jeremy ist oben in seinem Zimmer. Möchtet ihr das Gästezimmer im linken Flügel oder ...?»

«Nicht nötig», wehre ich ab und durchquere die Halle, um zu Dave zu gehen. Er legt schützend den Arm um meine Taille, was meine Mutter mit verächtlichem Kopfschütteln quittiert. «Wir übernachten nicht, wie gesagt. Ich bin nur gekommen, um mit Henry zu sprechen.»

«Mit Henry? Du weißt, dass er gerade keine Zeit hat, mit dir –»

«Die Zeit wird er sich nehmen müssen, Mrs Wincester», mischt Dave sich plötzlich ein. Dankbar lehne ich mich an ihn. «Denn was Ella ihm zu sagen hat, sollte er sich anhören. Sonst könnte es in den nächsten Wochen eine böse Überraschung für ihn geben.»

«Worüber willst du denn so dringend mit ihm sprechen?», fragt sie, an mich gerichtet. Sie stemmt die Hände in die Hüften, ihre grünen Augen funkeln. Zum ersten Mal wird mir klar, dass ich einiges von ihr geerbt habe. Nur meine Haare und meine Nase verdanke ich meinem Vater, ansonsten sieht man sofort, dass ich ihre Tochter bin.

«Eleonor, du hast doch nicht vor, jetzt noch –»

«Also, wo ist er?», unterbreche ich sie. Meine Hände zittern. Dave drückt mich wieder fest an sich.

«Du schaffst das», flüstert er, während meine Mutter mit Tränen in den Augen in einem der hinteren Zimmer verschwindet. «Ich bin stolz auf dich.»

Minuten später taucht ein genervt wirkender Henry auf. Er trägt eine graue Anzughose mit weißem Hemd und sieht aus, als ob er gerade von einem Vorsprechen für den nächsten James-Bond-Film käme. Kein Wunder, dass er es so leicht hat bei den Frauen. Und meiner Mutter so viel Kummer bereitet.

«Eleonor. Schön, dich zu sehen», sagt er. Sein Tonfall lässt keinen Zweifel zu, dass er lügt.

«Ebenfalls», antworte ich genauso schroff und muss mir ein Grinsen verkneifen, als er mich missbilligend von oben bis unten mustert. Ich habe abwaschbare Tattoos auf meine Unterarme geklebt, die Dave zum Lachen gebracht haben, bei Henry aber offenbar ihren Zweck erfüllen. Jedenfalls bleibt sein Blick skeptisch daran hängen. Ich danke Silly stumm für diese geniale Idee.

«Du wolltest mich sprechen, sagt deine Mutter?»

«Ja. Können wir irgendwo in Ruhe ...?»

«Komm mit.»

Ich lasse Dave nur widerwillig los, doch das hier muss ich allein durchziehen. Ohne ihn. Aber ich weiß, dass er da ist und auf mich wartet. Dass er mich beschützen wird, sollte es nötig sein. Und das gibt mir genug Sicherheit, um mich Henry endlich zu stellen.

Sein Arbeitszimmer ist größer als mein ganzes Loft, die Wände sind bis unter die Decke mit Bücherregalen bestückt. Der schwarze Ledersessel hinter dem dunklen Schreibtisch aus geschnitztem

Holz wirkt wie ein altmodischer Thron, und mit dem Selbstverständnis eines Königs lässt er sich darauf fallen. Als ob ich ein Geschäftspartner wäre, der zu ihm kommt, um über Geldanlagen zu sprechen. Es macht mich so wütend, dass ich die Hände zu Fäusten balle und vor seinem Tisch stehen bleibe.

«Setz dich doch.» Er sieht mich verwirrt an. «Ich nehme an, es geht um die Wohnung?»

Ich atme tief ein, bevor ich antworte. «Ja, ganz genau. Ich will, dass du sie mir überschreibst.»

Er lacht heiser. «Warum zum Teufel sollte ich das tun? Sie ist mindestens sechshunderttausend Pfund wert. Du bist nicht mal meine Tochter.»

«Ich weiß. Ich bin nur der Bastard, den deine Frau mit in die Ehe gebracht hat. Und ihr konntet es ja auch nicht abwarten, mich so schnell wie möglich loszuwerden.»

Entschlossen hole ich mein Handy aus der Tasche und rufe die vorbereitete E-Mail auf. Dann halte ich es ihm hin, damit er sie lesen kann.

«Was soll das, Eleonor? Willst du mir drohen?», fragt er mit hochgezogenen Brauen. Aber ich sehe an dem nervösen Zucken in seinem Gesicht, dass er Angst hat. Vor mir. «*Du* bist die Oxford-Schlampe, nicht ich. Wer soll dir das glauben, nach allem, was passiert ist?»

Ich atme tief ein, um mich zu beruhigen. Mein Herz schlägt heftig, und mein Gehirn fängt plötzlich wieder an, Dinge zu zählen. Bücher auf seinen Regalen. Kringel im Muster der Vorhänge. Alles kreist, meine Gedanken kullern durch meinen Kopf. Ich muss mich fokussieren. Ich weiß, was ich will, und ich werde es bekommen. Ich bin kein Opfer mehr.

Meine Augen brennen, aber ich schlucke tapfer. «Ich kann diese E-Mail jederzeit an die Polizei weiterleiten. Du weißt, was dann passiert. Aus der E-Mail geht klar hervor, dass du damals genau wusstest, wie alt Suze wirklich war. Immerhin habe ich sie vier Wochen vor unserem Besuch an euch geschickt, du hast sogar darauf geantwortet. In der E-Mail ist die Rede von Suzes fünfzehntem Geburtstag. Wenn das rauskommt ... Du weißt, was dann passiert.»

Henry kneift die Augen zu Schlitzen zusammen. Er steht nicht auf, bleibt einfach sitzen und starrt auf mein Handy. Auf die E-Mail, die ihn ins Gefängnis bringen kann.

«Ich weiß nicht, was in dich gefahren ist. Du selbst hast damals eine Aussage gemacht. Zu meinen Gunsten. Eine solche Lüge bleibt nicht ungestraft, ist dir das klar? Du würdest dich damit selbst belasten.»

Ich lache laut auf. Mein verspannter Körper entkrampft sich langsam.

«Das ist mir egal, davor habe ich keine Angst mehr. Ich bin längst gestraft genug für meinen Fehler. Aber jetzt ist Schluss damit. Ich habe schon viel zu lange geschwiegen. Suze soll endlich Gerechtigkeit erfahren. Nicht sie war eine Schlampe, sondern du ein Arschloch. Dafür landest du vielleicht sogar im Gefängnis. Und wer weiß, was sonst noch alles auf den Tisch kommt, Henry? Wie viele junge Mädchen waren es denn seit Suze? Oder vor ihr?» Er antwortet nicht, aber an seinem Gesichtsausdruck sehe ich, dass ich recht habe mit meiner Vermutung. Herr im Himmel ...

«Es war deine Schuld. Einzig und allein deine Schuld! Wenn du dich im Griff gehabt hättest, wäre das alles nicht passiert. Ich war fast noch ein Kind. Ich hätte glücklich sein können, Henry. Ich hätte *leben* können.»

Meine Stimme wird immer lauter. Sein Gesicht hat sich verfärbt, er sieht blass und plötzlich zehn Jahre älter aus.

«Wir können das alles jetzt beenden. Gib mir die Wohnung,

und das war's. Ich werde dich nie wieder belästigen, du wirst mich nie mehr wiedersehen. Aber ich will die Wohnung.»

Er schüttelt den Kopf und steht abrupt von seinem Sessel auf. Überragt mich um zwanzig Zentimeter, aber ich fühle mich nicht klein. Nicht mehr.

«Ich überschreibe dir die Wohnung, wenn du danach Ruhe gibst. Werde glücklich mit dem Penner, der da draußen auf dich wartet.»

«Dave ist kein Penner.» Meine Stimme bricht. «Er ist der beste, liebevollste und warmherzigste Mensch, der mir je begegnet ist. Im Gegensatz zu euch schert er sich nicht um Äußerlichkeiten. Sie sind nicht wichtig. Er sieht dir in die Augen und erkennt deine Seele. Davor habt ihr Angst. Dass man euch durchschauen könnte. Dass die schöne Fassade nicht ausreicht. Weil es Menschen gibt, die tiefer blicken können, die wissen, welche Abgründe ihr verbergt. Leb wohl, Henry. Oder auch nicht. Weißt du, was? Es ist mir völlig egal. Ich brauche euch nicht mehr. Ich brauche keine Familie, der ich sowieso nicht wichtig bin. Ich habe nämlich Freunde, denen ich etwas bedeute und die mich so akzeptieren, wie ich bin.»

Damit drehe ich mich um und verlasse mit großen Schritten sein Arbeitszimmer. Obwohl meine Knie zittern wie Blätter im Wind, lasse ich mir nichts anmerken. Versuche, stark zu wirken.

Erst draußen, als Dave mich in die Arme zieht und an sich drückt, kann ich loslassen. Tränen rinnen mir über die Wange. Meine Mutter schaut entsetzt von mir zu Henry, der irgendwo hinter mir stehen muss.

«Eleonor ...»

«Lass es gut sein, Mutter», sage ich müde. «Du wirst es nie begreifen, aber ... Was ihr mir angetan habt, tust du auch dir selbst seit vielen Jahren an. So traurig es ist. Ich wünschte, du könntest deine Fesseln endlich abstreifen und leben. Du selbst sein. Vielleicht begreifst du es ja eines Tages, ich weiß es nicht. Ich jedenfalls ...» Ich drücke Daves Hand so fest, dass es ihm weh tun muss, aber er gibt keinen Ton von sich. Wie ein Fels steht er hinter mir und bietet mir Halt. Schutz.

Ich schaue meiner Mutter fest in die Augen, die vor Tränen glänzen.

«Wir fahren zurück nach London. Aber du weißt, wo du mich findest. Ich würde mich freuen, wenn du mich mal besuchst. Allein.» Ich drücke ihr einen Kuss auf die Wange und eile zur Tür, wo ich auf Dave warte. Er verabschiedet sich noch anständig von meiner Mutter, bevor er mir folgt. Langsam führt er mich aus dem Haus. Aus dem großen, prächtigen Haus, das ich nie wieder betreten will. Er küsst mich sanft, als wir im Auto sitzen. Streicht über meine Wange.

«Es ist vorbei, Ella. Es ist endlich vorbei.» Schniefend presse ich mein Gesicht an seine Brust. Dann richte ich mich auf und hole das Handy aus meiner Tasche.

«Noch nicht», sage ich leise. «Aber gleich.» Entschlossen drücke ich auf *Senden*. Die vorbereitete E-Mail blinkt kurz auf, bevor ein Rauschen ertönt. Sie ist weg. Erleichtert schließe ich die Augen und lasse das Handy einfach fallen.

Es ist vorbei. Endgültig. Ich habe meine Fesseln abgestreift und mich gewehrt. Ich bin kein Opfer. Nicht mehr. Und kann nur hoffen, dass ich meinen schlimmsten Fehler wiedergutmachen konnte. Zumindest ein wenig.

35

«Ich bin so aufgeregt!» Holly rammt mir ihren Ellbogen in die Seite, und ich krümme mich keuchend.

«Spinnst du?»

«Das wird das beste Konzert aller Zeiten! Weil wir ganz vorne stehen.» Sie knutscht mich auf die Wange, und ich schiebe sie etwas genervt von mir.

«Bist du sicher, dass wir hier vorne bleiben dürfen?» Jen wirft einen skeptischen Blick auf einen der finster dreinblickenden Security-Leute neben uns. Wir sind im Bühnengraben, unmittelbar vor der Abtrennung zum Publikum. Die Town Hall in Hackney ist klein, es dürften nicht mehr als dreihundert Menschen hinter uns sein. Trotzdem herrscht ein aufgeregtes Gedränge wie in einem Bienenschwarm. Daves Abschiedskonzert. Er wird auf die geplante Weltreise gehen, nachdem das letzte Album der Hunters ein echter Erfolg geworden ist. Noch sind sie weit davon entfernt, riesige Hallen zu füllen, aber der Durchbruch scheint zum Greifen nahe.

«Sonst würden wir hier nicht stehen, Jen.» Holly verdreht die Augen und tippt mir auf die Brust. «Ein bisschen von der alten Ella ist da noch drin. Glaubst du, sie würde das riskieren?»

«Außerdem solltest du in deinem Zustand ganz sicher nicht von einer Menschenmenge zerdrückt werden», sage ich und schiele auf Jens Bäuchlein, das langsam gut sichtbar ist. Sie ist schon im fünften Monat, manchmal kann ich kaum glauben, wie schnell die letzten Wochen vergangen sind.

«Schön aufpassen auf den Kleinen.» Hollys Augen glänzen, als sie vorsichtig über Jens Bauch streichelt. «Schließlich will ich Patentante werden.»

Plötzlich fängt das Publikum an, zu pfeifen und zu kreischen. Verwirrt drehe ich mich wieder zur Bühne, die jedoch noch im Dunkeln liegt. Nur ein Schatten schiebt sich von der Seite nach vorn, und als ein Scheinwerfer aufflammt, erkenne ich, wer es ist. Mein Puls beschleunigt sich. Jen drückt meine Hand, und wir starren gebannt auf die Bühne.

Hunter-Hunter-Rufe ertönen, und Holly stimmt freudestrahlend mit ein. An meinem ganzen Körper bildet sich Gänsehaut, als sanfte Akkorde einer Gitarre erklingen. Und Daves Stimme.

Mein Herz wächst in meiner Brust, wird riesig, als ich ihn sehe. Er geht bis zum Bühnenrand mit seiner Gitarre, der Scheinwerfer folgt ihm. Genau vor uns bleibt er stehen und singt. Unser Lied. Das er für mich geschrieben hat. Er singt nicht die Version vom Album – die großartig geworden ist –, sondern eine Akustikversion. Die noch viel großartiger ist. Seine Stimme ist so sanft, dass mir Tränen in die Augen schießen. Ich kann ihn durch den Schleier hindurch kaum noch erkennen.

You walked away
And I lost my faith today
You walked away
And I got hurt today.
I cannot cure when you hurt

But if you don't trust in me
We will both get burned.
Let's walk away
Let's cure our hurt today ...

Das Publikum tobt, aber in meinen Ohren pocht mein Herz so laut, dass ich kaum noch etwas wahrnehme. Weil sein Blick fest auf mir ruht. Weil er mir tief in die Augen sieht, auf die Knie geht und seinen Arm ausstreckt. Mein Freund, dem die Menge zujubelt.

«Geh schon», raunt Holly und schubst mich. Mein Herz rast. Ich soll auf die Bühne? Vor all den Leuten? Meine alten Ängste wollen mir die Luft abschnüren, aber ich gehe langsam auf Dave zu. Drei winzige Schritte, dann treffen meine Fingerspitzen seine Hand. Er schlingt sie um mein Handgelenk und zieht, während der finstere Security-Typ meinen Fuß in seine verschränkten Hände stellt und mich auf die Bühne schiebt.

Oh Gott, das ist so peinlich. Mein Kopf glüht wie ein Hochofen, als ich halb auf die Bühne stürze und grelle Pfiffe hinter mir erklingen. Der Scheinwerfer blendet mich. Alles verschwimmt vor meinen tränenden Augen.

«Leute, das hier ist Ella. Sie ist der herzlichste, ehrlichste und liebevollste Mensch, der mir je begegnet ist. Sie hat mich gelehrt zu verzeihen. Sie hilft mir, ein besserer Mensch zu sein. Und vor allem hilft sie mir, endlich pünktlich und korrekt meine Steuern zu bezahlen.»

Gelächter ertönt hinter uns, Dave grinst mich an. Ich presse verlegen meine Hände an die Wangen und lächle zurück.

«Sie hat sich in mein Herz geschlichen und mir gezeigt, dass Mut nicht bedeutet, keine Angst zu haben, sondern sich seinen Ängsten zu stellen. Ella, ich liebe dich.»

Mir stockt der Atem, als er eine Hand in meinen Nacken legt

und mich küsst. Vor all den Menschen, die pfeifen und klatschen und trampeln und johlen.

Bevor ich endgültig in Ohnmacht falle, greife ich mir sein Mikrofon. Dave reißt überrascht die Augen auf. Noch vor wenigen Wochen wäre ich lieber tot umgefallen, als vor so vielen Menschen auch nur einen Satz zu sagen. Aber es fühlt sich gar nicht mehr so schlimm an. Niemand lacht mich aus. Niemand lästert über mich. Höchstens ein paar beleidigte Groupies, die ihre Felle davonschwimmen sehen und sich fragen, wie ausgerechnet ein Mädchen wie ich es geschafft hat, den Hunter zu zähmen.

«Ich liebe dich auch, Dave», sage ich vorsichtig ins Mikrofon und erschrecke über den ungewohnten Klang meiner eigenen Stimme durch die Lautsprecher. Am hinteren Bühnenrand johlt Mike auf und wirft mir eine Kusshand zu, die ich lächelnd erwidere.

«Du bist das Beste, was mir passieren konnte. Du hast mir geholfen, frei zu sein. Du bist kein Prinz auf einem weißen Pferd. Du bist mein König auf dem roten Motorrad.»

Wir küssen uns wieder. Die grelle Rückkopplung, die ich mit dem Mikrofon erzeuge, stört mich nicht. Obwohl wir auf einer Bühne stehen und ein Scheinwerfer uns beleuchtet, ist es, als wären wir allein.

Danach klettere ich mit Hilfe des Security-Typen, der plötzlich freundlich lächelt, wieder von der Bühne. Und dann kann die Show endlich beginnen. Fremde Menschen hinter mir klopfen mir auf die Schulter, beglückwünschen mich. Lachen mit mir. Ich fühle mich wie ein winziger Teil einer großen Menge, und uns alle eint eine Sache: die Liebe zur Musik. Zu den Hunters. Zu Dave.

* * *

«Hey. Hast du eigentlich was Irisches in dir?» Mike schiebt sich dichter an Holly heran, die ihre Nase rümpft und ihn von oben bis unten mustert. Ihr Blick verrät mir, dass ihr gefällt, was sie sieht. Aber das ist auch kein Wunder: Mit seinen strubbeligen, etwas zu langen Haaren, dem fein geschnittenen Gesicht und seinem lässigen Look bricht Mike so einige Frauenherzen. Er trägt wie immer ein weit aufgeknöpftes weißes Hemd, das lässig aus der Hose hängt, zu einem schlichten schwarzen Anzug. Und Turnschuhe. Man könnte ihn für einen französischen Künstler halten.

«Nein, hab ich nicht», antwortet sie nach kurzer Bedenkzeit.

«Willst du was?» Er grinst und tippt sich auf die Brust. Dave verdreht stöhnend die Augen, ich muss kichern.

«Klar», meint Holly lässig. «Du kannst mir mal ein Guinness holen.»

Mike reißt die Augen auf, dann lacht er und erhebt sich schwerfällig, um zur Theke zu gehen. Wir sitzen in einer Bar in Shoreditch, die man durch einen großen Kühlschrank in einem Bistro betritt. Der Laden ist ein absoluter Geheimtipp. Er ist winzig, duster, und auch das alte Mobiliar, das wie aus verschiedenen Pubs zusammengewürfelt wirkt, spricht nicht für ihn. Dafür mixt aber der beste Barkeeper Englands die Drinks für die zwei Dutzend Leute, denn mehr haben hier nicht Platz. Hollys Wangen glühen.

«Er ist so süß», flüstert sie mir zu.

«Warum bist du dann so fies zu ihm?», frage ich zurück und lehne mich mit dem Rücken gegen Dave. Er hat einen Arm um mich gelegt und lässt seine Finger auf meinem Bauch kreisen.

Holly zuckt mit den Achseln. «Er soll nicht denken, dass ich leicht zu haben bin. Männer mögen das nicht.»

Ich ziehe eine Braue hoch und wende den Kopf, um Dave anzusehen. Er grinst mich an und nickt.

«Da hat sie recht. Sei vorsichtig mit ihm. Er wirkt total cool, aber eigentlich ist er ganz schön sensibel.»

«Gilt das nicht für euch alle? Außen cool, aber innen ...», frage ich und drücke seine Hand, während wir uns tief in die Augen schauen.

«Vielleicht. Ich zeig dir gleich, wie uncool ich innerlich bin.» Er beugt sich vor und küsst mich. Holly verdreht seufzend die Augen und beobachtet Mike, der an der Bar lehnt und eine Bestellung aufgibt. Natürlich nicht, ohne mit der jungen Bedienung heftig zu flirten.

«Bitte sehr, Madame. Ein Guinness.» Mike quetscht sich neben Holly auf die Lederbank, sodass Dave und ich noch enger in die Ecke gedrückt werden.

«Wann geht's eigentlich los, Dave?», fragt Jen und beugt sich neugierig zu uns rüber. «Wolltest du nicht schon längst unterwegs sein?»

«Der fährt doch gar nicht.» Mike grinst breit. «Ella hat ihn gefesselt.»

«Hast du eine Ahnung ...», erwidere ich bedeutungsschwanger. Jen beobachtet mich neugierig, aber ich sage nichts weiter. Wir haben es noch niemandem erzählt.

«Gefesselt und gezähmt. Der Hunter jagt nicht mal mehr Mäuschen.» Mike feixt.

Dave verzieht das Gesicht, als hätte er Schmerzen, und ich lege eine Hand auf seine Wange, um ihn zu mir zu ziehen und ihn zu küssen. «Hör nicht auf ihn», flüstere ich. «Der ist nur neidisch.»

«Möchtest du noch was trinken?» Dave zeigt auf mein leeres Cocktailglas, und ich schüttle den Kopf. «Mir reicht's für heute. Ich bin todmüde.»

«Müde? Vergiss es, Mrs Frost. Ich hab den ganzen Abend daran gedacht, was ich noch mit dir anstellen will», raunt er mir ins Ohr und beißt mir zart in den Nacken. Ich zucke kichernd zusammen. Selbst nach Monaten sind wir noch so verrückt nacheinander wie am Anfang. Können die Finger nicht voneinander lassen. Wenn ich ihn sehe, will ich ihn berühren, ihn anfassen. Das Kribbeln und Pochen spüren, das allein sein Anblick in mir auslöst.

«So? Und was genau schwebt dir da vor?», frage ich neckend. Als ob ich es nicht längst wüsste.

«Ich habe eine kleine Überraschung vorbereitet.»

Seine Hand wandert tiefer, verlässt meinen Bauch und gleitet zwischen meine Beine. Mein Schoß zieht sich zusammen. Unruhig rutsche ich auf der Bank hin und her und schaue zu den anderen rüber, aber niemand nimmt von uns Notiz. Er fährt über meinen Schritt, und ich spüre seine Berührung durch die engen Leggings hindurch so intensiv, als ob gar kein Stoff zwischen uns wäre.

«Das ist mies», flüstere ich. «Nicht hier.»

«Dann komm mit nach Hause, mein Herz.» Wir sehen uns an. Ein tiefer, langer Blick. Mein Herz klopft schneller. Schließlich bin ich es, die aufsteht und ihn mit sich hochzieht.

«Wir gehen», sage ich laut, während ich in meinen Mantel schlüpfe. Irritierte Blicke treffen uns, ich muss lachen.

«Jetzt schon? Es ist Daves Abschiedsparty, und wir –»

«Lass die beiden», meint Holly und hebt ihr Guinness. «Aber denk dran, Ella ... Wenn du es übertreibst, holst du dir eine Blasenentzündung. Das nennt man Honeymoon-Syndrom.»

«Ich könnte dir auch eine Blasenent...», sagt Mike, aber Holly hält ihm mit der Hand den Mund zu und schüttelt den Kopf, bevor er den Satz zu Ende bringen kann. «Ruinier es nicht, Kleiner. Falls du nachher wirklich noch mein Bett erkunden willst.»

Mike läuft tatsächlich rot an, und wir lachen laut.

«Ich passe gut auf sie auf», meint Dave, winkt in die Runde und legt seinen Arm um mich. Dann gehen wir durch dunkle, nebelfeuchte Gassen nach Hause. Der nahende Winter liegt in der Luft.

Wir erreichen seine Wohnung knutschend. Als hätten wir uns wochenlang nicht gesehen, gierig aufeinander. Die Lippen fest auf meine gepresst, drängt er mich rückwärts hinein und schiebt die Tür mit dem Fuß hinter sich zu. Mit dem Rücken an der Wand bleibe ich stehen, ohne meinen Mund von seinem zu lösen. Seine Hände gleiten unter mein Shirt, erkunden meinen Körper wie beim ersten Mal. Auch ich will ihn spüren. Schiebe meine Finger unter sein T-Shirt und streiche über seine muskulöse Brust. Ertaste die feinen Härchen darauf. Sauge seinen Geruch tief in mich ein. Seine Erregung presst sich verheißungsvoll gegen meinen Bauch und löst sehnsüchtiges Pochen in meinem Schoß aus.

Irgendwie schaffen wir es zum Bett. Auf dem Weg dahin fallen die Klamotten – Shirts, Schuhe, Hosen, die wir uns gegenseitig ausziehen. Erst als ich nur noch den Slip trage, sinke ich aufs Bett und ziehe ihn mit mir.

Daves Blick bleibt an der Tätowierung auf meiner Hüfte haften. Es war eine der schmerzhaftesten Stunden meines Lebens – trotzdem ahne ich jetzt, wie man süchtig danach werden kann. Sanft fährt er mit dem Finger über das Zitat aus dem kleinen Prinzen.

Aber wenn du mich zähmst, werden wir einander brauchen.

Daneben sind Sterne tätowiert, die genauso aussehen wie die auf Daves Unterarm.

«Ich liebe dich, Mrs Frost», flüstert er rau. Mein Herz stolpert, bevor es schnell und heftig weiterschlägt. Ich schlinge meine Beine um ihn.

«Ich liebe dich auch, Mr Hunt», erwidere ich, ehe ich mich wieder in seinem Mund verliere. Hitze durchströmt mich, sein Geschlecht pulsiert hart zwischen meinen Schenkeln und lässt mich leise aufstöhnen.

Hektisch zerre ich an seinen Boxershorts, doch er hält plötzlich meine Hände fest und legt sie über meinem Kopf zusammen.

«Was ...?»

«Nicht so ungeduldig, mein Herz.» Seine Stimme ist weich und rau zugleich. Ich höre die Erregung darin und zapple unwirsch mit den Füßen. Ich will ihn. Jetzt.

Etwas enttäuscht bleibe ich liegen und beobachte, wie er zu seinem Schrank geht, um etwas herauszuholen. Als er damit zum Bett zurückkommt und mich angrinst, entfährt mir ein leiser Aufschrei.

«Du spinnst doch!», sage ich. Dave schaltet den pinken Hasen ein, das Surren des Motors bringt mich sofort zum Lachen.

«Nein, nein. Du glaubst doch nicht, dass ich dich mit so einem Betthäschen teile?» Ich versuche mich aufzurichten. Er legt den Rabbit neben mir ab und beugt sich über mich. Hält meine Hände fest über meinem Kopf zusammen und beißt mir spielerisch in die Unterlippe.

«Vertrau mir. Ich denke, die Zeit ist reif für ihn.»

Ich kneife die Lippen zusammen und schüttle den Kopf. «Ernsthaft, laut Holly holst du dir damit gefährliche Konkurrenz ins Bett», warne ich, aber er lacht nur.

«Das Risiko nehme ich in Kauf.» Er küsst mich, legt sich neben mich, und noch während unsere Zungen miteinander spielen, spüre ich plötzlich die starke Vibration an meinem Schoß. Ich habe den Slip noch nicht ausgezogen, aber der Reiz ist auch durch den dünnen Stoff hindurch enorm. Nervös kneife ich die Beine zusammen, was das Ganze schlimmer macht. Mir wird heiß.

«Das ist ...», stoße ich hervor, dann lässt Dave die vorwitzige Spitze des Häschens an mir auf und ab gleiten. Kreist mit der Kuppe über meine empfindlichste Stelle. Ich kralle die Hände ins Laken und kneife die Lider zu. Mein Atem geht schneller. Innerhalb weniger Sekunden ist mein Höschen nass. Richtig nass.

«Dave ...» Ich höre mich selbst stöhnen, als er den Slip über meine Hüften zieht und die Berührung des Spielzeugs direkter wird. Und dann schiebt er es in mich, tastet sich vorsichtig vor. Das Geräusch wird leiser, und in meinen Ohren rauscht das Blut so stark, dass ich das Brummen kaum noch wahrnehme. Meine Zehen verkrampfen sich, als die Vibration tief in mir wirkt.

Dave küsst mich, dann rutscht er nach unten. Als seine Zunge mich zwischen den Beinen trifft, fahre ich erschrocken auf. Der Vibrator in mir, seine Zunge mitsamt dem Piercing auf meiner empfindlichen Perle – das ist zu viel! Meine Lider flattern. Panisch hebe ich den Kopf, um ihn anzusehen, und mein Innerstes zieht sich heftig zusammen. Hingebungsvoll umkreist seine Zunge mich, gleichzeitig stößt er sanft mit dem Vibrator zu. Seine Augen lächeln, als er den Blick hebt und mich ansieht. Mir bricht der Schweiß aus. Überall.

«Ah, Dave», stöhne ich. Winde mich unter ihm. Dränge ihm meine Hüften entgegen, weil ich mehr will. Viel mehr.

Der Höhepunkt ist viel zu schnell da, wie ein Tornado rast er über mich hinweg, und ich komme mit einem lauten Schrei, weit aufgerissenen Augen. Mein Körper versteift sich, aber Dave hört nicht auf. Stößt weiter zu, leckt mich schneller und fester. Ich komme so heftig, dass mir schwindelig wird. Ich löse mich auf in dem steten Pulsieren und Pochen, dem Zucken, das sogar meine Finger und Zehen erfasst.

Langsam entfernt er den pinken Hasen und wirft ihn zur Seite, um ihn Sekunden später durch seine eigene Härte zu ersetzen. Sofort schlingen sich meine inneren Muskeln um ihn, halten ihn fest. Tief in mir. Wir sehen uns in die Augen, während er sanft in mich eindringt und vorsichtig zustößt.

«Du bist so wunderschön, Ella», raunt er. Küsst meinen Hals, bis mir hitzige Schauer über den Rücken laufen. Ich umklammere seine Schultern, presse meine Brüste fest gegen ihn. Will ihn spüren, einatmen, fühlen. Überall. Nie wieder loslassen.

Sein Atem beschleunigt sich, aber seine Stöße bleiben ruhig und innig. Wieder hält er meine Hände über meinem Kopf fest. Sein Gesicht ist nah. So nah. Mein Mund sucht seine Lippen, und während sein Körper meinen erobert und einnimmt, küssen wir uns. Ich bin weich und warm, nass von dem Höhepunkt, der mich vorhin ergriffen hat. Und trotzdem steigert sich das Pochen in meinem Schoß weiter, als ich spüre, wie er in mir zuckt. Höre, wie er an meinem Ohr stöhnt. Wir kommen gemeinsam, sehen uns dabei fest in die Augen. Meine Lider flattern, als sich unsere Kontraktionen vermischen und zu einer werden. Wir zu einem Körper verschmelzen.

Epilog

«Bist du dir sicher?», fragt Dave leise.

Ich nicke heftig, und nur Sekunden später drückt mir der übergewichtige Makler einen Scheck in die Hand.

«Siebenhundertfünfzigtausend Pfund. Inklusive der Einrichtung.» Er wischt mit einem Stofftaschentuch über seine glänzende Stirn und lächelt.

«Danke.» Ohne weiteren Kommentar nehme ich den Scheck entgegen und stopfe ihn in meine Handtasche, als ob es nichts weiter wäre als Kleingeld. Dann greife ich nach Daves Hand, und gemeinsam verlassen wir das Büro am Piccadilly. Trotz der Kälte ist die Luft stickig von Abgasen. Polizeiwagen mit Sirenen und hupende rote Busse, verwirrte Touristen mit riesigen Kameras um den Hals und gehetzte Banker, deren Mittagspause sich dem Ende zuneigt. Mein Atem kondensiert zu einer weißen Wolke, die Sonne will heute nicht für uns scheinen, aber das ist egal. Es ist dennoch einer der schönsten Tage meines Lebens. Dass Henry mir die Wohnung überschrieben hatte, bevor die Staatsanwaltschaft wegen meiner E-Mail die Ermittlungen wiederaufgenommen hat, war reines Glück. Das Verfahren gegen ihn läuft noch, aber es sieht nicht gut für ihn aus.

«Jetzt bin ich obdachlos», sage ich grinsend und bleibe mitten auf der Straße stehen. Menschen drängeln sich kopfschüttelnd an uns vorbei, aber ich nehme sie kaum wahr. Ich schiebe meine Hände in Daves Gesäßtaschen. Er schlingt die Arme um mich und drückt mich fest an sich. Wir sehen uns in die Augen.

«Wie schön. Damit habe ich dich ganz und gar in der Hand, du bist auf mich angewiesen», flüstert er rau. Seine Lippen knabbern an meinem Ohrläppchen, und mir zieht eine Gänsehaut über den Rücken.

«Das hättest du wohl gern. Was denkst du, wie lange wir mit dem Geld hinkommen?»

«In Asien – Jahrzehnte. In Europa – lange genug.» Mein Körper kribbelt vor Aufregung. Es ist beschlossen. Ich habe bei *Juke* gekündigt, die Wohnung, die Henry mir überschrieben hat, verkauft, und die nächsten Jahre werden Dave und ich ... leben. Einfach leben. Überall auf der Welt. Wo es uns gefällt, werden wir bleiben, die schönsten Orte und Gegenden erkunden und Eindrücke sammeln. Inspirationen. Dave für seine Musik, und ich ... für meine Fotos. Wenn wir zurückkommen – falls wir jemals zurückkommen –, werde ich eine Ausbildung zur Fotografin machen. Bis dahin leben wir von unseren Ersparnissen und dem Scheck in meiner Tasche. Mein Herz hüpft vor lauter Vorfreude, doch ganz hinten, in einer kleinen Ecke, spüre ich noch etwas von der früheren Angst. Wie eine Schlange, die ihren Kopf hebt und sich langsam hervorschlängeln will. Ich schüttele mich kurz, als könnte ich sie so vertreiben.

«Was ist das Schlimmste, das dir passieren kann?», fragt Dave. Hat er meine Angst wirklich gespürt? Ich hebe den Kopf und schaue ihn an.

«Dich zu verlieren», antworte ich überzeugt.

«Da haben wir was gemeinsam.» Er verschließt meinen Mund

mit seinen Lippen. Legt eine Hand in meinen Nacken und küsst mich, als wäre es unser erster Kuss. Und unser letzter. Mitten am Piccadilly Circus, umringt von Bussen, Autos und hektischen Menschen, die uns hin und her schubsen.

Aber wir merken es kaum. Wir haben eine Insel, überall. Wir haben uns.

MIX
Papier aus verantwortungsvollen Quellen
FSC® C083411

Das für dieses Buch verwendete FSC®-zertifizierte Papier
Lux Cream liefert Stora Enso, Finnland.